中国当代文学经典必读

中国当代文学经典必读

2005中篇小说卷

吴义勤 ◇ 主编　周宝红等 ◇ 点评

ZHONGGUO
DANGDAI
WENXUE
JINGDIAN
BIDU

百花洲文艺出版社

图书在版编目（CIP）数据

中国当代文学经典必读. 2005中篇小说卷 / 吴义勤主编.
-- 南昌：百花洲文艺出版社, 2020.12
ISBN 978-7-5500-3875-2

Ⅰ. ①中… Ⅱ. ①吴… Ⅲ. ①中国文学 – 当代文学 – 作品综合集②中篇小说 – 小说集 – 中国 – 当代 Ⅳ.
①I217.1

中国版本图书馆CIP数据核字(2020)第205402号

中国当代文学经典必读 · 2005中篇小说卷

吴义勤　主编

出 版 人　章华荣
责任编辑　周振明
书籍设计　方　方
制　　作　周璐敏
出版发行　百花洲文艺出版社
社　　址　南昌市红谷滩世贸路898号博能中心一期A座20楼
邮　　编　330038
经　　销　全国新华书店
印　　刷　江西千叶彩印有限公司
开　　本　720mm × 1000mm　1/16　印张 23
版　　次　2020年12月第1版　2020年12月第1次印刷
字　　数　350千字
书　　号　ISBN 978-7-5500-3875-2
定　　价　42.00元

赣版权登字　05-2020-206
版权所有，盗版必究

邮购联系　0791-86895108
网　　址　http://www.bhzwy.com
图书若有印装错误，影响阅读，可向承印厂联系调换。

我们该为"经典"做点什么?

／吴义勤

当今时代,对经典的追怀和崇拜正在演变为一种象征性的精神行为,人们幻想着通过对经典的回忆与抚摸来抵抗日益世俗和商业化的物质潮流。在这一过程中,一方面,经典作为人类文学史和文明史的基石与本源,其价值得到了充分的认同与阐扬;另一方面,经典的神圣化与神秘化又构成了对于当下文学不自觉的遮蔽和否定。可以说,如何面对和正确理解"经典",正是当代中国文学必须正视的一个问题。

什么是经典呢?就人类的文学史而言,"经典"似乎是一个约定俗成的概念,它是人类历史上那些杰出、伟大、震撼人心的文学作品的指称。但是,经典又是无法科学检验的主观性、相对性概念。经典并不是十全十美、所有人都认同的作品的代名词。人类文学史上其实根本就不存在十全十美、所有人都喜欢、没有缺点的所谓"经典"。那些把"经典"神圣化、神秘化、绝对化、乌托邦化的做法,其实只是拒绝当下文学的一种借口。通常意义上,经典常常是后代"追认"的,它意味着后人对前代文学作品的一种评价。经典的标准也不是僵化、固定的,政治、思想、文化、历史、艺术、美学等因素都可能在某种特殊的历史条件下成为命名"经典"的原因或标准。但是,"经典"的这种产生方式又极容易让人形成一种错觉,即"经典"仿佛总是过去时、历时态的,它好像与当代没有什么关系,当代人不能代替后人命名当代"经典",当代人所能做的就是对过去"经典"的缅怀和回忆。这种错觉的一个直接后果就是在"经典"问题上的厚古薄今,似乎没有人敢于理直气壮地对当代文学作品进行"经典"的命名,甚至还有人认为当代人连写当代史的权利都没有。

然而,后人的命名就比同代人更可信吗?我当然相信时间的力量,相信时间会把许多污垢和灰尘荡涤干净,相信时间会让我们更清楚地看清模糊的、被掩盖的真相，但我怀疑，时间同时也会使文学的现场感和鲜活性受到磨损与侵蚀，甚至时间本身也难逃意识形态的污染。我不相信后人对我们身处时代"考古"式的阐释会比我们亲历的"经验"更可靠，也不相信，后人对我们身处时代文学的理解会比我们亲历者更准确。我觉得，一部被后代命名为"经典"的作品，在它所处的时代也一定会是被认可为"经典"的作品，我不相信，在当代默默无闻的作品在后代会被"考古"挖掘为"经典"。也许有人会举张爱玲、钱钟书、沈从文的例子，但我要说的是，他们的文学价值在他们生活的时代就早已被认可了，只不过新中国成立后很长时间由于意识形态的原因我们的文学史不允许谈及他们罢了。

这里其实就涉及了我们编选这套书的目的。我认为，文学的经典化过程，既是一个历史化的过程，又更是一个当代化的过程。文学的经典化时时刻刻都在进行着，它需要当代人的积极参与和实践。文学的经典不是由某一个"权威"命名的，而是由一个时代所有的阅读者共同命名的，可以说，每一个阅读者都是一个命名者，他都有命名的"权力"。而作为一个文学研究者或一个文学出版者，参与当代文学的进程，参与当代文学经典的筛选、淘洗和确立过程，正是一种义不容辞的责任和使命。事实上，正是出于这种对"经典"的认识，我才决定策划和出版这套书的，我希望通过我们的努力，真实同步地再现21世纪中国文学"经典化"的进程，充分展现21世纪中国文学的业绩，并真正把"经典"由"过去时"还原为"现在进行时"，切实地为21世纪中国文学的"经典化"作出自己的贡献。与时下各种版本的"小说选"或"小说排行榜"不同，我们不羞羞答答地使用"最佳小说"之类的字眼，而是直截了当、理直气壮地使用了"经典"这个范畴。我觉得，我们每一个作家都首先应该有追求"经典"、成为"经典"的勇气。我承认，我们的选择标准难免个人化、主观化的局限，也不认为我们所选择的"经典"就是十全十美的，更不幻想我们的审美判断和"经典"命名会得到所有人的认同，而由于阅读视野和版面等方面的原因，"遗珠之憾"更是不可避免，但我们至少可以无愧地说，我们对美和艺术是虔诚的，我们是忠实于我们对艺术和美的感觉与判断的，我们对"经典"的择取是把审美和艺术放在第一位的。说到底，"经典"是主观

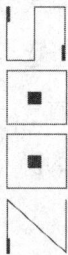

的，"经典"的确立是一个持续不断的"过程"，"经典"的价值是逐步呈现的，对于一部经典作品来说，它的当代认可、当代评价是不可或缺的。尽管这种认可和评价也许有偏颇，但是没有这种认可和评价，它就无法从浩如烟海的文本世界中突围而出，它就会永久地被埋没。从这个意义上说，在当代任何一部能够被阅读、谈论的文本都是幸运的，这是它变成"经典"的必要洗礼和必然路径，本套书所提供的同样是这种路径，我们所选的作品就是我们所认可的"经典"，它们完全可以毫无愧色地进入"经典"的殿堂，接受当代人或者后来者的批评或朝拜。

感谢百花洲文艺出版社对我的经典观的认同以及对于这套书的大力支持，感谢让这个文学工程可以在百花洲文艺出版社这个平台美丽绽放。我们的编选仍将坚持个人的纯文学标准，而为了更好地阐析我们的"经典观"，我们每本书将由青年学者对每一篇入选小说进行精短点评，希望此举能有助于读者朋友对本丛书的阅读。

目　录

冰雪荔枝／
／李铁

冰雪

后来，荔枝给许多南方人描述过家乡江林的冷。她说你尽可以开动脑筋，做任何符合逻辑的想象，树上、房上、地上，到处都是整个冬季都不融化的积雪，在漫长的冬季里，大气温度通常都在零下三十度左右，你所能见到的建筑物的墙壁上均挂着一层厚厚的冰凌。站在雪地里，你呼出的气体像一团团白色的蒸汽一样清晰可见，你甚至可以听到这股热气与冷空气相撞时发出的嘎巴嘎巴的声响。在这里空气清新得就像纯净水一样，你仔细看，可以看见它流动的波纹，如果你的嘴张开的时间长一些，里面都会冻成冰块的。你也许真的想不出江林到底能冷到什么程度。

还有江林的雪……荔枝的声音不知是一种怀旧还是一种恐惧。

关于雪，荔枝最想提起而又无法尽情表述的是她十八岁生日那天的那场雪。那一天雪下疯了，漫天的雪花不像是从天上飘下来的，倒像是从地上扬起来的，呛得人几乎喘不过气。荔枝早晨离开家的时候母亲还坐在炕头上缝弟弟的棉袄，母亲的脸色在被玻璃过滤后的白雪的映衬下显得十分平静，被烧得滚热的炕面上升起一缕一缕浮尘一般的热气。母亲手中的针线在这温暖的气体里有条不紊地穿梭着，从那种神态中你一点也看不出她正在酝酿一场风暴。荔枝推开家门时母亲甚至一反常态地叮嘱了一句，她说雪下得大，你要早一些回来。

荔枝刚走出家门的时候雪下得并没有后来那么大，雪花飘得很温和，整个镇子笼罩在一种白色的光芒中。身穿红色羽绒服的荔枝在这个白色的世界里显得十分扎眼。镇子里那条唯一的柏油马路上布满了被人或车轮碾轧得结实如石的积雪，一脚一脚踩上去，发出了很轻的但却是极清脆的声音。一路走下去，这声音犹如一串口哨，飘飘悠悠地追随着荔枝。擦肩而过的房子在疾行的荔枝看来是向后退的，两堵结着浮冰的墙壁像满载着白色物资的列车，那种移动的感觉总会令荔枝莫名其妙地联想起一次预想中的远行。

后来荔枝想，十八岁生日的那个大雪天，的确应该算作她远行的开始。

身边的列车开过去了，荔枝也就出了镇子。沿着这条路继续往前走，就到了二浪河。这是条从小就对荔枝充满诱惑的河，荔枝一直认为，沿着这条河坚定不移地走下去，就会走到一个梦幻一般温暖的地方，那里没有雪没有冰也没有寒冷。荔枝对自己的想法深信不疑，但事实上十八岁以前荔枝一直没有离开过江林，外面的世界就像冬季封冻的河水，荔枝是无法看见它的波纹以及游动于其中的鱼的。

荔枝沿着封冻的二浪河走下去，冰面上覆盖着一层白雪，如果是外地人，一定看不出雪底下隐藏着一条原本汹涌澎湃的河。荔枝在雪野里走得很艰苦，走了好一段时间，视野里才出现了一座土丘一样的木房子。这座孤零零矗立在雪地上的木房子是林业工人的一处驿站，也就是路过歇脚的地方，平时是没有人待在里面的，在绝大多数时间里它不过是一座空房子罢了。值得一提的是，在荔枝十八岁生日这天它将派上特殊的用场，它作为荔枝人生路上的一个驿站，以一种无法磨灭的形式强行占据在荔枝的记忆深处。

荔枝远远地望见了这座木房子，心跳立即变得欢欣鼓舞起来。她加快脚步，在她的视野里，那座木房子好像也长了脚，她几乎没走出多远，木房子就奇异地出现在她的跟前了。

木房子的门虚掩着，荔枝举起手臂，但停留在空中好一会儿也没有落下来。荔枝觉得这扇门不应该由自己敲开，而应该是里面的人推开，她是由里面的人拽着半推半就地走进去的。当然这只是瞬间的一种臆想，迟疑片刻，荔枝还是自己推开了这扇门。

里面的火光令荔枝的眼睛一亮。

火是由屋中间的一个铁桶里跳跃出来的，这种铁桶在当地相当普及，是取暖用的。在摇曳着的火光的照耀下，一个小伙子英俊的脸出现在荔枝

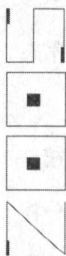

面前。这个小伙子叫安子，他和荔枝曾在同一所中学读书，只是他大荔枝两级。安子的功课在那所学校里是有口皆碑的，后来他考上了江林县里的高中，而荔枝什么也没有考上，初中毕业后一直闲在家里。荔枝原以为安子会顺理成章地考上大学，会远走高飞，那样的话，她也就无法再和他发生什么故事了。但事实并非如此，安子高考落榜，这个消息曾令荔枝暗自庆幸了好长一段时间，她觉得这是苍天对她的回赠，作为一直钟情于他的女孩，她有理由相信他们之间会开花结果。但是，安子对她一直采取不予理睬的冷漠态度，直到不久前的一个午后，安子在镇子里的那条柏油路上拦住她，主动和她敲定了这次约会的时间和地点。

安子的主动进攻令荔枝有些猝不及防，如果安子不是安子，而是另外的任何一个英俊小伙子，荔枝都断然不会接受这种唐突的约会。但是对安子，荔枝几乎没有一点拒绝的勇气，她盯着眼前这个心仪已久的小伙子，一种类似感激的情绪以不可阻挡之势涌动起来，因为来得太突然，荔枝甚至感到有一些头晕目眩。荔枝就是这样踏上了她平生第一次与异性约会的道路。

安子冲着荔枝点了点头，然后他绕过荔枝的身体走过去把门关上。荔枝下意识地随着安子的身体扭过头去，她看见安子不但关上了门，而且还用一根木棍将门顶上了。荔枝的血一下子都涌到了脸上，她不是因为恐惧，而是因为害羞红了脸。此时，荔枝已经预感到了接下来将要发生的事情，虽然她有一定的心理准备，但说不慌乱那是骗人的，她的心已经跳得比扭秧歌的鼓点还要急了。

安子折回身来到了火堆旁，荔枝看见他用一根木棍将铁桶里的火翻了翻，温温绵绵的火苗一下子猛烈了，火星和一些粉尘围着安子的那张脸飘舞起来。

荔枝强作镇静，等待着预想中的事情发生。

安子似乎显得很平静，他把目光盯在火焰里，连说话也没有把头抬起来。

安子说我们俩有缘哪。

荔枝的嘴唇动了动，没有吱声。她不知道怎样接话才是合适的，对于这个"缘"字荔枝有些捉摸不透。读初中的时候学校搞过一次文艺会演，当时荔枝所在的班级排了一个叫"飞雪迎春"的舞蹈，这是一个四人舞，荔枝因为身材好被选了进去。荔枝是个很聪明的女孩子，她几乎没怎么费力就把所有的动作都学会了。意外出在会演前的彩排，那天教室里挤进了很多外班的学生，气氛营造得有些像正式演出了。也许是紧张吧，在做一个旋转动作时荔枝摔倒了，一种针刺一般的疼痛从左脚脖子处开始向全身辐射。她咬紧牙关爬了好几次都没有爬起来，最后，还是借助几个女同学的力量她才站立起来。舞是没法跳了，试着走一步又几乎跌倒。班主任老师冲着一屋子的学生嚷道，哪个男同学发扬点风格，把她背到医务室去。男同学们你看看我，我看看你，都不好意思出来，毕竟都进入青春期了，这个阶段正是男女避忌的年龄。老师一连说了三遍，才有一个男生挺身而出，朝着荔枝走过去，这个男生就是安子。正是从这开始，荔枝才记住了这个男生。但这以后安子就像是在有意回避她，对她鼓起勇气主动做出的一些友好举动置若罔闻。荔枝曾一度认为他们是没有缘分的，而此时状况又怎是一个"缘"字了得。

安子突然向荔枝伸出了一只手，他说你要是冷，就握住我这只手。

荔枝说我不冷，但不知为什么她还是把手递给了安子。两只手握在一起的瞬间令荔枝产生了一种触电的感觉，但这种感觉突然被粉碎了，安子手上猛然用力，一把就将她拉了一个跟头。荔枝跌倒在地上，安子扑上去就开始剥她的衣服。

荔枝挣扎着说不。

荔枝的声音其实十分虚弱，这样的声音是抵不住安子近于疯狂的动作的。荔枝很快就被剥光了。安子把自己的棉大衣往地上一铺，然后将荔枝的身体搬了过去，再然后他就扑在荔枝的身体上，这些动作是一连气做完的，间隔久了荔枝是会被冻僵的。当荔枝从地上爬起来的时候，她发现自己的血十分鲜艳地印在了安子棉大衣的衬里上，不知是激动还是伤心，荔枝鼻子一酸，无声地哭了起来。

我是你的人了，荔枝边哭边说。

你不要抛弃我，荔枝继续说。

安子只是搂紧她，一句话也不说。

他们要离开的时候发生了一件意想不到的事情，木房子的门怎么也推不开了。原来是雪下得太大，只是几个小时的工夫就封了门。荔枝低声说，这是老天在惩罚我们呢！安子说，老天惩罚不了我们，门走不通，我们就走窗。安子把窗子打开，两个人一前一后跳进了茫茫雪野里。

荔枝回到家时母亲已经出走了，父亲也没有在家。她的几个姐妹和弟

弟正呆愣愣地坐在炕上不知所措。姐姐大珍对一身白雪的荔枝说，你快去找妈吧。

凭什么总是让我去找？荔枝冲着大珍怒吼了一声。

声音还没有完全落地，荔枝就转身出了屋子。她还是责无旁贷地又一次踏上了寻母的道路。

荔枝

荔枝原来不叫荔枝，叫二艳，荔枝是自己给自己起的名字，她嫌二艳这个名字土气，就对母亲说我不叫二艳了，我改叫荔枝吧。她知道荔枝是产于南方的一种水果，冰天雪地的江林是很难见到这种水果的。母亲不理解她为什么要改叫荔枝这个古怪的名字，问她她也不解释，母亲觉得荔枝这个名字还不难听，就由她叫了。母亲冲着白茫茫的雪野一声喊，荔枝——这声音像抛出的一块石头，它撞在随处可见的积雪上，雪沫四溅一般泛起了很大一片回音。

荔枝不解释是因为她的确没有什么可解释的，她也说不清楚她为什么喜欢这个名字。她一贯认为那种带有南国神秘味道的水果是一种很高贵的东西，一个穿着红色棉袄走在雪地上的女孩子如果手里捧着这样一种水果，那画面和那感觉都将是独一无二的。听母亲喊她荔枝，她就觉得那声音像一种温暖的光束一下子将她罩住了，荔枝这个字眼如同一股陌生而又清香的味道，使她感到新鲜而又着迷。

但更多的时候不是荔枝在雪地里听母亲喊她荔枝，而是她喊母亲。母亲离家出走已经有很长一段历史了，母亲一走，出去寻找的任务便当仁不让地落到荔枝的肩上。多年以来，寻找母亲对荔枝来说已经成为一件轻车熟路的事情。她在一望无际的白色世界里走走停停，不时会冲着远方喊上一声妈，她的声音像被风吹起的积雪，扑在脸上凉冰冰的。

后来，荔枝对母亲的出走曾有过十分透彻的分析，母亲出走的原因是父亲动手打了母亲，而父亲打母亲的原因是母亲捉了父亲的奸，父亲对除了母亲以外的女人有着令人难以置信的喜好和锲而不舍的追求，而母亲对父亲的奸情有着孜孜不倦的探秘的欲望，母亲探秘成功后便会又一次顺理成章地捉奸，接着恼羞成怒的父亲便会对母亲大打出手，受了委屈的母亲就不可避免地选择离家出走……荔枝寻找母亲的行程就是在这种因果关系中展开的。

荔枝居住的镇子是国有江林林业局总部所在地，茂密的兴安岭为这家林业局提供了看似取之不尽的资源和财富。荔枝的父亲就是林业局的供销科长。在荔枝的记忆里，一切都是父亲当上科长后开始的，那一年荔枝才十二岁，母亲为了庆祝父亲的晋升还在家里摆了一桌酒席。好像这桌酒席的味道还没有散尽事情就发生了，有人偷偷地告诉母亲，说父亲在外面有了女人，那个女人就是镇子上那家小酒馆的老板娘。荔枝认识那个女人，知道她名字里有一个"桂"字，荔枝还叫过她桂姨呢！那是个矮胖的女人，年龄和母亲相仿，长相、身材都无法和母亲相比。母亲身材适中，皮肤白皙，这样的皮肤在家乡江林显得十分难得，荔枝就亲耳听到过不少妇女对母亲的皮肤大加赞叹。而桂姨不但个子矮，身体偏胖，皮肤还十分粗糙。母亲对这种女人显然有足够的心理优势，起初她不相信这样的传闻，她甚至还和告诉她这件事的人翻了脸。她还把这件事当笑料跟父亲讲呢。那天晚上父亲下班后没有回家，母亲原本打算和父亲一起吃晚饭的，可左等右等不见父亲回来，几个孩子盯着桌上的饭菜眼睛都绿了，母亲无奈只好叫孩子们先吃。晚饭吃完了，仍不见父亲回来。母亲坐在炕上看着窗外的颜色一点一点变黑，心里像被抽去柴火的锅中之水，渐渐凉下来，凉得没了底，着了慌。母亲坐不住了，她抓了把手电筒，把棉大衣的扣子扣严，就深一脚浅一脚地扑进雪地里。

外面的天已经黑透了，但没有路灯的镇子却并不怎么显黑，覆盖在所有物体之上的积雪泛出的光泽抵得上好几个十五的月亮。母亲虽然拿着手电，但她无须按亮它，无处不在的雪的光亮足以照耀她寻找到她要去的地方。镇子不算大，其实没有多长时间母亲就抵达了位于镇东的那家小酒馆。这是个早睡的镇子，小酒馆已经打烊，门前本该存在的那一团温和的灯光意外而诡秘地消失了。这使母亲的疑虑顷刻间无限放大，犹如茫茫雪野一般。母亲急不可待地扑到窗前，她把眼睛挤到门缝的位置费力地向里面看去，屋子里光线暗淡，几张饭桌如母亲熟知的那样落寞地摆放着，母亲的视线划过这些饭桌，痛苦地落在了位于屋子一角的一铺小炕上。屋子显然并不暖和，但那铺小炕却冒出了烟尘一样的热气，透过这些热气母亲看见父亲正趴在那个胖女人身上奋不顾身地忙乎。母亲像触电似的呆愣了好长一段时间，而这段时间足以使屋子里的男女顺利地完成一个回合。

似乎不该发生的事情其实都是能够发生的。后来母亲这样对荔枝说。

回过神来的母亲忍无可忍地尖叫了一声，她像一头苏醒的睡狮一样向那扇木门发起冲击。身体与门板的撞击之声亢奋地响着，父亲被惊得跳了起来，他胡乱披上自己的棉衣，几乎露着一半的皮肉就从窗子仓皇而逃。母亲冲进屋时，面对她的只有那个惊慌失措连衣服都来不及穿的胖女人。

母亲的捉奸生涯就是这样开始的。

父亲逃回家时依然不知道捉奸者竟然就是母亲，他进屋后脸色白如积雪，剧烈的心跳声像鼓点一样，几个孩子都能够听到。当母亲带着明显的搏斗过的痕迹返回来时，惊魂未定的父亲才恍然大悟，他一下子由恐惧变为暴怒，不等母亲开口，他冲上去就给母亲一记耳光。父亲以前是不打母亲的，这一耳光宣告了一个时代的结束。母亲捂着腮帮愣怔了一会儿，然后理所当然地与父亲扭打在一起。那一次父亲下手很重，他像与一个旗鼓相当的汉子搏斗一样拳打脚踢，母亲至少被父亲打倒三次。母亲最后一次从地上爬起来时，她没有像前两次那样继续扑向父亲，而是掉头向门外冲去。

这是母亲第一次离家出走。一天很快过去了，母亲毫无音讯，又一天过去了，依然没有母亲的消息。父亲照吃照喝，一点也没有要出去找母亲回来的意思。几个孩子中最先沉不住气的就是荔枝，母亲出走的第三天头上，荔枝终于冲着父亲吼了起来。

我妈已经走三天了，你怎么不出去找呀？荔枝说。

她永远不回来才好呢，要找你去找，我才不找呢！父亲气呼呼说。

父亲这句话既激怒了荔枝又提醒了荔枝。她背着书包从家里出来后没有奔学校的方向去，而是出了镇子，沿着封冻的二浪河走。她走一段便会放开嗓门冲着白茫茫一片雪野喊一声妈，她的声音像一只在雪地上奔跑的兔子，那痕迹清晰可见，但转瞬又会被风吹起的雪沫子覆盖得无影无踪。

荔枝寻找母亲的历史就是从十二岁这年开始的。

寻找

我在家排行老二，可我总觉得自己是母亲的长女。荔枝不止一次这样对别人说。

荔枝有一个姐姐，两个妹妹，一个弟弟。姐姐大珍虽然比她大两岁，但却是一个毫无主见的女孩子，平时自娇得像个老闺女，遇事只会哭得一塌糊涂。显出姐姐风度的反而是荔枝，弟弟妹妹们在外受了欺负，挺身而出的总会是天不怕地不怕的荔枝，就连姐姐大珍受了别人的欺负荔枝也要管，大珍十四岁那年曾被同班的一个男同学给打了，荔枝看见一路哭着跑回来的大珍就怒从心起，她几乎什么都没想，只身一人就去找了那个男生，就摆出一副拼命的架势与那个男生扭打在一起。荔枝的勇敢在同年级的孩子们中是出了名的，女同学不敢欺负她，就连男同学也轻易不敢招惹她。

妹妹三妮和荔枝相差四岁，四妞则与荔枝相差六岁，弟弟大锁最小，和荔枝相差了十二岁。母亲生到四妞时镇上就已经狠抓计划生育了，母亲原来在镇政府上班，因为不听劝阻，违反政策生下了四妞，被镇政府给调整了下来，调到供销社当了售货员。对此母亲一点悔意也没有，她说能多生一个孩子，丢了工作也值。

母亲之所以能够毫无顾忌地多生孩子，是以经济基础为依托的。那个年代物资还很紧张，完全是卖方市场，你从商店货架上的萧条就可以看出商品的紧俏。但因为父亲是供销科的，多多少少有一些油水，荔枝的家里就显不出紧张来了。多多几张嘴，粮食依然吃不完。

其实，荔枝的勇敢更多地体现在寻找母亲的过程中。第一次出去寻找母亲时荔枝才十二岁，一个小小个子的女孩一个人走在茫茫雪野里，说不胆怯那是瞎话，但荔枝还是义无反顾地走下去。荔枝不是一个傻女孩，她不会漫无边际地去寻找，从踏出家门那一时刻起她就开始盘算了，她在心里把母亲可能会去的地方列出了一个明细表。这个表格并不复杂，母亲能去的地方不外乎姥姥家、表姥姥家、二姨家、三姨家或舅舅家。表格列出来后，荔枝就感觉轻松多了，踩在雪地上发出的嘎吱嘎吱声也变得坚定起来。

荔枝的姥姥家住在离镇子不算太远的一个村庄里，江林一带的村子不叫村，叫沟，姥姥所在的村子叫长定沟。从镇子走到长定沟荔枝花费了两个小时，途中虽然不是山路，但仍然有许多沟沟坎坎，还要经过一大片

林地。天虽然是晴天，但无处不在的北风把树上的积雪刮下来，仍和下雪天一样壮观。荔枝走不多远脸就冻麻了，雪打在脸上几乎毫无知觉。有好几次，她都听到了令人恐怖的兽叫，所幸的是并没有野兽真的扑过来。当荔枝出现在姥姥家门口时，姥姥姥爷都吓坏了，荔枝沾了一身的雪，连头发和睫毛都是白的，头巾与脸相接的部位还挂着树挂一样的冰条，显然是呼出的热气把粘在上面的雪吹化了，又结了冰。姥姥把荔枝搂在怀里，好半天才把她从近乎冻僵的状态中暖过来。

荔枝在姥姥家没有看见母亲。

荔枝不想在姥姥家作更多的停留，她的下一站应该是相邻的一个沟，那里住着她的二姨。但姥姥死活不让她独自去找了，姥姥把她扣留了，还让她在热炕上美美地睡了一觉。

母亲是在第二天上午由姥爷从二姨家接回来的。姥爷赌气对母亲说，你不要走了，你就在娘家住，让他一个人去自由好了。母亲绷着脸低着头，把围巾攥在手里一个劲地拧，什么话也不说。坐在炕头上的荔枝却一下子跳起来，她像红了眼的斗鸡一样冲到姥爷跟前大声吼道，我来就是找妈妈回家的，姥爷你不能不让妈妈回家！

我不让你妈回家是为了你妈好。姥爷说。

不是好，是坏！荔枝抓住姥爷的一只胳膊拼命地摇晃，她一边摇一边嚷，我妈不回家，我们不就没有妈妈了吗？

好，你们走你们走，我不管还不行吗？姥爷用力甩开荔枝的手，躲到一边抽烟去了。关东烟呛人的辣味在屋子里肆意弥漫，把荔枝和母亲都呛出了眼泪。

这天下午，母亲还是跟着荔枝回了家。

盯梢

在母亲的捉奸生涯中，荔枝始终担当着一个不可或缺的角色。

事情依然是十二岁那年开始的。一天早晨，荔枝背着书包要去上学的时候被母亲叫住了。母亲撵过来把自己的一件猴衣——带帽子的那种半大棉衣——套在了荔枝身上，这让荔枝感到非常惊讶。荔枝知道这件衣服是母亲的心爱之物，一般的日子里连母亲自己都舍不得穿。她一边被动地让母亲给自己套衣服，一边想一定是母亲有什么特殊的事情让她去做。

母亲给荔枝套好衣服后，又把她拉到了厨房，神情显得十分诡秘。已经背着书包走出屋子的大珍，戳在院子里瞪着一双嫉妒的眼睛往厨房里望了好一阵，才转过身极不情愿地上学去了。

母亲在厨房里问荔枝，你说这个家对你重要不重要？

荔枝不假思索地说当然重要。

母亲接着说，那你就应该帮妈维护好这个家，不要让这个家散了。

荔枝问怎么维护。

母亲说，现在我跟你讲太多是没有用的，你理解不了，你只需记住，你要维护这个家，这就足够了。

维护，这个概念就是从这一天开始，像一颗钉子一样钉进了荔枝的心里，它几乎左右了荔枝的整个成长过程。

今天放学后你去帮妈办一件事情，母亲说，办好这件事就是为了维护这个家。

荔枝问什么事。

到林业局门口盯住你爸爸，看他下班后到底去哪里，和哪个女人在一起。母亲压低声音说。

接受了母亲的任务后荔枝的心里明显沉重起来，走在上学路上，踩在雪地上的脚印都比往常深了一些。母亲的这件猴衣是红色的，在白茫茫的雪地里这红色显得十分扎眼也十分好看，但荔枝却一点也没觉得自己好看起来。

这一天的课荔枝都没有听好，她的心早就候在林业局门口的阴影里了。下学的铃声一响，荔枝背上书包就跑出了学校，有好几个同学喊她她都没有搭茬儿。荔枝是逆着回家的路跑的，地上的积雪被她蹬得溅起老高。当她赶到林业局大院门口时，离大人们下班的时间还有半个小时呢！

荔枝知道自己不能暴露在父亲面前，所以她必须在父亲走出大门之前找到一个可以隐蔽自己的地方。林业局门口是一个小广场，空荡荡的几乎没有什么可以躲藏的地方，荔枝在这里走了几圈，最后选定了位于门侧的一个雪堆。这个雪堆足有一人来高，用以隐蔽自己看来是足够了。荔枝站到它的后面，想一想一会儿就要走出大门的父亲，她的心跳就加快了，

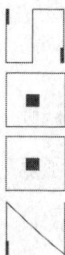

窥视父亲的行踪是她以前想都没有想过的事情，现在做起来多少令她有些心虚。但"维护"这个字眼一蹿上来，她的心境就平静下来了，她知道自己是在做天下第一重要而又神圣的事情。

其实，站在这里令荔枝感受最深的还是一个"冷"字。荔枝是个有着很强抗寒能力的孩子，在冰天雪地里走上几个小时她是不在乎的，但此时的情形不同，她是站在这里不走动的。脚下的积雪和身旁那个雪堆像在不停地发射一根根钢针，荔枝身上的那种冷就是针扎一样的感觉。她在原地不停地跺脚，嘴里呼出的热气在自己的头顶上形成了一朵白色的蘑菇。

父亲随着下班的人流如期走出那扇大门，此时天已经有些黑了，北国的冬天天黑得特别早。在荔枝的眼里，那天晚上的父亲第一次与往常的角色有了区别，父亲不是作为父亲出现的，而是作为一个被监视的对象出现的。父亲和林业局的其他男人一样，穿着臃肿的棉大衣，领子竖着，露出花紫斑驳的原本白色的羊皮毛，脚穿大头棉靴，头戴狗皮棉帽。父亲和另外两个男人打了声响亮的招呼，就奔家的方向走下去。荔枝从雪堆后面闪身出来，她以为父亲是回家的，这令她甚至产生了一丝失望感。但很快这种感觉就被另一种感觉覆盖了，因为只走出几十米，她就见父亲从这条路上岔了出去，拐到另一条路上了。这条路荔枝不常走，但她还是毫不迟疑地跟了上去。天越来越黑，父亲的身影在黑天与白雪之间显得十分怪异，令荔枝都有些陌生了。父亲走得很急，荔枝则一溜小跑地跟，一步也不敢停，生怕停一下会把前方的目标弄丢了，那样她可就没法向母亲交代了。

其实并没有走出太远，荔枝就看见父亲走进了一座院子。那座院子与镇子里其他的院子没什么两样，墙与邻居家的墙是连在一起的，门是用厚厚的木板制作的。父亲走进去后院子里的狗轻轻叫了一声，就无声无息。荔枝扒着门缝向里望，她看见那只狗像是见到家里人一样把一颗头抵在父亲的腿上磨来蹭去，父亲用手摸了摸它的头，就被从屋子里出来的一个女人拉进了屋。接着，屋门啪的一声关上了。

荔枝轻轻推了一下院门，门是划着的，那只恶犬听到动静后奔过来狂吠。荔枝不得不立即撤退，她一溜小跑按着原路踅回，把所摸到的情况原原本本地告诉了母亲。

此时，荔枝并未意识到，这竟是她漫长的盯梢生涯的开始。

捉奸

捉奸，在荔枝的记忆里的确是一件无法回避的事情，与她每一次成功的盯梢相衔接的一个程序就是捉奸。

又一次顺理成章的捉奸开始了，这一次母亲吸取了多次捉奸失败的教训，她没有单独行动。听完荔枝的汇报她强压怒火，在屋子里走了足有十几个来回，她决定暂时按兵不动。两天后的下午，在牡丹江居住的大伯风尘仆仆地赶来了，是母亲用电报招他来的，她谎称父亲突然患上了重病。

大伯走进院子的时候已是下午五点多钟了，天色已经像泼墨一样黑成一片，大伯冲着迎上来的母亲问道，兄弟呢？母亲说你兄弟没在家，他在别人家呢。

他有病怎会在别人家里？大伯疑惑地问。

大哥你跟我走，到时候你就明白了。母亲说。

母亲穿戴整齐后摸了根木棍，然后开始在前面带路。大伯莫名其妙地跟在后面，不时向母亲发问，可母亲在前面越走越快，一句话也不说。

那座院子的木门被母亲用力撞开，面对扑上来的恶犬母亲早有准备，她把手中的木棍抡圆了，劈头向狗就打。那狗见母亲玩真格的了，吓得退缩到院子一角只会狂吠。母亲不再理它，丢掉木棍冲进屋子，大伯见状也只好紧跟进去。

这是一个很平常的北国小镇人家，烧得滚热的炕上，一对男女原形毕露。女人就是这户人家的女主人，姓袁，是个在镇医院上班的护士。男人就是父亲。母亲这一次没有像母兽一样扑向那个女人，而是十分冷静地把他们指给大伯看，大伯一看什么都明白了，他向赤裸裸的兄弟挥挥手说，赶紧穿上衣服跟我们回家。说罢转身就走，母亲也不停留，她以胜利者的姿态很轻蔑地看了一眼炕上乱作一团的男女，然后跟在大伯身后撤了。

母亲和大伯回到家后不久，父亲也回来了。碍于大伯在场，父亲破天荒没有向母亲发火，他像一只霜打的茄子耷拉着脑袋，神情十分沮丧。大伯以兄长的身份理所当然地教训了父亲，他指着大珍和荔枝说，你瞧瞧闺女都这么大了，你怎么还不顾及自己的脸面呢，你这样做让孩子们怎么看

你？父亲一声不吭，母亲一会儿看看父亲，一会儿又看看大伯，也是一声不吭。

大伯是在得到父亲的承诺后于第二天上午离开的。那天上午父亲没有去上班，待大伯一走，父亲的脸就变了，他用胳膊把柜子上的一套茶具扫在地上，四溅的碎片令孩子们睁大了惊恐的眼睛。父亲随后一把揪住了母亲的头发，抬脚猛踢母亲的肚子，当时母亲正怀着大锁，并且已经怀胎九月，父亲几脚下去，母亲的裤脚处就流出了一股殷红的血汁。看见血后几个孩子同时尖叫起来，荔枝不顾一切地冲上去拉父亲，被父亲一脚也踹在肚子上，荔枝冲着父亲像兽类一样嗥叫了一声，就仰倒在地上。父亲松开母亲，他从荔枝的身体上跨过去，头也不回地出门了。

母亲是被大珍喊来的邻居给送进医院的，母亲的脸色苍白如纸，血不停地从她的裤脚处淌出来。这一次她显然已经无力出走，她所能去的地方只能是医院。

都说母亲是个命大的女人，生大锁之前，连医生都说不但孩子保不住，就连大人也有一定的危险。但随后的事实是，母亲不但没有出现什么生命危险，就连生出来的孩子也安然无恙。因为终于生了儿子，母亲的脸上竟然露出了难得一见的笑容。

大锁的出生并没有拴住父亲的脚步，他依然我行我素，不断地在镇子里制造花边新闻。而对这些新闻最敏感的依然会是母亲。荔枝一直惊诧于母亲精力的旺盛，她能在既不耽误上班又要操持家务和照料大锁的前提下，毫不放松对有关父亲的任何细枝末节的关注。一旦目标确定下来，她是不会放过任何捉奸机会的。而捉奸的结果是几乎无一例外地要遭到父亲的一顿毒打，她除了离家出走之外似乎也没有更好的办法来对付父亲。就连年幼的荔枝都看得出来，母亲的捉奸并没有使父亲猎艳的气焰有所收敛，但令她惊奇的是母亲似乎也并不在乎她的捉奸效果究竟如何，只要荔枝把目标给她摸准锁定，她把奸捉了，这就足够了。母亲对行动的追求已远远大于效果。

后来，荔枝曾平心静气地想过这件事，她得出的结论是，做什么事情太用心了都会使人上瘾的，比如捉奸，比如盯梢，比如父亲找女人……荔枝有时真的有些害怕，她怕自己在漫长的未来道路上深陷于某种事情之中，而不能自拔。

欲望

后来荔枝回忆，自从母亲生下弟弟大锁以后，母亲和父亲就好像没有性生活了。性的欲望几乎在母亲身上消失了，人到中年的母亲深感疲惫，除了生活的压力，更重要的是她必须分出更多的精力去对付花心的父亲。母亲每天都需要瞪大眼睛，开动嗅觉，寻找一个又一个的淫窝，然后毫不留情地出击，去捣毁它。她知道她所做的事情意义重大，为了孩子们，为了家，也为了一个很难说清楚的信念，她必须不断地激发、增强自己的这种欲望。荔枝有时也觉得给母亲用"欲望"这个词有点用词不当，但她还是很喜欢用这个词，有什么能比欲望更能强化自己的意志呢？

母亲无疑是一个固执的女人，她所认定的事情她是一定要去办的，而且一旦踏上一条道路，就是九头牛的力量也很难将她拉回来。比如生孩子，母亲是把目标锁定在儿子身上的，可第一胎和第二胎都是女儿，母亲当时的失望程度是可想而知的，但她并没有灰心，她几乎是连续作战，坚持要怀上第三胎。当时国家已经提倡计划生育了，父亲不想再生了，他为此是做了努力的，比如适当地躲一躲母亲，就是做的时候也用一些避孕措施，等等。这也的确起了一些作用，它使荔枝和三妮的年龄相差了四岁。母亲为了怀孕，不断地主动向父亲示爱，有一次父亲是半夜回来的，母亲拱进父亲的被窝伸手去拉父亲的裤衩，父亲一把把她推了出去，并恶狠狠地骂了一句难听的话。父亲的声音很大，把大珍和荔枝都给震醒了。后来怀四妞的时候乡政府和父亲都劝她把孩子做掉，她是躲到二姨家生下了四妞。当时乡政府是要开除她的，多亏父亲托人活动才调到了供销社，总算保住了饭碗。但母亲初衷不改，一直到生下了大锁，大功告成了才算了事。

父亲传宗接代的观念并不是很严重，他的兴趣更多地体现在对男欢女爱的追求上。父亲在这方面也算不上什么天才，结婚之前，他的这种爱好和能力从没有真正施展过，那时候他虽然有谈恋爱这样的冠冕堂皇的理由和名义，可每当他看中一个姑娘并发起进攻时，他费尽心机的攻势总会被人家轻易化解。父亲相貌平平，那时又只是一名普通的林业工人，自然条件显然对女孩子构不成足够的吸引力，且又手段平平，屡战屡败就是一件很容易想象的事情了。婚前父亲从来没有过一次成功的性体验，和母亲恋爱，是由别人介绍的，当时母亲刚刚经历完一场失败的恋爱，正心如死

灰，相亲的时候她几乎没怎么看对方就同意了这门亲事。母亲的长相在镇子里是数得着的，父亲当然没有不大喜过望的理由。从新婚到荔枝十二岁，父亲心无旁骛，绝对没有做过对不起母亲的事。

荔枝一贯认为，"欲望"这个词用在父亲身上似乎更贴切一些。父亲对其他女人的欲望应该说是那个胖女人桂姨给激发出来的。事情来得有些突然，成事之前父亲甚至没有一点预感。就在父亲升任科长的第三天，桂姨找到父亲，要父亲给她批一些豆油。当时东北地区的豆油供应还没有放开，依然和"文革"时期一样是凭票供应的，而林业局刚刚采购到一大批豆油，准备给职工作为福利分下去。桂姨推开父亲办公室的门，劈头就要父亲分些油给她。

你又不是林业局职工，凭什么分油给你呢？父亲皱了皱眉头，觉得眼前这个胖女人很是怪异，这要求提得简直是莫名其妙。

我开酒馆，的确需要很多的豆油。桂姨说。

需要豆油的多了，我总不能见一个给一个吧？父亲说。

可我和他们不一样，桂姨说。

怎么不一样？父亲问。

你过来，你就知道不一样了。桂姨站在屋子一角的一张长凳子旁边，话说得很轻，用的是一种近乎气声的语气。

我要是不过去呢？父亲说。

那就我过去呗。桂姨说罢，以一种不可思议的速度蹿到父亲跟前，一下子就把父亲的头搂在了怀里。父亲是坐在一张办公桌后面的，他几乎没看清桂姨是从办公桌上跃过来的还是绕过来的。事情显然是突如其来，容不得他加以考虑。他本想将倾泻过来的身体推开，但力量显然小了一些，那个饱满的胸部一贴上他的脸他就觉得自己不行了，他心跳加快，浑身像触电一样不停地抖动。起初桂姨是一手搂住他的后背，一手在他的头发上揉，桂姨的手像一根火柴，瞬间就将他干柴一样的头发点燃了，他觉得自己的头发一根一根全都竖立起来，变成了一团燃烧的火焰。桂姨的这只手开始下滑，从他的领口处一下子滑进了他的棉袄里，这只手像一条蛇似的在他的胸前游走起来。在这之前，父亲的胸部是从来没有被人抚摸过的地带，与母亲做爱的时候，占据主动位置的总会是父亲，而母亲总是被动地仰在那里任他宰割。他原以为男人不同于女人，男人的胸部是没有什么感觉的，但经桂姨的手轻轻拂去，蕴藏在身体里的一些东西就像是一瓶陈年未启的酒，桂姨用手一拧，盖就开了，香味以不可阻挡之势汹涌而出。父亲快活地尖叫了一声，他再也控制不住了，反过来将桂姨搂在怀里。

但这里是办公室，他们谁都知道这里随时都会有人进来，进一步的行为显然无法展开。他们分开身体的时候，桂姨没有再提油的事，而是转身向门外走去。桂姨一边走一边回头对父亲说，跟我来，我一定把你伺候得昏死过去。

桂姨走了，父亲仅仅迟疑了片刻，就大步地跟了出去。雪地里，父亲就像是被桂姨牵着的一条狗，死心塌地地跟定了前面的新主人。

这一天小酒馆里没有顾客，经营者又只有桂姨一个人，这显然是一个恰到好处的安排。桂姨待父亲进屋后警觉地在门口左右看看，在确认没有被人注意后她迅速地给窗子上了板，然后用竿子一挑，把挂在门前的酒幌也摘了下来。

就在这提前打烊的酒馆里，父亲被胖女人桂姨成功地启蒙了。桂姨虽然生得丑陋，但她用自己的行动告诉父亲一条真理，那就是白菜萝卜绝不是一个味道。父亲从桂姨的身边爬起来的时候，轻轻地骂了一句。

父亲骂的是，妈的，我过去简直就是傻×！

为了不做傻×，父亲走出小酒馆后就非常努力地把自己变成了一个猎手。他白菜要吃，萝卜也要吃，木耳和土豆也要吃。他开始注意每一个可能就范的女人，极尽拉拢引诱之能事，而那些女人在得到他的一些好处之后，几乎无一例外地对他采取了迎合以及半推半就的策略。父亲就像是来到了一个新的大陆，他兴奋而又好奇地游走在数不胜数的崇山峻岭之间，很快就达到了乐不思蜀的程度。

但是令父亲不愉快的事情也随之而来，母亲不断的探秘与捉奸给他的快乐之旅增加了许多障碍。每当一件好事被母亲破坏掉后，他都会恼羞成怒，至少在那一刻，夫妻的情分是抵不过那些新鲜的快感的。他忍无可忍地对母亲大打出手，以维护对那种快感的控制权。他最暴力的纪录是一脚把大锁从母亲的肚子里踢了出来，还有一次，他一拳击在母亲的后脑勺上，母亲倒在地上至少昏迷了两个小时。

令父亲惊奇的是，他的残暴并没有令母亲却步，母亲以令人难以置信的坚韧与耐力，几乎参与了他的每一次猎艳活动。每当他得手一个女人，以忘形的姿态投入其中的时候，母亲总会像一个约定好了的客人一样准时出现在他和那个女人的面前。母亲在荔枝的强有力配合下，屡屡得手，无论父亲做得如何隐秘，挑选了什么样的场所，都无法逃脱母亲的追踪。到了后来，即使有些时候母亲没有来捉奸，他也觉得母亲就在不远的什么地方，说不准什么时候就会杀过来。这样的担心多多少少影响了他的发挥。因此，只要母亲一出现，憋了一肚子的火气便找到了一个合适的喷火门，他是定要把它杀出去的。

洗澡

在老家江林，洗澡的确应该算作一件特殊的事情。在荔枝的记忆里，漫长的冬季好像从来没有谁和她提起过洗澡的事。屋子里虽然有火墙火炕，但穿着棉袄坐在烙屁股的炕上尚觉得冷，要脱光了身子洗澡那几乎是一件无法想象的事情，那样做会把人冻成冰棍儿的。白天穿着衣服也没机会看自己的身子，晚上钻进被窝时灯就熄了，也很少有机会对自己的身子过多地关注。在冬天，荔枝好像把自己的身体都忘了。一直到夏季来临，荔枝才注意到自己的身子。

七月开始就是洗澡的日子了，二浪河则是天然的澡堂，在北国短暂的夏季里，镇子里几乎所有的人都涌向了二浪河。每天中午是河里人气最旺的时刻，男女老少拥到河边，脱了衣服就下水，脱得都有些急不可待。下水的目的一是洗澡，另一个是戏水。洗澡放在前面，说明了实用目的是大于游戏目的的。在棉衣里捂了一年的汗水风尘，身上大都结了厚厚一层垢，的确迫切地需要洗涤。澡堂要分男女，二浪河的七月也是要分男女的，河边有一块一人来高的巨石，人们以它为标记，左边为男右边为女，多年的习惯成了规矩。男女结伴而来，走到看清了河水时就自动分开，极少有人违规。

荔枝去洗澡大都会和大珍结伴而行，妹妹和弟弟与她们的年龄相差得大一些，自然就有一种类似代沟一样的东西，所以荔枝在家里接触最多的就是大珍。每年第一次去河里洗澡之前荔枝是有一项程序要做的，那就是关上家门，接上一盆清水自己先偷偷地洗一遍，把身上泛着亮光的明垢洗去，以免到河边脱衣服的时候自己显得太难堪。大珍虽然比荔枝大两岁，但想法却没有荔枝那么多，每当荔枝把自己关在屋里先洗，大珍就会隔着门板冲着她嚷，脱裤子放屁，这才叫费二遍事呢！荔枝不理她，只顾按着自己的意愿洗。

在镇子里的许多人眼里，是把去二浪河洗澡当作节日来过的。尤其是年轻人，都穿上自己最好的衣服，走在镇子通向河边的路上，你看看我，我看看你，暗地里绝对是较了劲的，看谁的衣服新鲜漂亮。到了河边脱光之后，又看谁的皮肤白净，看谁的体形标致。不管是有了孩子的媳妇还是黄花闺女，洗完澡从河水里钻出来后，都敢光着身子在岸上走几圈，一点也不在乎并不算远的巨石另一侧会投来偷窥的眼神。

从河水里钻出来的一瞬间还是会感到一种刺骨的冷，但善解人意的太阳给人提供了温暖，光着身子站在太阳底下晒一晒，用不了太长时间就会把这种冷逼出体外，暖洋洋的感觉则会随之而来。对于荔枝来说，她最喜欢的倒不是泡在水里，而是裸着身子晒太阳的过程。也许是天太冷的缘故，江林女孩的发育要晚一些。荔枝的体形从十六岁才开始有模有样，她身体的线条简练流畅，虽然该凸的地方还没有完全凸出来，该凹的地方也没有完全地凹下去，但荔枝还是对此有一份自豪感，荔枝的腿长，这为她日后的窈窕身材奠定了基础。洗完澡荔枝总是不急于穿衣服，她找一个平坦一些的地方躺下去，任阳光把自己的身体照透。用不了太长的时间，她就会感到有一股清新的香气被阳光逼出体外，它们和水香草香花香一起飘浮在空气中，令荔枝想起一些愉快的事情。

比如男人，荔枝就是在明媚的阳光下开始想到了男人。荔枝最初想男人是很笼统的，她把男人想象成一棵又一棵的树，而女人则是藤蔓一样的东西，女人需要攀附男人，男人也需要有女人来攀附。荔枝的这种认识多多少少得益于对父母的观察，母亲需要攀附父亲，而父亲却有那么多的藤蔓来攀附，这种量的对比使荔枝顺理成章地为性别排出了座次。有那么一段时间，她开始为自己的性别感到自卑，同时又为自己无端地被造化成女性而愤愤不平。

把男人具体落实到一个人的头上是在读初中的时候，也就是她跳舞受伤后安子背她去医务室的路上。教室距医务室不过几十米的距离，但就在这不算远的路上，一棵树晃晃悠悠地在荔枝的心头耸立起来。一路上安

子没和她说一句话，但这并不重要，重要的是这棵大树终于立了起来，它把荔枝对男人的模糊一片的认识具体化到一个个体的身上，这对少女荔枝绝对是一个重大的突破。

安子真的是一个不错的小伙子！荔枝想。

能让他背一背，这一跤摔得值。荔枝又想。

正是打这以后，安子成为荔枝格外关注的一个人，无论是在校园里，还是在放学路上，安子都会成为荔枝的一个目标。荔枝的眼神在漫不经心的表情掩护下，一次又一次地接近安子，她觉得安子已经具备了成为一个男人的基本条件。他宽肩长腿，有着光滑明亮的前额，他的面庞几乎是完美的，鼻梁修长挺直，眼睛不算太大但却十分明亮，并且有着令人心跳的眼锋。认真看，可以看见他的嘴唇上方已经萌出一层浅浅的胡须。有了目标和没有目标就是不一样，有了目标的荔枝比以前精神了，眼睛总是瞪得大大的，像是随时在寻找着什么。值得一提的是，这个目标的出现淡化了另一个目标，她对父亲的盯梢变得有些心不在焉了，以致在很长一段时间里，她向母亲提供的情报数量和准确性都大打折扣。

有一天，大珍在上学路上撵上荔枝，问她这段日子怎么不和她一起走了。荔枝怔了一下，然后说她每天只是想早一点到教室，好预习一下当天的功课，因为她的学习成绩一直不如大珍，再不努力就跟不上趟了。大珍虽然在其他一些事情上远不如荔枝精明，但她却对功课有着超出荔枝一截的理解力，她几乎没怎么费劲就成了班级里的学习尖子。此时听荔枝这么一说，大珍的胸脯就高高地挺了起来，也不再追问荔枝什么了。

其实，荔枝不和大珍同行是有另外的理由的，只是这个理由不便讲罢了。荔枝知道自己的外貌没有大珍漂亮，而且大珍还大她两岁，可别小看这两岁，这两岁是足可以把女孩子的优势发挥得淋漓尽致的。无论是胸脯还是腰身，大珍都已出落得相当到位了，她的眼睛流光溢彩，天真的表情似乎使她显得更加清纯可爱。和大珍在一起走，几乎是在不经意间自己的光芒就被大珍给遮蔽了。荔枝曾做过假设，如果她和大珍在一起走的时候碰上了安子，安子的目光会偏向谁几乎是件毫无悬念的事。荔枝不想让设想变成现实，所以她只能早一些起床，早一些走，以避开这种局面的发生。

但是随着荔枝对安子的关注，一块巨大的阴影也越来越明显地投到了她的心里，这阴影来自安子对她的冷漠。每当荔枝和安子的眼神相遇，率先避开眼神的总会是安子。有那么一段时间，荔枝一直搞不清楚，安子的这种表现究竟是源于羞怯还是真的对她毫无感觉。有一次荔枝实在憋不住了，就在洗澡回来的那条土路上，主动与迎面走来的安子打起了招呼。

干啥去？荔枝的声音很低，但字字叮咚，声音十分清楚。

洗澡。安子冲她笑了笑，脚步却没有停，瞬间就和她擦肩而过了。

荔枝显然也无法停下步子，她一心期待的场面没有出现。荔枝看得出来，安子的笑是纯礼貌性的，也就是说人家根本没拿她当回事。这种确认令荔枝感到十分失落。

但荔枝并没有作罢，她日思夜想，终于又想出了一个强行引起安子注意的办法。

这个办法很惊险也很简单，说白了，不过是一个小小的苦肉计罢了。在那个夏天的某一天起，荔枝突然开始骑车上学了，车就是父亲的那辆自行车。父亲由于常年不用它，车身已经锈迹斑斑，荔枝把它小小心心地擦了一遍，就骑上它上路了。母亲说上学的路又不算远，你何必骑车呢？荔枝说我只是喜欢骑车的那种感觉，母亲说骑车盯你爸爸也不方便呀，荔枝说方便不方便只有我自己知道，妈你就别跟着操心了。母亲见状也就不再说什么。

荔枝把车蹬得飞快，有同学和她打招呼，她就冲人家笑一笑，并不停车。荔枝的车技不错，坎坷的路在她的车轮下显得很平坦。

荔枝不光上学骑车，洗澡去她也骑车。她的苦肉计其实是在洗澡路上实施的。那一天是星期日，大珍本来约她上午去洗澡的，可她推说身体不舒服没有去。她是在下午两点多钟的时候自己骑着车子去的，她之所以选择这个时间段去是有她不可告人的理由的，通过观察，她知道安子通常就是在这个时间段里去洗澡。事情果然如荔枝预想的那样，她刚出镇子，就看见前面土路上有一个熟悉的身影，她知道机会来了，她猫下腰，脚上加快频率，在与安子擦身而过的一瞬间，她冲着路旁的一块石头骑了过去。车子顺理成章地倒下了，荔枝的身体像一件被抛起来的大衣，一朵花一样瞬间在空中开放了，然后在一双惊讶的眼睛里，如愿以偿地凋谢。

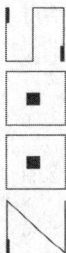

安子没有理由不赶到荔枝的身边了，他弓下身去，很小心地将倒在地上的荔枝扶起来。荔枝的脸上挂着并不难看的痛苦表情，她欲擒故纵地推开安子，试图自己站起来，但是刚挪动一下，就哎呀一声又摔倒了。

我送你去医院吧？安子说。

又麻烦你了。荔枝说。

没什么，谁赶上都会这样做的。安子说。

不是谁赶上都能这样做的。荔枝说。

为什么？安子愣了一下。

不为什么，因为只有你能帮我。荔枝固执地说。

安子摇了摇头，没有多说什么，他把荔枝扶上车架，自己推着车，就这样一直把她送到了家。整个过程简单得有点令荔枝失望，但更令荔枝失望的是在这之后的相当长的时间里，他们两个依然像在两个轨道上运行的星球一样各行其是，没有发生任何故事。这样的日子一直到她十八岁生日那天才宣告结束。

恋爱

恋爱是冬季里的一股暖流，它是可以抵抗寒冷的，它远胜于一堆篝火或一件棉衣。在那个多雪的冬季，荔枝整天都感觉暖洋洋的，她的血管像加热了的管道，源源不断地向周身提供着热量。

荔枝和安子开始频繁地幽会，这很正常，这种事情有了第一次，第二次和第N次就都不在话下了。他们的幽会场所大都选择在那座木房子里，时间有时是白天，有时是傍晚。在江林，人们大都知道那种木房子的功用，它绝不单单是供工人们休息用的，它的另外一个功能就是用于幽会，如果门被人在里面给顶上了，后去的就会知趣地走开，去另觅场所。

约定好以后，大都是安子先去，他把火生起来，然后在地上铺上些稻草，等荔枝到了，房子里已经圈起一股暖意了。这个时候安子就会脱了大衣摊在草上，然后不等荔枝说什么，一下子就将她扑倒。

每次做得都很急，都不顾一切的样子。

对于这件事情荔枝总觉得有一点点遗憾，每次她都是编好程序来的，在这个程序中两个人的倾心交谈占着很大的比重。在她认为，恋爱是需要交谈的，是需要把一些心里话告诉对方的。但每一次到现场，事情都完全由不得她了，安子几近粗暴的动作轻而易举地打乱了她的程序。切肤的冲击和快感把她要讲的话冲击得七零八落，理不出一点头绪了。于是荔枝索性也不多讲话了，只让身体语言尽情地发挥作用。

但不管怎么急，荔枝都没有忘记告诉安子戴上避孕套，而这种东西是她在父亲的抽屉里偷来的。

恋爱是个既费精力又费时间的事情，由于约会占据了荔枝大块大块的时间，用于盯父亲梢的时间就显得少而急促了。有一次，荔枝从木房子出来的时候天已经黑了，她看了一下表，离五点下班的时间只差十分钟。荔枝是小跑着赶到林业局门口的，可还是晚了，院子里的人已经走光了。

荔枝有些沮丧地往家走，她的头沉沉的，似乎里面装了一些新的东西，这东西是什么呢？她一时又搞不清楚。一直到了家，这个东西似乎才清楚了。

荔枝推门进屋，母亲带着弟弟妹妹们已经在吃饭了。母亲迎着她走出来，把她拦在了厨房里。

看清是谁了吗？母亲迫不及待地问。

看清了。荔枝说。

母亲问是谁。

这次不是女的。荔枝顿了一下说，这次是几个男人把父亲拉走了。

他们拉你父亲去干什么？母亲惊讶地问。

去喝酒，然后说要打麻将。荔枝此时才搞清楚心里多出的东西是什么，原来这个东西竟然是谎言，令她惊讶的是她把这个谎言说得很平静，说得和真事一样。

这是真的？母亲理所当然对此产生了怀疑。

荔枝说当然是真的。

荔枝从来没有对母亲撒过谎，母亲只好相信了她的话。

一连数日，荔枝都是这样和母亲说的。因为荔枝的谎言，家里暂时平安无事，没有了捉奸，也就没有了父亲的暴力，更没有了母亲的出走。荔枝突然觉得谎言有的时候也是很好的东西。父亲依然每天都是半夜里回

来，他蹑手蹑脚进屋的时候，屋里已是鼾声一片了。荔枝因为心里有事，所以觉睡得很轻，父亲进屋她是知道的。这个时候她就会睁开眼睛，全神贯注地担忧起来，她不知道自己用谎言建立起来的平静究竟能维持多久。

母亲对荔枝的谎言至少有几次产生了怀疑，她不相信父亲就这样从男欢女爱的泥沼中自拔出来，去迷上什么麻将。她知道麻将是有魔力的，但那些风骚的女人显然对父亲更具魔力。有好几次荔枝把这样的消息带回来时她都眯起眼睛，摆出一副疑惑不解的样子。荔枝知道母亲心存疑虑，于是就采取了主动进攻。

荔枝说妈你不信就自己去看。

母亲凝视着眼前的荔枝，她看见荔枝的身上披着一层浮雪，脸蛋冻得像熟透的苹果一样，她的心就软了。母亲知道荔枝是她的几个孩子中最懂事的一个，是自己的得力助手。为了这个家，也为了她，荔枝做出了超龄的努力和付出，她怎么能不信任荔枝呢？

母亲伸手摸了摸荔枝的脸，没有多说什么。后来荔枝回忆，她觉得母亲对父亲的转变感到的似乎不是欣慰，而是一种莫名的失落。

荔枝把从盯梢上节省下来的时间全部都用在了恋爱上，照这样发展下去，事情也许是另外一个结果。但是一件令荔枝意想不到的事情发生了。

那是一个没有月亮也没有星星的晚上，下午五点多钟天就黑得跟锅底一样了，在外面只能靠积雪泛出的亮光来辨别方向。这天荔枝本来和安子约好要见面的，但安子在约定时间到来之前却通知她取消了约会。安子只推说家里有事，但并没有详细说是什么事，荔枝也不便多问，只好自己一个人踽踽地在外面走。没有了约会，又不去盯父亲的梢，荔枝一时就没有了目标。此时镇子已经开始热闹起来了，上班的人开始下班，身边不断地响起积雪被人踩动的嘎吱嘎吱声，有许多人家的房顶冒起了炊烟。和天空一样颜色的炊烟从厚厚的雪层里升起来，给人的感觉是倒错的，好像那烟是天空流下来的污水，一股一股的，落在雪上便浸成了团状的痕迹。想到安子家门口走一走的念头就是在这个时候升起来的，方向有了，脚步也迈得踏实了许多。

事实上荔枝还没有走到安子家门口就看见了安子。安子也是刚从家出来，他还是那种打扮，棉衣棉帽，帽檐边撑出的一大团狗皮毛和眼睛一样闪闪发光。不知为什么，荔枝没有迎着他走过去，而是敏捷地一闪身，把自己藏在了墙根的一大片阴影里。安子显然没有发现荔枝，尽管他在东张西望。安子的神情比荔枝还显得诡秘一些。

安子会干什么去呢？这个问题诱惑了荔枝，她几乎不假思索就尾随着安子走了下去。

盯梢，已经成为荔枝的一个习惯，或者说，盯梢对荔枝来说是件极容易做到的事情。

天毕竟太黑，前方的安子像一条移动着的影子。有那么一个瞬间，荔枝的记忆有些模糊和混淆，仿佛前面的目标不是安子而是父亲。时间一分一秒地过去了，事情发生了令荔枝惊讶的变化，她惊奇地发现，前面的安子也在盯着一个人。尽管荔枝无法确定安子盯的人是谁，但这种事情的本身已经令荔枝深感困惑。在积雪的映照下，一对少男少女的异常举止显得有些难以解释。荔枝在猜疑与矛盾中与前方的目标同行，心里不知是种什么滋味。

事情继续向着出人意料的方向发展。荔枝踩着安子踏出的脚印出了镇子，而安子显然是循着最前面的人的脚印在走。这是一条荔枝熟悉得不能再熟悉的路线，它直奔二浪河边，再往前走，就是那座木房子。果不其然，最前面的人影进了木房子，而安子也一步一步靠近了木房子。荔枝看见安子在门口迟疑了好一阵，不知过了多久，安子还是撞开了那扇门。门板的爆裂之声在寂静的雪野和冷冽的空气中显得十分突兀，房子里很快传出一阵撕扯声。几分钟后，荔枝看见有一截像圆木一样的东西从房子里滚出来，门前的积雪被轧得溅起老高。雪粉落定，她才看清那不是一截木头，而是两个扭打在一起的男人，其中一个是安子，另一个竟然就是荔枝的父亲。这样的结果完全出乎荔枝的想象，她一下子就傻了。

一个披头散发的女人冲出木房子，她对两个大打出手的男人高声嚷道，你们都住手吧！

率先住手的是荔枝的父亲，他闪开安子的拳头，躲到那个女人的身边。安子不依不饶地追上去，却遭到那个女人的一记耳光，安子被打愣住了，他亢奋的身体像木桩似的被钉在原地。

听妈的话，你给我回去！那个女人冲着安子吼道。

安子没有动。

你给我回去！那个女人的声音像被撞开的门板一样，尖利的撕裂之声如一股旋风从雪地上滚了过来。安子双手捂头，像经受不住这种声音的震撼，掉头往回跑去。荔枝下意识地躲开狂奔过来的安子，她眼前一黑，顿时觉得暗无天日起来。

旗帜

我终于明白了。荔枝说。

你明白什么？安子问。

你从来没有看上过我，你突然和我好起来是因为你发现了一个秘密。荔枝说。

安子瞪大了眼睛。

你发现你妈和我爸的事情后，你为了报复我爸，才跟我……荔枝说到这眼泪吧嗒吧嗒滚落下来。

安子低下头，他斜靠着木头墙壁，好像没有这扇墙，他的身体就会轰然倒塌一样。此时，他们就在那座意味深长的木房子里，风吹门窗发出一些古怪的声响，铁桶里的火也在毕毕剥剥地响着，火焰把荔枝单薄的影子举到了墙上。荔枝觉得自己的身体印在墙上就像被凌空悬挂一样，只要火一熄灭，她就会轰然跌落下来，被摔得粉身碎骨。

你要了我，真的是为了报复吗？荔枝用袖子抹了一把眼泪说。

安子耷拉着头，一言不发。

你……你太过分了。荔枝说。

可是你爸过不过分呀？安子抬起头来冲着荔枝大声嚷道，最初当我发现你爸带着我妈走进这座木房子的时候，你知道我是什么感觉吗？对一个人的侮辱莫过于把他的母亲压在身下，可我从门缝里看见的就是这样的情景。我和你爸争斗过无数次，可每一次我妈都站在你爸那一边。我妈跟我说过，说我爸是瘸子，只挣那么点救济金，我们家吃的米和面都是你爸给的。每一次妈的话都像是一把尖刀捅在我鼓鼓的肚子上，斗争的欲望就会像气体一般杀出去了。我知道我实在无力和你爸争斗。

所以，你就把报复的对象选在我的身上？荔枝说。

每一次我都会像一个撒了气的瘪气囊一样被妈妈拖回家，我虽然嘴上不说什么，但我是咽不下这口气的。安子说，那段日子我正在准备高考，我的眼睛看似盯着书本，可视觉里却总是出现这木房子的一幕，我头一次偷看的时候，你爸白亮亮的屁股正好冲着我的眼睛，它就像扎进我眼球里的一块铁屑，我怎么眨眼怎么使劲也弄不掉它。这样的状况影响了我的复习，我理所当然地考砸了。

所以你就更恨我爸？荔枝说。

我没有理由不恨他。安子说，是你爸害了我，毕业后闲在家里的时候我就想着要出这口气，可我又奈何不了他。我是在突然之间想到你的，你在我的脑海里一出现我的眼睛就亮了，我知道我终于有了报复他的办法。

在这之前你的心里从来都没有过我，是吗？荔枝问。

说心里话，是这样的。安子放低声音说，上学时我出手帮你纯粹是出于本能，要是换别人受伤，我也一定会出手相帮的。但我不是一个太愚蠢的人，你对我的好感我是看得出来的，后来为了报复你爸爸，我就是利用了你对我的好感。不然，我约你出来你也不会出来的。当我把你压在身下的时候，我每动一下就在心里对你爸说上一句，我说你弄了我妈我弄你闺女，看咱们谁更占便宜。

卑鄙！荔枝骂道。

你骂得好。安子说。

现在我们两清了，我们两家谁也不欠谁的。以后你不认识我，我也不认识你。荔枝说罢起身就走，却被安子一把给拽住了。

你接着听我说，荔枝。安子加快了语速说，随着我们一次又一次的约会，那种报复的感觉却在我的身上一点一点地消失了。后来和你在一起的时候我不再骂你爸，也不再有什么仇恨。有的只是一种温暖和抚慰。说心里话，我已经真正地喜欢上你了。

这不是真的。荔枝摇摇头，又一次泪如雨下。

这是真的。安子一把将荔枝搂在怀里，激动地说，不管我的爱是以什么形式开始的，重要的是我爱上了你，而且，已经离不开你了。我为自己阴暗的开端向你道歉，我可以向你保证，我这辈子再也不会这样对你了。

两个人抱头痛哭起来。

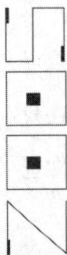

后来荔枝对人讲过，她说她和安子的恋爱从这一次才算真正开始。但不知为什么，也正是从这一天开始，荔枝心中的那种恋爱的感觉却在一点一点地减弱。荔枝一直搞不准这究竟是什么原因，虽然她仍然不断地赴约，不断地与安子野合，但对爱情的确有了一种不过如此的感觉。

恋爱与家是杠杆的两端，恋爱这边一弱，家就显得沉重起来。也就是说，荔枝心理的天平又倾斜于对家的维护上了。

那一年大珍考上了南方的一所大学，在她临走的前一天晚上，荔枝在和她聊天时问了这样一个问题。

荔枝说你恨不恨爸找过的那些女人。

大珍说我恨不得把那些女人一个一个都揍瘪了。

荔枝说我不恨她们。

大珍说你说这话好像不是这个家的人。

我恨的是爸而不是那些女人。荔枝说，你想呀，如果不是爸自己乐意，他怎么会去找那些女人？

可是，如果那些女人不乐意，爸也不能去找她们呀，大珍说。

荔枝皱了皱眉头。

所以我说，要想让爸不去找她们，还是应该想办法让她们不愿意。大珍说。

你能让一个两个女人不愿意，但无法让所有的女人不愿意。荔枝说，我觉得治病还是要治本，还是要对爸下工夫。

要下也只能你去下了，我就要走了。大珍说。

有我在，你就是不走，这事也轮不到你。荔枝的神态俨然自己不是妹妹而是姐姐。

大珍走了，荔枝成了家里真正的长女。她每天不但要帮助妈妈照料弟弟妹妹，还要做饭，还要谈恋爱。更重要的是她的心里竖起了一面旗帜，有了旗帜的指引，方向就明确了，行动也就有的放矢。其实，在这之前荔枝就对父亲与女人们的关系问题做过无数次的分析。在这一点上她要比母亲聪明得多，母亲只知道一次又一次地捉奸，却不想原因也不想后果。荔枝则善于总结经验，分析原因，去找能够治本的办法。

荔枝经过分析思考得出的一个关键词就是"权力"。这应该算作一个重大的发现，如果父亲不是供销科长，不能轻易弄到那些紧俏的物资和外快的话，那些女人还会心甘情愿地跟父亲玩偷情游戏吗？答案显然是否定的。原因找到了，荔枝兴奋得像是在夜路上望见一盏明灯，她加快脚步，向着有亮光的方向前进。

荔枝决定向父亲的权力下手。

荔枝

老家江林的周围尽是些连绵不断的山林，冬天，山坡和林木终日被白雪覆盖。荔枝很喜欢在日出的时候眺望东边的山坡，火球一样的太阳一截一截地从山顶上冒出来，白色的积雪被照耀得光焰四射，像白色的床单上洒了许多鲜红的血汁。荔枝不知道自己为什么总会产生这样的比喻，也许，血一样的颜色更能令她牢记一些东西。

早晨八九点钟的时候，在镇子里的一家小卖部门口，荔枝用公用电话匿名与父亲的领导通了话。荔枝把父亲与众多女人的奸情用简单明了的语言说了一遍，电话那边的领导似乎对这个问题很感兴趣，他不断地追问那些女人的名字，甚至包括一些细节。荔枝当然无法告诉他更多的东西，她打断电话那边的追问，有些不耐烦地冲着话筒嚷道，有关细节还是你派人去调查吧，我只想对你说，这样的人已不适合待在科长的岗位上了。不等对方再说什么，荔枝就把电话撂了。

荔枝蹚着积雪往回走，心情理所当然地沉重。走了一会儿，她发现羽绒服的领子上挂着几根细细的冰条，这才意识到自己在不知不觉间流了眼泪。和父亲的领导讲这种话，带给她的绝不仅仅是难堪。

但是荔枝没有别的办法，她只能孤注一掷地走下去。

走着走着，荔枝突然发现路的前方站着一个人，这个人一动不动地看着荔枝走过来，他的影子被刺骨的北风吹得飘浮不定。

安子！荔枝脱口而出。

走到近前的时候安子对她说，我早就看见你站在小卖部门口打电话了，是找我吗？

不是。荔枝说。

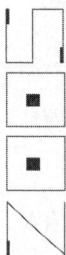

那你找谁？安子说。

你不要问了。荔枝说。

你哭过？安子瞪大了眼睛。

荔枝很想扑到安子的怀里尽情地哭上一场，但她还是忍住了。

她无端地想出了一句话来掩饰自己，她说你又想约我了吧？

安子说我是想约你了。

荔枝说，天太冷，过几天再说吧。

安子说，问题是，过几天它还是这么冷呀！

荔枝犯了犟劲，她提高声音说，过几天就是过几天。

好，我听你的，这总行了吧？安子被她气乐了。

荔枝却没有笑，和安子告别后，她哪儿也没去，径直回家了。

这天下午，荔枝写了一封状告父亲的信，在信中她把在电话里不便讲的事情通通写了进去。她一边写一边暗自发狠，牙齿与牙齿的咬合之声像锐器与锐器的碰撞一样，发出残酷的令人战栗的声音。荔枝知道让父亲下台也不是一件容易做到的事情，她希望这封信与她打的电话一起，起到两面夹击的作用。只要父亲不当科长了，她的努力就将成功一半，她的家也将有可能回归安宁。

荔枝是用左手写这封信的，以至于字迹歪歪扭扭，像个小孩子在练习走路。写完这封信就像刚走完很长一段路，她一下子躺在炕上，一种彻骨的疲惫犹如一股电流涌遍全身。

当天晚上，荔枝就把这封信投进了邮筒。

接下来是等待。那段日子荔枝如坐针毡，她吃不好睡不好，就连与安子的约会她都敷衍了事。她的这种状态令安子疑虑重重，他怕荔枝从此再提不起对他的热情，于是他就在荔枝耳边不厌其烦地解释自己，说他现在绝对是真心爱她的，以后的结婚对象也非她莫属。荔枝听后平静地笑了笑，好像这件事对她并非那么重要。

几天过去了，父亲依然兴冲冲地上班，依然下班以后不按时回家。又几天过去了，父亲依然如故。一个月两个月都过去了，情形依然没有发生什么变化，此时荔枝才意识到自己的努力也许真的是白费了。

后来荔枝对别人讲过，她说那个时候她才顿悟到了一种现实，那就是随着改革开放，所谓的生活作风问题在很多人眼里已经算不上什么问题了。也就是说，她的密报根本无法对父亲的科长宝座构成什么威胁。那么究竟什么问题才能够把父亲拉下马呢？这的确令她煞费苦心。一天晚上，荔枝和家里人一起看电视新闻，里面报道了一个官员因涉嫌经济问题而引咎辞职的事。这条新闻令荔枝的眼睛一亮，她几乎从炕上跳了起来。她的表情令母亲和姐妹们十分惊讶。

对，经济问题，这才是一把重磅的锤子。荔枝在心里这样对自己说。

有一天早晨，父亲要出门上班的时候被荔枝叫住了。荔枝的脸上挂着少有的喜气，她对父亲说，爸，你知道今天是什么日子吗？

是什么特殊的日子吗？父亲反问道。

是的，今天是你的生日。荔枝说。

父亲恍然大悟，他笑了笑后又摇了摇头，结婚这么多年，他还从来没有对自己的生日有过什么特殊的认识，也就是说，这么多年来他的生日被妻子给忽略了，也被他自己给忽略了。他不知道荔枝为什么会突然提起这件事。

爸，你今天回家吃晚饭好吗？荔枝顿了顿，尽量把声音弄得轻柔一些说，我想给你过一次生日。

给我过生日？父亲反问了一句，他的确没有不惊讶的理由。但更令他惊讶的不是过生日这件事的本身，而是荔枝的变化，他好像好长时间没有关注过他的女儿们了，此时稍一注意就发现了她们的变化。比如荔枝，她几乎是在不知不觉间长高的，她的个头比她母亲还要猛一些，而且容貌、身条，都出落得出乎他的意料。他怔了一下，然后若无其事笑了笑。

我预备一些好吃的，想给你过一次生日。荔枝说。

父亲有些被感动了，至少在那一个瞬间，他对荔枝，进而对这个家庭产生了一些歉疚的感觉。他低下头沉吟片刻，然后叹了口气说，好，我今晚一定回家吃饭。

为了这顿饭荔枝忙乎了整整一天。对于荔枝的这个举动，母亲和妹妹们都困惑不解，四妞说她是出风头，想讨父亲的欢心，三妮说她是莫名其妙，说她的一些做法越来越叫人琢磨不透。母亲虽然没有明确反对，但她还是忍不住对荔枝说，你想靠这些小伎俩来感化他，那是做梦，他的心已

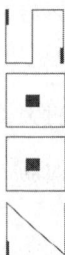

经变成了石头，你拉不动他的，他的心不会离开那些女人回到这个家的。荔枝对她们的话一笑置之，她一句话也不多讲，仿佛多说一句话会分散她的精力一样，而她的精力显然全都用在这顿饭上了。

荔枝买了肉、鱼和青菜，她甚至还去桂姨开的小酒馆买来了父亲爱吃的那种凉拌猪尾。中午一过，荔枝就点火了，她把该蒸的蒸，该炖的炖，母亲和妹妹们回来的时候，屋子里已是热气腾腾，气氛营造得相当到位了。

父亲很守约，这是他少有的下班后按时回家的一次。看着桌上已经摆好的酒菜，父亲冲着母亲做了一个鬼脸，他用更加少有的调侃口气对母亲说，你看看，你什么时候像荔枝这样，给我像样地过一次生日呀？

母亲用鼻子"哼"了一声，然后没好气地说，别说别人，看看自己是怎么做的？

父亲的脸很难看地板了起来，他瓮声瓮气地说，你知足吧，有我在，你什么时候愁过吃愁过穿？

母亲把头斗鸡一样地高昂起来，她正要和父亲继续争吵下去，荔枝插嘴把母亲的话给堵了回去。荔枝把斟满酒的杯递给父亲，用很抒情的语调说，爸，很多年没给你过生日，你别挑我们。我们不愁吃不愁穿地长大，首先要感谢的就是你。以前我们小，不懂事，现在我长大了，我才认识到你对这个家的重要。喝了这杯酒吧，有我在，以后年年给你过生日。

好，我喝。父亲说。

父亲是一口将一杯酒干掉的，这酒是江林本地产的烧酒，度数有六十五度。父亲喝完这杯酒，脸上就闪出熠熠的光泽。好话和美酒的作用是巨大的，它几乎轻而易举地腐蚀了父亲僵硬的表情，从这杯酒开始，父亲脸上的线条柔软了，以往在家里旁若无人的目光也变得慈祥而富有人情味了。对于父亲的这种变化连母亲都感到有些始料不及，她本想和父亲争吵下去的，但她嘎巴嘎巴嘴，还是什么都没有说。外面的天已经黑透了，屋子里明亮的灯光中流动着一种舒缓、温暖的东西，母亲自始至终都没说几句话，她好像怕一开口，就会将这种氛围破坏殆尽。

荔枝给父亲斟上了第二杯酒，她依然用抒情的语调说，从小到大，我的穿戴一直是同学们当中最好的一个，全校那么多女生，第一个穿上丝质红裙子的是我，第一个穿上棉皮鞋的是我，第一个穿上羽绒服的也是我。女儿心里有数，女儿知道自己应该感谢谁，爸，你再干了这杯。

父亲二话没说，一仰脖又将这杯酒干了。一旁的三妮和四妞都斜着眼睛看荔枝，她们不明白荔枝为什么要这般讨好父亲。但荔枝全然不顾她们的白眼，她的注意力几乎全在父亲身上。

我想，我能够有这些，全因为爸你是供销科长呀！荔枝说。

你说得没错，如果我不是科长，我哪会有权去为整个林业局进货，又哪会得到那么多的回扣和好处呢！父亲不无自豪地说，都知道现在是买方市场了，进货的就是爷，你们知道我进一次货是多么大的数目吗？不跟你们说了，说多了怕你们害怕。

荔枝又给父亲斟满了酒，又说了一通激动人心的话，父亲照例又干了。这天晚上父亲喝了很多的酒，说了很多的话，最初他并不想涉及与客户之间的一些话题，但喝着喝着他就什么都说了，连进一次货得了多少回扣都说得清清楚楚。当然他也明白，在外面就是喝了再多的酒他也不会讲这些话的，他必须层层设防，严守职业秘密。但此时面对的是妻子儿女，他就有足够的理由卸下伪装，畅畅快快地倒出一些东西。人的心里东西装多了是会憋出病来的，适时倒出去一些东西，就像是偶尔找一个野女人玩上一回一样，是会得到一种轻松感的。

那一晚，父亲毫不含糊地喝醉了。

冰雪

江林的雪是惊心动魄的。荔枝这样对人讲过。

雪下起来能把天下昏了，雪花有时像硬币那么大，一片一片砸下来，却又落地无声。有时雪花又很细碎，像一团一团的粉末从天空扬下来，遇到地上的风又被扬了回去，镇子完全被笼罩在白色的烟雾里了。在这样的雪地里走，辨别方向都成了一件难事。

父亲被林业局撤职的那天就是这样的一个雪天。父亲摇摇晃晃地撞开家门，他手里拎着一只酒瓶，顶着一身的白雪，下巴上挂着一层薄冰。他面无表情，一声不吭，仿佛表情和声音都被冻僵了一样。见他这副模样，三妮和四妞她们大气都不敢喘，躲到里屋去了。母亲想问一问他，但嘴唇

动了动，话却没有说出来。

父亲把屁股往炕沿上一搭，继续喝酒。他脸上的冰和身上的雪一起融化，像露珠似的一颗一颗滚落下来，不一会儿炕沿和脚下就湿成了一片。母亲凑过去试图帮他擦一下，被他给推开了。屋子里只有荔枝一个人十分平静地凝视着他，脸上渗出一些不易察觉的胜利者的笑纹。

打这以后，父亲开始下班按时回家了，这是荔枝早就预料到的，她知道父亲对那些女人来说已经失去了价值，他再也没法给她们这样或那样的东西和好处了，这样的男人她们是不会需要的。而父亲似乎也有自知之明，她们不找父亲，父亲也就不去找她们了。他只管灰着脸躲回家去，喝自己的酒。

但后来发生的事情却是荔枝没有预料到的，时隔不久，林业系统的情形就发生了变化。由于林业资源的减少，林业局的处境越来越难，已经有大批工人开始下岗了。父亲是江林林业局第一批下岗人员中的一个。本来父亲断了外快后家里的生活已经捉襟见肘，这回父亲一下岗，日子就更不好过了。过惯了衣食无忧生活的母亲面对这种情况一下子乱了方寸，她要父亲去搞钱，父亲说我都这个样子了，我到哪儿去搞钱呀？母亲说我不管你到哪儿去搞，你是一家之主，你就得去搞钱。父亲和母亲又一次吵了架，这一次父亲没有动手打母亲，而是将一摞瓷盘摔在了地上。破碎的瓷片像一朵花似的猝然开放，镜片一样的花瓣上映满了家里人表情各异的脸。

这次打架的结果不是母亲离家出走，而是父亲走了。就在这天晚上，母亲突然把荔枝拉到了厨房，她用一种很特别的眼神盯住荔枝，荔枝也盯住母亲的眼睛。她们的凝视持续了很久，最后，还是荔枝率先移开了眼神。

说，是不是你搞的鬼？母亲终于开口了。

荔枝没有吭声。

那个匿名告发你爸有经济问题的人是不是你？母亲大吼了一声。

荔枝还是没有吭声。

母亲猝然出手打了荔枝一个耳光，随着耳光的响声母亲的哭声也爆炸一样迸发出来。母亲边哭边嚷道，都是你害了这个家！

荔枝用手捂住火辣辣的脸，她浑身颤抖，一句话也说不出来。

几天以后，安子把荔枝约到了木房子。

在跳跃的火光照耀下，他们又一次野合了。由于约会的间隔时间太长了，安子显得很饥渴也很疯狂。望着安子明明暗暗的脸，荔枝突然有了一种很疲惫的感觉，她没有像通常那样闭着眼睛，因为她怕闭上眼睛自己会睡着的。

其实安子用很短的时间就爬到了高峰。他一边帮着荔枝穿衣服一边说，荔枝，我有一件重要的事情要跟你说。

我也有一件很重要的事情要跟你说。荔枝说。

安子说那你先说。

荔枝说还是你先说吧。

安子说我要和你说的事情是我想和你结婚。

荔枝说我要和你说的事情是想和你分手。

为什么？安子的眼睛一下子就瞪圆了。

去南方的一个女同学给我来信了，她说她去的那座城市里的人傻，钱好赚，她要我也过去赚钱呢！荔枝说。

你不要听信她的那些鬼话，你知道她做的是什么营生呀？安子用双手按住荔枝的肩头。

我不管她做什么营生，我家这个样子，的确很需要钱。荔枝说。

荔枝，千万不要这样，你知道我爱你呀。安子边说边用力摇荔枝的肩膀，可荔枝仿佛睡着了一样，木呆呆的，就是不接他的茬儿。

原载《花城》2005年第3期

点评

冰雪荔枝，给人的感觉是晶莹剔透，于纯净中带着一份火热的激情。然而，关于荔枝的故事却是冷艳的，如冰雪般残酷无情。故事发生于荔枝的懵懂年代，她喜欢上了同学安子，但安子对她并无他意。荔枝十八岁那年，安子却主动发起攻势，频频与她约会。后来荔枝发现，安子并没有爱上自己，而是出于报复心理，因为安子发现荔枝的爸爸——林业局供销科长——与自己的妈妈有不正当关系。花季少女荔枝承载的是她这个年龄的女孩所不堪承受的重负，跟踪、盯梢、捉

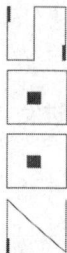

奸、寻找、恋爱、告发伴随了荔枝的成长。她为了维护家庭的稳定一次次谋划让父亲失掉权力，没想到带来的是更大的家庭灾难，给自己带来的是一条无可奈何的生存绝路。当安子真正爱上她时，荔枝反倒变得无动于衷，她已被生活的虚伪与沉重折磨得麻木了。北方女孩荔枝的堕落让人感到心酸而沉重，因为她曾经是那么纯真无瑕，就像她的名字一样。根据东北独特的社会现实来描写美丽而忧伤的人物命运是辽宁作家李铁的创作特色。在《冰雪荔枝》中，作者善于渲染红色与白色交相映衬的场景，这种浓墨重彩的勾勒让读者感觉仿佛置身于一种诗意瑰丽的意境中，不禁浮想联翩。

（周宝红）

穿铠甲的人 /

/ 姚鄂梅

十二岁那年，我妈嫁给了杨青春。这是她第三次嫁人了。

这一次没有了送亲的队伍，杨青春走在前面，我妈拽着我走在后面。我低声说，你放开，我不会逃跑的。她看了我一眼，拽得更紧了。我很后悔，什么留下来一个人生活、在家种地或出去打工的事，根本就不该告诉她，否则，昨天晚上，我就不会挨她一巴掌，现在也不会被她押犯人似的拽在手里。

我妈名叫柳小兰，听人家说，她年轻时少有地漂亮，还不到十八岁，媒人就差点踏破了她家的门槛，结果，她自己做主挑了全村最英俊的小伙子。我至今都没见过他，也不知道他到底有多英俊。在我刚满一周岁时，他们就离了婚。人家都说，别看我爸长得高高大大，一表人才，心眼儿比针尖子还细，脾气比雷公菩萨还暴，我妈跟男人讲句话都不行，否则就要挨打，一年三百六十五天，他们至少有三百天在打架。他们最终把自己打散了。我爸离婚后就从村里消失了，有人说他去外地给人当了上门女婿。至于我妈，外婆经常对人说，她把孩子往我这儿一扔，就出去打工了，我该替她养儿子？当初又不是我要她嫁他的。我妈一共换了三份工作，开始在一家藤椅厂编藤椅，后来又在屠宰厂翻洗猪大肠，最后，当她来到一家餐馆洗碗端盘子时，总算稳定下来。那家餐馆开在318国道一个偏僻的地段，名叫东海。据说东海有两大特点，一是水煮鱼好吃，二是服务小姐热情，我妈就是其中最热情的一个，他们给她取了个名字叫九妹。九妹被安排站在门口拉客，她拉客的本领十分高强，人家都说，只有她看不到的，没有她拉不到的。九妹的名字简直红遍了318国道。就在九妹的拉客

生涯如日中天之时，外婆死了，她死于眩晕症，是发病时倒在池塘里淹死的。真是祸不单行，外婆死后不久，东海就被公安局查封了，我妈连夜逃了回来。从此，她的生活彻底变了样，她既要养育儿子，又失去了收入，脾气就变得时好时坏，好的时候对我又亲又抱，坏的时候却嚷着要把我这个讨债鬼送人。

后来，我妈又嫁人了。不嫁人不行，外婆死后，我们娘俩住在舅舅家便有点没趣儿。这次我妈嫁给了一个木匠，死了老婆的。虽说他有一个比我小两岁的女儿，模样也十分勉强，但他家里有一栋漂亮的小楼房，楼上楼下都有卫生间。去了之后，我才发现，他家还有一个成天板着脸的奶奶，只要我妈不在家，她就搂着自己的小孙女，两人一起恶狠狠地瞪着我，好像我是来她们家寻仇的。我妈在小楼房住得不如想象的满意，一家人好像分成了两派，我和我妈一派，奶奶和那个小妹妹一派，木匠夹在中间。有一次，我不小心弄坏了木匠第二天要用的工具，他抬手抽了我一巴掌，鼻血顿时糊了我一脸，我妈一见之下，跳起来跟他拼命。许多事情一旦开头，就没个完了，两个派系之间吵吵打打从此成了家常便饭。后来，木匠在城里接了工程，从家里扛走了自己的被窝卷。再后来，他在城里又看上了别的女人，我妈披头散发地跟他吵，他说，我就图她一点，她没孩子，不会跟我吵那些架，我顶讨厌吵那些架。我妈一听就不吭气了，没多久，他们离了婚，我们只好又回了舅舅家。

杨青春动作真快，我们第一天到舅舅家，他第二天就找上门来了。我妈想躲，舅舅说，你也不看看自己都什么情况了，还挑精选肥！舅舅这样一说，我妈就站住不动了。

我妈一直不喜欢杨青春。人家都说，像杨青春这种人，差不多就是个文疯子。文疯子就是不伤人的疯子。村里基本没什么人搭理他，他也不在乎人家理不理他，总是一个人晃来晃去。据说他以前在城里是有工作的，后来不知什么原因又回来了，村里人猜他多半有病，很可能是脑子有病，所以人家才把他遣回原籍。似乎是在城里养成的习惯，他喜欢看书，实在没有书，看见一片快要腐烂的破纸头也要捡起来看一看。过了一阵，他们又觉得奇怪，既然有病，为什么后来没见他犯过呢？再过了一阵，他们慢慢想明白了，杨青春的病可能与环境有关，没人来管束他了，也没有了工作压力，当然不会犯病了。后来，有人无意中发现，他看书的时候，一会儿唉声叹气、泪如雨下，一会儿又独自发笑、乐不可支，简直就像鬼魂上了身。

于是他们又忧心忡忡地摇头：那病恐怕迟早还是要犯的。

后来发生的一件事情，使他们确信他是有病的。杨青春突然宣布，他要写一本书，一本了不起的书。观音桥人见过书，也知道书是人写出来的，但他们世世代代都没想过要去写什么书，现在，杨青春居然宣布他要来写！他们面面相觑，接着嗤地一笑：到底还是不正常啊。杨青春说干就干，他在墙边钉了一张木桌子，没事就趴在那里写啊写的。有人去看过，回来说，他的字太潦草了，像鸡爪子扒拉出来的，好人怎么可能写出那样的字来呢。大家心里就更有数了。

他回乡那年，我妈刚从东海回来，带着我很窝火地住在舅舅家。有一次，我妈抱着我，坐在溪边望着几蓬摇摇摆摆的水草出神，杨青春过来了，他很不礼貌地盯着她，眼睛都不眨一下。我妈瞪了他一眼，起身走了。

没几天，村里就讲起了一个笑话：杨青春说柳小兰像圣母，圣母是什么？是不是哪里的菩萨？

有人说，什么这母那母的，就是光棍想媳妇了。不知是谁最先想起来的：杨青春怎么能算是光棍呢？他是结过婚的呀。他这一说，大家也都想起来了，他的确是有过媳妇的，那时他还在城里上班，有一年回家过年，他带回了一个媳妇，后来再也没有在观音桥露过面了，恐怕早就散了。

没过多久，杨青春居然找人来提亲了，我妈一听是他，脸都气红了：他？你们以为我离了婚就是降价的大白菜吧？我就是嫁给这院子里的石磙，也不会嫁给他的。这时候，已经有人悄悄向我妈提过那个木匠了，她还在犹豫，担心继母难做，也担心继父和我的关系。

然后他就开始给我妈写信，一天一封，写好了插到舅舅家大门边的墙缝里，我妈草草看过，就递给我，教我叠飞机，叠纸船。

我妈结婚那天，杨青春像个傻子似的跟在送亲的队伍后面走，怎么撵都不回头，还边走边流泪，快到木匠家了才被人架了回来。这回他们全都笑得眼泪直流：光棍想媳妇想得哭了，光棍想媳妇想疯了。

没有一个人把他的眼泪和难过当回事，大家都想，反正他就是这样一个人，他要是做出一点得体的事来，反倒有点不正常了。

有几次，我爬上木匠家院子里那棵香樟树，看见杨青春站在对面的土岗上，一动不动地望着这个院子。

我去告诉我妈，我妈不承认，说我看错了。我努力地指给她，她却掉头就走。可有一天，我发现我妈一动不动地站在窗前，顺着她的视线看过去，原来是杨青春站在那个土岗上。

从木匠家回来的路上，我就看见杨青春了。他站在河边钓鱼，看见我们，手里的钓竿突然掉了下去。这一次，我没有告诉我妈，因为她正在哭，她一路上都在哭着。

第二天，杨青春来到了舅舅家，他说上天可怜我，终于把你等回来了。也许是听了舅舅的话，我妈闷闷地坐了好一会，望着很远的地方对杨青春说，你要想清楚，我可是离过两次婚的人。他说那有什么关系呢？就算离了十次婚，离了一百次婚，柳小兰还是柳小兰，不会因为离婚就变成张小兰王小兰。

我妈抬了抬下巴，又说，我还有个宝贝儿子，他是受不得半点委屈的。杨青春说我会对他好的，知道视同己出这个词吗？你要是不相信，我可以不再要自己的孩子，这样你总可以放心了吧？

我妈从远处收回了目光，盯着他，然后就摇头：杨青春，你何至于这样？

我也不知道，我还想问你呢，你为什么让我变成这样。

我第一次见到杨青春是在小学三年级的时候。那次，我们的语文老师病了，一个细高个男人被请来代课，他就是杨青春。他很瘦，却很精神，一双眼睛在深陷的眼眶里灼灼发亮。有人小声说，我昨天还看见他在耕田呢，今天却跑来当我们的老师。我们都很生气，我们已经三年级了，难道随便哪个刚刚丢掉犁尾巴的人，在池塘里洗洗脚，就可以走上讲台来给我们上课吗？他站在讲台上，一边大声朗读一边讲解课文。"朱德同志睡的是硬床板。"我们毫不客气地在下面纠正他：硬（èn）床板！他看了我们一眼，说：应该是硬（yìng）床板。我们固执地反对他：硬（èn）床板！我们老师就是这么读的。他放下书本，看了我们一眼，摇摇头，不对这个字再作追究。我们胜利了，相视一笑，从此越发瞧不起他。下课了，他走下讲台和我们套近乎，他说，现在这教材编得越来越差了，里面的文章，有些还不如我写的。我们一起羞他：你能写文章？吹牛不打草稿！第二天，有人带来了新的消息，说这个代课老师确实写过文章，邮递员还给他送过几次汇款单呢，就是稿费。

还说他看过很多书，他家厕所那面墙的墙缝里，插满了各种书报，拉屎的时候，随手抽下一本来看，拉完了又插回去。

杨青春似乎有点话痨，整整一个上午，他不停地念叨着给我转学的事情，我说你别白忙了，我不想读书了。他的眼睛瞪得有鸡蛋那么大：你不想读书？这么早失学，你将来不就是文盲吗？我不想回答这个问题，我当然有我的道理，一是没钱，每学期都会被老师一次又一次点名，一次又一次从课堂上赶回来，找家里人催要学费，真丢人。二是读书没前途。村里一个人好不容易读到大专毕业，也没在外面找到什么好工作，最后在县里一家私营企业找了个差事，没多久，那个小老板犯了事，屁股一拍丢下几十号人跑了，他又失业了，直到现在还没事做。

杨青春不由分说，开始给我联系离这里最近的一所中学。再过几天，我就得去上学了。能把我这个不想读书的人弄进学校，他似乎挺得意，觉得自己很有功劳，大太阳底下，人家都在田里干活，连我妈都下地干活去了，他却拉着我在院子里讲闲话。他对我妈说，我得和儿子培养培养感情！我妈轻蔑地瞥了他一眼。尽管他们结了婚，尽管他准备把我当成他的亲生儿子，她还是不大喜欢他，很少跟他讲话，即使讲话，也是先白他一眼才开腔。

虎子，我希望我们既是父子，也是朋友，你看过外国的电影吗？他们的儿子都可以直呼父亲的名字，我们也可以这样，你可以喊我杨青春，也可以喊我老杨，我不介意这些，我不看重形式。我听了忍不住想笑，他可真有点不同寻常啊，我第一次领教了什么是文疯子。

我当然不会直呼他的名字，更不会喊他老杨，我想，你说得好听，真要喊你的名字，就算你不在乎，你父母还能不在乎吗？我妈还能不在乎吗？她嫁给那个木匠时，就因为我不喊他爸爸还打过我呢。

他似乎很喜欢说话，一张嘴巴不停地哇啦哇啦，他说话的方式跟观音桥人不一样，究竟不一样在哪里，我也说不清，只觉得他有时像个孩子，胡说八道，有时又像个老师，一本正经，还有些时候，觉得他纯粹就是疯疯癫癫。

虎子，你喜欢我们观音桥吗？我很喜欢，我特别喜欢观音桥的风。我

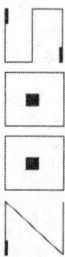

能猜出哪阵风来自哪里。有点清甜的风肯定来自隔壁的黄金堂村，那里有大片大片的梨园。有一阵风有股麻油的香味，肯定是从南面来的，那边有个日夜加工的榨油坊。还有些时候，风里有股药味，肯定是从药材收购站那边吹过来的，外面的人都喜欢来观音桥收购药材，因为观音桥风大，大风过后，一斤就变成了八两。

虎子，你知道牛为什么会流泪吗？风吹的，风把牛吹成了风泪眼。你知道为什么有人是麻脸吗？也是风吹的，风吹起来的沙子打在脸上，天天打，月月打，年年打，就把人打成了麻子。

你相信吗？风还可以把衣服吹烂。有一天，我站在高岗上，面朝着风，解开衬衣，举起双手，大风把我的衣服吹得啪啪作响，像领导在发表讲话。举了一会，我放下双手，发现我的衬衣被风吹裂了几道口子。

我拼命控制自己，还是把肚子都笑疼了。风能把人的脸打成麻子？风能把衣服吹破？他可真会吹牛，而且是别人从来没有吹过的牛。

你终于笑了！杨青春说着，也咧开嘴笑起来。他的嘴可真大，笑起来的时候，嘴角都快扯到耳朵那里去了。看着他的嘴巴，我又笑了起来。

爷爷光着脑袋从田里回来了。他的帽子被风吹到池塘里去了，他得把它捞回来。杨青春赶紧递给他一根长长的竹竿。爷爷狠狠地瞪了他一眼，重重地夺过竹竿。看样子，他对杨青春这个新郎官可不怎么的。

他很神秘地把我叫到他的屋里，拍了一下装订起来的稿纸，叉着腰，很神气地说，你父亲可不是一般的等闲之辈啊，这些都是我的作品。又从抽屉里摸出几本杂志，说你看，这里面就有我发表的作品。我好奇地翻了起来。

不过，这都是我年轻时写的东西，这两年我写得少了。他有些沮丧地说。我回过头仔细看了看他的样子，有点不太相信。他还说，我这辈子肯定会写出一部伟大的作品来的，我一直在构思这个东西，到那时，你就不光是虎子了，人家会说，看，他就是那个作家的儿子。

我把他说的话讲给我妈听，我妈在鼻子里"哼"了一声：他要是能当作家，我就能拿锄头把绣花。

结婚没多久，我妈就嚷着要出去打工。她说，不出去挣点钱怎么行呢？田里又长不出钱来。

杨青春说，又不是没饭吃，要钱做什么？不挣钱，不消费，一样可以生活。看得出来，杨青春不想让她出去。

我妈气得噎了一下，半晌，她慢悠悠地说，只有牲畜，才是不挣钱，也不消费的。

在家一样可以挣钱，我们可以多种些油菜，可以种黄姜，可以养猪养鸡，可以养鱼养虾，为什么一定要出去挣钱呢？难道外面遍地都是黄金，专等着你去捡？

说得好听，在家这么容易挣钱，你还穷得只有一条裤子穿？

不是没有你嘛，我一个人拼命干有什么劲。

懒得跟你说。我妈白他一眼，转过身去梳头，她的头发长长了，染过的黄颜色褪到了发梢上，新长出来的却是油墨一般黑。

杨青春在她头上拈起几根，说秋天来了，茅草尖子黄了。

我妈打了他一下，说：滚一边去！

他不仅没有滚到一边去，反而凑了上去：要不，我跟你一起出去打工，不管怎么说，我们还是新婚呢，你就忍心撇下我一个人？

我妈把梳子一扔，说：你不是答应得好好的，替我教育好虎子的吗？你要是反悔的话，我们不如现在就分手，我不怕离三次婚的，一次是离，十次也是离。

杨青春从地上捡起梳子，塞到我妈手里：谁说要离婚了？动不动就离婚，你以为这样就很有志气，很勇敢吗？

我妈的语气又软了下来，说，我反正把虎子交给你了，除了你，把他交给谁我都不放心，虎子心善，他将来会报答你的。你对他严一点，让他好好读书，放学回家，吩咐他多做点事，这样你就可以腾出时间来当你的作家。

杨青春张了张口，想说什么又说不出来。

第二天一早，我妈去坐车，我和杨青春去送她。她悄悄对我说，你记住两点，在这个家里，一要勤快，二要嘴甜。我把脸一扭，她已经不是第一次对我交代这些了。

田里的谷子已经收起来了，爷爷吩咐杨青春去田里架碌子，碌平了取一田砖，趁这秋高气爽的天气，把砖晾得干干的，准备盖房子。爷爷每吩

咐完一件事，都要加一段评论，所以院子里老是他的声音。

屁股大点地方，挤得像鸡笼，你也看得下去！生为男子汉，一生一世无非是弄个好住场，娶房好媳妇，你倒好，大半辈子都过去了，住的房子是父母盖的，娶的媳妇是人家不要的。

爷爷似乎从来不准备好好跟他说话，不是大吼，就是挖苦，杨青春也不生气，只是乖乖地听着，面无表情，就像这些话不是对他说的，与他根本不相干。

爷爷猛地发现我就站在风车旁边，稍稍有点不好意思，但他咳了一声，马上就恢复了镇静，大声对杨青春说，虎子上学的事你到底联系好了没有？不等杨青春回答，他就拿着一把竹扫帚走开了。

连日无雨，田里干得冒烟，得担水浇成半干，才好架碾子。杨青春一趟一趟往田里担水，我帮着在田里扯杂草，捡石块。我妈一走，我就变得勤快起来，总想找点事干，要不，一双手就没地方放，人也浑身不自在，这种感觉在哪里都有，除了以前在外婆家。当然，谁也比不上外婆。

杨青春每担回一担水，都要停下来跟我说上一两句话。

虎子，我突然想起一件事来，我们这样做是不对的，最肥的一层土壤被我们取走了，这不是在破坏耕地么？看着他大惊小怪的表情，我以为他马上就要撂挑子不干了，可他犹豫了一会，还是挑着空桶向池塘那边走了过去。

虎子，我们应该架台水车，把水直接从池塘里抽到田里，我们可以一边车水一边谈话，顺便欣赏欣赏这晴空万里的秋天。可惜，水车早就没了，你不知道，以前，到处都可以看见水车，两个人趴在水车梁上，边车水边神聊，渴了就到树荫底下喝口水，那才叫有滋有味。那时候，到处都是劳动的人群，到处都可以听见山歌号子，不像现在，三两个人在田里不紧不慢地忙，看上去又孤单又荒凉，想喊一嗓子都没那个气氛。杨青春跟别人相反，人家都是一声不吭地干活，他却是越干话越多，似乎说话也能让他长力气。

虎子，你为什么不说话？像你这样闷声不响地干活，我可不行，我非要一边干一边聊，否则，支撑不了多久，我就要趴下了。你知道这是什么道理吗？这就是转移注意力，注意力集中到思想上去了，身体上的劳累也就不觉得了。

虎子，你一定要多说话，心里有话不说出来，憋久了人的行为就会失控，就像一个人眼睛不好，那他的耳朵肯定好得不得了，知道这是什么道理吗？这就是能量守恒。

　　虎子……

　　正说着，爷爷过来了，他站在田边扯着嗓子喊：你不说话有人拿你当哑巴吗？挑一担水讲半天，挑一担水讲半天，猴年马月都干不完！

　　杨青春赶紧挑着空桶走了。看着他瘦精精的背影，我突然觉得，杨青春除了心里多一些观音桥人没有的想法之外，其他都很正常呀，他们为什么都不喜欢他呢？连爷爷看他的表情都充满了厌恶，就像看一只癞皮狗。

　　取砖的那天，家里请了两套班子，七八个人。爷爷第一次正面跟我说话：虎子，你就在家里负责烧水泡茶。交代过后，已经走出大门的他又折了回来。我不喊你，你不要到田里去。我点头。

　　取砖这活挺好玩，我在炊壶底下架好木柴，生好火，就站在门口朝田里张望。一个人把砖模子端端正正地放好，抬起一只脚，踩在切片上方，狠狠地一用劲，身体突然增高两分，又陆地矮下去，与此同时，站在前面的两个人，握着粗粗的草绳猛地往后一倒，一块四四方方的泥巴就取出来装在模子里了，把模子翻个身，轻轻一磕，一块砖就稳稳当当地竖了起来。我觉得这活很好玩，比在家里烧水泡茶好玩多了。

　　爷爷不知什么时候回来了。不是让你在屋里烧水的吗？跑出来东张西望，火星子掉出来，失火了怎么办？他话还没说完，我就兔子般溜回了灶边。

　　快到吃饭时间了，奶奶从田里提前回来，开始准备午饭。我希望快点开饭，等他们回来吃饭时，我就可以偷偷跑到田里去，看看那些工具到底是怎么回事。可还没等他们回来，奶奶就盛出一碗，夹些菜，对我说，虎子，你先吃吧，吃完了去镇上帮我办点事。

　　我只好乖乖地吃饭。其实也没什么大事，无非是买点粉条、海带之类，但我还是乖乖地拿着钱就走了。

　　等我回来的时候，那些人已经吃过饭，又下田去了。就是说，我想看看工具也看不到了，天一黑，他们就要扛着工具回家。

　　奶奶将我买回来的东西藏进了柜底，这意味着她并不急需这些东西。也许她跟爷爷一样，只是为了想法支开我。

杨青春回来上厕所，见我一个人坐在厨房里发愣，猛地一顿脚：哎呀，这么有趣的劳动，怎么没想到把你带去看看，走走走，看我们取砖去，告诉你，这是一项快要失传的民间技术，你一定得看看。

他上来拉我。又不是什么娇小姐，躲在家里干什么？怕晒黑呀？我被杨青春不由分说揪到了田里，那些人一起停下手里的活计，转过头来看我，爷爷也在那里，我发现他的脸色突然变得很难看。

杨青春，这是你的儿子？你这家伙划得来，刚刚结婚，儿子就快跟你差不多高了。

是呀，应该向杨青春学习，等人家把儿子生下来，养大了，再娶过来，又省力气又省钱。

我受不了那么多不怀好意的目光，转身想逃，却被杨青春硬拽着。虎子，你好好看看这套设备，听说还是鲁班发明的呢。他似乎根本就没听见那些人说的话。

杨青春，再过几年，人家会问你，他到底是你儿子呢？还是你弟弟？

杨青春，听说他爸爸一直不承认是他儿子，我怀疑他原本就是你睡出来的。

杨青春，你要给他把名字改过来，不跟你姓杨，就不能算是你的儿子。

这孩子也可怜，一个名字要改三遍。

杨青春终于说话了：你们这些人，总想着这些事，难道你们的心里只有一张床那么宽吗？

爷爷黑着脸冲了上来，他把水壶往我怀里狠狠一塞，低声说快点走，把这个送回家去。又瞪着我咕哝一句：真不听话！谁要你来的！

我提着空水壶，拔腿就往家跑。我想哭，又觉得不该像个女人似的，动不动就掉眼泪，想骂人，一时又不知道该骂谁。我想，要是我有颗炸弹就好了，我要狠狠地扔出去，把他们统统炸飞。

我很后悔刚才没有告诉那个人，其实我从来就没改过名字，我叫柳周，柳是我妈的姓，周是我外婆的姓，我喜欢这个名字。我的小名叫虎子，也是外婆给取的。外婆有一只养了多年的猫，也叫虎子。她唤一声虎子，两个虎子就一前一后地朝她跑过去。

我爬到门口那棵枇杷树上，眼泪不听话地流了下来。我突然很想外婆，如果她还在就好了，我就可以跟她住在一起。我的外婆有一张略带方形的脸，花白的头发，高颧骨，大鼻子，大耳朵。人家都说她是福相，可她自己却说，她是个苦命人，八岁死了娘，十五岁死了爹，二十九岁死了丈夫，好歹把一儿一女拖大了，女儿的婚姻又不顺，到底受了多少苦，她自己都记不得了。几个老姐妹跟她叹苦经，她反而笑了：苦什么苦，一个人喝惯了黄连，也就不知道黄连到底苦不苦了。

杨青春回来拿草绳。他抱着草绳四处找我，喊我的名字，又把绳子丢在院子里，慌慌张张到几间屋里去找。我忍不住应道：找我干什么？

杨青春顺着声音找了一圈，终于在门口的枇杷树上找到了我。

虎子，我知道你生气了，你不要和那些人一般见识，知道他们为什么要嘲笑我们吗？因为我们跟他们不一样。可总有一天，我们会让他们又惊讶又羡慕的，到那时，他们一个个都要后悔曾经嘲笑我们。

虎子，我说的话你听得懂吗？

我在心里说，你说的都是些什么屁话呀，人家嘲笑你，拿你当猴耍，拿你寻开心，你却在这里谈什么"跟他们不一样"！你跟他们已经很不一样啦。

虎子，下来，你一定得去看看取砖，现在大家都不用土砖了，这门技术就快失传了。

我把头扭向一边。

我知道你为什么不去，你怕他们，告诉你，你越是怕他们，他们就越是要欺负你，人其实跟狗差不多，狗看到举止气派的富人，总是一边假惺惺地叫，一边向后退，只有看到畏畏缩缩的穷人，才会越叫越凶，越叫越往前扑。

我还要告诉你，他们是因为嫉妒你才说那些话的，因为你比他们的儿子强，他们的儿子差不多都失学了，你却在上学，他们的儿子长得歪瓜裂枣，你却长得跟贾宝玉似的，他们要是不打击打击你，他们心里怎么会平衡呢？下来，下来。他说着开始往树上爬，想要拉我下去。

我不知道杨青春哪来那么多怪话，句句都是宽慰自己打击别人的，说白了，他就是个厚脸皮，就是厚着脸皮为自己找借口。我得承认，我从来没有碰到过脸皮像他这么厚的人。如果不是紧急关头想起了爷爷那张脸，

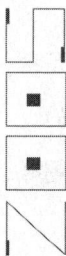

我可能真的溜下树干跟他去了。

你以为我不想去吗？是爷爷让我回来的，他不让我到那里去，他嫌我给他丢人！

杨青春愣在树下。我的眼泪不听话地流了下来。

虎子，别理他，他管得了他的儿子，管不了我的儿子，我是你父亲，我才有资格管你，他要来管你他就是越权了。

虎子，大人说几句别往心里去，只要自己没做错，就要坚持下去。你爷爷没有哪一天不批评我一通，我都是左耳朵进右耳朵出，因为他的批评没有价值，就像一只鸡批评一只鸭……

我忍不住"噗"的一声笑起来，我想起爷爷批评他时瞪圆的眼睛，还有他那两颗又长又大的龅牙，真的有点像只发怒的公鸡。杨青春呢？嗓子哑哑的，嘴扁扁的，的确有点像鸭子。

我真的跟着杨青春又回到田里去了。远远地，我看见爷爷在瞪着我，我假装没看见，低着头走在杨青春的背后。

晚上，吃过晚饭，我听见爷爷又在批评杨青春：你不觉得丢人我还感到脸红呢，你干脆敲锣打鼓去宣传呀，这一带恐怕还有几个人不知道你杨青春捡了两个宝贝。

这又不是什么物件，是大活人，藏得住吗？越藏人家话越多，再说，我是真的很喜欢这个孩子。

你凭什么喜欢？我看你就是贱！

我怎么就不能喜欢？我跟他妈结婚，他就是我的儿子。

"叭"的一声，似乎是杯子摔破的声音，然后就没有声音了。

杨青春饭也没吃完，就跑了出来。他在枇杷树上找到了我，笑着说，虎子，明天就上学了，你准备好了吗？我可以辅导你写作文。

我妈出去快一年了，没有一封信，也没有一点口信。有人在爷爷耳边吹风：只怕又跟第一个一样，来报了个到就跑，她现在一个人自由自在，你们就这么放心？谁不喜欢城里的花花世界？我看十有八九是放乌龟喝水。

爷爷奶奶也沉不住气了，开始在黑暗中嘀咕：她可真会打算，孩子往这里一丢，又是上学又是吃饭穿衣，一样都不管，谁知道她在城里干啥，她把我们当什么人了？

有什么办法呢，要怪就怪自己的儿子。

不管怎么样说，应该把她弄回来，要打工也该春儿出去打工。

她要是不回来呢？

那就让虎子下学！别把老实人逼急了，报名的钱还是借的呢，正好退回来还给人家。

第二天，杨青春梳洗一番，进城去了，这次他听取了爷爷的批评，他去打工，换我妈回来。

放学后，我不停地向村口张望，直到天黑了，也没有看到一男一女两个身影。也许他们要明天才会回来。我关上了大门。就在这时，杨青春在外面拍起了门。他提着一个塑料袋子，里面装着几本书。

爷爷问：人呢？

没找到她，人家说，她早就不在那个餐馆了。

那她在哪里？爷爷突然提高了声音。

不知道，她会回来的，她是在做工，又不是在旅游，说回来就能回来。

她到底在哪里？在做什么工？爷爷的眉毛一挑一挑的，他就要发作了。

我怎么知道呢？你放心，到时候她会回来的，这里是她的家，她不回来能到哪里去。

你什么都不知道，还晃到这个时候才回来，你这一天都在干什么？

杨青春提着塑料袋子向屋里走去，爷爷突然扑过去，一把抢过他的袋子。

这些东西是从哪里来的？花了多少钱？爷爷把书摇得哗哗响。

不是买的，是向文联借的。

书被爷爷狠狠地丢在地上。杨青春赶紧捡了起来，他很小心地拍了拍灰，到自己房间去了。

第二天上课，我有点心不在焉，我担心爷爷会突然跑到学校来，把我拽回家去。昨天晚上，大家都睡下后，隔着一间房子，爷爷在床上大

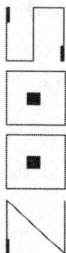

声喊：春儿！春儿！明天起，虎子不上学了，等他妈回来再说。话音刚落，黑暗中有什么东西被猫撞得掉了下来，让人心惊肉跳，紧接着就是死一般的寂静。过了一会，杨青春轻轻喊我：虎子，别听他的，明天照样上学。

早上，我想去问问杨青春，我还用不用去上学，到他床上一看，发现他竟半躺着坐在床上打鼾，一本书翻扑在床上，看来他又熬了大半个通宵。这是他的秘密，他总是早早地上床睡觉，等爷爷奶奶都睡着后再起床，凑近墙洞里一个低功率的灯泡，不是看书就是写字，有一天，我起来小解发现了这个秘密。他对我说，千万别让爷爷奶奶知道，他们要是知道了，又会骂我浪费电的。难怪他总是要睡懒觉，难怪爷爷总是骂他懒骨头。

我只好背起书包出去了，刚一出门，就碰见了从厕所里出来的爷爷，我低头站在那里，等着他冲过来扯下我的书包，对我说：不许上学了，等你妈回来再说！我等了一会，没一点动静，抬头一看，爷爷已经进屋去了，他忘了他昨天晚上说的话吗？

其实我也很想知道我妈在哪里，她肯定也想过跟家里联系，可家里没有电话，村里倒有台电话，她又不知道号码，至于写信，我相信她早已不会写字了，自我有记忆以来，我就没有见她写过一个字。

我想起了她的一个好朋友，她们曾经一起出去打工，我还记得她姓尚，也许她知道我妈在哪里。

没等放学，我就请了假。走了大约三四里路，来到了尚姨的家，尚姨也不在，她妈说，她也不知道她在哪里，她还说不用到处找，到了快过年的时候，她自然是要回来的，人走得再远，也会回家过年的。我问她，我妈和尚姨在一起吗？

应该在一起吧，反正她们是一起走的，她们总是在一起。

我妈和尚姨年龄差不多，人家都说，我妈和尚姨年轻时是当地的两枝花，现在，虽然年纪大了点，也还算得上是两片最好看的叶子。

只要我妈和尚姨在一起，我差不多就知道她们在哪里了，尚姨在省城有个相好，有一年，她那个相好来看她，她又不能在丈夫的眼皮底下跟他见面，就是我妈出来给他们打掩护的，人家还以为是我妈的新男朋友呢。那时我妈刚离了第二次婚，一会儿什么都怕，一会儿又什么都不怕，当她有点怕的时候，多半是我在陪着那个人。印象中，那个人总在不停地抽烟，他拿烟的姿势很好玩，一根手指在烟盒下面轻轻一弹，一根烟就像听到点名似的跳了出来。我慢慢知道，他在省城那个最大的公园门口开了一家餐馆，尚姨就是在那里打工时认识他的。我妈说等他一走，人家不知道该怎么说我呢。尚姨说，你都离过两次婚了，还怕这些？虱多不痒，债多不愁，你尽管让他们去瞎说好了！

我妈想了想说，你不担心我跟他假戏真做吗？

这不可能，他都准备离婚跟我结婚了，是我不让他离的。

为什么呀，跟了他，你就是小老板娘了，两人一起到城里开店不好吗？

你呀，白结了两次婚，你还没看透吗？他既然能背着他老婆跟我，也就能背着我跟别人，到那时我都一把年纪了，还有什么退路呢？

我不想把尚姨的事告诉杨青春，我知道这是秘密，说出去会弄出大事来的。

回来的时候，天已经完全黑下来了。远远地，我就看见爷爷奶奶站在院子里东张西望，见我走过来，爷爷跳出来大吼一声：你跑到哪里去了？

我突然心生一计，装着害怕的样子说，我想去找我妈，你说过，我妈不回来，我就不能去上学。

我听见爷爷的喉咙里咕噜了一下：那也要跟家里人讲一声再走呀，害得我们到处找。他的声音听上去小了许多。

很晚了，院子里响起一个人奔跑的声音。

还是没有他的消息啊，他同学说他下午课没上完就走了，谁也不知道他去了哪里。

回来了，在屋里吃饭呢。

杨青春喘着粗气站在门口，看着我说不出话来。

过后，杨青春对我说，你放心，你妈会回来的，你再也不要瞎跑了，要找也是我们大人去找，怎么能让你一个小孩子到处乱跑呢？

也许要到过年才会回来吧，总是要回家过年的。我想起了尚姨的母亲说过的话，就把它拿出来说了一遍。

可能是为了防止我再次逃跑，他们再也没有当着我的面提起我妈的事，但我知道，他们并没有放下这件事，特别是爷爷，只要有人从城里回

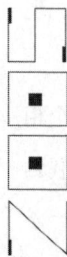

来，他就要催促杨青春：快去问问，也许他们看见过她。

杨青春听话地出门了，一边走一边自言自语：他们会看见她？有这么巧的事？别以为城里是观音桥，晃来晃去就这么几个人，低头不见抬头见。

有时，杨青春也会真的去找人问一问，多数时候，他拿着一本书，拐进山上一个石洞里，躲在那里看书，天快黑了，才装出一副走了远路的样子，唉声叹气地回到家里。

有一天，爷爷气急败坏地跑回来，大喊：春儿，春儿。那天是星期天，杨青春正带着我在田里耙地，听见喊声，杨青春直起腰来。我看见爷爷向他打着快回家的手势。我们只好回家了。

爷爷把他叫到一边，低声说着什么。

你不要听他们瞎说，她又不是小丫头了，儿子都快长成大人了，怎么会去做那种事呢？

你以为我就愿意相信他的话？人家是亲眼所见！

杨青春呼地蹲下去，闷了一会说，不要把事情想得那么龌龊，也许他们是同事，是熟人，两人临时出去办事，正好被他看见了，这种情况也不是不可能。这个人也真是，问也不问清楚，到处乱讲，弄不好，我可以告他诽谤。

你真是个猪脑子，他能去问吗？就算他问了她会对他说实话吗？

村里慢慢有了些传言，说我妈在城里根本就不是打工，而是干起了不光彩的事情。又隔了一段时间，传言越来越多，有的说我妈再也不会回来了，她嫁给杨青春只是为了找个地方安置我。有的说我妈在城里做那个丑事时，被公安局当场抓住了，得判刑。有一天，我跟村里一个同学打了起来，起因是老师在课堂上从《茶花女》选段，顺便讲起了小仲马。下课后，几个同学继续着老师的话题，讲起了许多关于作家与妓女的事情。有个同学说，我们村里就有一对作家加妓女的组合。他的话顿时吸引了全班同学的目光。我正在想，村里怎么会有作家呢？怎么会有妓女呢？一边想一边转头去看他，正好看见他兴奋地向我努了一下嘴。我猛地明白过来了，他就是那个带回我妈坏消息的人的儿子，他知道杨青春想当作家的事情，当然也知道最近一段时间村子里的流言。我的头"嗡"的一声大了。

我不是很会打架，没几下，就被他踩在地上。正在这时，上课铃响了，我们不得不收住了手。我可不想就这样罢休。接下来的几节课我根本无心听讲，一定得给他点厉害瞧瞧，否则，他以后还会讲这些脏话的，不要怕他，一定要跟他拼个你死我活。杨青春不是说过吗，人其实跟狗差不多，狗看到举止气派的富人，总是一边假惺惺地叫，一边向后退，只有看到畏畏缩缩的穷人，才会越叫越凶，越叫越往前扑。盘算来盘算去，终于在放学的路上找到了机会。我猛地从背后扑上去，将他掀翻在地。我也不知自己哪来的力气，只觉得他突然间变得像个小孩似的，根本不堪一击。幸亏我还有点清醒，我不停地提醒自己：别把他弄死了！别把他弄死了！

不知是谁报的信，一会儿就从附近跑来几个大人，将我们拉开了，这一次我完全赢了，他的鼻子嘴巴都在淌血，嘴唇也肿得翻了过来，右胳膊上蹭掉的一大块皮还挂在那里。看到别人都在同情他，他就开始装可怜，抱着胳膊坐在那里哼哼得像头病猪。

不一会，杨青春也赶来了。人们七嘴八舌地向他讲着事情经过，所有的人都认为是我不对，所有的人都等着杨青春给我一顿暴打。

个子不大，打起人来可真够狠的，等他真长大了，还不得杀人！

以前从没听说观音桥的孩子打架，他才来了几天，就弄出这么大的乱子，他会把我们的孩子带坏的。

杨青春听了一阵，就问我：到底怎么回事？你为什么要打他？

你问问他自己，他对全班同学说你是作家，说我妈是妓女，说你们是作家与妓女的组合。

杨青春愣了一下，突然笑了起来。他边笑边说，他的话也不算全错嘛，总算知道我是个作家。

杨青春一笑，围观的人也跟着笑起来，我在笑声中大声说，他妈才是妓女，他妈想当妓女都没人要。

杨青春制止了我，你现在才想起来说这句话就不对了，当时他说你妈是妓女，这是对你的精神伤害，你却用武力来还击，你选错了武器，现在人家已经鸣金收兵了，你才想起来回击他，你又选错了时机，看来，你也是个有勇无谋的孩子啊。

周围的人再一次哄笑起来。杨青春拉起我的胳膊说，走吧，骂也骂了，打也打了，该回家吃饭了。

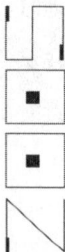

同学的父亲赶过来了，说怎么就走啊，问题还没解决呢。

算了，这是孩子们的战争，他们已经决出胜负了，我们就不要管了。

那怎么行，我的孩子都流血了，还不知道有没有伤筋动骨呢，得去医院好好检查检查。他说着就过来拦住我们的去路。

我的孩子受的伤也不比他轻，他的伤口在心里，在精神上，我还不知道他受了这个刺激，精神上会不会出毛病呢。

你的孩子？他也有伤？

当然，我的孩子，他也许伤得比你的孩子还重，我们还是回去各管各的吧。

话音未落，我的眼泪再也控制不住地涌了上来，我拼命地忍了又忍，还是发出了非人的号叫，真是羞死人了，我居然当场号啕大哭起来，哭得比那个坐在地上哀鸣的可怜虫还要难看。

杨青春拉着我，拨开那只挡在他面前的胳膊，头也不回地走了。不知是杨青春镇住了他们，还是那些人被我突如其来的哭声吓住了，我们走出好远，后面还是安安静静的。

看不见那些人的时候，杨青春带我拐进一条小路，我们在路边坐了下来。杨青春说，哭吧，就在这里哭，哭完了再回去，不要让爷爷奶奶看见了。他这样一说，我反而哭不出来了，光有眼泪，没有声音，我有好长时间没有这样畅快地流泪了。

哭了一会，杨青春开始替我检查身体。你真的没有受伤吗？他问我。他扳扳我的胳膊，摇摇我的手腕，在我身上摸来摸去，不停地问我：这里疼不疼？这里疼不疼？不要忍，真的不疼吗？

我真的一点都不疼，我只是感到浑身发抖，两只膝盖跳得老高，恨不得让杨青春拿根绳子把我捆起来。

虎子，没想到你还真有两下子，他比你高出一个头，居然被你给打败了，这就叫狭路相逢勇者胜，打得好！跟他老子一样，一张嘴混说，他这习惯要是不改，将来还要挨打的。

我想说话，我想说谢谢你把我从包围中解救出来，我还想说谢谢你在众人面前称我为你的孩子，又朝我伸出一只胳膊，替我抵挡一切，我从来没有享受过这种保护，我真的很想谢谢他，可我光是张了张嘴，什么也说不出来。杨青春就像钻进我心里看了似的，他向我身边挪了挪，紧紧地抱着我，摸摸我的头，又拍拍我的背，说今天晚上早点睡。

晚上，杨青春又开始凑近那只昏暗的灯泡写东西。我借口找草稿纸来到他身边，我想看看他究竟在写什么东西。

早点睡吧，明天还要上学呢。他头也不抬地对我说。

白天干活，晚上还要写东西，你不觉得累吗？

杨青春放下笔，长长地伸了个懒腰说，对我来说，晚上干活就是最好的休息，要是没有晚上的活，仅仅只干白天的活，恐怕我早就累死了。

为什么晚上干活反而是休息呢？

杨青春想了一会说，如果你面前摆着一道数学题，你做了很久都做不出来，最后终于做出来了，你是什么感觉呢？

比喝了鸡汤还舒服。

说对了，我晚上干活就相当于在喝鸡汤。

我又想起了白天的事情，我以为他被人叫到现场后，肯定会不分青红皂白地揍我一顿，大家都是这样解决问题的。就算他揍我我也不会生气，因为我下手的确重了点，我从来没有把人打成那个样子，连我自己都吓坏了，有一阵，我以为他要死了。没想到，杨青春嬉皮笑脸地就把问题解决了。

我磨蹭了一阵说，我并不是个好打架的人，信不信由你，今天是我第一次和人打架。

我知道，我一看你当时的样子就知道，我赶到那里去的时候，你浑身发抖，嘴唇都是乌黑的，我想抱你一抱，又怕人家说我太袒护你。

我当时真是气急了，他打我，骂我，怎么样对我都不要紧，但他不该那样说我妈。

你做得对，虽然打架是不光彩的，但你是为了你母亲的名誉而战，这就另当别论了。

你真的不准备去找回我妈？我又想起了关于我妈的那些传言，我想，如果我妈真的犯了那个错误，那也不是完全不可能的，她属于那种没有多少主见的人，有时，连尚姨都可以左右她。

现在去把她叫回来，不正好验证了那些流言吗？

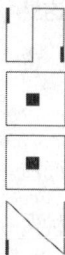

你相信那些流言吗？

当然不信！他们说她是什么她就是什么呀，以前还有人说我疯子呢，你看我像疯子吗？我知道那些人，他们就有那个毛病，总想在别人身上找出一点短处来，实在找不出来就无中生有，他们就是不能容忍别人强过他们，一个女人生得漂亮，他们就认为她一定水性杨花，一个男人稍稍有点思想，他们就认为他不正常，是神经病。杨青春越说越气愤，"咚"的一声，将手里的笔扔到桌上。

可我却想起了一件事来，我并不是不相信我妈，我只是觉得，我妈有时候也并不是完全可以信任的。有一年，我们家来了个亲戚，那个亲戚是外地口音，我从来没有见过他，我妈让我喊他叔叔。当天晚上，我和叔叔睡一张床，半夜起来撒尿的时候，我发现叔叔不见了，我想去告诉我妈，结果，我发现叔叔竟睡在我妈床上。从那时起，我就知道，我妈有时候也是会撒谎的，虽然她坚决不许我撒谎。

我当然不会把这件事告诉杨青春。我想了想说，我也不信，但我觉得，也许真的该把我妈找回来，在外面打工很辛苦的。

是啊，我也很想让她回来，就快过年了，也不知她在外面过得怎么样，可我连她在哪里都不知道，怎么去找呢？

我突然有了个主意，但我暂时不想告诉杨青春。

放寒假了，我对杨青春说，我想去看看我的舅舅。杨青春想也没想就同意了。

其实我并没去舅舅家，自从外婆死后，我就再也没有去过舅舅家了，他不喜欢我，我也不喜欢他。我来到火车站，混上了火车，一道铁轨从我们村子里穿过，我们这一带的人都学会了怎样蹭火车。我要坐火车到省城去，我要去那个公园门口找一家餐馆，我还记得尚姨那个相好的模样，我可以通过他找到尚姨，再通过尚姨找到我妈。我一定要把她拖回去。

我很顺利地找到了那个男人，见到我，他吓了一大跳：是你？你怎么跑到这里来了？我说我来找尚姨。他叉开手指在头上梳了梳，说我也在找她呢，鬼知道她跑到哪里去了，你找她干吗？

我说我在找我妈，找到尚姨就可以找到我妈了。

他望着我怪怪地一笑，说你很聪明。他先将我安顿在餐馆里，说有时间的话，就去帮我试试看。他说完就去忙他的事情，一点都不把我的着急放在眼里。

在餐馆里待了整整一天，尚姨终于出现了。她看上去变化很大，大冷的天，却穿着短短的裙子，高统靴子上挂着各种闪亮的玩意儿，头发染得红红的，还化着浓浓的妆，一看见我就大惊小怪地说，你不好好待在家里，跑到这里来干吗？谁叫你来的？

我说尚姨，我妈跟你在一起吗？你快带我去找她吧。

她在工作，我怎么找？你以为都像你一样没事干呀，要找你自己去找，讨债鬼。她说话总是这样冲，总说我是我妈的讨债鬼，总是催促我妈，让她把我送到孤儿院去。尽管如此，每到过年，她却是唯一一个给我压岁钱的人。我知道她肯定会帮我找到我妈的。

一会儿，她的手机响了，她居然有手机了。我记得她最初是在服装厂打工，可她现在看起来一点都不像是个趴在缝纫机上的小车工。她一边走一边絮絮叨叨地和谁说着什么，我紧跟在她后面，弯进一条小巷子，七拐八拐进了一间黑洞洞的小屋。她终于挂了电话，说到啦。

这是一间极小的房子，两个简易衣柜，将两张床分隔开来。尚姨指着一张床说，这就是你妈妈的，她今天要很晚才能回来。

我说尚姨，你和我妈在一个地方工作吗？你们都做些什么呢？

啊？我们……在酒店工作。尚姨接着问我，杨青春对你好吗？我点点头。

那你跑来干什么？我还以为杨青春在家欺负了你才跑出来的呢。

我放寒假了。

杨青春真的帮你转学了？真的让你读书了？我的天哪，你的命真好啊！我还以为又是说说而已呢。尚姨的眼睛瞪得有鸡蛋那么大，两个画上去的黑黑的眼眶看起来特别吓人。

我是来接我妈回去的，他们都希望她回去。我想了想，还是没说出村里的流言，我说不出口。

回去？回去干什么？出来才几天呀就要回去，既然出来了，就不要轻易回去。

你妈说你过年一定会回去的。

谁说我要回去过年啦？只知道过年，越穷越喜欢过年，城里好多人都不回去过年的，难道这些人都没有家的吗？老脑筋！

不管怎么说，我妈肯定会回去过年的。

那可不一定，她前几天还在跟我念叨，今年过年到底回不回去呢？

尚姨给我煮了一碗方便面，就噔噔噔地出去了。我吃过面，躺在我妈的床上，不一会，就睡了过去。

等我醒来时，外面已是一片灯的海洋，我不知道现在几点了，也不敢出去，只好趴在窗口看街景。街边是一溜小食摊，吃夜宵的人从四面八方络绎不绝地赶来。许多手脚麻利的女人，系着小腰包，一边在自己的摊子上忙着，一边不停地向路人吆喝。我记得我妈以前曾在餐馆这种地方干过，不知道她是否也是这副样子，说实话，我挺喜欢她们这副样子，看上去脾气很好，手艺也很好。

我在小食摊的人流里搜寻着我妈的身影，我在想，她为什么不就在这里找份工作呢？这里多近哪，下楼便是。

也不知在窗前站了多久，当夜市上的人流渐渐散去之后，我实在支撑不住了，只好又倒在床上睡了过去。

当我再一次醒来时，隐隐约约看见一个女人坐在床边，我揉了揉眼睛，终于看清了，原来我妈不知什么时候回来了。

虎子，你睡得可真死，我都看了你好一阵了，又不忍心叫醒你。我妈见我醒了，笑了起来。

我妈变了，变得比以前更漂亮了，也更年轻了。她烫着大卷发，穿着一件有毛领的大衣，长长的白色绒毛团团围住她的脸，她看上去就像是土生土长的城里人，而不像从观音桥来到城里打工的农民。

我放寒假了，快过年了，我来接你回去过年。

今年过年我恐怕回不去了。

你就这么忙吗？过年都不放假吗？

有什么办法，老板不想放我假，我自己也不想放假，我只想着怎样才能多挣点钱，将来给你上大学。过年算什么，观音桥的年，不过也罢，不就是吃饭睡觉吗？吃也没吃个好的，天天都一样，想想都倒胃口。

他们要是知道你住的地方，早就来把你押回去了。

押回去？我又不是犯人，为什么要把我押回去？

村里有人看见你了，现在他们都在讲你，都在……说你的坏话，难听死了。

谁看见我了？看见我怎么了？我妈很紧张地问了两句，就不再说话了，她低头看着自己的手，她的手指也比以前细嫩多了，还戴了一只戒指。

舌头长在别人嘴里，我有什么办法，他们爱说什么说什么去，杨青春说什么没有？过了一会，我妈望着远处问我。

他倒是不相信那些流言，但爷爷奶奶很生气。

他们就为这个想把我押回去？

大概是吧，反正我来接你回去是我自己的意思，他们根本就不知道我来找你，我对他们说我去舅舅家了。跟我回去吧，你一回去，那些流言就会不攻自破的。

你也相信那些流言吗？

我相不相信有什么用，关键是人家相不相信，我在学校里跟人打架了，就为这事。

虎子，你要相信你妈，你妈在这里正大光明地打工，辛辛苦苦地挣钱，我们不怕别人说什么，等有一天，你考上了大学，有了出息，再回去看看那些说我们的人，你就会知道，你没有白白地忍受。你要记住，这个世界只认结果，不认过程，你赢了就是赢了，没有人会问你是怎么赢的。

我觉得她好像在为自己辩护，我又想起了打架的事情，心中越发疑窦丛生，我一定得弄清楚，否则，我就是打赢了，也赢得不彻底。

你穿成这个样子，一点都不像打工的，你到底在打什么工嘛。

站柜台呀，穿得烂兮兮地站柜台，谁要买你的东西呀。你回去后就这样对他们讲，你妈是站柜台的，卖建材的，都是高档建材，他们见都没见过。

可尚姨说，你们在酒店工作。

酒店？开始是在酒店，后来走了。怎么，你还不相信你妈？我妈装出一副很生气的样子，但我看出来了，她撒了谎，她一撒谎，眼睛就躲躲闪闪的。

我妈终于问到杨青春了。他对你好吗？

我点头，还向她讲了打架那天发生的事情，我说，他比那个木匠好多

了，他似乎是真心对我好，不像木匠，只想演戏给你看。

你该叫他爸爸。

他不让我叫爸爸，他让我就叫他杨青春，或者叫老杨。

我妈笑了一下：他人倒是个好人，我知道他会对你好的，否则，我怎么会跟他结婚呢？

我妈陪了我两天，带我出去吃饭，给我买衣服，玩得高高兴兴的。她说，虎子，等有一天，妈妈赚够了钱，我们就在城里买间房子，我们住到城里来，再也不回去了，好不好？

我突然想起了做砖的事情。我说杨青春也准备盖房子了，砖都取出来了。

他能盖出什么好房子来，送给我住我都不住。

你真的不准备回去了吗？

虎子，你妈这一辈子最大的毛病就是不肯服输，我一看到城里人这样生活，我就不服气，凭什么我就不行，我比他们到底差在哪里呢？我不就是生错了地方吗？就像当年，杨青春说要娶我，我就是不肯，我心想，全村的姑娘都不肯理的人，凭什么要让我去捡起来。现在想想，早点嫁给他，也许还少走几年弯路。

杨青春这人其实根本就不是什么文疯子，那些嘲笑他看不起他的人，是因为不懂得他。

哟，才跟他生活了几天，就开始替他说话了？

我白了她一眼，说谁对我好，我就对谁好。

我妈到底还是决定不回去过年了，她拿出一些钱来，想给我带回去交给杨青春，想了想又收了回来，说你要是带钱回去，他们就知道你不是从舅舅家回来的，他们就会知道我的地方，我就不得安宁了，算了，过完年我自己带回去。

她实在不想回去我也没办法，我被她送上了长途汽车。她说你快走吧，我都两天没去上班了，我得赶紧上班去。车还没开走，她就开始接电话了，陪我的两天里，她关掉了电话。我不知道她在跟谁说话，她笑容满面，身子还扭来扭去的。她今天穿着一件仿皮的风衣，腰带紧紧地束着，寒风中，敞开的领口白花花的一片，让人直打寒噤。车站里来来往往的人很多，我注意到，每个走过她身边的男人都往她身上瞄，她也不躲闪，目光反而向那些男人迎上去。我特别注意到，一个穿棕色皮夹克的男人还跟她说起了话。汽车发动了，我妈望了一眼我的车，胡乱挥了挥手，就走了出去。

汽车在停车场内又兜了一圈，才走走停停地开出车站。突然，我看见了我妈，她慢吞吞地走在车站门口的人行道上，她现在已经不是一个人了，她和一个男人并排走在一起，笑嘻嘻地说着什么。那个男人穿着棕色皮夹克，似乎就是在车站里跟她说过话的男人。我把脸贴在窗户上，想看得更清楚一点，可汽车一晃就过去了。汽车越来越快，我的眼前一阵茫然，心里却跳得隐隐作痛：她又在撒谎，她不是说要赶紧去上班的吗？她为什么要对我撒谎呢？

过了片刻，就像是有什么人在指使我一样，我跳起来，大声喊着：下车，我要下车。司机把门打开了，我拼命往回跑着。突然，我停下了脚步，我站在马路边想了一会，拐到一个小店门口，我知道他们会顺着这条路走过来的。等了一会，果然，我妈和棕色皮夹克一起走过来了，他们居然手拉着手，真恶心。

等他们走了一截，我悄悄跟了上去，他们上了一辆公交车，我也跟了上去，他们下车，我也跟着下车。又走了一会，我认出来了，她把他带回她住的地方来了。门关着。我站在门外。

想了想，我举起拳头，拼命捶起了门。

我妈在里面问：谁？

虎子！

里面静了一会，门开了。是棕色皮夹克开的门，他看看我，又看看我妈，揉了揉鼻子，低头走了。我妈怒容满面地坐在床上，瞪着我。床上有些乱，她的头发也有些乱。

你回来干什么？你不是已经上车了吗？

你回来干什么？你不是说要去上班的吗？

我们气呼呼地对望着，我们在用目光打架。我妈被打败了，她低下头去，看着墙边的几双鞋子。

我先开了口：也许我不该打我的同学，因为他说得没错，村里人说得也没错，你说，我是不是该回去给人道歉？你说，你说呀。

我妈哭了起来。她什么也不说，只是哭。她一哭，我就不知该怎么办

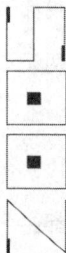

才好了，她边哭边说，虎子，妈为你吃的苦头太多了，我再也不想吃那些苦了。她一直重复着这几句话，我不知道她现在的生活跟那些苦头有什么关系。

她说你要是实在不想回去，就在这里跟我一起过年吧。

我说我才不想留在这里呢，我走的时候跟杨青春说好了，只在舅舅家玩三天。

我又坐上了下一趟车，这一次，我真的走了，我没要我妈送，我要自己回去，我还扔下了她给我买的衣服，我是从舅舅家回去的，舅舅是不可能给我买衣服的。

再过一天就是大年三十了。村里好多人都去请王老头写对联。王老头一时忙不过来，就有人来请杨青春写。杨青春说还是让王老头给你写吧，我写得不好。来人说有什么好不好的，是这个意思就行了，王老头那里等了好多人，我还急着回去磨豆腐呢，我知道你能写几下的，来来来，别谦虚了。杨青春拗不过，只好写了起来。人家拿起来一看，大吃一惊：咦？你写得不比王老头差呀，你以前为什么不写呢？多少可以赚点小钱哪。说着就要给杨青春钱，被他坚决挡了回去。

爷爷在一旁说，过年嘛，本来就是图个喜庆，收了钱还有什么意思，你要是瞧得起他，以后尽管让他给你写就是了。

我发现，爷爷第一次对杨青春露出了笑脸，他说没想到你还会写毛笔字。

我会的东西还多呢，我早就说过，我跟他们不一样，现在你慢慢知道了吧，以后还有更加意想不到的。

不大一会儿，消息就传开了，一些原本在王老头那里排队的人也悄悄跑过来了。看着家里突然来了这么多人，爷爷乐得跑前跑后地倒茶敬烟，招待客人。

我站在桌边给杨青春裁纸，杨青春又像在田里干活一样，一边写一边不停地唠叨，他喜欢用古诗作对联。

问渠哪得清如许，虎子，下一句是什么？

我一边折着红纸一边念道：为有源头活水来。

旁边的人对爷爷说，看这对父子多有意思，在家里吟诗作对呢，将来会有大出息的，你老就等着享福吧。

爷爷在一旁呵呵地笑，说他们俩经常在一起嘀嘀咕咕，在田里干活都是一边嘀咕一边干的。

正好，杨青春把一肚子墨水全都灌给儿子，这样的人观音桥再没有第二个了。

客人都走了，奶奶摇摇茶罐子说，留着过年的茶叶都快喝光了。

你这个人，这不就是在过年吗？喝光了怕什么？家里什么时候来过这么多人？这是好兆头。

欢快的气氛持续到除夕那天，到底还是冷了下来。全家人从早上一直等到傍晚，也没看见我妈的影子。

小砂锅里在咕嘟咕嘟地冒着热气，猫狗们在院子里百无聊赖地伸懒腰，鸡们逛了一天，也开始整理羽毛进笼睡觉了，屋里静悄悄的，太阳像一块淡黄的抹布，无力在西边山上坠落下去。奶奶一直守在厨房里，煮点这个，蒸点那个，不紧不慢，不慌不忙。杨青春一会儿给爷爷帮帮忙，一会儿给奶奶帮帮忙，我则勤勤恳恳地擦着屋里所有的桌椅。大家各干各的，没有一个人说话，可我知道，每个人心里都在想着一件事情。

有好几次，我抬起头来，最终却把要说的话咽了下去。我想对他们说，不用等她了，她不会回来了。可我张了张嘴，实在说不出口。我开始怨恨我妈，好好一个过年的气氛，都被她给弄坏了。

爷爷望了望天，拍拍身上的灰尘说，吃饭！他也是一天没说话，一直在给萝卜苗施肥。

爷爷一声令下，奶奶就忙不迭地往桌上端菜。吃饭的时候，杨青春似乎是想说句让爷爷高兴的话，他说过完年我就去准备木材，明年这个时候，我们一定要在新屋里过年。爷爷闭了一下眼睛，奶奶赶紧替爷爷回答：那好啊！

爷爷不知在嚼着一块什么东西，嚼了半天还是咽不下去。奶奶说，没煮烂吧？没煮烂就吐出来算了。我才想起来，爷爷的牙已经残缺不全了。这让我想起外婆，外婆吃东西也是这样，坐在桌边慢条斯理地嚼啊嚼啊，像反刍的老牛。眼看爷爷的饭碗就空了，我突然站起来，喊道：爷爷，我给您盛饭！

爷爷一惊，眼睛亮了一下。没等他反应过来，我已经接过了他的碗，接着，我又给奶奶盛饭，又给杨青春盛饭。奶奶说，虎子长大了，会孝敬大人了。爷爷看了我一眼，说，嗯！

唉，家里有个小孩子就是不一样啊，好多年都没有人给我们盛饭了，是吧？奶奶一说，爷爷就直点头，他们看上去心情突然好了很多。杨青春

也看着我直笑。

不知为什么，我突然很想表现一下自己，我说，爷爷奶奶，今天晚上你们歇着，我来洗碗，我来给你们烧洗澡水。

好啊，好啊。奶奶连声说，我看见她眼里好像有泪。

杨青春帮我实现了诺言。我和他将碗碟一一洗好，又烧好一大锅洗澡水，当我端着一盆水放到爷爷面前时，他摸了一下我的头，说我们的虎子长大了。

这是他第一次碰我，第一次称我为他们的虎子。

大家都洗完澡，围在一起烤火的时候，我从裤兜里摸出四粒巧克力糖，这是我妈那天给我买的，我本来想连同衣服一起扔下，想了想，还是拿了四粒回来。我对他们说，这是舅舅给我的，我没舍得吃，带了回来。

爷爷举着糖，看了又看，说这大半辈子都没吃过糖了，都不知道糖是什么味道了。

奶奶说，你吃呗，吃了就知道了。奶奶用那种表情望着爷爷，她好像突然变得年轻了。

过了两天，杨青春说要带我出去玩玩，爷爷奶奶同意了，他们似乎再也不怕我给他们家丢人了。

杨青春要带我去镇上。他说，虎子，跟我去见见我以前的一个朋友，他叫李吉。

在路上，杨青春说，我有一年多没有走过这条路了，以前，我几乎每个月都要走一遍，因为我的朋友们都在城里。

从来没听你说过在城里还有朋友，我还以为你一个朋友都没有呢。

我以前朋友才多呢，都是些写作上的朋友，后来，发生了一些事情，这些人慢慢就都散了，失去联系了。李吉是其中稍微稳定一点的。

发生了什么事情你们就散了？

很多，我也记不大清楚了，有的是去结婚了，有的单位里效益不好，出去谋生了，有的……我也记不得了，总之，那些人再也聚不起来了。

你住在观音桥，他们却在镇上，隔这么远，你们怎么见面呢？

不是有自行车吗？上十个人骑着自行车浩浩荡荡往观音桥跑，要不就是我往镇上跑。再说，刚开始的时候，我并不住在观音桥，我也在镇上工作。

我想起了以前听到的关于他的那些说法，我想那肯定是些不愉快的事，大过年的就不要去问他了。

李吉家在镇上一条老巷子里，他是个戴眼镜的中年人，模样有点像个老师。见到杨青春就合上手里的书说，嗬，你还活着呀，我还以为你早就没了呢。

他们沏了一壶茶，塞给我一些零食，就去另一间屋开始了他们的谈话。我悄悄来到门边，不为别的，我只想知道杨青春和他朋友在一起都说些什么，我对他知道得太少了。

我听说了你的事情，文联的老王告诉我的。

是的，我有时到他那里去找本书来看，他说你今年还不错，有个东西在省里得了奖。

那算什么，我都羞于说出口，真的，我现在羞于承认自己还在半死不活地写东西。不说这个，我们说生活。你早该这样，最终都要娶妻生子的，很少有人能逃得过这个命运。

你现在也说这种话了？我记得你以前老是说，要么不结婚，即使结了婚也坚决不要小孩。

嘿嘿，那时候说的话哪能算数啊，今天她们母女俩回她娘家去了，等她们玩够了，我再去接她们，这一点还是改不了，我喜欢安静，喜欢独处。

孩子多大了？

六岁，女儿。你这孩子也不错，看上去有股灵气。

是不错，我挺喜欢他的，但我周围的人看不惯。

这很正常，我们这种人的悲剧就在于，我们热爱文学，但文学不爱我们，结果是我们在漫长的单相思中，养成了一种文学眼光，我们喜不喜欢一个人、一件事情，都是用文学的眼光在衡量它。你想想，对于你老婆，还有你老婆带来的孩子，如果你心中没有文学这个东西，你能肯定你还会接纳他们喜欢他们吗？

可能不会吧，肯定不会。

你现在还在写吗？你看，说了不谈这个的，说着说着，又谈起来了。

有时还写一点，农闲的时候，夜深人静的时候，有些也很泄气，我已经差不多三年没发表过任何东西了。

不要把这玩意儿太当回事，消遣而已，生活才是第一位的。

话虽这么说，还是不想放弃，有时我想，我是不是在用写作麻醉自己，用写作来冲淡穷困和悲哀呢？

怎么是麻醉呢？也许是武装吧，就像古时候士兵身上的铠甲，要是没有铠甲，他可能就没有胆量上战场，你想想，当年，你不就是仗着自己有写作这层铠甲，才义无反顾地回到老家的吗？你可能总在想，我是个作家，或者我是要当作家的人，我跟你们不一样，这种暗示给了你优越感，给了你一身铠甲。铠甲可以保护你，但也有副作用，它把你跟生活隔开了。

也许吧，但没有铠甲又怎么样呢？活得更好吗？我看也不见得。

有了铠甲又怎么样呢？你觉得自己比没有铠甲的人更幸福吗？

两人沉默了一会，杨青春说，你知道我以前工作过的那个钢窗厂怎么样了吗？

不怎么样，三年前就倒闭了，工人们只好跑到街上卖盒饭，还有的人去当菜贩子，每天蹲在路边卖菜糊口，如果你还在厂里，我不知道你最后会选择干什么，说不定还不如你在家种田，至少不愁没饭吃。

杨青春叹了一口气说，你呢？你怎么样？

小学老师嘛，就那样，你也知道，像我们这样的人，永远都不可能全心全意地工作，总是把一半心思放在虚无缥缈的东西上，干什么都是半心半意的，这样的工作状态，当然也不可能有什么好结果。我的情况可能会越来越糟糕，现在生源少了，学校都在合并，老师要裁员，我说不定会首当其冲。到时候，我到你那里去，买块地，跟你一块种田算了。

我听见杨青春哈哈大笑起来。

真的，杨青春，我没跟你开玩笑，这是很有可能的，其实我一直都很向往古人的那种耕读生活，深宅大院，书香门第，自耕自足，多好！收成好的时候，把城里的朋友都叫去，大家聚一聚，玩一玩，谈笑皆鸿儒，往来无白丁，比现在憋憋屈屈地活着不知强多少倍。

夫人呢？她也愿意跟着你去做一个挑水砍柴、洗衣喂猪的农妇吗？两三天也许还可以，时间长了，谁也不愿干。

是呀，女人们总是想着往前走，恨不得在男人的脚下安上风火轮，一旦这个男人犯懒，或者是根本走不动了，她们就开始烦躁不安，就开始生事儿了。

眼看就快到吃饭的时间了，李吉一定要我们留下吃饭。家里没了女主人，李吉亲自下厨。杨青春看着他麻利的样子，说没想到你还是个熟练工呢。

又不能当官，又不能挣钱，自然就沦落为灶王爷了。

饭做好了，李吉提出喝点酒，杨青春也没推辞。这是我第一次看见杨青春喝酒，才一杯酒下肚，杨青春的脸就红得像煮熟的虾米。

他们喝酒跟别人不一样，谁喝完了谁就自己拿起瓶子往杯里倒，根本不用互相劝酒。

杨青春，你还记得你被厂里开除回家那天，我们给你饯行吗？我们都以为你会伤心难过的，结果你居然豪情满怀，你说了什么你还记得吗？你说你从此广阔天地，大有作为！还说你将来一定会用自己的作品来打他们一个耳光。

那时候真是，我现在都不敢想了，羞愧呀。

有什么好羞愧的，我倒觉得你应该感到自豪才对，不就是失去了工作吗？不就是砸了饭碗吗？你至少还保存了骨气，你想想，你要是低三下四死乞白赖地求他们，千方百计地留下来，你能活得扬眉吐气吗？

是啊，当时也不知哪来的勇气，出了那么大的事故，站在他们面前却一点都不自责，还理直气壮的，仔细想想，这跟我那时的精神状态有关，我那时正好发表了一些东西，自我感觉良好，总以为工作妨碍了写作，恨不得不要工作专职去写作算了，出了那个事，求之不得，以为是上天眷顾我的作家梦，要对我进行特别的锤炼呢。

我记得你还说过，本大爷要到农村去，过不挣钱不消费的日子。

这句话倒说对了，我确实在过这种日子。

不挣钱，不消费，多好啊，杨青春，你不用写了，真的，你的活法就是你的作品，你没必要再写了，你已经在用行动写作了。

他们越聊越起劲，酒也越喝越多。李吉说，好久都没有这么痛快地喝

酒了。杨青春说，好久都没有说过这些事了。

饭还没吃完，杨青春就醉了，回来的路上，他扶着我的肩说，虎子，我们回家，一定要回家，说不定你妈妈已经回来了，她不是不想回家，她可能是没买着火车票，你们不知道，现在正是春运期间，车票紧张得很。

没走多远，杨青春就蹲在地上哇哇地吐起来，看他那个吃力的样子，恨不得连肠肚肝肺都吐出来。

吐过了，杨青春似乎清醒了些，他瘫坐在地上说，虎子，我们去找你妈妈好不好？我担心她已经把我们俩都忘记了，我不去找她，她可能永远都不会回来了。

可能是因为刚刚吐过，杨青春的脸越发瘦了，胡子也突然长长了，发红的眼里似乎还有泪水，我突然有些同情他，特别是当他说到我妈可能忘了我们俩时，我的眼泪猛地涌了上来，可不是吗？大过年的，人人都在家里团圆，她却宁肯跟别人在一起，也不愿回来，就算她并没有忘记我们，也是成心在保持距离，这比忘记还要糟糕。

杨青春搂住我的肩说，虎子别哭，就算你妈不理我了，我也会照样对你好的，我们再假设一下，就算你妈连你也不要了，我还是会对你好的，因为我喜欢你，我喜欢充满灵气的孩子，你没听见李吉夸你吗？他说你看上去有股灵气，李吉一般是不爱夸人的。

我又想起了他们的交谈，我问他，是不是有一天你不写作了，就不喜欢我，也不喜欢我妈了？

杨青春似乎愣了一下，他睁大双眼看着前方，茫然地说会有这一天吗？不会吧。

这年的春天有些怪，老是接连不断地下雨，尽管杨青春在架起来的砖墙上铺了禾草，斜飞的雨水还是打在刚刚晒干的砖坯上，雨还没停，砖就泡散了。

爷爷站在田边，一张脸渐渐成了紫色。杨青春安慰他：算了，大不了我们再取一次。爷爷瞪了他一眼，没说话。

但紧接着就有了好消息，有一天，我妈突然回来了。她提着两只大包，站在院子当中，大声喊着杨青春的名字。我还记得那时连日雨刚停了没多久，太阳暖暖地照在洗刷一新的树枝上，我妈穿着红色的毛衣，牛仔裤，一下子就照亮了这个暗沉沉的小院子。杨青春听到声音冲了出来，他的大嘴巴从此就再也没合拢过了。

我妈在饭桌上说，她是回来休息一阵的，过段时间，她还是得回去。她掏出一些钱交给杨青春，说买砖去吧，现在谁还用土砖盖房子。

杨青春又把钱推了回来，说你别再回去了，就在家里吧，虎子跟你老不见面怎么行？奶奶也说，就在家里吧，实在不行，让春儿出去打工，我替你们问过了，你们还可以再生一个孩子的，两个孩子一点也不嫌多。

我妈飞快地看了杨青春一眼，杨青春对奶奶说，不是有虎子吗？孩子多了负担重。

爷爷奶奶交换了一下眼神，两人马上变了脸色。

过后，我听见杨青春悄悄对我妈说，你放心，我说到做到，有一个虎子就够了，他们再不高兴，这事也得我同意才行啊。

我妈真是回家休息来了，她不下地，也不大做家务，成天坐在家里织毛衣。她准备给家里每人织一件。

四件毛衣织完了，我妈又准备进城去。这回，爷爷出来干涉了，他说，这回你不能再走了，你不在家，什么也听不见，我们可是替你听了不少难听的话。我妈说，谁人背后不说人。爷爷霍地站起来：他们怎么就不说我呢？

我妈也不甘示弱：我儿子还等着我挣钱上学呢。

杨青春也说，就在家里吧，今年我争取多挣点稿费，虎子的学费就有了。

说得好听，你倒是拿一笔稿费回来给我看看呀。

我妈要是真瞧不起一个人，那蔑视的目光能把人气个半死。杨青春在她的目光抽打下，陡地蔫了下去。

我妈一闹，家里的气氛就紧张起来。我不想看见杨青春蔫头蔫脑欲言又止的样子，我更喜欢看见他睁开炯炯有神的眼睛，一张嘴无休止地在我耳边聒噪不休。也不知为什么，我渐渐喜欢上了他的聒噪。我想我得动点脑筋了。我装出一副垂头丧气的样子，对我妈说，你决定了没有，到底哪天走？我跟你一起走算了，你一走，我在这个家里也待不住。我妈一听就像一张弓似的绷了起来：他们怎么对你了？

不是他们的问题，是我自己，我觉得还是跟你在一起最自在。

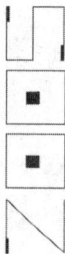

虎子，你跟着我不行的，到了城里，你怎么上学呢？别说不好转学，光是转学费我们就拿不出来。

那你就不要走，等我读完初中，升了高中你再走，高中我就可以寄宿了。

我妈总算被我说得犹豫起来。我偷偷告诉杨青春，我妈已经被我说服得差不多了，现在就看你的了。

没过几天，镇上李吉带着一帮朋友来到我们家。我不知道这是不是杨青春的挽留行动之一。他说过的，他要让这个家热闹起来，充满魅力，把她留住。

我们家果真热闹了一次。我数了数，差不多有十多个客人，有男有女，有老有少，热热闹闹地坐满了院子。所有的椅子都搬出来了，所有的茶杯都找出来了，大饭桌摆在院子中央。爷爷悄悄对奶奶说，知道吗？那个白头发穿红夹克的是文联的主席，没想到春儿还有这些朋友。奶奶一直挽起袖子在厨房里忙着，她使出了多年不用的看家本领，厨房里堆满了我从未看到过的好吃的东西。

酒席从中午一直吃到傍晚，他们一边喝一边聊，一边唱一边笑，一些人醉了，吐了，洗把脸再站起来接着喝，他们缠着那个白头发的主席喝，缠着杨青春喝，最后，竟一起缠着我妈喝起来。没想到我妈一点都不扭捏，端起杯子一口就喝干了，这下他们全都兴奋起来，一起说着恭维的话，什么才子佳人啦，什么红袖添香啦，什么慧眼识珠啦，一边说一边轮番向我妈敬酒。

看得出来，我妈是真高兴了，她居然拉着杨青春说，来，我们两口子挨个敬你的朋友。那个下午，我们家院子里的喧哗拧住了全村人的耳朵，他们都站在自家门口向这边张望，他们家从来没有来过这么多体面的客人，也从来没有客人们在他们家一边喝酒一边唱歌。他们的孩子们就不如大人矜持了，一窝蜂拥进我们家院子看热闹。

主席拉着我妈的手说，你要支持杨青春的写作，他是我们县唯一的农民作家，我们希望他婚后能写出更多更好的作品。

李吉也喝得有点多了，我看见他歪歪倒倒地站了起来，一个人搀着他，来到树下。杨青春也跟了过去，他吩咐我去给李吉倒杯水来。

老头子又在害人！杨青春，你别听他的，他拿着公家的钱，享着公家的福，当然要发展几个业余作者向公家交差。什么狗屁写作！那玩意儿是口香糖，没东西吃的时候嚼一嚼，一旦有东西吃，肯定一口吐得远远的，什么东西都比它好吃。

老李，你怎么能说这种话呢？你春节的时候还说文学是铠甲呢，怎么现在又说它是狗屁呢？你到底是怎么看它的呢？

我现在告诉你，它连狗屁都不是，它是大粪，任何一个人，除非你不沾上它，一沾上它你就臭了，臭不可闻，人人烦你，你烦人人。

那你为什么还要写呢？

我？我现在下岗了，失业了，跟老婆也快要离婚了，本来也比大粪好不到哪里去，沾点大粪也无妨。

我看你喝醉了，你喝点茶，醒醒酒。

你们看看老头子，又在毒害下一代！我们顺着李吉的目光看去，主席正在对几个青年人讲着什么，他们全都很认真地听着。

哎，我说老头子，你又在鼓励下一代业余作者吗？你又要对青少年们下毒了吗？我看你不如教他们泡妞的小窍门，不如教他们如何在打麻将时做牌。话音未落，院子里扬起一阵哄笑。

被李吉称为老头子的主席笑呵呵地走了过来：狗东西！今天又喝醉了，又在大放厥词。

我早就跟你说过，这个地方不能来，不能来，你不但不听，还组织了一支声势浩大的后援团。看到人家杀鸡宰鹅，看到人家年过花甲还跟着你们忙前忙后，你不觉得良心不安吗？你到底要给人家把蓝图画到什么程度才罢休呢？你已经把人家从二十几岁哄到了四十多岁，你还要哄下去吗？你迟早会把他哄死的。

你这是什么话？难道我鼓励他关怀他倒是在害他吗？

你在这里不负责任地乱鼓励一通，回去后睡一觉什么都忘了，他杨青春却会想入非非，睡不着觉，无心生产，这样下去会是什么后果你知道吗？如果他真的是那块料，也就另当别论。你不是也说过吗？这些人都没戏！不是每个地方都能出作家的！不是每一代人都能出作家的！

哎哎，你不要借酒装疯，挑拨我和他们的关系，我从来没说过这些人没戏的话，谁都不敢说这种话，你敢说吗？你敢吗？

你到底说过没有？你说杨青春想当作家简直是做白日梦，你还说他写一辈子也就是个中学生作文水平。

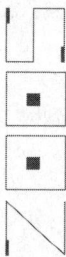

李吉！你太过分了。主席呼地转身，对杨青春说，你别理他，他喝醉了，他现在完全是个酒疯子。

我看到杨青春呆呆地站在那里，酒杯掉到地上，脸色煞白。见我看他，他赶紧向后看了一眼，还好，我妈怕他们继续劝酒，已经躲进屋去了，估计没有听见李吉的话。

过了一会，主席又返了回来，他拍了拍杨青春的肩说，差点忘了一件事，县里准备编一本观音桥谚语集，这是一个大项目，我们准备把收集整理的任务交给你，大概明年，这个项目正式启动，到时候通知你参加项目启动仪式。

主席瞪了一眼李吉说，你听到了吧，我这还算是哄他吗？将来这本书的封面上，整理者的名字是杨青春，这可是民间瑰宝，要流芳百世的啊，如果我们不是真正重视他，会把这么重的任务交给他吗？

什么瑰宝，纯属浪费国家财产！知道中国有多少个乡镇吗？所谓十里不同音，都像你这样，中国要编多少本谚语集？说不定你们还要往下编什么谜语集、歇后语集呢，反正你们手里有权又有钱，想干什么就干什么，想把钱变成垃圾就变成垃圾。

满嘴喷粪的狗东西，我不跟你这个酒疯子计较。主席说完又回到青年们中间。

天就要黑下来了，这伙人才依依散去。院子里一片狼藉。杨青春倒没醉，他弓着腰坐在院子里，一动不动。我喊他进去，他对我说，虎子，你刚才听到了吧，我要编一本书了。可他的语气听上去一点都不振奋，我知道他还在想着李吉的话。自从李吉说过他不是这块料的话后，他就一直闷闷不乐。

李吉就是这样一个人，总说什么不要太执着，总说文学误人，结果呢，他自己前不久才出了一本书，我看他是生怕有人超过他，走到他前面去。

第二天，杨青春把谚语集的事讲给我妈听，可我妈已经从昨天的喧闹中回到了现实。她说先别做美梦，我也看出来了，他们这些人都只会来虚的，别说明年，就是明天又怎么样？你今天就不过了？就捏着肚子等他许给你的明天？我妈说着就开始拆洗我的旧毛裤，她要加些毛线重新织。她说，不管怎样，把这条毛裤织完了，我是一定要走的，想要我也过什么不挣钱不消费的日子，我是活不下去的。

杨青春的脸色看上去就像枯萎了一样。

说来也巧，就在我妈再一次闹着要走的时候，杨青春突然领了一笔稿费回来，虽然只有几十块钱，但毕竟是稿费，是他写文章换来的。

这天，我感觉是他俩最和气的一天。杨青春趁势问我妈，你看，我也能挣点钱了，你可以留在家里了吧？我也在一旁说，留下来吧，你走了我们都觉得生活没有意思。我妈想了想，勉强答应了，但她又不放心地说，谁知道你下一次稿费要到什么时候呢？杨青春说，快了，只要你肯留在家里，我会拼命写的。

杨青春的稿费真的越来越多了，差不多每个月，他都能领回几十上百块钱，他把这些钱一分不差地交到我妈手里。我妈说，看来真的不用我出去打工了，真没想到我还能有这种福气。

有一件事我觉得很奇怪，我从没看见过杨青春收到稿费通知单之类的东西，可只要他去一趟镇上，或多或少总能带回一点稿费，他是怎么知道他有稿费的呢？我问他，他就说我给别人写专栏，定期发稿，定期寄稿费，所以不用通知我也知道。

我说，能不能把你发表的东西给我看看？

他说都是些发表在报纸上的豆腐块，我们又没有订报纸，哪里看得到呢？

我想，等我将来有钱了，我一定要去报社把这些报纸都买回来，说不定可以给他出个集子，我一定要做成这件事。

我上初二了，区教育局突然来了通知，我们这所学校要和镇上的学校合并，我得去寄读，住宿费、生活费、学杂费加起来得一大笔，我有点紧张。杨青春说钱的问题你不用操心，我有办法，不管遇到什么困难，你只要把书读好就行。他的表情看上去无比坚定，就像他根本不愁没钱一样。我妈也说，你就安心读书吧，你爸爸现在可以挣钱了。

我去看看他的书桌，还是以前的那几本书，还是以前那几张稿纸，书桌上蒙着一层薄薄的灰，看样子有一段时间没有动过了。我不知道他那些文章是什么时候写出来的。

老师要求我们买复读机，这可是一大笔钱。我向我妈要，我妈说去向杨青春要，他不是说钱不是问题吗？这点要求都满足不了你，还有什么理由把我留在家里呢？我知道她是在借机给他施加压力，好迫使他同意她进

城去。杨青春把我拉到一边，说去找找李吉吧，我给他写了个借条，他应该会帮我一把的。

我本来不想去找李吉的，我就不信，没有复读机真的就学不好英语，可一想到我妈说的话，只好硬着头皮来到李吉家。

我递上杨青春写的借条，李吉二话没说，把钱给了我。我想我不能拿了钱就走，我得跟他说几句话，以表示我的感激之情。我说我父亲最近发表了很多文章，可我一篇都没有看过，不知你这里有没有，我很想借来看一看。

是吗？不会吧，一般地讲，编辑部都会给作者寄一份样刊的。

他说他写的是专栏，都发表在报纸上，可我们家又没订报纸，所以看不到。

他什么时候开始写专栏了？你问问他是哪家报纸，我来帮你找，不对呀，如果是写专栏，人家怎么都会给他赠送一份报纸的。

下次回家我真的问了，杨青春赶紧说也不是本地的报纸，是外地的一家小报，你问这么多干什么？这种文章不值得看，只是为了挣钱。

他跟着又说，虎子，等我们的日子好过些了，我就再也不写这种无聊的小文章了，我要坐下来，好好地写一部伟大的作品，我一直有这样一个念头，我相信我这辈子最终会写出来的。

我发现，在他激励自己的同时，脸上却是茫然无奈的表情。

这天是国际环境保护日，学校要求我们走出校门，去为保护环境做点实事。有人去统计工厂排污处理情况，有人去市场抢救益虫益鸟，我们这组同学被安排去母亲河边捡垃圾。

我们每人提着个塑料袋子，拿着一把简易钳子，有说有笑地在江边玩闹。我们可不想真的去捡垃圾，我们只想把这难得的两小时当作放风的时间，尽情地呼吸一下新鲜空气，顺便活动活动快要坐麻了的屁股。

有人说：看，前面有个捡垃圾的，他都替我们捡了，我们还有什么东西捡呢？不如换个地方吧。

前面果然有个拾荒者，他挑着一担大竹筐，不时弯腰捡起一些东西。大约是累了，他突然停下来，放下担子，双手叉腰，面朝长江，静静地站着。我突然觉得这个人有点像杨青春。我揉了揉眼睛，定神看了一会，真的有点像。

我走近一点，站在一块石头后面。他走到江边去洗了洗手，又洗了洗脸，一边甩着手一边向他的竹筐走来，这下他正对着我了，真的是杨青春！他什么时候开始捡垃圾了！

看看同学们那一张张意气风发的脸，我实在没勇气跳出来喊他，他挑起竹筐，向前走去。他的竹筐已经装得满满的了。同学们掉头向另一个方向走去，我悄悄留了下来，向杨青春跟过去。

在一栋楼的墙根下，搭了个小油毡棚子，里面放着一捆捆折好的纸箱，还有书籍、废报纸，他把刚刚拾来的东西整理好，加进去，收成两个巨大的捆，吃力地挑起来，趔趔趄趄地向外走去。

他来到废品收购站了。他把东西放到磅秤上，一个脏兮兮的戴袖套的老头过来了，他弯腰看秤，又在计算器上按了一阵说，老杨，有几天没看见你了，还以为你找到了好工作，不干这行了呢。拿着，四十五块零八毛。

才四十几块钱？上次跟这差不多，有五十多块呢。

你这次是什么，全是书，跟报纸的价格不一样。

杨青春哼哈了几句，拿过钱就走了。

突然就没有心情去搞什么环保了，我提前回校，一个人呆呆地坐在教室里。我以前听他说过一句话，如果我沦落到捡垃圾为生的话，我不如死了算了。那是他在一个拾荒老人后面发出的感慨。观音桥人最瞧不起的职业就是捡垃圾。是我把他逼上这条路的。

这个周末回家，再次见到杨青春时，我竟有些奇怪的感觉。

他说，回来了？我点点头，站在他面前不动。

怎么了？

我不知该说点什么，只好慢吞吞地走开去。

我听见杨青春对我妈说，虎子好像有心事呢，你待会儿跟他谈谈。

我妈把我叫到一边说，虎子，怎么了？最近考试考得不好吗？

我摇头。

学校又催你交什么钱了？

我不作声。我妈从口袋里摸索出一叠钱来说，不怕，我们有钱，你爸前几天又领了稿费了，四十五块零八角，我全都给你留着呢。

真是四十五块零八角吗？是星期三领回来的吗？

好像是，我也记不得是星期几，今天星期五吧，他是前天领回来的，正好是星期三。

上一次稿费是不是五十多块？

是的，上一次是五十七块，你怎么知道？

我顿时脸上一热，脑子里嗡嗡地响成一片。我突然明白了。什么稿费，什么专栏，全都是假的，我们全都在谎言中幸福着、憧憬着，我说不清自己该感到惭愧还是愤怒。

一口气跑到田里。杨青春正在收割小麦。见到我，咧开阔嘴笑了起来，说，虎子，你来得正好，你猜我刚才在想什么？我突然就想起了以前的一篇课文："冷风吹进船舱里，呜呜地响，从缝隙向外一望，苍黄的天空下，远近横着几个萧索的村庄。"短短几句话，却像放电影一样，真是好得让人无话可说啊。杨青春说话的时候，不停地挥舞着手里的镰刀，他的背后，是斑斑驳驳并不好看的田野，他的颜色可疑的上衣打着补丁，裤子脏得看不出颜色，脸上混合着汗斑和污垢，却一本正经地背着那段文章，流露出陶醉的神情。刹那间，我心里传来一阵隐隐的疼痛。

我不知道我妈最终是如何知道这件事的，也许她碰巧看见了，也许是别人告诉她的，也许是他自己受不了说谎的压力告诉了她，总之，她知道真相后大哭了一场。她边哭边说，杨青春，没想到你连这种事也干得出来！你不但骗我，骗全家，你连自己也骗，你不嫌丢人我还没脸见人呢！

这回她真的要走了，没有谁站出来拦住她，因为她受骗了，她有理由了。收好行李后，我妈还不解恨，她拿起他的一杆笔，在他眼皮底下一折两截，扔到他身上，说，你还装模作样地写，你能写什么啊你？还想当作家，你是癞蛤蟆想吃天鹅肉，晴天白日说梦话！你趁早死了这条心，老老实实去捡你的垃圾，我看你就只配捡捡垃圾！

爷爷也很气愤，但他什么也没说，他黑着脸，一声不吭地从桌上抱出那些稿纸，划了根火柴，转眼间，那些稿纸就化成了一堆白灰，在风中一颤一颤的，像女人抽泣时的肩。

我妈一走，杨青春就病倒了。等我周末回家看他时，他病虽好了，人却瘦得走了形。我在院子里搭好竹床，把他弄出来晒太阳。他看上去恹恹的，我想逗他高兴，就说我们来背书吧，我起头，你往下接。

他没吭声，我开始背起来："我冒了严寒，回到相隔二千余里，阔别了三十余年的故乡去。"该你往下接啦。

他闭上眼，把头一偏，一点兴趣也没有的样子。

他不再提起关于我妈的话题，整天恹恹地坐在躺椅上，两只眼睛也失去了光亮。他也不再去捡垃圾了，家中从此没了那点可怜的收入。

我强撑了几个星期，最终因为既没学费也没生活费而坐在了家里。杨青春像一根泡软的油条，瘫在椅子上对我说，我也很想再去捡垃圾，供你读书，可我就是站不起来了，我全身没一点力气，我想我可能就快死了。这时，离我初中毕业已经不到一年了。

我给他们留下了一封信，没跟他们告别就一个人来到了城里。我也没去找我妈。我想起来了，在她和杨青春结婚的前一天晚上，我就对她说过，我要辍学，在家种地，或者出去打工，总之，我要一个人生活。那时候我就有了这个想法，在这之后，我又上了两年初中，我理所当然应该比那时更有胆量，也更有力量，我什么也不怕。再说，我也没有远大理想，我只有一个想法：找点活干，平平安安地活下去。

一去就是五年。我终于知道，有时候，即使你想当一名建筑工地上的小工，给一名不怎么样的厨师打下手，甚至去捡拾垃圾，也是一种梦想和奢望。总之，我历尽了艰辛和坎坷，我骨瘦如柴，少年早衰，身上至今留着三道无法愈合的伤口，一双手只剩了九个指头。当然，我还是幸运的，我毕竟在一家餐馆里当上了跑堂的伙计，至少一段时间里，吃饭终于不再是个问题。

第一次发工资的时候，我突然很想去观音桥看看杨青春，看看他生活得怎么样，看看我妈回来了没有。五年当中，我不是没有想过他们，我只是不甘心像乞丐一样地爬回来。

隔着老远，我就看见了那座矮塌塌的熟悉的房子。

我站在门口，感到了一丝可怕的寂静。门口的晾衣竿上空无一物，落满灰尘。

我站在寂静中大喊一声：爸！这是我第一次喊这个字眼。

随着一声轻微的响动，一个人出现在门口。他的头发长长地披到肩上，胡子拖到胸口，两眼深陷，神情木然，活像一具风干的木乃伊。

他们都不在，死的死了，走的走了。他有气无力地说。

只有我还活着！他惨然地一笑。

你是第一个回家的。他又说了一句。

我跟着他来到黑洞洞的屋里，一切都还是老样子，几本书像枯干的树叶，打着卷儿堆在破桌上。

虎子，你不该走，你要是不走，你今年已经上大学了。杨青春干巴巴地说。

我觉得他似乎在说一件前生的事情，听起来那么遥远。

你现在像个大人了。他说。我发现他在我面前缩短了，变细了，有点像遗落在秋天的茄子。

夜深了，我被噩梦惊醒，再也无法成眠。在梦里，永远是疼痛、饥饿，还有恐惧。真希望再也不要有那些梦。

我揩着满头的汗坐起来，突然发现枕头底下硬硬的，摸出来一看，竟是一本书：《观音桥谚语集》。

看着"杨青春"三个大大的黑体字，我兴奋地推醒了他，大声说，你终于写了一本书了。

他的眼睛费力地睁了一下，咂了咂嘴，又闭上了，说，这算什么书啊，李吉说得对，这就相当于把脚下的泥土捧起来装进瓶子里，再放到自家的桌子上，有意义吗？

不管怎样，它总是本书呀，你不是总说你这辈子要写一本书的吗？

我总算明白了，我根本写不了那本书，真的书是大地上的灵光，不是一般人可以捕捉到的，我这辈子是无缘碰上那种灵光了。

他抬手挠了挠后背，胳膊上松垂的皮肉裙摆般荡起，大小骨头根根毕现。我给他盖好被子，说，你还是先把身体养好吧，身体比什么都重要。

我的身体说垮就垮了，以前从不得病，现在却成了病壳子。

不会垮的，你不是有铠甲吗？那年李吉也是这么说的。

杨青春翻了个身，嘟囔着：垮了，全都垮了。

第二天，我起床生火做饭。我们很简单地弄了一个砂锅，端上桌的时候，怕滚烫的砂锅烫坏桌子，杨青春随手抓起那本谚语集，垫在砂锅底下。

又过了两年，有一天，我经过一家书店，偶尔向橱窗望了一眼，我看见了一本书：《穿铠甲的人》。我觉得这几个字眼好熟悉，定睛一看，作者是李吉。

原载《钟山》2005年第5期

点评

小说讲述了"文疯子"杨青春的故事。痴迷于看书写作的杨青春是观音桥的另类，他是"我"妈妈的第三个男人。尽管周围的人对他们冷嘲热讽，但杨青春并不在乎。他借钱让"我"上学，亲切地称"我"为"我的孩子"，这种朴素真挚的感情深深打动了"我"。为了挽留住准备再次外出打工的妈妈，他邀请李吉这些作家朋友来家做客，却遭受了"想当作家简直是做白日梦"的意外打击。迫于无奈，杨青春瞒着家人做起了观音桥人最不齿也是他自己最不愿做的行当——捡破烂。妈妈得知后，羞辱了他一顿，然后走了，杨青春从此病倒。"我"不得不辍学离家。在经历了五年的艰辛和坎坷后，"我"拿着第一个月的工资回到家，见到了如风干的木乃伊一样的杨青春。最终，他放弃了写书的理想，因为他认为"真的书是大地上的灵光"，而他却与此无缘。两年后，"我"看到了李吉的一本书：《穿铠甲的人》。

"穿铠甲的人"，是对杨青春这样的"作家"的真实描绘。文学就是他们的铠甲，在这层铠甲的武装下，他们与世俗生活对抗，艰难生存。当现实将这层铠甲慢慢侵蚀，他们的精神垮掉了，整个人因此萎缩。小说写尽了一个在文学道路上苦苦挣扎的人的艰难与辛酸。当杨青春放弃了自我武装的"铠甲"，神圣的价值意蕴被消解，这是一种无奈，更是一种悲哀。

（韩冬梅）

回　溯

／瘦谷

　　我总是喜欢站在晃动着梅竹柏的月影的窗前，透过这如水中藻荇交横的纸窗，向着远方眺望。那条流淌着铜质般的水的大河，在我的心中无声地穿过，一年又一年。

　　他就在那个叫作孙花园的村庄中居住，孙花园在那条奔腾不息的大河之滨。他叫孙月——一个苦吟的诗人，一个仗剑的侠士，一个醉酒的仙客，一个热爱狂草的书痴，一个喜欢画兰花的画家。我知道他仍然是一个人，但我不知道他是不是在等待着我的拜访，我知道的是我的此生就是因为他而生长的。我在等待着能够与他共吟、共舞、共醉的良辰美景。

　　但我不知道在我的回溯和寻找中还会有什么样的故事发生，还有什么样的礁石让向前的流水回望。

　　我叫米兰，或者说现在的我叫米兰。事实上，我的名字并不重要，要紧的是我是女人。看着英雄走远，看着英雄在默默无语中用精铁锤打成的青剑把时间划成碎片，我的灵魂就像在寒风中起伏的丝绸，没有一根经纬能够稳住哪怕是一瞬的思想。

　　啊，翩翩如鹤的美色英雄，这一刻你是如此动人心魄！

上篇

　　　我十九，一无所知

　　　谁能料到我会发育成一种疾病

　　　　　　——翟永明

回溯从米兰和孙月在时空中第一次相遇的时候开始。这是这个故事的源头，也是米兰的生命和她与生俱来的爱的开始，也是她寻找和回溯的开始。

那时候孙月还没有归隐，那时候的米兰还不是米兰。那时候的米兰还是一个明眸皓齿的小和尚，叫作圆规。在叫圆规之前，叫云。

那一年圆规十五岁，他怎么会想到作为圆规的生命就这样完成了。

那个在竹荫山的半腰上、叫作龙潭寺的地方是圆规来生也不能忘怀的伤心之地。在那里，圆规开始了他生死茫茫的思凡之舞。

是清晨，鸟开始鸣叫、太阳还没有出来的时候。飞翔的鸟用美妙的声音在天空中编织一张只有圆规才能看见的锦缎，胜过朝霞也美过夕晖的锦缎。每天一大早就要起床在寺内寺外洒扫庭除的圆规，都要站在晨风中痴痴地望一阵这飞翔的鸟的歌声。

孙月就是在圆规痴望鸟的鸣叫时从那个山垭口向龙潭寺走来的。

孙月向龙潭寺走来，在寂静的早晨，在竹荫山蜿蜒曲折的山道上，孙月在毫无知觉中走向他人生中思接千载的穴位。他已经看见眼前的庙宇了，也看见了庙前一个向着天空痴望的灰衣少年。灰衣少年圆规在孙月的眼中是那样小，就像一枚站立在地上的竹叶。

孙月不知道自己为什么会到竹荫山来，会向龙潭寺走来。他只是喜欢云游，喜欢在路上而已。那些年，在孙月走过的地方，孙月的名字和他酒后的诗章、他的书画以及他出神入化的剑影一起化成了如山中兰蕙般的幽香，居无定所，缥缈，在山川大地上游走。

圆规闻见了这股来自另一个世界的幽香，他的目光迅速地捕捉到了正在向自己靠近的孙月，他在心底里像是呼唤一样轻轻地吟哦了一声。

这个时候，山下那个叫天元的村庄已经开始喧闹起来。村民们去到村外的河边汲水。他们在这康平的年代固守着自己的传统文化，看护着自己脚下的土地、家园。在这个早晨的呵欠声中，平静地再次开始编织每一天男耕女织的乡村风景。他们没有注意到凌晨的时候，一个外乡人，一个美貌的佩剑的年轻男子，一个怀揣着自己的诗卷的人，曾在他们的村庄前伫

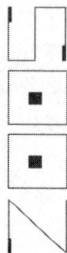

立片刻，最后却绕过他们的梦境上了山。那时候，天色如墨，只有启明星——总是给人希望的金星——在东方的天际孤独地闪耀着。

那个打更敲钟的老人，没人知道他叫什么名字，他孤身一人，住在钟楼下的一间小屋中。他也没有看见这个来自远方的夜行人。他在钟楼上，独自一人在烛火的昏黄中下着这个村庄的村民世代相传、人人都乐此不疲的六子棋。

孙月绕过一个村庄的梦境走了，走进了另一个故事。

不能责怪这个村庄的人们，他们没有更多的精力来注意逸出他们生活之外的枝叶。他们甚至忘记了那个从他们之中出走的叫云的孤儿。云的母亲临死的时候对云说，观音托梦给她，要她把自己的儿子送进佛门。

当时全体村民送云上山的时候咽声一片，一些老妪把衣襟都哭湿了，但现在，一个外乡人，一个即将让这个孤儿生死相许的诗人、侠士，在路过这个村庄的时候仍然没有引起任何人的注意。他甚至没能找到一瓢水、一片干净的布巾擦一擦自己脸上、头上凝结的夜露。这个叫孙月的夜行人对于自己在天元村村口伫立之后的离去并没有什么感慨，也没有什么遗憾，他甚至害怕打扰人家的宁静。他已经习惯这样的生活了。

一个浣纱的年轻女子，她叫桂娘。她的父亲是一个年老的秀才，举人的功名总是离老秀才一步之遥。除了桂娘，他还有两个儿子，正走在通往举人和状元的道路上，除了苦读还是苦读。桂娘出落得那样聪明、健康和漂亮。在这个早晨，她看见了从山上流下来的河水中飘来的竹叶，她把这枚竹叶捞起来，举在阳光中，隐隐约约地看见这片宽大的竹叶中有一个身着袍子的少年，光洁的头，向着远方眺望。这时候一群村里的女人嬉笑着向河边走来，她一惊，手中的竹叶就再次回到了水中，漂远了。

在这个早晨，透过一枚竹叶的影像，桂娘再次想起了那个几年前独自上山削发的孤儿。一转眼，童年终日戏耍的伙伴分开已经三年了。三年来，桂娘无时不在想念云。神思恍惚中，她差点让自己手中的白纱跟随流水私自跑掉。

桂娘抬头看见了不远处河边的古亭，古亭在朝雾中有一种海市蜃楼的虚幻感；想起那柄藏在古亭梁上的精铜锻就的剑。三年间，桂娘再也没有抚摸过那把剑锋利的刃。

桂娘在心底里说，总会了断的！

太阳就这样升起来了。

梦在梦境之中不可分割。用梦把故事引向梦境的人，其结局都是把自己引向苏醒，没有结局，连残梦的碎片都难以拼接。

圆规甚至不知道这是不是自己的梦境。

孙月来到龙潭寺，站在山门前对眼神如晨光中的河水一样迷离的圆规说，小师父，我可以借贵寺稍息吗？

孙月在心里对自己说，这是一座多么让人神往的寺院啊！

> 选得幽居惬野情，
>
> 终年无送亦无迎。
>
> 有时直上孤峰顶，
>
> 月下披云啸一声。

孙月已经决定画下这座山中的古寺，然后再把唐人李翱这首赠给药山惟俨禅师的诗题写在上面。

圆规答非所问地说，大侠，你是说这座神奇的古寺吗？你真是一个旷古的高人，只有你才能看见它抽象的结构，看见它和山溪和百鸟的和声一样和谐的旋律，看见它每一笔如空气一样回旋流畅舞蹈般的纹线，更看见了看不见的笼罩着它的风月、水韵。

孙月说，你看见了我的内心。

圆规的脸红了，忙说，不知大侠愿不愿意在寒寺停息几日，随意闲坐也随意闲话。

孙月急忙虔敬地躬身施礼，说，多谢小师父！

毕竟行了一夜了，孙月的内心对圆规充满了感激。他沉浸在一种飘飞的衰弱之中，他的云游、他的夜行、他的狂饮把他引领到像风筝一样欲仙的身心中。这是孙月无法摆脱、身不由己并不知道有限之界在何处的存在形态。

这使得孙月在圆规的眼中有一种无羁如风、高古独立的美感，惊心的

美感!

孙月乌亮的黑发上还沾着夜间的露珠，露珠中的阳光闪射着熠熠的光芒，看上去孙月的头上就像落满了昨夜的星辰；圆规的双眸中也闪耀着这些星辰——即使他闭上眼睛也赶不跑的星辰。

圆规站在书案的旁边为孙月研墨。这间取名为"墨缘斋"的屋子在藏经楼的二楼，很大，四壁上挂着许多上品佳作。在向南的两扇大窗前，一扇前放着一张宽大的书案，一扇前放着一张琴几，几上是一架精美绝伦的古琴。

月波住持是一个诗书画都有上上造诣的高僧，所以特别在藏经楼上辟出了这间墨缘斋，凡有过路的高士或者在诗书画上有独到之处来此挂单游方的和尚，都会被月波住持请到墨缘斋留下一些供寺院保存的墨迹。

月波住持对孙月说，侠士，墨还没有研好，不妨趁这一会儿空闲给我们弹奏一曲。

孙月说，那就只好献丑了。然后坐在琴凳上，沉思片刻，便演奏起来。

孙月的十指在七根细弦上起伏、跳跃、抚弹，就像上午的阳光在琴上飞溅，而乐声就像风沐浴在由山养育的有灵的流泉中。

寺里几乎所有的僧人都听见了藏经楼上传出的美妙的琴声，他们悄无声息地来到藏经楼下，仰望着洞开的窗户，共同沉浸在孙月弹奏出的古琴声中。

圆规在琴声中研墨，他不知道是墨的香味还是这轻微柔弱的琴声的香味盈满了整个屋子。

孙月停下自己的双手，圆规亦在最后一个音符中研好了墨。

孙月的双手抚在琴上，就像双手抚着一个婴儿。孙月在等待手掌下的七根弦重新安静下来。过了一会儿，孙月才从琴凳上站了起来。

孙月说，好琴！好琴！只是我的琴技让住持见笑了。

月波住持却说，天籁之音，妙极，妙极。恕贫僧寡闻，不知侠士弹的是什么曲子？

孙月说，这曲子是我胡乱编写的，名为《泉之烟》。

圆规在书案边退后了一步，对月波住持说，师父，墨研好了。

月波抬手对孙月说，今天是寒寺多年来难得的良辰吉日，有幸迎来你这样的高士。再请侠士赐墨。

孙月说，请住持指教。

走到书案前，孙月提起笔来，饱蘸墨液之后，却闭上了双眼，然后在雪白的宣纸上笔走龙蛇般地狂草起来。墨尽，他睁开眼，再蘸墨，再闭眼，再下笔，三下两下，一幅字就写成了。

圆规站在一边，他有些紧张，额上挂着几粒晶亮的汗珠。随着孙月悬空之手的挥动，他的脸上晃动着孙月的影子。

自从他把孙月迎进寺里，月波住持就让他做了孙月的书童，照顾孙月的起居，陪孙月观看寺里的名胜古迹，跟着孙月学一些简单的剑术。他和孙月在一起时，总是有些紧张。有时，一时兴起的孙月会情不自禁地抚摸一下圆规的头。如果这样，圆规的身上就会一阵燥热，背上一阵热汗，晕眩中几乎说不出话来。

然后，孙月又画了一张画，画的是《崖上墨兰图》，虚灵中有奇气。月波住持赞叹道，力道却又不失雅韵，静穆中又见其生动，好画！好画！

孙月却谦虚地说，不入方家法眼。

圆规闻见了一股来自深山幽谷的兰香。这使他想起前天早晨他在寺院门口看见孙月向寺院走来时那一股另一个世界的幽香。

三年了，圆规没有回过一次天元村，甚至没有下过一次山。如果说在三年偶尔的梦境和突然来临的恍惚中，他会看见桂娘的身影，看见桂娘大胆凝望着自己的眼睛，想起那把藏在村外河边古亭梁上的古铜剑的话，那么，现在，当孙月来到龙潭寺之后，他已经不再做那散乱得像流水一样的回望了。

桂娘把雪白的纱整齐地晾好在后院的竹竿上。水顺着纱线向着线头漫流，然后在线头处积聚成珠，滴落在地。桂娘站在一排排的纱竿之间发了愣，她看见每一滴水的凝聚也是阳光的凝聚，离开纱头的水珠在最后一瞬都要像一个抽噎的孩子一样向上抽动一下身体，在滴落的那一刻，阳光就无声地一闪。看着纱头上一滴水珠向地上落去，她心底里有一种恐慌，一种比三年前送云上山削发为僧时更加无边也无底的恐慌——如果她在这三年间固执地在心底里葆有对云的倾情，而且能在某些时候可以在心灵上因

得到了那无形的回应还有所安慰的话，那么现在的她每一次无声的呼唤都会在长空中消失得无影无踪，没有回答。

十二岁的少年云在河边牧鹅，鹅在河边的沙渚或水中游玩觅食，桂娘和云并肩坐在河堤上，两人说话或者不说话，手中不时飞出瓦片或者薄薄的石头。这些石头和瓦片在水上跳跃行走，然后沉入水中，有时不小心瓦片或石头跑进了鹅群中，鹅们就嘎嘎嘎地高叫起来，张开翅膀扑腾着闪开，两人就一阵开心地笑。

河边紫和白的芦花散发出那种微甜的清香。云看见一箭还在孕育中的芦苇，便站起来走过去伸手够了过来，剥开叶子，里边是一穗雪白的极嫩的芦花。云撕下一缕放进嘴里，尝到那清甜的味道之后，才回来坐回桂娘的身边，把其余的芦花递到桂娘的唇边。桂娘张开红唇咬住了芦花，比雪白娇嫩的芦花更清甜的味道一下就打湿了桂娘的全身。

桂娘看见云在阳光中散发出晕光的透明的耳轮。她想，自己发烫的耳朵也一定和云的一样可以穿透阳光。她从腰间解下短剑，递给云，说，父亲真是一个奇怪的人，他让我两个哥哥读书，却让我学剑。父亲说，这剑是他的友人送给他的，他的这个友人现在已经是什么道台了。我不想学剑，我把剑送给你好了。

云接过剑，说，我只是一个牧鹅的少年，学剑干什么呢？

桂娘的眼睛望着在阳光中闪动的水面，沉吟着说，嗯，你学了剑，可以守护……守护我们两人呀。

云转头看着桂娘，心怦怦怦地跳得他发慌，在河之风的吹拂中，桂娘鬓边的发丝在她美丽动人的双颊上晃动，但她的眼睛却是那样坚定和大胆。云感到手中的剑变得沉了起来。

云说，没有师傅，我怎么才能学好剑呢？

桂娘说，我家有一本剑谱，明天我把它拿来给你，你就照着剑谱在牧鹅的时候练吧。

云说，我娘看见我拿着剑回家，她会生气的。我们把剑藏在古亭的梁上吧。我练的时候，再取下来。

桂娘说，好吧。

两个人拉着手向古亭跑去，桂娘白色的衣衫在奔跑中飘荡在风中，像是一朵飞翔的芦花。

孙月是在三天后又再次上路的。三天之中圆规完成了他无可躲避的成长。三天的成长却要米兰一生来寻找，这成长的代价和烦恼真是千年一遇了。

月波住持和几个禅师及小和尚道宁、青年和尚苇航把孙月送到寺外便止了步，道宁、苇航和圆规三人平时总在一起，相互间就像兄弟一样，今天送别孙月，他俩却没有见到圆规，两人的心里都颇觉奇怪。大家相互施了礼，孙月就要上路。这时，月波住持一回头看见了藏经楼上的圆规。手握书卷的圆规站在洞开的窗前，望着将要离去的孙月，他手上的书页在风中起伏翻飞着，就像一只苍黄的蝴蝶被圆规抓住了双脚。

住持说，大侠且慢，我让徒弟圆规送你一程，可好？

孙月说，多谢！多谢！

苇航从山门外进了寺，又绕过大雄宝殿和大雄宝殿之后的罗汉堂，来到了藏经楼楼下。圆规并没有看见已经来到楼下的苇航，他的目光仍然望着山门外和住持、禅师们话别的孙月。苇航仰头对圆规喊道，圆规，住持让你送一程大侠孙月。

苇航的喊声使圆规一惊，他觉得苇航的喊声是那样遥远，就像来自百年之前。圆规根本没有听清苇航喊他做什么，他只是下意识地放下了手中的书，关了窗户，从楼上下来了。圆规的芒鞋在木楼梯上橐橐橐地一路响下来，他的眼中含着无言的泪水，当他看见在楼下等他的苇航时，才装着有什么小虫落进了眼睛，抬起袍袖擦去了。

苇航说，住持叫你送侠士一程。两人急忙往寺门走去。这时，苇航又问圆规，大家都去送孙月，你怎么不去？

圆规好一会儿没言语，快到了山门，才说道，我不知道他今天要走。

苇航对圆规的话一片疑惑，这三天圆规一直都和孙月在一起，而且大家都知道孙月今晨要走，怎么会就圆规一个人不知道呢？

孙月和圆规一前一后行走在山道上，这样的步履对孙月来说是那样新

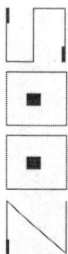

鲜。见过孙月行走的人没有谁不想到"健步如飞"这个平庸的词的。有许久，两人都无话可说。孙月看见了圆规脸上的痛苦，也看见了圆规心中的烦乱，但他不知道圆规为什么痛苦，心绪为何不能平静。

圆规没有力量去望孙月的眼睛，他觉得现在的自己就像是一个行走的稻草人，一个被别人握在手里的灯笼，内心里点着灯盏。

在转过又一个山垭口时，孙月停下了脚步，说，小师父，送君千里，终有一别。来，我们在这垭口的岩壁上各题两个字做纪念吧。说完，孙月从腰间的剑鞘中拔出剑来，执剑旋舞，就像有一束火苗在岩壁上疾走跳跃，当孙月收剑时，圆规仍然看见了孙月剑尖上正在黯淡的红焰。青色的岩壁上"惜别"两个发白的阴字正散发出岩石微甜的味道。

圆规低声说，大侠，我不会用剑在岩壁上写字。

孙月把手中的剑递给圆规，说，你紧紧地握着这剑的柄，剑尖距离岩壁一寸左右，剑尖沿着你心中之字的笔画运行就是了。

圆规执剑站在岩壁前，平执着剑，闭上了眼睛，在他眼睛睁开的那一瞬，他手中的剑亦开始行走，与孙月相比，他的剑书虽有些滞塞，但也在转瞬间就写完了"幸会"二字。

圆规有些紧张，就在这转瞬之间，他的额就沁出了一片细密的汗珠。

孙月笑了，说，请回吧。说完深深地施了一个礼。

圆规的脸色正在从红润转为苍白。他双手合十，低着头，说，那就不远送侠士了，还望侠士来年再来寒寺小住。

孙月感到心里突然有一股热流在周身回旋，他想这也许是他与圆规离别时的伤感——这是他久违了的感觉。难道这儿女情长的感觉是如此奇妙难言吗？

孙月站在低着头的圆规的面前，迟疑着不能挪步。他对清秀、双颊上还有着一对酒窝的圆规有一种不能言说的怜惜，圆规太瘦弱了，就像女子一样柔弱无骨。

孙月也不知道他为什么会解下腰间的青玉腰牌，把圆规合十的双手分开，放在圆规的掌心中。

青玉之中的青色就像夕照中的炊烟在天空回旋缭绕，这烟缕的颜色就像圆规手腕上的青脉一样。圆规的双手太凉了，就像冰一样刺骨。

孙月走远了，消逝在山道和丛林之后；许久，圆规才抬起头来。他感到他掌心的青玉中流动着一股如水如烟的回响；合十的双手就像是在悠久的水光中默然游弋的蚌，等待着一个年轻的渔夫的打捞，等待着他打开自己的身体，取出孕育了一生的珍珠。

圆规是在孙月离开龙潭寺之后的第六天去世的。

这六天对圆规来说几乎就是一百年，就是一生一世。

送别孙月之后，圆规走回龙潭寺已经是那天的下午了。苇航和道宁几乎一个下午都守在寺里的鼓楼上，站在鼓楼的窗洞前，可以远远地看到圆规送别孙月的那条路。山间的道路消失在那个山垭口之后，消失在苇航和道宁焦急的等待之中，他俩的心里好像都有一种预感：圆规不会回来了，或者说回来了的圆规可能已经不是从前的圆规了。

在向晚的竹荫山的天色中，苇航和道宁不得不准时把暮鼓准时敲响。就连贪玩的鸟听见龙潭寺的鼓声时，也都恋恋不舍地和伙伴们说着再见，一路上叽叽喳喳地抱怨着时光的短暂、爱情的易变回家。在它们的心目中，爱情是以晨钟和暮鼓的交替计算的，谁知道它们今日的爱人在明天的晨钟之后会不会成为别人的情人呢。

鼓声震得苇航和道宁的耳朵嗡嗡地响，在他俩就要下楼的时候，再次把目光投向了道路尽头的山垭口，他俩看见了黄昏的天空中鸟儿就像被风吹离了书页的字散乱地飞翔着，而从山垭口的后面走出来的圆规则像是一朵灰云的影子，向着这边移来。苇航和道宁飞一样跑下了鼓楼，高声喊着，圆规回来了！圆规回来了！然后又跑出了山门，向路上的圆规跑去。

三个人站在黄昏淡淡浮起的烟霭中，找不到要说的话。圆规的嘴唇龟裂了，身上早上还好好的灰色僧衣已经褴褛得不能蔽体，上面沾着草叶、泥土、灰尘和血迹，原来黑白分明的瞳仁中游荡着一层水雾……更为可怕的是，圆规似乎不认识他的师兄弟了。

几乎整个寺院的人都走到山门来，等待着圆规的回来，他们看见了苇航和道宁护卫着的形影破弱、像是一缕游魂一样走回来的圆规。大家围住了圆规，一声声地喊着他的名字——圆规，圆规……

圆规却说，不要喊我圆规，我不是圆规，我是米兰，我是米兰……

苇航和道宁要把圆规扶进寺里，被一个禅师拦住了，他说，道宁，你快去把月波住持找来，问他怎么办。

道宁一路小跑，见住持正站在方丈的窗前闭目数着手上的念珠，便站住敛息片刻，说，住持，圆规回来了，他一身泥土和血，他说他叫米兰……

月波住持的眼帘只一瞬便跳开了，眼中清亮的光芒镇静不移，说，用井中的清凉之水给他洗个澡，然后让他睡下。

道宁跑步走了，月波住持轻轻地叹了一口气，说，孽障啊！

道宁和苇航给圆规洗澡，当圆规白皙的身体展现在他俩面前时，他俩的心中同时有一道像闪电一样的惊厥一掠而过。即使圆规的身上有许多血迹和泥土，但那些干净的部分却像白瓷一样闪射着幽幽的光泽。通过指尖，他俩感到圆规的皮肤是那样柔腻细润。他俩不得不定一定神气，才扶住圆规给他冲洗身上的血迹和尘土。

圆规的右手一直没有松开，他的手心紧紧捏住的是那个来自孙月腰间的玉牌。苇航和道宁看见了从圆规指缝中闪射出来的清凉的光泽，想看个仔细，却无法把圆规的手打开。

道宁说，让我两看看你手中的东西好吗？

圆规却一言不发，只是轻轻地摇了摇头。

晶亮的水花在圆规的身上飞溅，尘土洗去了，血迹洗去了，但圆规身上的血痕却无法被水流冲走。这血痕就像白玉中的红色丝线。这时，苇航和道宁几乎同时看出了圆规背上的图画。圆规背上的血痕展现出一幅令苇航和道宁惊讶万分的画面——圆规后背上的血痕与孙月在墨缘斋所画的《崖上墨兰图》一模一样，甚至更为灵动，更为逼真！

苇航和道宁都闻见了圆规身上的兰花所散发出的清馨之气。

道宁用颤抖的手指轻轻地抚摸着圆规背上的兰花，从牙缝间嗞嗞地吸着冷气，充满痛惜地问道，圆规，你疼吗？

这时，圆规像是从梦游中惊醒了一样，用双手护住自己赤裸的身体，大喊，出去！你们出去！

不得已，苇航和道宁只好退了出去。

两人在澡房外，听见里边的圆规啜泣着说，我是米兰，我是米兰啊！

又过了一会儿两人才又听见水声，在水声中，圆规像是跟随水的旋律在舞蹈；后来，在一片寂静中，他俩又听见圆规梦一般的声音。

圆规说，我宁愿你丛生的荆棘在我的身体上抽出血红的鞭痕，这血痕是逾越你心之门的受戒，我要带着这美丽的文身收获你无声的泪水，成为我和你未来不忘的约定……

圆规一身灰衣飘然地走了出来，他似乎没有看见苇航和道宁，径向自己的寝房走去了。

神志沉入冥想的圆规在屋外的空地上不断地看见孙月。他跪在床榻上，纤细白皙的手指紧紧地抓住朱红的窗格，痴痴地看着窗外，苇航和道宁要他躺下，却无法把他的双手从窗格上掰开。只有当他自己认为窗外的孙月走出了他的视线，他才会躺下来，额上冒着虚冷的汗，昏睡过去。

内心的高热烧裂了圆规的嘴唇，也使得他清秀白净的容颜因肉体和灵魂的搏杀而辐射出炽热的光芒，他望着屋梁或屋外的眼睛忽而变得恍惚，忽而变得惊悚，忽而变得焦灼。

他看见了月光之中那像一朵花一样起舞回旋的幽香。孙月在月光中舞剑，他穿着一身白色的绸衣。在孙月的跳跃起舞中，除了可以听见他飘飘的衣袂在风中的猎猎之声和剑锋刺或劈过静夜的声响外，圆规听不见其余的任何声音。孙月好像不是在地上舞，而是在空中起舞一样，听不见他的呼吸吐纳，听不见他快速移动的步伐。随着他手中的剑的进退、挥舞、闪动，月光在剑锋上飞快地闪过或者被反射回空中，转瞬即逝又连绵不断，无可捕捉，分不出是月之光还是剑之光。一些光芒闪射到圆规的眼中，使圆规的眼睛感到这薄片光芒的芬芳。

圆规在心里说，在月夜中起舞的孙月不是孙月，是一团山间的雾岚，是一团莹白的影子。

即使眼前的幻影已经消逝，圆规仍然会一动不动地注视窗外好一会儿才会躺回榻上。

圆规对道宁说，当一切有形的东西消失了，无形的东西才会渐渐露出本相。舞剑的人消失了，而剑行走的道路却留在了空中，我看清了剑锋走

过的迷宫，我可以照此写出这百年古剑之术的剑谱。

道宁说，是的。你现在躺下睡一觉吧，天亮的时候，你可以把这剑术教给我和苇航。

圆规躺回了床榻上，他的手指却在自己的身上划动。他感到自己的身体正在膨胀，肩变得圆润了，胸膛开始胀痛，背上的兰正在山崖凉沁沁的风中张开嘴唇。饱蘸墨液的笔在他的身上如旋风一样疾走，那双瘦长有力的双手在他的肋间来回地弹拨，自己的身体绷紧了，就像是一架天下无双的古琴，它被弹出的乐音只有他自己和弹拨者才能听到。

渐渐地圆规在睡梦中平静下来，这来自心灵的乐音，来自天国的仙乐穿过月色，穿过水上的幽光，穿过回旋的湿雾，给圆规带来了大地的叹息、林中的风鸣、清泉的叮咚、溪流的私语，如此迷离，如此婉转。

那些天，苇航和道宁一直轮换着守在圆规的身边，除了圆规自己，无人能够听懂他在昏迷中的谶语。看见圆规腾的一声坐在榻上，望着窗外，颤动嘴唇说一些他自己的话语，或者痴痴地望着窗外，或者一个人偷偷地笑，苇航或者道宁就会上前紧紧地扶住圆规的肩。有好几回，道宁都流下了一串伤心的泪水。

六天，圆规除了喝了几碗山中的泉水之外，粒米未进，他再也吃不下人间有烟火味的任何东西了。即使这样，圆规的脸却并没有消瘦下去，苇航和道宁发现圆规的脸竟在这六天之中变得丰润起来；同时，他的眉毛、眼睫和眼睛也有了从未有过的变化——他笑的时候，可以明显地看出他的眉毛变得细长了，眼睫也长长了许多，而他的眼睛则变得那样水波荡漾、妩媚如魅。

圆规是在他送走孙月后的第六天的早晨去世的。那个早晨，晨光已经开始在树或草的叶尖凝聚，天色已经明亮起来，溪流的水波之上已经看得见山林的影子，鸟儿飞翔在被夜晚澄净了的天空中，唱歌或者开始诉说一夜的梦境。它们的翅膀可以感觉得到早晨湿润的空气，所以总是飞一两圈后就又停栖到树枝之上把翅膀收起来，散步或者跳跃几下。

道宁确实太累了，他恰恰在这时候睡了过去。他坐在蒲草编成的蒲团上，右手握着圆规的右手，头斜放在圆规的床榻沿上，睡着了。

圆规最后一次睁开了眼睛，他看见睡着了的道宁，他笑了。没有谁看见圆规这最后的凄美动人的笑。他的脸不再像前两天那样赤红，而是一种平静如水的青白。他甚至想把自己的右手从道宁的手中抽出来，结果却只是手指动了动，一只手仍然被道宁温暖地握在手中，无力收回。

鸟一声一声地在屋外叫着，圆规的手一点一点地凉了下去……

道宁正在做梦，他的双手捧着一条鱼，月波住持让他把鱼送回到放生池中，他却总也走不到池边。鱼在他的手上已经不能动了，只有两腮还在艰难地翕动着……道宁倏然醒来，圆规的手在他的手中已经变得冰凉。他再次握紧圆规的手，高声地喊道，圆规，圆规……

圆规像睡着了一样安详地闭着眼睛，他的眼睫是那样地长。

苇航来了，月波住持也来了，全寺院的人都来了。大家给圆规念了两天道场后，月波住持把苇航叫到自己的方丈中，说，一切都是缘，一切都是命中注定，一切都是前世所修。圆规本不应该成为一个佛徒，却做了佛徒。他的根还在俗世，我们也就只有成全他在俗世中再续尘缘了。就不要按照寺规焚化他了，在寺后的山间找一个安静的所在埋了吧。

苇航是一个虔诚且颇具佛缘的人，三年来，他一直带圆规研习佛理，两人相处得也十分融洽，他本想对月波住持说些自责的话，月波住持却转过身去，进了里边的屋子。

苇航在住持的外屋呆站了一会儿，差点流出泪水来。不知道为什么，这一会儿，他突然有一种与他平日里的修炼不同的心情——伤感。

圆规被埋在了山后的坡上。

他的左手中握着那块青玉腰牌。

一丘土坟。一块青色的石碑。

没有花圈。没有纸钱。没有飘飘的祭幛。

只有鸟鸣。只有起风时的松涛和竹篁之声。只有不远处山溪跌落时的水声。

只有晴日里或明月夜中松的影和竹的影。只有山的影。

偶尔还有苇航或者道宁坐在坟边默默无语时的身影。

青色的石碑上没有字，只有一幅阴刻的《崖上墨兰图》，没有圆规的

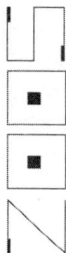

生辰和祭日，没有落款，没有时间。

下篇

> 我们在时间里走路
>
> 而我们灿烂的躯体
>
> 迈着不可名状的脚步
>
> 在寓言里留下痕迹
>
> ——瓦雷里

　　米兰是在秋天的傍晚开始寻找通向自己两世姻缘的道路的。

　　秋天的这一个傍晚，空气中有一种秋水荡漾的爽风，吹动着米兰如瀑的黑发。她的背上背着一把雪亮的剑和一把朱红的伞，逼人的锋刃藏在剑鞘中，只有剑柄上红色的缨穗像奔跑中的马鬃一起一伏；而伞则无形中让米兰增添了一种与秋雨相似的柔情和寂寞。米兰背上的伞不是雨具，是她寻找和等待的象征。

　　她紧抿着双唇，柳叶般细长弯曲的淡眉下，双眼清澈而又平静，随着她匆匆的步履，路边的风景一一在她的双眼中飘向远方。

　　行走中的米兰的世界，就是一把把雪亮的锋刃藏起的剑，一把与风雨无关的朱红色的伞，看不见的、被称为诗歌的红唇间的语词，还有就是维系着她另一世时间之伤的青玉腰牌。

　　在边城的客栈，当米兰把剑和腰牌放在枕下的时候，它们总是会因碰触而发出叮当的声响。而伞则挂在门后，听屋外的雨声，在昏黄的灯光中翻开古老的诗书，这景象便有了"江湖夜雨十年灯"的诗情画意。

　　也就是在这样的情景中，米兰才有了一次次的追寻，一次次的逼近，一次次的回忆。

　　孙月，你知道我在走向你吗？

　　有时候，米兰真想写一封这样的信给孙月。每当有这样的想法的时候，米兰的脸上就会有一种少女的妖娆，一种少女的狡黠。

　　现在那个叫米兰的女人走在一条河边的高堤上，或者说她在沿着一条河流飞翔——她的身姿是那样地轻盈，速度是那样地快捷。

与其说她在寻找、她在回溯，毋宁说她在漫游。因为她只知道她要去的地方，却不知道抵达的道路。但我们对她的漫游却不必担心，我们可以从她容光焕发的脸上看出她对自己脚下的道路既有信心又有耐心。这与她身旁的河流相反，河流永远不会知道自己要去的地方，但它却知道选择自己行走的方向。

在米兰的漫游之梦中，常常有一条鱼的骷髅出现。对此，米兰却无法破解。

风吹乱了米兰的几缕发丝，有一缕正巧被米兰衔在唇间。米兰口含青丝的样子是那样娇媚，令人不顿生怜意也会顿生妒忌的娇媚。这大约就是一群羽毛五彩斑斓、鸣声婉转的鸟儿跟随在她的身后不肯离去的原因。

米兰停下了自己的步伐。已经是夕阳西斜的时候了，河的两岸上散落着的城郭和村落开始升起青色的炊烟。她想告诉跟随着她的这些鸟儿不要再跟着她了。她转过身来，鸟儿们已经停在了树枝上，不再说话，只是用晶亮的眼睛望着她。米兰读懂了鸟儿们眼睛中的话语——鸟儿们想让米兰把它们带到远方去，带到另一种风景中去。

米兰说，你们看，就是我也在寻找回去的道路，我怎么会把你们带到异乡去呢？

一只鸟儿从树枝上跳跃了一下说，我们都向往真正的出走和漫游，哪怕浴火，哪怕穿过闪电。这是生命的再生，更是精神的涅槃。

米兰沉吟了一下说，不。我不能带领你们漫游。我对我生命的回溯才刚刚开始。你们是一群可爱的精灵，你们可能无法让我专心完成我自己的使命，也使我不能顾及你们。请你们理解我！如果你们不飞出我的视线，我将也停止我的行走，陪同你们到永远！

听过米兰的话，鸟们沉静片刻之后，就在米兰的头上盘旋了三圈，然后才恋恋不舍地飞走了。

米兰走到河边，用秋天里清凉的水洗了洗自己的脸。一天的行走，使她感到自己的脸被风吹得有些麻木，洗过之后就好多了。她向着前面的村庄走去，她闻见了一种她熟悉的气味：乡村的气味，醇和的柴草燃烧的气

味。河中跳腾着金红的夕光，河中是树的倒影，米兰的身影穿过它们，像鸟贴着河面飞翔。

如果我不能选择脚下的道路，那就让道路选择我的梦境，选择我双脚的方向吧。米兰对河流也对自己说道。

秋天黄昏的风吹过米兰蓬乱的思绪的缝隙，翻动着她像谜团一样页码混乱的记忆。一条鱼骨总是使她无法把自己的记忆按时间的顺序排列整齐。

那个时常站在窗前遥望远方的人就是桂娘，她忧郁的眼眸中常会因为长久的遥望而升起一股水雾般的烟岚。她的美丽是那样朴实，但她朴实的美丽却成了她父亲的一块心病。她的两个兄弟已经婚配，一个中举之后做了县令，一个中举之后返乡，开办书院，专门向弟子们讲授经学。她是那样倔强，倔强得忘记了自己的年龄。二十年了，她不知道她拒绝了多少夜里的约会、月光下的琴声和白日上门的求爱者和求婚者。她为她心灵中一个少女的故事保持着永远不变的女儿的美丽。

因为两个哥哥，桂娘早已不再浣纱。桂娘用浣纱、纺纱挣回的银锭供养自己的两个哥哥取得了功名。

有两个儿子供养，老了的秀才每天总是在家里与人纹枰对坐，翻读诗书，或者外出与人吟诗作对，对酒高歌。

晚钟响了起来，老秀才从书案上抬起头，正好看见窗外走在后花园、走在晚钟声中的女儿。

在晚钟声中行走的桂娘回了回头。她好像看见了书房中的父亲，也好像没有看见。她的心中有一朵伤花正在开放。她向离村不远处的河边古亭走去。她经常在夜晚来临的时候独自坐在亭中，那样子像是在等待一个早该归来而总是没有消息的人。桂娘固执地认为，那个归来的人应该随同夜幕的降临走近古亭，说出和他自己也与桂娘有关的地名、人名和时间。

这个傍晚不同寻常的意义使桂娘加快了脚步，她心中伤花上的泪珠正逐渐变大。

在看见人生的最后结果之前，是桂娘匆匆的步履，是她渴望的心中握住的自戕。

河边古亭。亭上的衰草在晚风中起伏着。正在疾速变浓的夜色在亭的四周回旋弥漫。

米兰坐在亭中，她看见了那个向自己疾走过来的人，看见了不远处村庄中的灯火像是一棵树上的花，一朵一朵地开放了。

还有钟楼上的灯。钟楼上的灯使米兰有一种似曾相识的梦幻感觉——这是今日的梦魇还是前世的旧颜？

桂娘在亭外停下脚步。桂娘看见了亭中的米兰，她有些不相信自己的眼睛，她不是自己等待中的归人，却又有着自己等待中的归人的神韵和引力。恍惚之中，桂娘的脸变得苍白。在桂娘的眼中，夜晚无边无际，夜晚的帐幔即使用利剑也无法划开一个缝隙，不知那串系着的神秘之绳握在了谁的手中。这古老的亭子，毗邻的河水的声音已成为它四季的节奏，除此之外，凄清、空寞是它永世的主人。然后，桂娘来了，现在米兰也来了。它将为这两人出示当年两人藏在梁上的那把青铜的古剑——锋利的古剑。

米兰走出古亭，沿阶而下，走到桂娘身前，说，姐姐，亭外露重，请到亭内稍歇。

两人走入亭中，相对坐在亭边的座上，这时，那柄藏在梁上二十年的古剑挟着一股冷风，垂直地落了下来，直直地插在了木头的地板上。

它仍然有着当年的锋利。

这是时间之剑，谁也不能躲过的宿命般的悲剧之剑。

两人几乎同时躬身去捡拾直插在亭中地板上的剑，但桂娘到达剑叶的食指和中指却比米兰早了那么短短的一瞬。在这一瞬，米兰闻见了桂娘的体香，一种幽远的处女的体香。米兰深信她眼前的人即使白发苍苍了仍然不会失去清澈、朴素、忧郁的香味。这种香味好像来自久远的前世。桂娘也闻见了来自米兰身上兰的气息——蓬勃、热情、倔傲的气息，恍如天外的季节之香。

桂娘用食指和中指夹住剑身，只轻轻向上一抬，剑在空中打了个跟斗，落下时，桂娘握住了剑柄。

米兰扶了一下腰间的长剑，说，姐姐好身手！

桂娘用食指轻轻地弹了一下剑叶，剑"当"的一声发出了古老精铜的

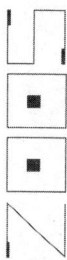

声音。她坐回原来的地方，说，二十年前的剑已经生了绿锈，二十年前的故事也已经被人淡忘了，可剑的双刃却还像昨天一样锋利。

米兰说，即使所有的人都忘了这剑的故事，姐姐也不会忘记的，是吗？

桂娘说，二十年前，准确地说是二十三年前，一个十二岁的少年沿着朱红的石柱，攀上这古亭，把剑藏在了梁上。少年问送他剑的姑娘，这剑有什么用呢？姑娘说，这剑可以守护他们两人的平安。其实，姑娘把剑送给少年之后，没有多久，少年的母亲就病逝了，少年遵照他母亲的遗愿上山习禅修行，仅三年就死在庙中，成为山中的孤魂。他自从离开姑娘之后，就再也没有回来过。其实这剑不仅没有守护住两人的平安，它连姑娘的梦境都无法守住。

米兰接过桂娘手中的剑，她看见了剑叶上完整无缺的鱼骨纹，干枯的鱼正定定地望着她。她若有所悟，为什么在她漫游般的寻找和回溯中，有一条鱼骨不时被梦境晾晒在阳光中或者悬挂在雨天的屋檐下。

米兰蹲坐在亭座上，喃喃地说，这个少年藏好宝剑后，从亭梁上跳了下来，他的头上顶着一张蜘蛛网，姑娘抬手替他揭去了。少年轻轻地近乎嗫嚅地说，谁要是伤害了你，就用这剑刺穿他的胸膛。

桂娘说，姑娘也对少年说，如果有谁伤害了你，我也用这把利剑削掉他的头颅。但姑娘至今不知道是谁伤害了少年。据山上龙潭寺的师父讲，十五岁的少年是在一个侠士来到之后突然痴疯而死的。姑娘找不到这个侠士，也再见不到少年，无法知道这个离开了她的少年怎么会因为一个侠士的到来而痴狂。

你说，这个少年会从另一世中来寻找今生，寻找送他古剑的姑娘吗？桂娘像是自言自语，也像是在问米兰。

米兰的眼睛在月之影中晃动着闪闪的泪花。桂娘的眼睛却冷冽犹如一弯高空的秋月，波澜尽敛。米兰把剑还给桂娘，她不知道说什么才好，今夜，在冥冥中她突然有了自己是一个负心人的罪恶感。她从未设想过这一幕，她不知道她的回溯中还有这样一个故事在等待着她。这个故事来得太突然了。她暗暗地谴责自己无意识的粗心。她想转身离去，尽快从桂娘的眼前消失，但她无法迈开自己的双脚。

也许是神的力量，也许是米兰内心的力量，她竟走到桂娘眼前，艰难地说，我现在不是那个叫云的少年，云已经死了，你不要再等他。现在我叫米兰，我在寻找另一个你不知道的故事。忘记云是你唯一的选择，也是我唯一的选择。

说完，米兰就转身走出了古亭。在她听见古亭的木地板轰然作响的时候，她知道她又犯了一个不可饶恕的错误。

桂娘倒在亭中，她的胸口上插着铜剑，血正缓缓地流出来，染红她的衣衫。米兰抱起桂娘，泣不成声地说，我说过谁伤害了你我就把剑插入他的胸膛，该在胸膛上插剑的是我，不是你啊！不是你啊！

桂娘在米兰的哭喊声中睁开了眼睛，她的声音小得只有米兰才听得见。她说，云……我知道你会回来。我第一眼见到你……就知道你是前世的……还没说完桂娘的双手就抓紧了米兰的双臂。

米兰抱着桂娘向河边走去，然后走在高高的河堤上，逆着水流的方向向西走去——这条河的一个源头就在竹荫山，就像这个故事的另一个源头就在竹荫山的龙潭寺一样。

河中的水流被月光照得惨白，就像一匹白纱在风中起伏飞升。桂娘的灵魂也好像在飞升，她的身体在米兰的双臂间变得轻盈起来，米兰感到她抱着的不是桂娘而是一束秋天的芦花。

米兰的泪滚落在桂娘苍白的脸上，说，我怎么知道你会再次出现在我的生命中。

秋天的夜晚，秋夜的风和月。桂娘和米兰的相会就这样结束了，只有两人梦呓般的对话缥缈成漫卷的云缕在天空中飘浮，不舍昼夜。

米兰离开河边之后，开始行走在山路上。当她行走到那个题有"惜别"和"幸会"两个字的山垭口时，她停下了疾走的步伐，一股像是来自冬天的寒流吹进了她的心中，她的身体开始颤抖起来，颤抖得几乎抱不住桂娘。她不得不紧紧地抱住桂娘，好一会儿，才控制住自己身体的平衡。

在短暂的定神之后，米兰离开了山垭口。她脚下两只绣着花朵的软皮靴沾满了红色的泥土，她疾速地行走着，几乎没有踏落在路上，近似于飞翔，没有声音。

今夜的月已经滑落到了西边的山间，山和山的精灵正处在沉睡之中，只有溪中的水声，低低的松之涛声显出山间孤坟的寂寥。

米兰的身上是夜之露，是汗，也是内心的泪。几乎全身湿透的她仍

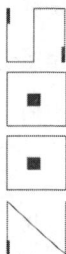

立在墓前，沐浴在黎明到来前月亮最后的冷辉之中，等待自己的身影突然消失的那一刻。

在自己的内心中，米兰听见了月滑落消失的那一声声响。她缓缓地跪在墓前，轻轻地把桂娘放到地上。她拔下了桂娘胸间的剑，转身快速跪行到孤墓的右侧，双手握着，近乎疯狂地挖掘起来。她要把桂娘安葬在这墓的旁边，她要让那个死了的云和桂娘在另一个天地中重新开始，为云为圆规也为米兰自己改正天地造就的错误。

龙潭寺几乎所有的僧人都听见了寺后山上的声响和在这声响中鸟被惊醒的叫声和它们的翅膀在夜空中飞翔的声音。

他们听见一种像小小的花锄猛烈挖掘泥土的声音，听见这不知名的金属不时碰撞在岩石上的声音。他们甚至感觉到了挖掘者的臂力——每一次泥土破裂或翻动、岩石和金属碰撞之前，他们都听见了那饱满的力量在空中划过时唰的一声风声。直到黎明，他们再也没有安静地沉入睡乡。他们不明就里，只有苇航和道宁听出了这声音的悲情意味。现在，苇航是龙潭寺的住持，月波住持已在前年圆寂了。

拄着剑跪在鱼形的红色墓穴前，米兰回过头来，看见了夜色阑珊中的龙潭寺。然后，她看着手中的剑。她手中的剑已经变得闪闪发亮，亮得可以照见自己的容颜，甚至当米兰和剑对视的时候，都会不由自主地眯一下眼睛。剑身上的鱼骨纹更加栩栩如生。

米兰缓缓地把手中的剑送进了她身旁刻着《崖上墨兰图》的碑石中。

米兰一只手把桂娘揽在怀中，用另一只手细心地梳理桂娘散乱的头发，桂娘的发间隐隐地飘出桂花的香味。

米兰抱起桂娘，风吹动着桂娘飘垂如旗的长发，吹动着桂娘的衣衫，在黎明正在到来的冷寂中发出若有若无的声音。抱着桂娘的米兰回过头来，不远处那座山间的古寺在熹微的光线中逐渐清晰起来。

米兰把桂娘放进墓穴之中，小心的样子就像把一个刚入睡的好闹的婴儿放在床榻上。米兰回身把碑上的剑抽了出来，用衣袖拭去上面可能的尘泥，竖着放在了桂娘的胸口上，然后米兰把桂娘的双手交叉着放在剑上，那样子像是护着剑，也像是守护着自己的内心。

一座新坟和旧墓并肩站在山间，新鲜泥土的腥味几乎可以唤醒一个沉睡二十年的人。

米兰已经在山间的溪潭中洗浴过了，洗去了衣上的泥土、汗液、眼泪和血迹。她闭目坐在坟旁的一块突出的石头上，用体温烘烤身上的湿衣，也用脱尘后的内心烘烤和桂娘相遇之后的潮湿情感。米兰的身上袅袅地飘出细弱的白色水雾。

米兰等待太阳爬出东边山峦的那一刻，等待山间古寺敲响晨钟的那一刻。她身上兰的芳香在山间飘散。

小沙弥在山门外洒扫。他总是干一会儿活就直起腰来，等待晨风把自己头上的汗粒吹散。在这等待中，他除了细心地倾听各种鸟儿的鸣唱，就是东望初升的太阳周围那绚丽的朝霞。

小沙弥看见了从山路上走来的米兰，觉得有一股犹如来自天外的芳香钻进了他的内心，那一刻，他忘记了其余所有的一切，他感到他从出生到如今从未见识过的比神和仙更美的光芒照射到了他的身上。他的脸竟在这注视中飞上了如朝霞般红艳的云朵。直到米兰走到了他的面前，他才恍然有所悟。

米兰看见了山门门额上那三个镏金的遒劲的阳刻大字——龙潭寺，她的脸上悄然袭上了一朵笑意。

小沙弥躬身站在山门一侧，眼前直竖着绷直了的右手掌，头低垂着，说不出话来。地上是一只木桶和一个扫把。

米兰说，小师父，苇航禅师和道宁禅师在吗？

小沙弥仍然低着头，说，两位师父都在，苇航师父是我们的住持。

米兰向山门里望去，正看见苇航住持从大雄宝殿走出，疾步向山门口走来。苇航住持的冉冉飘拂的胡须已经有些花白了。

苇航住持的脸上是和蔼安详的神色，他走下山门口的石阶，稳稳地收了步子，施礼后说，不知侠士光临寒寺有何贵干？

米兰还礼后，说，我知道贵寺有苇航和道宁两位高僧，所以特此前来讨教；另外，还知道，贵寺的墨缘斋中有一幅奇绝好画《崖上墨兰图》，也想一饱眼福。

苇航住持说，贫僧就是苇航，不知侠士要讨教什么？

米兰说，人生在路途，负债累累，如何才能自在呢？

苇航住持说：见性成佛，随处都可自在。

苇航住持把米兰让进了寺中，又回头对站在山门口发呆的小沙弥说，虚云，你还站在那里做什么，还不把木桶和扫把收了，洗洗你身上的灰土，待会儿就该进早斋了。

小沙弥这才提了木桶和扫帚进寺，沿着一条弯曲的红巷，去了寺后。

米兰自言自语地说：他叫虚云呀！

苇航住持和道宁禅师陪着米兰在墨缘斋里说话，虚云站在案前研墨，墨的香味弥漫在屋中，虚云闻见的却是兰的香泽。

刚进屋，米兰就不经意地环顾四壁，她没有看见那幅奇崛的《崖上墨兰图》，也没有看见南窗前那张古琴。

米兰说，真是好墨！人说书家有佳墨，犹如名将之有良马。

道宁禅师说：这是桐油顶烟之墨。书家识墨，看来，侠士定是书家高手了。

米兰说，哪里称得上高手，涂鸦罢了。

苇航住持问道：不知侠士家在何方，又是如何知道我和道宁禅师之薄名，知道敝寺中有一幅好画《崖上墨兰图》的呢？

米兰的脸上、身上散落着窗外的阳光，她的容颜在苇航住持的问询下呈现出一抹幽远的笑意。

米兰说，师父刚才说随处都可自在，我则随处是家，终日走在通向自我之终极的路上。我记不得我是怎么知道二位师父之大名和贵寺中有《崖上墨兰图》的，也许在路上听人传说的吧；也有可能我曾经到过贵寺，只是二位师父忘记了，可能连我自己也都忘了。

苇航住持和道宁禅师默然相视了片刻。

虚云研好了墨，退在旁边。苇航住持站起来，抬手请米兰赐书。

米兰起身站到书案前，说，请二位师父赐教。

米兰的字虽有些秀气，但秀气中却有一种激励之气。米兰写的是："萧萧远尘迹，飒飒临秋晓。"

苇航住持和道宁禅师看见米兰落款时写下的"米兰"二字，两人又是一次无言却会意的相视。他们想起了二十年前那个自称是米兰的小僧，两人在心底里都叹了一口气，有好久两人都没有结伴去寺后山上看一看那个因疯癫而死的小僧的墓了。现在，两人都想不起他叫什么僧名，却清楚地记得他在痴狂中自称自己是米兰。

转眼就二十年了。

苇航住持打开墨缘斋中一个高高的木柜，木柜中有一个直径近两尺的青花直樽，里面插放着不少卷着的书画。苇航住持从中抽出一轴画，放在书案上打开。

这画就是《崖上墨兰图》。

米兰又闻见了那一股来自久远年代的兰香，虚云也闻见了。闻见了兰花之香的虚云忍不住一次次轻轻地抽动鼻子。

苇航住持卷起画轴，递给米兰，说，侠士远道而来，给寒寺留下了珍贵的书品，无以为谢，就把这幅画送给你吧。

米兰推辞说，此乃画中极品，我虽喜欢，但实在不敢掠贵寺之美，多谢多谢！

道宁禅师说，我们乃出家之人，身外之物不足惜，大欢喜都来自我们的内心。何况，画即使给了你，它仍在我们心中。请侠士收下吧。

米兰只好接过画轴，俯身致礼说，多谢二位师父！多谢贵寺！

米兰难以忘记走过他的身边时，那人回过头来时那惊悚的眼神。

安静的院落，只有几只鸟在院中的柏树上鸣叫。道宁禅师说，这个院落四周的房间是寺里的僧人们的寝房，他们现在去做经课去了。过去，苇航住持、我，还有一人就住南面那间。现在，我和住持不住在这个院落。

米兰站在院子中间，她看见南面那间屋子的门斜开着，那扇宽大的红漆窗户的漆已经有些斑驳。再也不见了那个紧紧抓住窗棂的少年僧人。米兰在心里说出了"恍若隔世"四个字之后，又迅速地否定了。她在心里说：不！就是隔世。

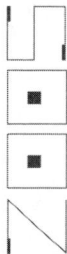

但米兰有了和那个窗前弹琴、月下舞剑的人的联系，现在，她背上的行囊中就放着他留下的那卷画轴。一想到这里，米兰的脸上就有一种虚无的笑意。

他穿着灰色的僧衣在斋堂外劈柴，后背上已经有了一片湿湿的汗印。那把闪亮的斧子在他的手中起落着。每当他扬起斧子，一片明亮的阳光就从飞翔的斧子上反射出去，在幽暗的竹林中上下跃动。他对周围的一切都漠不关心，他只关注自己手中斧头的起落，关注地上的木柴是不是按照自己的意愿在斧头下分开。

劈柴的声音很响，直到米兰和道宁禅师、虚云三人来到他的身边时，他才发觉。他回过头来，他看见了陌生的米兰，仅仅是一瞬，他就又低下了头，握住斧柄的双手颤抖不已，不能举起。

就那一瞬，米兰看见了他的眼睛中的景象，他惊悚的眼神就像一束剑刃的反光，刺中了米兰的身体。他的额上布满汗珠，他稀疏的胡须已经灰白，他眼睛中就像有旷世惊心的景象。

道宁禅师说：他叫圆规，二十年前突然疯了，然后就变成了哑巴。每见一个寺外的陌生人，他都会被惊吓得颤抖。当时的月波住持为度他出苦海，便把他留在寺中，让他做一些劈柴之类的粗活。

米兰听见劈柴的声音再次响起的时候，她回头看见他背上的汗印正越来越大。

米兰离开龙潭寺再次路经山垭口时，已是下午。秋天下午的阳光中不时有金黄的树叶从空中飘下来，石上的四个大字在米兰的眼中也有了一种苍黄的感觉。

米兰手里握着青玉腰牌，对自己说，这是孙月走远的道路。

孙月走远了，带走了他展示的劲健和美，留下一个无法填补的空白，却要一个人的一生去回溯，去寻找，去追索。

而时间之流中又有如此之多的歧途亡羊的暗礁。

米兰拉了拉背上的行囊，离开山垭口，行走在秋天的下午之中，她的影子是那样悠长。

背负雨伞和画轴的米兰现在来到大河岸边的古都之中。

站在汴河拱形的大木桥上，米兰从背囊中拿出了画轴，展开来看。在画之上，米兰看见了孙月，看见孙月躲藏在一瓣兰花的后面。他毫不知晓竟然有一个为他而再生的女子正在寻找他的下落，寻找自己的前世因缘。

米兰知道，这里已经距离那个叫孙花园的地方不远了，距离孙月不远了。

沿河的大街上走着驮运货物的毛驴和骡子，一间连一间的商铺挂着自己商号的旗幡，迎风招展。一艘大船在河中缓缓行来，七八个背纤的人一声声喊着低沉的号子。米兰穿过桥上的集市，穿过行商和车轿，走下拱桥，来到桥头的大柳树下。

米兰站在桥上眺望古都的繁华街景时，听见了那一声不经意间划拨出的琴声：古琴的声音。米兰在走向孙花园的路上，也从不放过寻找那把在龙潭寺失踪了的名贵古琴。

一个须发皆白、衣衫破旧却干净整洁的老人在树下卖琴。老人坐在山草编成的蒲团上，琴放在他盘起的膝上。老人看见了伸展在他面前的身影，当米兰的身影在他面前站定时，老人突然扬手弹起琴来。这琴看起来很旧，但其上的金徽玉轸却明亮耀眼，而且凤沼和龙池也都完好无损。

老人弹的是《广陵散》。

这是嵇康在生命的最后弹奏的曲子，是时间的绝唱。死亡就像这秋天的树叶，那肃杀的风越来越强劲了。

米兰已经肯定，这就是那张来自龙潭寺的古琴。

当老人弹完古曲，眼中已噙着点点泪花。

老人说，伏羲削桐为琴，面圆而法天，底方象地，龙池八寸通八风，凤沼四寸合四气。琴长三尺六寸象三百六十日，广六寸象六合。前广后狭象尊卑也，上圆下方法天地也。

稍顿，老人问米兰，侠士要买琴吗？

米兰点了点头。

米兰几乎掏出自己行囊中所有的银子，恭敬地放在老人的身边，拿起琴走进了簇拥的人流中。

老人在米兰的身后高声说，侠士，你一身高古之气，你生来就该是这琴的主人。

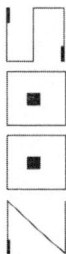

大船行走在月下的大河之上，行走在星光之中。古铜色的流水在秋天的月夜好像是在时走时停地梦游。

流水之侧是秋天中露出水面的沙渚，远处是河堤，河堤上是树，正在夜色中飘飞着落叶；再远处是村庄，名叫孙花园，闪烁着点点灯火。

听不见狗的吠声。

孙月就居住在这个村庄中，今夜，一个为他而苦旅的人看见了他在夜间点着的灯火。

米兰站在船头，船在岸边停了下来。她取下背上的琴，坐在船头，在她的身下，船舱发出空洞之声。船是大河的琴箱。

月上中天，天空黯而蓝。村庄中的灯火一盏盏灭了，只有两盏孤独地闪亮在这蓝夜之中。米兰抬头看了看天上的月亮，然后垂下头来，双手悬在空中。突然，曲调破琴而出，与河上的星光、河上的月色共舞。

一河的水流，一河的月影，一河的琴声。

米兰的手指时而像秋天狂风中的落叶飘落水流，时而像秋天的雨丝在琴弦上回旋。七根琴弦像七根起伏的波浪，融为一体，分不出彼此。

米兰的指尖却隐隐地感到这琴弦比冬天屋檐上跌下的雪水更寒冷。

米兰在自己的琴声中幻化成了琴声，在内心的烛光中幻化成了在秋夜的月光中游走的灯火。

她看见了那一群曾经在河边跟随她飞翔的鸟，在大河之上颉颃翻飞。她也在这群鸟之中，她是一只飞在前面的白色大鸟，在琴声中飞，在大河的水腥味中飞，在水光和月色中飞，在落英缤纷的秋林中飞，向着眼前的村庄——总也到达不了的村庄飞。

在琴声中飞，她就是惶疑的琴声，在水光中飞，她就是那闪烁的水光，在月色中飞，她就是那晃动的月影。她已经羽化，她身上的白色衣衫如大鸟般翩翩起舞。

她是一枚离开了大树的落叶，光洁金黄的落叶，琴声托举着她，她的闪亮的身体反映出星辰、月色和水光。

或者说神秘的苍天抽去了她身体的重量，她感到自己轻如纸鸢，冥想是一线丝绳，自己乘在琴声的风中，飘忽，飘忽，飘忽得不知自己身在何处，飘忽得找不到自己的身体。

米兰在这种感觉中向上飞升。

让这幽深和空茫的琴声把这夜晚照亮，让这水中的船升上云端，做那月亮的睡巢；把这追寻的苦旅化成大河的流水，奔腾出时间的音乐。这是米兰面临自己的故事的结局时心的低吟。

那两盏最后的灯一闪，也寂然地熄灭了。与此同时，米兰的手指一握，琴声骤然停止在这灯火的熄灭中。

这是结局前的前奏，谁也无法阻止结局的到来。也许，琴声永远也剖不开这夜的神秘。

米兰背着琴、剑和雨伞，走在秋日里晴朗的阳光中，走在平坦无垠的原野上，走向眼前的村庄。

村口有一棵巨大的槐树，一群孩子在树下戏耍。看见米兰走近村口，一群孩子一哄而上，把她团团围住。一个孩子看见了米兰腰上的腰牌，说，好漂亮的腰牌。这个青玉腰牌跟珠珠家的一模一样。你是去珠珠家吗？

米兰说，珠珠是谁？

小孩说，珠珠是村北孙家的女孩子，平时，她家不让她和我们一起玩耍，要她读书，学剑。

米兰说，我不去珠珠家，我去我要去的人家。

米兰的话让孩子们哄然大笑。

米兰走进村中，村庄中似乎空无一人，没有狗的叫声，也没有鸡鸣。米兰一个人走在村街上，已经转了好几条街，拐过了好几个街角，却连一个人影也没有见到。她好生奇怪，回过头来，却又看见了村口的那棵大槐树，而那群孩子就像一群鸟，不知什么时候已经无影无踪了。

米兰站在街头，阳光下她的影子在发白的土墙上暗得有些让人惊心。米兰不知道自己怎么会又回到了可以看见村口大槐树的这条街上，现在，她甚至搞不清天空中太阳的位置，搞不清东南西北的方位。这真是一个奇怪的村庄。

孙月就住在这个村庄的中间，就像一张蛛网中间的蜘蛛，远近几十里

的人都知道。米兰想，她除了继续寻找街道的拐角和出口，继续行走在村庄之中，别无他法。米兰狡黠地笑了一下，在她的这一笑中，她脸上的阳光就轻轻地一闪。

如果这个结局的安排不是神所为，那么隐居在村庄和时间深处的孙月未免就太刻意、太精心了。米兰认为孙月为她设置了这个最后的迷宫，她沉入自己梦游般的虚幻想象中，行走在模糊的空间和时间中。

另一方面，米兰想，现在的孙月一定是一个无所事事的人，他建设这样的村庄，守护这样的村庄，立志与这个村庄的所有来人开这样滑稽的玩笑，偷窥别人不辨东西地在村庄中绕行，找不到道路的出口和头绪，他自己则躲在暗处哈哈大笑。

还有可能就是，建造这样一座村庄是走过了自己青春年华的孙月的理想，他想建造一座他人永远也不能到达最后目的地的迷宫，他居住的中心别人永远都是可望而不可即，就像一只蚂蚁爬上了一条一端旋转了一百八十度之后和另一端又连接起来了的带环。孙月热衷于这样的智力游戏，并乐此不疲。

米兰就这样漫无目的地走到了中午，她的身影在阳光中积聚在自己的脚下。中午的阳光使人疲倦和困乏。那个近在眼前却远在天边的结局既使米兰困惑又使米兰亢奋。这样的结局和现身的米兰仅仅相隔丝毫，就像一层纸，这纸是什么？是空间，更是时间。

弯曲的街道，突然出现拐角的街道，在米兰的脚下延伸。米兰再次左转的时候，她看见了他，他也看见了米兰。两人擦肩而过的时候，似乎都有那么一丝迟疑，互相看了看。米兰甚至闻见了那隐隐的兰花之香飘荡的气息。人在中年的他穿着几乎及地的丝绸夹袍，面目和善，走路的风度给人沉稳又大方的感觉。米兰的直觉告诉米兰，他就是孙月——一个曾经云游四方的浪子，一个诗人，一个画家，一个酒仙，一个琴师，一个剑侠。

这只是米兰的猜测，仅仅是猜测，事实上至今仍然是猜测。如果这个人真是孙月，他在和米兰擦肩而过并注意地看她的时候心里在想什么，米兰一无所知。米兰回过头来，想再看他一眼的时候，他已经转过街角，不见了。

再向前没有走多远，米兰就看见了这个村庄的中心，一座圆形的庭院，灰色的高墙环绕着它，院中有两座圆柱形的灯塔，一座白，一座黑。米兰几乎绕了一圈，这才找到它的大门。大门的门额上，写着"丝桐兰雪庵"，左下题有一行小字："孙月自题"。

看见"丝桐兰雪"四字，一瞬的惊喜之后，一种意兴阑珊的空茫感笼罩住了米兰的身心。米兰想摆脱这种低落的情绪，结果却越陷越深，不能自已。

米兰感到自己在最后的结局中失语了。

如果两人相见，她不知道她说什么，有什么话要说。

米兰甚至不知道两人相见还有什么意义。

米兰想，那个和自己擦肩而过的人不是孙月。逝者如斯夫，人和河流没有区别，一个人是不会两次和同一个人相遇的，即使是自己。在现在的孙月的眼中，自己是谁，是云，是圆规，是米兰？即使是圆规，自己也可能是一个他根本就不认识的人。

米兰取出行囊中的画和腰间的玉牌，拴在了大门的门环上。透过门的缝隙，米兰看见了孙宅的院落。院落中，一条小径弯曲着飘逸而去，均衡的两爿院落各由青黑和白色的石头铺砌，形成鲜明的对比，望而触目惊心。

两爿院落回旋的中心，是两座与其颜色相反的灯塔，黑中是白，白中是黑。

就像米兰心中被时间刻塑而成的伤花。

我是在一家冷清的客栈中听说那座村庄的主人最后的故事的。听说这个故事的时候，我已经无动于衷。现在，我的身上只有一把能够为自己遮挡小小一片天空的油布雨伞，一把已经不能从剑鞘中抽出的锈蚀的长剑，一本我在路上捡拾的没有写完的书。书的名字叫《江湖夜雨十年灯》，一个人永远在路上行走的老俗的故事。

那张倾我所有买下的古琴已经在我的一次弹奏中破碎，碎成的无数的木片，在天空中飞远。

那个叫孙月的人已经死去。那天早晨，他的家人打开院门的时候，看见门口有一个黑漆木盒，打开一看，里边是孙月的首级，还有一个青玉腰牌、一把有着精细鱼骨纹的古铜短剑。它们用一张古旧的画包裹着，透过血迹隐约可以看见画上的题款——崖上墨兰图。

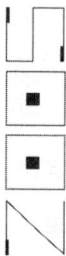

这个传说至今未得到证实，可信度存疑。但江湖上有"无风不起浪"的说法，谁知道呢。

原载《十月》2005年第3期

点评/

　　小说以少女米兰对隔世情人孙月的回溯与追寻为表层脉络，从多重维度上为读者展示了一个个凄美的爱情故事：少年云与桂娘的初恋情愫，僧人圆规对侠士的痴迷以及少女米兰对孙月的追寻。文中主人公对自己的爱情都绝对地忠诚不渝：少女桂娘为云苦守二十年，最后自戕在定情的青铜古剑下；僧人圆规为孙月痴迷癫狂甚至迷失了自己的性别，最终用年轻的生命为这段惊世的爱情做了沉重的注释；少女米兰更是跋山涉水地追寻着恍惚中的那份前世的情缘。然而这种理想化的爱情带给我们的却是心底深处的刻骨疼痛，因为每个爱情都是一个绝望的神话。桂娘和圆规为了维护爱情的纯粹付出了生命的代价，而米兰虽然追寻到孙月却与他擦肩而过、对面无语。

　　大量的空缺、破碎的情节，增强了文本表现的张力，显得扑朔迷离。小说的语言精致得臻于完美，清丽而富有诗性。这种弥漫四溢的诗性化的叙述感觉、古典韵味的追求以及婉约感伤的抒情风格，将文本推入一种幽深开阔、颇有禅宗意味的境地，折射出人类生存与历史演进中无处不在的沧桑和虚无。

（常梅）

旅游客/

/陈希我

1

她来电话：我想你！我披上外衣就往外跑。总是这样，她一召唤，我就马上跑去，疯了似的，不顾一切。我们离得很远，她在这城市的东边，我在西边，我需要横穿整个城市。叫出租车。我催促司机，快，快！有一次，一个司机问，你不会去接危重病人吧？那该叫120，我可不愿半路搁在我车上。我知道他的意思，他忌讳。我说不是去接病人，而是我本身就是病人。他在前视镜盯了盯我：你？什么病？我笑了，戳了戳自己的心脏：这里病。

终于到了她家。她已经等在门口了，抿着嘴，盈盈望着我。她向我伸出手，手指搭着手指，把我缓缓牵进屋里。一步一退，一退一顿，像个仪式。夜深沉，恍若梦中。

她叫娜拉。她总是在半夜想见我。她说，我想死你了！我说，你现在才想啊？我可是一整天都在想呢。她说你当然有脑子想了，你是体力劳动者。

她称我是体力劳动者，因为我是电脑工程师。工程师应该是脑力劳动者啊，她说不，电脑工程只是技术活，只要掌握了技术，身体去做就行了，而她自己才是真正的脑力劳动者，她是作家。

反正她要怎么说就怎么是，她要怎么样就怎么样。她要你来，你就得来，不来就是不理她了。可还没说几句话，她忽然又叫：哎呀，时间不早了，我要开始写作了！也就是说，你得走了。风尘仆仆横穿一个城市，乘

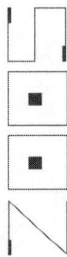

了这么久的车，就待这么一会儿?

谁叫你这么久才来! 她说。

还久啊? 出租车都成了救护车了。

我不管。我想见你时你就要立刻出现。她说。

那我就住这了。我就说。

她捶我: 流氓!

我知道她会这么说。她是绝对不允许的。但是我真的渴望跟她长时间待在一起，什么都不做，她不写作，我也不需要上班，我们待一起，要多久就多久。那只有去旅游度假。可是时间呢? 我有年假，她却没有。她写作。她总是很忙，没完没了地忙，跟工厂开动了的机器一样，有时我觉得像是吸鸦片。第一次见到她，是她的电脑故障了，人家向她介绍了我。她叫: 我要马上修好! 迫不及待。倒好像她是指挥官。可她的硬盘根本读不出来，机械损伤，也就是说，硬盘里的数据要全部报废了。那怎么行? 她叫，好像丢了性命。这里有我的全部心血啊! 三十万字，你快帮我! 我说，好吧，我试试，你先放这吧。其实我也喜欢文学，我很知道那硬盘里东西的重要性。不行! 她却说，要马上，马上! 你马上就给我救出来! 简直像催命鬼。我索性说，还得试试看能不能救出来呢，这是世界技术难题! 她愣了。求求你，你一定能够救出来! 一定能够救出来……她嗫嚅，更像是在祈祷。

后来她说她当时是抱着很低的希望，但是我却成功了。置之死地而后生。她竟激动地抱住了我。我们很快相爱了。

她也渴望有个闲下来的时候。找个很远很远的地方，她说，谁也不认识我们，甚至，荒无人烟! 好啊! 我说。我也很喜欢。当然这喜欢里也隐含着企图: 两个人，既然一起出去了，就可能发生一些事情了，比如住在一起。

她终于可以让自己一个星期不写了。不容易，找个不写作的理由，我不知道她需要多大的自制力。我就也去调了年假。去哪里? 网上找，电话打，去旅行社问。其实我并不关心去哪里，只要跟她一起出去，去哪里都一样。她是我的旅游胜地，唯一的风景。

有个方案挺不错——九寨沟情侣度假套餐:

最纯最美九寨沟，最真最爱情侣行，配送九寨沟游览全攻略，避开旅行团，私人空间尽情享受，携手与爱人共享真爱时光……

什么情侣度假！她却说。

噢，我忘了，她忌讳这词。她一直不肯承认我们是情人，因为她有丈夫。她丈夫在北京做生意。明白地说，我们是婚外情。只是因为平时她丈夫不在，我常会忽略了这个现实。但是她似乎并没忘记。她很敏感。她说我们只是很好很好的好朋友。怎么个好法？非常好，非常好，非常非常好……再怎么好也表达不了我们的亲密。好到想咬你！她说，就在我下巴上咬了一下。

娜拉喜欢咬我，但是从不肯吻。也许是咬不关乎爱，甚至还能表示恨。有时候我觉得她简直是自欺欺人。比如她不让我碰她。请把你的爪子拿开！她总是说。或者叫：怎么老爱动手动脚？咸猪手！我说我爱她。她说，这不是爱，是需要。

有区别吗？

男人跟女人不一样。她说，男人可以有性无爱，女人可以有爱无性。

你说什么？我叫，有爱无性？这么说，你有爱，你是爱我喽？

她被我抢了白，猛地脸涨得通红。谁爱你了？谁爱你了？想得美！不理你了！

她真的生气了，好几天不理我。我常常自作自受。现在也是，提什么"情侣"，她本来就如惊弓之鸟，这下被惊飞了。一起去旅游，会让问题变得具体了。

2

我没想到这么严重。我只知道我爱她，她实际上也爱我，爱就是最大的理由。当然可能也因我没有结婚吧，我没有转身面对自己配偶的时候。她有，何况她又是女的。

女人跨过这道坎，比男人难得多。

我之所以不结婚，是因为害怕被埋进那个坟墓。瞧着结了婚的男人那种阄猪样，我的小腹部总会有被剪了似的生疼。老婆盯旁边，孩子缠脚

边，老婆叫：他爸，你看，又不听话啦！指的是孩子。孩子正被母亲拴在胸前，控制着。孩子挣扎，去掀母亲下巴，母亲避着，仰着脖子，像一头引吭的母猪。吓！孩子他爸就冲过去，凶着脸，背心短裤，短裤裤腿被震得一抖一抖的，他已发福，手臂肌肉已松弛，拿着小竹批。把手拿出来，他叫，打！

猥琐得可以，太可怕。我还看见一个在随带的皮包里恶狠狠掏了半天，掏出一支圆珠笔，用食指和拇指夹着打孩子。孩子哇地大哭了起来。他还骂：操你妈的！操你妈的！

这是我在旅行社营业厅看到的。大家都笑了。你还不就是操他妈嘛！要不他怎么生出来？可是那父亲没有笑，恨恨地。好像他不是来办旅游手续，而是来泄愤似的。也许他老婆不让他晚上出去，要他待在家里，抬头不见低头见，看她。她有什么好看的嘛！现在好不容易要出去旅游了，却还要拖着她。倒不如不去。可是不去又不行。你是不是外面有人了？想跟她去？又会被责问。我庆幸自己能够跟爱的人一同去旅游。我去找娜拉，向她赔罪。我说我还可以去找别的方案，普通的方案。她说不去了。

去吧，我说，去开开心。

跟你去不会开心的。她说，不跟你一起去。

怎么了？

不安全。她说。

我笑了。我知道她指什么。我说，安全的，你别怕，我保证不会动你的。

我怕我会动你。她居然这样说。

她说着还做出虎视眈眈的样子。我很吃惊她居然这么说，难道她真的是这样？

她旋即笑了。

算了，去北京了。她说。

北京？北京不是你丈夫的地盘吗？

是呀，她说，我要去探亲。

怎么忽然变探亲了？我知道她跟她丈夫感情不好。有什么好探亲的？我说。

他是我老公啊，她说。

她居然这么强调。她一直是不愿意在我面前提她老公的。我愣了。你这是怎么了？我问。

什么怎么了？

不是说好我们一起去的吗？

不行！我不能跟你去！她说，口气忽然变得很坚决。好像她是在说话中让自己思路清晰、意见坚决起来的。

我要是跟你去了，就等于跟你私奔了！她居然说。都什么年代了！难道她是这么老套的女人？我急了。你是不喜欢我，我知道。

我不敢说"爱"，她忌讳这个字。可怜的咬文嚼字的作家哪！

不是。她说。

是！

不是。

是！我说，你不爱我了！

我终于还是说出了"爱"。我想尖锐地扎她。

果然她跳了起来，好像被泼了脏水似的。你说什么呀！她叫。

你不爱我！你根本不爱我！我更叫。

你小声点！她惊慌地瞥了瞥邻屋。邻屋躺着她大姥姥。娜拉的姥姥和母亲都去世了，大姥姥却还活着。大姥姥已经一百多岁了，活成千年老龟。白天请一个保姆照顾着，晚上保姆回家了，老人家就睡觉。我以往都是晚上去，所以她一直没发觉我。其实白天她大部分时间也在睡觉。她的眼睛瞎了，身体也瘫了，东西也吃得很少，只有耳朵还灵着。

大姥姥屋里发出个声响，是喉咙里的痰。是海茂回来了吗？她问。

海茂，是她的丈夫。是我，我回答。

娜拉紧张地拉了我一下。你说什么呀！

我也不知道我为什么会那么说。也许只想恶作剧，她一直不承认我们的关系。也因为刚好保姆出去买东西了吧，我只是面对着这老人，她太老了，像神灵，面对她，我有一种幽深触到心底的感觉。

哦，真的是海茂啊！大姥姥说，什么时候回来的？

刚回。我仍然说。我感觉到娜拉又把我的手拽了一下。她脸已经涨得紫红。你瞎胡闹什么呀！她说。

过来我看看。大姥姥忽然说。

我愣了。这我没料到。她脸色煞白。大姥姥，现在没空的，他刚回来，有点事……她支吾。她看了一眼我，好像不甘愿被我占了便宜似的，一瞪眼，扭过脸去。

怎么过来一下就没时间了？大姥姥仍坚持说。

没辙了。其实去一下倒没什么，大姥姥眼睛已经看不见。只是她的耳朵并不聋，还很灵，怎么就会判断错呢？

3

大姥姥躺在床上。我第一次看见她，但是我不知道她长得什么样。一个人老了，特别是一个女人老了，她长得什么样已经不重要了，性别也已模糊。我们只知道她是个老人。

她居然出生在十九世纪。曾听娜拉说，她原来也很青春美貌的。我竭力想象她原来的长相，一袭旗袍？甚至还很优雅？但是不管你什么样，你只要有了丈夫了，你就会被撩起旗袍，摁着操。你必须顺从、迁就，因为他是你的丈夫。只要那个叫丈夫的男人要，你就得给，不管你喜欢与否，生病与否。除了来例假，才因为他们忌讳经血不吉利，才放了你。我怀疑这禁忌原来是女人们吓唬男人、保护自己的阴谋。弱者女人用阴谋保护自己。

大姥姥很早就死了丈夫。她嫁的是个鸦片鬼。鸦片鬼把她当工具用了几年，又撒手丢下了她，死了。她没再嫁。现在她摸着我的手，她的手很粗糙，是一双长久没有被滋润的手，冷而糙，像蛇皮。莫不是因此才判断不出来我是谁？她把我整个手臂摸个遍，居然认可了，抓在我手腕上，问：现在回来了？

嗯。我回答。

不走了？她问。

嗯。

可别走了，夫妻在一起，才是夫妻嘛！老人家居然说。

我们都愣了。我没料到老人家会这么说。我甚至怀疑她是故意的。难道她没有摸过娜拉丈夫的手？莫不是我半夜溜来，早被她洞察？她那闭着的眼皮很透明，神秘莫测。

远水不止近渴，画饼不能充饥！她又说。

说得让我心里发毛。我怀疑，她那眼睛不仅能看见，而且能穿透一切。

娜拉害怕了，慌忙支个理由想逃出去。别这么急！大姥姥说，来，把你的手也拿来。

娜拉不敢。

来！老人家固执地叫。

娜拉仍然没有伸出手。那手缩着，好像躲避着测谎器。

老人家急了：你还认不认我这大姥姥！

娜拉这才递过手去。大姥姥抓住了，也摸着，突然把这手压在我的手上。她慌忙躲闪。在平时她还可以不当一回事地让我碰她一下，但是现在却是被抓着确认，她害怕了。我明显感觉她的手在发抖。我倒忽然生出一丝得意。

你们好好过。大姥姥说。

好！我应。

她恨恨地瞪我。

我猛然握住了她的手。我瞧见她简直惊愕了。我赖皮地笑了。她的手被我抓着，像惊悸的小白鼠。她怒不可遏甩掉我的手，走了。也不管她大姥姥在大声唤她。大姥姥紧促地咳嗽了起来。她却也不回头。我连忙把大姥姥扶起来，拍她的背。老人家终于平息下来了。你要好好待娜拉！她说。

我点头，心里猛地有一种咬破酒心糖的感觉。

我跑出去找她。她并没有走远，就在门外。你充当什么孝子贤孙？她说。

我一愣。关你什么事？她又说，这是我们家的事！

我的心猛地一沉。哦，是，是她家的事。她从来没有这么对我说话。以前她有事，就叫我，好像已经理所当然了，从来没有说是她家的还是我家的。现在我猛地被她一脚踢出了门外。你家？你有家？我叫。

这就是我的家！她应。

你一个人的家吗？我反问，你的家，你家人呢？

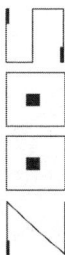

在那边。她指大姥姥。

还有呢？我故意追问。

还有我丈夫，她果然说了，他在北京！他去北京谋生去了！我留守看家，不行吗？

她显出很温馨的样子。我就讨厌她这种矫饰。是不是写文章就需要这种矫饰？读小学时老师总叫我们用华丽的辞藻。她甩甩头发，冷冷地瞥着我，好像我只是站在她家门口，她挡着家门，手把着门扇，就要关门。是的，我只是一个外人。我感觉顷刻间一切都失去了。还不就那个小本子？我说。

是的！她干脆说，这是合法！

合法？我叫，合法占有？

是的！她叫。

那么合法强奸呢？

也是！她叫，简直不讲道理。她不像个作家，倒像个愚昧的村妇。她一扭头就钻进自己的房间，她的书房兼卧室。他几乎不在家，那只是她一个人的窝。

4

她的卧室有一张奇大无比的双人床。是她自己设计的。只有她一个人睡，她为什么要设计这么大的床？难道是为了给他留个牌位？

她曾说她一个人睡，从来没有睡暖和过，到早晨脚还是冰的。女人需要男人的热量。她一个人如何熬得过那漫漫长夜？莫不是因此她才要半夜写作？有一次我问她性怎么解决，她说，不去想它呗。掠了掠头发，一脸轻松。太可怕了！不去想就不存在了吗？也许是吧。没有空虚，不必探究。太可怕了。我们生活中有多少不能探究的问题？我们的存在本身就是建立在麻痹之上的，我们的身体本来就有一种阿片样物质，那是与生俱来的体内毒品，要是没有它，我们一刻也不得安宁，我们会感觉到血液每时每刻在身体里奔走，神经像闪电一样布满全身。有了它，我们就觉得我们平平静静地活着是理所当然的了。

他几乎不回来，回来也只住一天两天。过年也这样。有一年大年初三，她打手机给我，我问她在哪，她说在街头哭。我很吃惊。她说他已经走了。后来我们约去酒吧喝酒。仔细想想，我们就是在那时候开始相爱的。两颗孤独的心，不用其他理由了。取暖，她喜欢这么说。

现在她坐在床上。我第一次瞧见她坐在床上。坐在床上的她显得像那么回事，一个贤妻，不，是旧式婚礼上盖着红盖头端坐在床上的新娘子，等待着合法的强奸。

她显得很焦躁，又很无奈。她说，好了，你走吧！我求求你。她向我作着揖。我感到心痛。她从来没有这么低姿态地求我，我看出了她内心的惶惑。你走吧，她又说，我要休息了！

她说得急煞煞的，急煞煞要纳入她的规范：她已经是人妻了。

一个女人成了人妻，她该变成什么样呢？我曾经寻思那些人妻，她们是不是昨晚刚被自己的丈夫奸污过？她们常会三三两两凑在一起，数落自己的丈夫，是不是也包括被奸污的幽怨？但是她们还得继续扮演家庭主妇的角色，挪着因下身不适而有点蹒跚的步子，操持家务，相夫教子。我曾经听见一个女人对另一个女人说：就是做那事啦，那半路死的！中指一戳。我知道她指的是什么。她这么说时并没有羞涩，因为对方也是被同样对待的人，这很正常。只要是人妻，那裤子里面都有着屡屡被虐的伤口。她也不愤怒，只是无奈，甚至好像只是怨恨她丈夫别的事，比如好吃懒做啦，不顾家啦，老把烟灰抖到被头上啦。

我曾为满街有主的女人感到惋惜，她们长久被占有了，只能属于自己的丈夫了。难道她们不憾然？一个人一生只能和一个人做爱，是多么可悲。因为你不是我的丈夫，所以无论如何不在我考虑之列；因为你是我的丈夫，我就无条件地给你，不管我喜欢不喜欢。当然你要问她们，她们也可以回答你，她们确实不喜欢跟别的男人做，因为她们的潜意识已经被规诫了，她们已切断了自己通往真实的路。

这里面要是有爱还好些，但是你有爱吗？

你怎么知道我没有爱？她辩。

她居然这么说。那么你也爱我吗？我反问。

我没爱你。她说。我知道她会这么说。她应该庆幸她从来没有承认对我的是爱。不管我多么爱她，也不会得到她的爱；不管她丈夫多么不爱她，她也仍然把爱给他，要去他那里。

那么好，我说，那么我问你，他要是爱你，为什么他不跟你做爱？

我这么揭她，简直恶毒。我知道。我瞧见她的脸唰地白了，嘴唇哆嗦。但是我无可选择，只有这样才能遏制她。那是她曾经跟我说过的，她丈夫即使回来了也不跟她做。丈夫不跟妻子做爱，那妻子的身体只能荒废掉，发霉，烂掉，生锈。

你怎么知道是他不做？她说，是我不肯，还不行吗？

她说"还不行吗"，明显是一种狡黠，使她的话也可以被解释为一种假设。可是她还是感到虚弱，又再进一步，叫：是我怕疼，还不行吗？

要是妻子不让做，那么丈夫也只能熬着，因为你有了妻子，你就不能再找别的女人做，你就只能不做。

那么好，我说，那么他呢？你不让他做，你爱他吗？

爱，又怎样？他也不愿意做，还不行吗？她说，他爱我，疼我，还不行吗？又是"还不行吗"！这是一种反问，她的谎言在她的这一下下反问中变成了事实。你们男人以为有洞就可以往里戳，不管什么时候，不管什么样的尺寸，你们以为女人的阴道是灶膛吗？什么样的木柴都可以塞进去……

我吃惊。她怎么这么说？说得这么粗野？也许她也觉得了，她又说：这是我们两个人的事，你管得着吗？

他们两个人？是的，是他们两个人。何况他们是合法的夫妻。这世界上无论谁跟谁，都可以凑成两个人，你不能说他们不是两个人。即使她曾经跟你是两个人，也可以把你排斥出去跟另一个人成为两个人。

我真的要休息了，她又说，你走吧。

你走吧，你走吧！你快出去！她忽然大声叫，出去！好像恨不得把我扫地出门。她的家里不能出现我。我是魔鬼。我还没有反应过来，就被她推出门去。我已经被关在门外了，她仍然在号叫着：你出去！快出去！那号叫，毋宁是说给自己听的。我听见她的大姥姥在叫：你们怎么又吵架！

可见她丈夫回来时，他们总是吵架。

老人剧烈咳嗽，咳得憋过去似的。我想提醒她去看看老人，可是我不知道我该怎么称呼老人家。她是我什么人？我是什么人？

我什么都不是。

5

这个楼道，我非常熟悉，多少次半夜三更进出，没有灯光我都不会摸错，不会踩空楼梯，但是它跟我没关系。她把我撤销了。

我后悔我们为什么要想去旅游。假如没这劳什子念头，我们还能浑浑噩噩混着。虽然很多时候她让我很无奈，一种不到位感，包括她一直不肯跟我有肉体关系。到了肉体融合才能最到位。我曾经这么跟她说。

那是你们男人的想法。她说。

难道你们就真不需要？难道你是性冷淡？

她说性不是太重要，归宿感更重要，如果能给她归宿，她可以不要性，这本来就不是很强烈的东西。所以很多女人会那么安心地做贤妻良母，而不觉得自己性上有什么欠缺。并不像你想象的那么可怕。她说。

男人生性野狗，女人则是家猫。也许吧。可她难道就真不想吗？她为什么喜欢咬我？不让吻，可是有一次她让我吻她的额。半夜我要走了，她躺到床上去，让我吻她的额头，说晚安。晚安！我说。她眯地一笑，嗯，点头，像乖孩子。Bye！她说。然后我关了灯，离去。听着你清脆的关门声，有一种家的感觉，真好！过后她说。

家的感觉？作家的说法就是特别。那是她刻意设计的梦幻场景。

现在她不理我了。她家的门紧闭。我敲门，她不开。我找到一个能看到她卧室兼书房的角度。她在写作。她一直这么写着。她不会写昏过去？曾经我问她，她说，昏倒不是问题，应该是"疯"，写疯过去。

写作是一种残酷的审视，文字是逼人的，没有思索清楚的东西是形不成文字的。她说，就像你的数码程序，错一个码都不行。是吧，怪不得很多作家诗人是疯子。那么她怎么就不会想到自己生活的可悲？怎么不疯？

我打电话给她。她接了。可是又挂了，把话筒放一旁。我又打她手机，她看了来电显示，掐了，从此关机。

我去敲门。不开。门上有猫眼。她把自己跟外界隔绝了，难道她就不需要人家？我忽然希望她出个什么事。我这么想真是对不起她。

她那么安安静静地坐在那里写着，写着，我不得不佩服女人的忍耐，

男人痛苦了要去喝酒，去撒野，女人却能平平静静，一点事没有似的。我怀疑那不是女人善于忍耐，而是善于遮蔽。不去想它呗！她不是说吗？

夜深了，她仍坐在那里写着。仍不接我的电话。那门也仍关得死死的。更糟糕的是，我的假期一天天临近了，如果不预定旅程，她即使同意去，我们也去不成了。

一天，那门打开了，一个穿白大褂的被她迎了进去。待我跑过去，那门又关了。

好像她大姥姥生病了。什么病？老人家这么大年纪了，这可不是可以掉以轻心的。医生在给她大姥姥检查着什么，她在忙里忙外，我发现，他们家多了一个人，一个男人。

白大褂走了，我又打电话给她。通了，也许她以为是医生。我问：大姥姥病了？

她说，是。

什么病？

老年病。她说。她的语气很冷静，好像接线员。就这样吧，她说。就挂了。

不容我多说一句。我又打给她，她说，你别再打了，他回来了。

哦，那男人就是她丈夫。衣冠楚楚，很商务。大姥姥病了，她当然要把他召回来。我第一次看见她丈夫。我们交往这么久，她从来没有把他的照片给我看。有时候我会寻思：她的丈夫是什么样的？既是老板，可能有点脑满肠肥吧？果然是。我还猜想他没心肝，资本家嘛，唯利是图。但是我错了。他不仅回来了，而且还给她带了一台最新款式的手机。她后来告诉了我。他从不拒绝她的物质要求，要多少给多少，很大方。这其实也很好理解，稳住后方嘛，何况他又那么有钱。说不定他给别的女人更干脆呢，还说不定，他是为了补偿。

匆忙回来，还记着给她买最新款式手机，这功夫可真练足了。她很满足，把手机挂在胸口上，一磕一磕她的胸脯。她就这样带着她丈夫出来了。

他们上了出租车，我跟着他们。出租车停了下来。他出来了，大模大样地就走掉了，看得出来他是坐惯了有司机开的小车的。她连忙出来去追他。她把手插进他的臂弯，可是很快就脱出来了，他走得太自我。她只得抢前几步，又去勾他。

她在他的边上，显得小鸟依人。她做出很幸福的样子。女人需要这种幸福感，归的感觉，她要让人家看到她有丈夫。可是她其实走得跌跌撞撞。她拽着他，她像他的累赘。

她拉他逛百货。我也陪她逛过百货，买东西。只是她不可能这么挂着我的胳膊。但是服务员还是把我们当作一对了。她喜欢逛花团锦簇的床上用品柜，特别温馨，特别有家的感觉。想象着把这一切装点到自己家里，该多么好！但她说话经常会穿帮，一不小心就说"我家的"，而不是"我们家的"。她始终没有说"我们家的"。

现在她也带他去逛床上用品柜。她一定很顺溜说着"我们家的"吧？她不停地跟他说着什么，他听着，没有表情。后来她把胸口上的手机托起来，好像把话题引到了那他买的新手机上，他才笑了一下，但也是笑得懒洋洋的，含义模棱。

她难道就不觉得无趣？

他们回家时，她又拿手去牵他的手。这可是个好办法，因为手臂的伸缩性，他的手就没那么容易脱掉了，而且又被她搭着钩。她的手指搭着他的手指，还摇荡着起来，像一对甜甜蜜蜜的小情侣。牵手，牵手。但是只要你细心看，这摇晃的动力完全只在她这边，他只是随着她动。她的幅度大，他的幅度小，甚至只是一种小摆动。有一次脱钩了，他的手立刻就垂了下去。她连忙又去寻找他的手，抓，抓，抓，终于又抓到了，又荡啊荡。

她为什么偏要这么做呢？那毋宁说是在表演，表演爱。她当然不知道我在看，她至少是表演给自己看。也许她想以此告诫自己：我是有丈夫的女人了。甚至她之所以把他召回来，主要也是因为这。大姥姥的病似乎还没有到了非要把他召回来的地步。

他们走进了他们的家，门关了。拉上窗帘，关灯。我蓦然一个揪心。他们接着要干什么了？谁都知道要干什么了。他回来了，她是他的妻子，她理所当然要接受他。强奸？当然也未必是。我想象他上了床，她也上了床，然后他开始动她。她被动时是什么样？她感觉这是应该了？符合道德了？但是跟没有感情的人做爱，道德吗？

她配合他。有酥麻的感觉吗？这个男人是她的丈夫，这个给她幸福的

男人就是合法者，归了，归了……她欣慰地闭上了眼睛。我不能想了。现在已经做到什么程序了？他已经进入她了吧？我简直要冲进去。

可是我能进去吗？我是什么人？我只能站在她家外面，这黑暗中，我只是个隐身人，只能在她丈夫在的时候遁形，我只是个梁上君子……

突然，唰！那窗帘拉开了。我大吃一惊，慌忙缩到更黑暗中。一个人影出现在窗口。从身材看，不可能是她。那是她的丈夫。衣裳平整，动作慵懒，他在窗口抽烟。我忽然哑然失笑了，唉——他们怎么可能做呢？他们是老夫老妻了，会有什么兴趣？而她，对他没感情，又怎么可能有快感呢？

6

她把他召回来是个失策，反而把自己的路堵死了。

他要走了。她对他说：我要去北京。

他说：去北京干什么啊？

看你啊，她说。

不是刚看的吗？他回答。

她无言了。为什么不能再看？人家想你嘛！她想说。但是她说得出来吗？再说，说出来了再得到，有意思吗？

你也得让我有个探亲的地方，也得让人家觉得我有丈夫！最后她说，怨恨地。

他怎么说？我问她。

他说他很忙，她回答。她不再说话了。他走后她又打电话给我。我知道她是郁闷了。

男人总是说忙，忙是推托的最好借口。我说。

也许他真的忙呢，她说，一个公司，事情当然会很多。

我真恨她又回到为他辩护上来。那只是她自己不愿意承认，她自己在骗自己。得了吧！我说，你难道还看不出来吗？

看出来什么？她问，很慌张地。好像害怕什么被我发现了似的。

我忽然生出一丝残忍：你去了人家怎么方便嘛！

你什么意思嘛！她说。

就是这个意思，我说，人家在北京有人了，你去，不是妨碍人家吗？

你胡说什么呀！她叫道，你这个人嘴里就没有好话，真恶毒！

不是我恶毒，是现实残酷！我说。

什么现实？她反问，你看见了？

我确实没看见。

没看见的东西你怎么知道了？胡说八道！她大声反驳道，仿佛是要用这声音赶走我这诅咒。

你怎么就肯定我是乱说？我也说。虽然我没有证据证明她丈夫在北京就是有女人了，但我并没有错，有几个老板、富人不包二奶的？这世界上有不好色的男人吗？普遍原理。

你怎么知道他就有？她说。

你怎么知道就没有？你怎么知道他就对你还有感觉？

她不说话。

我再告诉你个基本原理吧。我说，男人就好像火力发电厂，它需要刺激源，可是单个的刺激源会使敏感度下降，输出电阻过大，直到疲劳了。这时候就需要新的能源，也就是新的刺激源，像太阳能呀，核能呀这样新鲜东西……

哎呀你别跟我摆谱啦，我是科学盲，从中学起，理科就不及格！她叫，我没时间跟你胡搅蛮缠，你别再烦我了！我忙死啦，累死啦！

她又说累。忙？她也忙！是不是她和她丈夫两个都忙，就什么问题也没有了？她有什么忙？整天在家里，就是写作，也不至于老写吧？我还要上班，还有那么多实际工作要做。她说你懂什么？我这是没开始没结束，没完没了，醒着都在想，睡了也做噩梦，你怎么能理解这没日没夜的忙，累！

你以为就你们男人会累，女人就不会累！她忽然又说。我不知道她指的是什么。

她嘤嘤哭了起来。是不是她已经察觉到她丈夫什么了？可现在这世界什么事不可能发生呢？只有你没有想到的，没有不会发生的。也许她还已经掌握到证据了。只是她没有捅明。这种事，去捅明干什么呢？哪方去捅明了，哪方就被动。可是她为什么也不对我说呢？

她什么也不说，只是哭。我不知道该怎么办。有什么就说嘛，只哭不说，算什么呢？

你让我安静一下，好吗？最后她说，挂了电话。

直到第二天她无声无息。我再打电话，她不接。又这样！我去她家。她开门了，头发披散，眼睛红肿，看样子，已经很久没洗脸了。她穿着睡衣，皱巴巴，零乱，像个零落风尘的妓女。我们找个地方吧，她说。

好啊！我说。

现在。

现在？

找个没人的地方，她说，我想叫。

我也想。谁不想呢？我们总是被各种各样的眼睛盯着，压制着。你已经有了固定的身份了，固定的角色，无论你做什么，都要考虑跟你的角色合不合适。你得核算一下成本。我们是文明的现代人，衣冠楚楚，像被套上一个模子。我们住的是装修得好好的房子，进要脱鞋，大小便应该上卫生间对准便器拉，有痰应该到特定的地方吐，公众地方不能抽烟。我们是父母的儿女，长辈的晚辈，而她，还是人家的妻子，将来还要做孩子的母亲，怎么敢造次？

那晚上我们喝了酒，到郊外，一个没人的地方，号叫。我没有想到她的声音会那么尖，好像不是她发出来的。我惊讶。

她号叫，然后号啕痛哭了起来。我慌了，安慰她也不听。好像长期以来的冤屈都在这时发泄出来了。我直觉她一定有什么事。虽然她一直说没有事，我就是不相信。我越来越觉得她跟我很疏离，原来那个她并不是她。

夜很深。深夜它不说话。

她忽然跑了起来。我也跟着跑了。没有车，没有人，我们像两个孤魂野鬼。她跑一阵，停了，我也停了。她又开始哭。我说我不再提去旅游了，我们不去了，好吗？

她说：你是不是嫌弃我了？

我说没有呀，只是旅游这劳什子让我们多了那么多事。

你想省事吗？她却说，你想抛弃我了！

我说没有，怎么会呢？我想要你都想得不行了，怎么会抛弃你呢？她不信，就又哭。我也哭了。

她说：谢谢你陪我哭。

那么柔弱，令人心痛。我猜她丈夫不会陪她哭，她也不会对着她丈夫哭。她只对我哭。

我们去旅游吧。她忽然说。

我简直不相信我的耳朵了。

可得找个有创意的，她又说，挥挥手，显出很轻松的样子。好像她纯粹是奔着开心去旅游的。那个痛苦的她蓦地不见了，云开雾散。倒把我撂在阴影中，没心没肺。

有时候我挺不满她这种没心没肺。

7

不管怎么说，我们可以去旅游了。我又开始找，去哪里？去哪里……

去海南？

不好，她说，没创意。

去西安？

去过了。

那么去敦煌？

也没创意。

那去张家界？

你怎么就不会想出有意思的？她说，没一点吸引力。

世界这么大，居然没有打动她的。难道她就只为了吸引力才去的？难道我没有吸引力？把鼠标都点烂了，电话都打坏了。我又找到一家旅行社。

旅行社小姐眼睛弯弯的，带着笑。先生您是几位呢？

两位。我说。

我们有国内游，国外游，国内游的我们可以向您推荐武夷山，这是我国唯一被联合国评为自然和文化双遗产的旅游胜地，国外有欧洲五国游、九国游……小姐说得像倒豆子。

去欧洲，出境手续办来得及吗？我问。

请问您有护照吗？

没有。我说。唉，我们这之前怎么不会想到去办护照呢？不然异国情调，该有创意了吧？

那恐怕来不及了。小姐说。

遗憾。

您可以去香格里拉，小姐说，也一样神秘浪漫的。

香格里拉？真有这地方吗？我问。

我听说所谓的香格里拉，只是一个英国人的杜撰。他说在神秘高山和蓝月亮峡谷间，有一个使人陶醉的世外桃源。

有啊，小姐说，就是在我国云南的丽江啊。已经考证出来了，香格里拉这个词出自英国小说家詹姆斯·希尔顿《消失的地平线》这一小说。

这我知道。

据考证他的灵感来自当时的《国家地理》杂志。这杂志介绍了纳西学之父、人类学家瑟夫·洛克在云南西北探险的经历。他在丽江生活了28年，拍了很多以丽江为中心的滇西北神奇风光。令人称奇的是，小说中描写的香格里拉与滇西北地区，特别是丽江的实际十分相吻合，甚至是地名也相吻合。丽江县的老君山山脉沿金沙江到梓里铁链桥一线广大山区，清末就称为香格里，其东部称东香格里，西部称西香格里。而希尔顿书中"香格里拉"的"拉"，也与当地的习惯用语相近……

小姐滔滔不绝地说着。显然她是训练有素的旅游推销员。她说得言之凿凿，总之是要你相信。好吧，我信就是了。其实旅游不就是玩感觉，似假似真。

这里还有奇特的风俗，小姐又说，摩梭人的"走婚"。

"走婚"？

是的，小姐说，在全人类都普遍实行一夫一妻制的今天，在泸沽湖却仍然保留着一种奇特的"走婚"制度。

我恍然记起，我的几个同事就开玩笑说过这事，说光是为了能"走婚"就值得去丽江住下，不停地换老婆，多好！

这挺稀奇。应该有创意了吧？我抱了一大叠宣传材料回来。什么乱七八糟的！她却说。明显指的是"走婚"。

这又有什么？

是没有什么！你觉得没什么，并不等于我认为没什么。我看你是巴不得去"走婚"呢！

她怎么这么说我！难道在他眼里，我是这样的男人吗？难道她真的觉得我是个花花公子？她以前说我对她只是需要不是爱，难道她真的这么想吗？有时候觉得她看我挺恶毒的，难道是以小人之心度君子之腹？

什么嘛！我说，要是真是这样，我为什么要来缠你？搞得这么苦，我随便找一个人，满世界女人多得是，又不是没处找……

好啊，你准备去找了！不料她却紧紧抓住我的话，叫。简直不讲道理。那么你去找好了，也免得把我拖得这样人不人鬼不鬼的，私奔，背叛！

又是这话！我讨厌她这样子，一本正经。她一道德，就反衬了我不道德。她那么讲道德，那么她为什么还要我去找有创意的？再有创意也不会去，那不是在耍我吗？我叫：难道你就很道德？人家"走婚"，至少是以感情为基础的，而你们呢？没有感情还凑在一起，你们以为自己很文明，文明之都，哼，北京！

我不知道为什么攻击起北京来了。我知道没道理，但是我不可遏制。你以为北京有什么了不起？我叫。

没什么了不起可人家容易来钱呀！她说。

我愣了。钱？我简直不敢相信，她会这么说。她一直貌似很独立的。女人哪！天下的女人都一个样。

她也愣了一下，可是她马上像是更下定决心地又说了下去：至少我老公能养我，我需要他养。要不然我拿什么养活自己？你以为稿费能养活我？

确实，她的稿费不能养活她，她还没有出名（她这种思想境界怎能出名呢？），可也不能见钱眼开呀。可是她却越说越理直气壮了，手一挥一挥的，动作轻佻，像个痞子。你知道婚姻的实质是经济关系吗？她说。

那你可以找个更有钱的人养呀！我挖苦。

是，可以！她回答。

那你不是成了妓女了吗？谁有钱就跟谁，跟他睡觉，不爱也跟他做爱。

她嗷地叫了起来，我知道这话把她扎狠了。是呀，我就是妓女，我不仅跟我老公，还跟你，我就是妓女！她叫，去抓自己的脸。我这不要脸的，妓女！

我慌了。如果因为别的原因，她去死了我也可以不管，但这是因为我，严格地说，是我把她拉到如今这境地的。我是罪魁祸首。我去控制她的手，不让她抓自己的脸。她扭不过我，就又放声大哭了起来。

我跟他没爱，我也跟你没爱，我不要爱了！她叫。那边大姥姥也大声咳嗽了起来，好像要憋过去了。我提醒她，她止住了哭。

不再哭的她，好像被缴了武器。她垮掉了，样子让我心碎。我这是怎么了？本来我们应该相濡以沫，却如此自相残杀。我抱她，把她的头搂在自己的胸口。她的身体柔软了，我明显感觉到，她瘫倒在我身上，像一只午后的猫。我吻她。她忽然敏感地逃开了。

她远远地对着我，她的脸白得像尸体。

她的身体也像僵尸，好像跟我隔着两个世界。咫尺天涯。

多少日子来，我们离得那么近，却又离得那么远。为什么？为什么爱她这么苦？即使是狗男女吧，这世界上这么多狗男女，他们都过得好好的，为什么我们就不行？

8

有时候真想放弃算了。她有什么好？我竭力去想她的坏处，让自己讨厌她。

我真的还想过把情感转移到别人身上，随便什么人，转向她，把她当作防空洞钻进去。可是不行。全世界这么多女人，我就独独爱她一个。

有时候她也会问我：我真有这么好吗？有，我说。我真的觉得她是最好的。她倒笑了起来，说：你简直不顾事实，不像个读理工的。

是吧，她倒像读理工的，那么冷峻，简直冷峻到了无趣的地步。开个玩笑，她就要当真，比如我说我们在一起，她就立马说：谁跟你"在一起"！

我说：这不，你在这里，我也在这里，我们俩不是"在一起"吗？

那你给我走！她就说，你马上走！

她就要赶我。好像不把我赶走就会铸成大错。我说，人家不过是开个玩笑嘛！

这种玩笑少开！她说。

她脾气粗暴、乖戾，一点也不顾我的感受。有时候我怀疑她是真的不爱我，只是你要维持，你就忍受我吧，不然你就走，我还不想要呢。

有时候她会说：能不能只你爱我，我可以不爱你？

什么话嘛！不可以。我说。

不可以？那我也不要你爱我。她说。

没办法。只能我单方施予，这没有回报的爱。我爱她，呵护她，甚至纵容她，谁叫我爱她呢？

把她哄得舒舒服服，然后才有我要的。也许爱真是需要阴谋。诓她，哄她，需要技巧。但爱一旦要用技巧，就大打折扣了。

她舒服了，说：你真好！

我说，好就让我吻一下。

她伸出了脚。

要吻，吻这里。她说。

我以为她开玩笑，就装作真要舔的样子。我以为她会缩回去，不料她竟然没有缩，反而闭上了眼睛。我真的吻了下去，她呻吟了。天地幽暗。

我的吻变成了舔。我舔着她的脚，我的感情成了汩汩黑流，我感受到了黑暗的快乐。我从脚趾舔到了脚面，舔到了小腿……我直奔大腿。她猛地惊醒，挣扎，可是她的腿已经被我紧紧攥住了。她穿着睡裙。大腿毕现了。她腿不大，仍然很嫩，像青蛙。也许感觉到了腿上的凉意，她挣扎得更加厉害了，但是我已经揪住了她的内裤。她的内裤很精致，镂花的。她穿着这么精致的内裤给谁看呢？难道是给自己？或者她已经预感到哪一天会出现这样的情形，甚至，根本就是在等着。

那内裤被我扯下了。几乎是她的挣扎造成的。她猝然安静了。听说被强奸的女人一旦被冲破防线，就会马上安静下来。我成了强奸犯？好吧，我就当强奸犯吧！

我爱她。可是我的爱却要通过强奸的方式来表达。可她忽然趁我不备，挣脱了出去。她迅速拉上内裤，放平睡裙。她闪在一边，背撞到了墙。她的房间那么小，中间又横着那个硕大的床。我追她。她很快被我

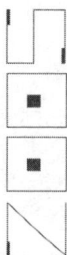

逼到床边角落了。可是她爬上那床，翻到另一侧去。慌乱中她撞倒了挂衣架，哗地一响。那边的大姥姥又咳嗽了起来。她的动作马上凝固了。我想过去，她叫：你别过来！

我停住了。我爱你。我说。我的样子一定很可笑。性是爱的必然结果，自然而然，爱了，就拥抱，就吻，到了状态就做爱，水到渠成。现在我却要刻意去表达，竭力去达到目的，费周折，即使最终达到了目的，我也成了流氓了。至少也像躺到了床上想睡了，又要起来去关灯，睡意全无。

我知道，好在她还说，我知道你爱我，可是我不能！我有障碍。

还是老问题！有障碍，说明你不够爱我，我说，你的爱不足以让你冲破障碍。

你要我冲破障碍吗？她问。

当然！我说。

你受得了吗？她叫。

为什么受不了？我应，我就要你全部。

那么你全部给我了吗？你能全给我吗？你能娶我吗？你能给我一个家吗？你不能。那么你有什么资格要求我全部给你？

我愣了。确实，我不能。她的话照见了我的卑劣。

那么她呢？其实我们只是在交换，盘算成本，男人想确认他是不是买到了，女人则想确认她卖得值不值。我的精液回流了，黯然地，像惨败而归的部队。

她似乎也觉说得太尖刻了，走过来了，对着我。

对不起。很久，她说，你去找小姐吧。

我震惊。

9

她并不是在开玩笑。她是说真的。她说得那么抱歉，那么痛楚。

难道我们的关系到了如此不堪的地步？她无论采取什么手段都要把我推出去。

是不是嫖娼比婚外恋还道德些？也许只因为，这样她可以逃脱干系，做个良家妇女。所以吧，早在两百年前就有人提倡保留妓院，为的是良家妇女不受侵害。也所以吧，这满街有那么多妓女，它们是社会安定家庭稳固的柱石。男人在这里得到了性满足，然后就能平心静气地回去扮演他的家庭角色、社会角色了。

不要爱，把爱分成两部分，一部分是责任，一部分是性，把爱转化为性，问题就简单多了，就不会再纠缠她了。她是这么想的。她不是在开玩笑。她是说真的。她的神情是那么抱歉。对不起，她说。看着自己深爱的女人这么痛苦，我感觉自己简直罪孽深重。

难道你就不需要爱？我问她。

她摇头。不要了，不需要。你饶了我吧，让我平静地活着。

平静地活着？是的，所有的人都在平静地活着，我的那些朋友也是这样。他们活得很好。他们不谈情说爱。谈什么情？爱个屁！累不累啊？他们说，要解决，找小姐去呀，做完就算，干脆利索，简简单单，清清爽爽。我要对他们说我和她的事，肯定被他们笑死。

无处诉说。我在QQ上说了一次。对方说：难得你还有激情。是不是性不能解决呀？去嫖呀！

也是这口气。看来娜拉应欣慰吾道不孤。

也许我应该从自己方面找原因，寻找解决。我应该退。我真应该像我身边那些同事学习。以往，在他们咋咋呼呼谈论小姐的时候，我就像一桶自满得不再淌响的水，在一旁静静想着她，独自享受着自己的世界。他们不能理解的。他们做爱像编程，他们不能理解什么是感情。

我们一起去桑拿时，我不找小姐，至多只是找个做正规按脚的。他们说我可能有问题。他们要是知道我却在这里这么苦苦追求，该作何感想？

他们一定会笑，笑我舍易求难，笑我傻。有一次，他们看报上一个婚外恋闹得拼死拼活要离婚的，他们说：现在怎么还有这么傻的人？什么年代了？还离婚？再结婚？嗤！

傻，是我们这时代绝对摈弃的，它意味着你被打入另册。这是一个智力的时代。好吧，我不当弃儿。我也可以吃得开的，我什么比不上别人？只不过，这场爱让我变得弱智了，恋爱中的人，智力处在最低下状态。

我去找小姐了。娜拉，是你叫我找的！是你把我逼到这种境地！你会后悔的！

发廊门口坐着一溜小姐，袒胸露乳，她们的肉被红色灯光照得粉粉的，让你想吃。只要你要，她们就给你了，这乳，这腿，这阴道，你拿去

用就是了，你不会被拒绝。只要你不想到那该死的爱，事情就这么简单、便捷。不像她，你千辛万苦还不能得到。其实想想千辛万苦都为了什么？实质还不就是这？那些千方百计向女人献殷勤的男人，疲于奔命，其实还不是为了裤裆里的那个东西？看他们兜着那么大的圈子。我曾经有个邻居，操办婚事，被女方这条件那条件苛刻烦了，站弄堂口，戳着自己下身，骂：他妈的，还不都是为了这个屄！

我叫了一个小姐。她比娜拉性感。这是肯定的，这是她们的资本。要是纯粹讲肉，比娜拉好的肉多得是。她一进包间就噼里啪啦脱了起来，一边叮嘱我也快脱。我说，别脱。她很诧异。

是的，不脱怎么能搞呢？可是在我的性幻想里，我还从没有期望过把一个女人脱光了搞的。小姐已经脱光了。她白刷刷像死猪肉的身体让我索然。我叫她重新穿起来。她犹疑地问：你搞不搞？

搞。我回答。

她穿上了。我把她抱住。只是抱着。她搞不懂我怎么了。她站着。我把脸伸过她肩头，贴在她耳鬓上。她没有反应，没有出声。而在娜拉，有一次，在我深夜离开她家，欠身在吻她额前时，忽然一阵冲动，在她耳鬓磨了一下，她蓦然发出一个不可名状的声音，一种战栗，一种叹息，发自肺腑的，终于透出来的，带着疲乏。那声音我至今不忘。

可是在这里没有出现。我为什么偏要希望出现呢？

我要小姐发声。她茫然地把头仰后，看着我。我说，你叫。她好像明白了，发出了一声叫。很职业化的，让我失望。我就把手兜到她的衣服底下去，兜住她的乳房，希望以此激发她的感觉。我并不想动她，我对她的身体没有欲望。

可是她叫得仍然没有感觉。

她又把头仰后，看我。如果是娜拉，我相信她这时候是不会睁眼看我的，她的眼睛应该是闭上的，醉了似的，甚至稀里哗啦全垮了。而小姐不会，她是在工作。

我明白了，我为什么不能舍弃娜拉，就因为不能舍弃她那声音。那声音魂牵梦绕，折磨我，把你的心捣成烂泥。你会为她去献身。这就是爱和嫖的区别吧，就是情人和妓女的区别吧，就是感官和感情的区别吧，一个人爱上另一个人，重要的并不因为对方的硬件，而是软件，甚至是不可捉摸的感觉，那声叹息。

我没有再让她叫。可是她好像摸到了路数似的，连声叫了起来。同时她伸手把我的东西抓住，紧密地扯着。我感觉到包皮很痛。我把她推开了。

她说，没关系，没有动，怎么搞得起来？

我说不要了。爱是不能做假的，男人阳痿，女人没有爱液，会痛。也许大家都这么做，可是我不行。因为要爱，所以我不行！我简直想哭。她仍然过来动我，我喊：不要啦！

真的，我不想。如果是娜拉，即使没有碰她，我也会勃起的。这就是吸力吧。吸力？还有人相信这虚无缥缈的东西吗？可悲的是我还信着。我还信着爱，我自觉得无比高尚。我摔下小姐，轩昂地走了出来，我听见后面她们在议论：哼，阳痿还这么神气？

10

大姥姥没了。

说没就没了。昨天还在守贞操，今天就没了。

我倒觉得这生命太长了，不知道怎么打发。娜拉却说。

我知道她是指自己。是，假如像她这么折腾的话，这饱受折磨的一生真是太漫长了。

大姥姥熬了她漫长忠贞的一辈子，终于圆满了，圆满得像个艺术品。可是她死前却将这艺术品打破了。

在她死的前一天，她忽然异常清醒，目光晶亮，有神。一个人要死了，她的一生总有不甘，她要挣扎着醒来说话。

大姥姥说了什么？后来我问娜拉。

也没什么，娜拉说。她不想说。

她一定说了什么了！我追问。我从她的神色中看出来了，她在回避。也许因为大姥姥死了，凄凉的缘故吧，她不想失去我。她叹了口气，甩甩手，说，姥姥说，她看见了。

看见了什么？

亲人呀，母亲、父亲、兄弟、姐妹、亲戚，都是已经死去的人。吓死人了！

毛骨悚然。

还看见了我妈。她说。

哦？

大姥姥说：你妈来了，怎么让她不进来？

可是门口空空的，什么也没有。

你妈总是很乖的，很守规矩，跟你一样守规矩。你叫她进来吧！大姥姥又说。娜拉叙述着，眼圈红了。我知道她想母亲了。我喜欢她哭，那是一种到位的情绪，不喜欢她没心没肺。我要撩拨她伤心处。你长得像你妈吧？我故意问。

你怎么知道的？

你别问，是吧？

她点头。

你妈像你姥姥吗？

是。

你姥姥像你大姥姥吗？

是。娜拉说，大姥姥说，她当时就想给姥姥取名叫娜拉。

娜拉？

嗯。可当时她不敢，大姥爷在呐，根本轮不到由她来取名字。

这个鸦片鬼！害了我一生。大姥姥忽然叫，伸出手臂，枯柴似的，好像要扇对方耳光似的。

扇？

好像我大姥爷就在边上。娜拉说。大姥姥叫着：我不怕你！我现在不怕你了！我要告诉你，其实我的名字叫娜拉，你叫我的不是我真名字，你叫我，我从来没有应过你。你不觉得吗？我叫娜拉！只有我自己知道，我自己叫自己。

这是真的吗？

不知道。娜拉说。

这是怎么回事？

其实也没什么啦，娜拉说，一个老故事。

什么故事？说吧！

大姥姥刚结婚时爱过一个学生，那学生带着剧团来镇里演出，演《玩偶之家》。

《玩偶之家》？我叫，娜拉！

时光猝然缩短了，**重叠了**，一个多世纪前的，现在的。然后呢？我问。

大姥姥看哭了。娜拉说，一直哭到戏演完，她去后台，那个学生看见她哭，就给她一块手帕，让她擦眼泪，还安慰她吧，她就决定跟那学生走了。

居然！走了吗？我问，急切地。我渴望她走。我渴望把一切旧道德旧秩序砸烂。因为它们不合理，就应该砸烂。就这么简单。

没有。娜拉说。

为什么？

因为他们都没有钱呀，靠什么养活？

噢，钱！我颓然了。我记起了鲁迅，娜拉出走以后怎么办？涓生和子君。感触忽然连成线了。你应该把这写下来！我对她说。

她摇头：写不出来。

为什么？

写不出来就是写不出来。

我看你是不想写！我说，你们这些作家，为什么总是写花花草草，风花雪月，逃避问题？难道是因为你现在富了吗？就不屑于去写这些事？难道你们觉得现在不存在这些问题了？

不是这问题。她辩。

怎么不是这问题？这问题大姥姥都看出来了，而你却还在回避。所以你一直说没什么，不重要。什么是重要？过去没有经济独立，现在有了，而你还走不出来！

不是这个问题！她又说。

就是！就是这问题。我叫。我火了，想起这些日子我所受的折磨，我真想掐死她。你看看，你看看，从你大姥姥，到你，一百多年了，时代好像没有进步！哈，对了，海茂，海尔茂，简直绝了！那个娜拉的丈夫是海尔茂，这个娜拉的丈夫叫海茂。上帝有眼！有这么巧的事！我叫。

你看你看，她反唇相讥。你高兴了吧？你找到切入角了吧？你也可以

去编个老套的故事了吧？一个不幸婚姻的故事，妇女解放的故事，悲剧，应该把它写成悲剧。

你以为我就不会写吗？

你会写！她说，因为你头脑简单。她笑了起来，你可真是学科学的。

学科学怎么了？我说，科学让人懂得真理！

你懂得真理，她说，我不懂。

科学给人力量！我说，我明白了，为什么现在作家没有写出过去那样有力量的作品了。

是，我承认。她说，我没有力量，我掌握不了真理，我不是易卜生那时代的作家，他们相信真理掌握在自己手上，他们能够把握这世界，他们想得很清楚，他们就获得了文字的支持。而我却不行。那个娜拉觉得她对自己有责任，神圣的责任，"人"的责任。可是"人"呢？现在"人"在哪里？已经解体了，已经全是欲望了，成了气体。你怎么不想到要是大姥姥不被束缚她还是大姥姥吗？是我庸俗，不错，我无能，我混乱，我没有勇气好了吧？你有勇气你娶我呀！你保证我的后半生，你能吗？

还是这问题！

你连娶我的心都没有，还谈什么爱？她又叫。

好啊，我娶你！我应。我自己也愣了。这是我的决定吗？是的。其实说起来，我这么爱她，我为什么就不能娶她呢？

她却笑了。告诉你吧，我就是离了，也不会嫁给你！

我不知道她为什么要这样，化血为水。

她丈夫没有回来。他说这几天他公司跟一个大客户在谈判，抽不开身。不巧，赶上了！他说，是不是一定要回来？他问她。

她说不必了，你忙吧。

我替她找了个丧事一条龙服务公司。对方在电话里交代：你们家属先把死者衣服换了。

没有亲人，也没有朋友，只有那个保姆。但那保姆忌讳死人，托病走了。好在大姥姥早在十年前就把寿衣准备好了，放在皮箱里。娜拉给大姥姥换衣服，只能由我在边上帮着。也没什么可忌讳的，大姥姥不是把我当成她的曾外孙女女婿了吗？我也是她家里人了。

娜拉端来一盆水给大姥姥擦身。擦到下身时，我避开了眼睛。突然，娜拉惊叫了起来。怎么了？我问。

你看！娜拉的嗓音都变调了。

大姥姥阴道居然流出了血。

这是什么？经血？怎么会？

娜拉没说。

办完丧事的晚上，我陪她在家里。她没有赶我走。到了深夜，我把她搂在我怀里。她也没反对。我吻她，她的嘴唇像垮了的城堡之门，张开了。她流泪了。

我把她紧紧搂着。我爱你。我说。

我也爱啊！她说。

我第一次听她这么说，我很惊讶。真的？我问。

真的。她说。

我还是不能确认。你不是说不要爱吗？

傻子，哪有女人不要爱的啊！她沙哑着说，没有看我，好像是对自己说的。

我说：我们结婚吧！我感觉说这话时无限悲壮。

她一抖，抬起脸，看着我，好像不认识我似的。她的额头有几道皱纹，使她显得很苍老。我心里一痛。她老了，就这么几天，她被折磨得这么老。我会好好爱你的，我又说，你叫我干什么我就干什么！

要是做不到，我会杀了你！她忽然说。

我一惊。她咬牙切齿，目光凶狠，不像是在开玩笑。

蓦地她笑了。她推开我，站起来。我们去旅游吧。她说。

我喜出望外。好啊，我去找个有创意的！我说。

别找了，去丽江吧。她说。

好！要是让我再找，我还真不知道还能不能找出来有创意的。我立刻到旅行社报名。我们到了丽江。

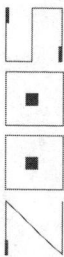

11

丽江可真是个好地方。山美，水美，人美，浪漫极了。

我们坐着旅行车，从这个景点到那个景点。雪山，峡谷，寺庙，庭院。那些沿途上辛苦劳作的身影，在我们眼中也成了美景。一个摄影家在拼命地捕捉镜头，嘴里赞叹不已。他长得有点欧化，让我想起那个英国人詹姆斯·希尔顿。"蓝月亮"峡谷在哪里？那一座座田园式庭院的"世外桃源"又在哪里？1873年以来，西方人接踵而至，法国人保尔西、特拉佛、杜各洛、叔里欧、孟培伊，英国人乔治·福莱斯，奥地利人洛克，意大利人费兰克·卡普拉，还有英国小说家詹姆斯·希尔顿……那正是易卜生的娜拉出走的年代。娜拉她也来过这地方吗？

来，我给你们也拍一张。摄影家说，他很热情。

我就拉她拍。她有点扭捏了。但似乎也感到太扭捏反而让人家起疑心，就拍了。完了，那摄影家说：你们真是完美的一对。

我瞧瞧她。确实，我们多么好，不说完美，也是很好的一对。我禁不住把她搂了搂。她娇媚地乜了乜我，我朝她一笑，她也笑了。

没有人知道我们什么关系。我们自己也不记得自己什么身份了，我们是夫妻。

她没再提起她丈夫。为什么不提他？她应该控诉他，她有理由。她应该向我倾诉她的痛苦，我更喜欢她这样，然后我就抚慰她，我们的爱就更切实了。

或者我们也可以谈论她大姥姥的坎坷苦难。可是她只字不提。

没有人认识我们。她曾说我们躲到谁也不认识我们的地方去吧，现在不就是了吗？她说她想住下不走了。

好哦！我说。真的想住下不走了，哪怕抛弃了一切。我们要在一起生活。她说她要开家果汁店，她要我种水果。

她还真的去物色店面了。

我们喜欢在民居吃饭，坐在日常的桌子旁，用着粗糙的，还有些不干净嫌疑的餐具。孩子们在边上跑，又喊又哭。那种乱糟糟的情形让我们感觉真实，我们是落在地上生活着的，爱就有了附丽。这是我们跟那些大城市来的人不同的地方。他们的生活原来已经乱糟糟了。那一对老的，也许他们早已相处得厌烦了，他们出来，只不过想寻开心，也就是说，他们原来不开心；那对年轻的，也许他们还有经济上的不愉快，还有很具体的问题，比如家务事该谁做。所以他们出来了，一出来问题就没有了，全由宾馆餐馆提供，车到了就吃，吃了一抹嘴就走。

他们在回避日常生活场景。而我们则跟他们不同。我会给她拿碗筷，为她夹菜，问她吃饱了没有，乐此不疲。它们是我表达爱的道具。我会把她喜欢吃的小饼包了走，给她路上吃，然后再由她分给我吃。我们是因为爱而来旅行的，或者说，是为我们未来美好生活热身，而不是为修复危机而来的。

我们喜欢在四方街走来走去，在那些杂货铺里挑挑拣拣。狗在门槛边睡觉。她喜欢拣出奇形怪状的东西，套在头上，戴在耳上，穿在身上。我就在歪着头，欣赏：唔，好！

那就买啦？她说。

于是真的买了。她穿花戴银，像女疯子。那件纳西服装简直不适合她，但是正是不适合，我们很开心。她还买了个鬼面具。我们在石板路上乱走。她忽然做出要吓我的样子。那是一个晚上，月光照着我们，如在梦中。

我们到了摩梭博物馆。

摩梭人普遍存在"阿注婚姻"制度。讲解员介绍说，"阿注"即朋友的意思，"阿注婚姻"是相当于母系氏族制发展期的对偶婚形式，男不娶，女不嫁，男子夜间去女家偶居，白天仍回自己家中从事各种生产劳动，生育的子女归女方，谓为"走婚"。"走婚"通常没有什么手续和仪式，男女"阿注"之间不建立共同的经济生活。如果女子拒绝男"阿注"来访或者男子不再去女"阿注"家，"阿注关系"即算自动解除。这种情形就类似于你们现在，讲解员借题发挥了一下：走来走去，游来游去，只旅游，不定居。

大家笑了。我瞥了瞥她，她也笑了。

我们又被带到一户摩梭人家。一男一女，还有两个孩子。男的在屋里逗弄着孩子玩。但是那孩子并不是他的，男的是刚来走婚的。女的见我们来了，进去喊男的。她瞧着逗孩子的男人，眯地笑了，竟忘了我们还在屋外等候着。

我们相视而笑了。

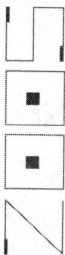

多好！我说。

旅游，游客。她说。

晚上，我们住一间。她也没有异议。只是她仍不让我动她。

但能跟她共度良宵也已经满足了。她躺在我身边，这是以前从来没有的。睡前，我在她的额头亲了一下，晚安。我说。晚安。她也说。

我看着她入睡。早上我醒来，看见她仍然睡着。我望着她熟睡的样子，像个孩子。我又轻轻地在她额上吻了一下。她醒来了。她冲我甜美一笑。

醒了？我说。

她点点头，打着哈欠，伸着懒腰，一脸酥麻、幸福。她拉长手臂探过来：你真好。

她突然滚到我的身上。我一惊，趁机抱住了她。

她没反抗。我猛然意识到什么，把她掀翻过来，压住了她，吻她。她的舌头接应着。她的舌头烫极了。

我又去扯她的内裤。她稍稍挣扎了两下，嘴里咕噜一声，就顺从了。她的腿甚至还顺着我的动作，在脱到脚踝时，把脚一绕，脱出裤圈。我惊喜。我感激她。我要把她吞下去！我亲吻她的身体，我的舌尖往下走，她的手搂住了我的头。我吻她的乳头，抬眼看了看她，她的头高高仰起来，好像一只毫无反抗能力的羔羊。我吻到她下身时，她的手猛地紧揪我的头发，我感觉到了痛。

我进入了她。她喟然叹息一声：你把我毁了！

就是这声音！

我被摧毁了。我们融为一体了。我们的爱越深，我们的身体越是不能分离；我的爱越深，我就进入她越深。她紧紧抓住我，摁住我，把我往她身上紧摁，压住她。她突然咬住了我的肩膀，剧疼！她疯狂了，好像豁出去似的，一种决绝。我没有躲开肩膀，让她咬。我渴望疼，疼让我更爱她。这是爱的疼，到位的疼。多少日子，我等太久了。

疾风骤雨……

我倒下了。我从她身上跌了下来。

她把我的手牵了过去，示意我用手继续帮她做。我知道她要什么。我蓦然感觉她欲壑难填。

我已没有了激情，男人的激情就这么快消失，消失了，就什么也不想了，甚至只有后悔。她拨弄我的东西，我只感觉难受。

终于结束了。她吻了我。我闻到了她嘴里的味道，有点口臭。

我躲开了。我起来。起来吧，我说，迟了。

不嘛，我不起来。她说。

真任性！我想。她是要尽情享受这时光了，也可以理解。我想起了她大姥姥干瘪的阴道，那血。

我要你躺下来。她又说。

好吧，我又躺下了。但是我没有去接近她。我们说话，可是话说得有一茬没一茬的。一会儿我又说：起来吧，再不起来真要来不及了，你听，他们都走了。

我不走。她说。

什么？

今天我不想走，她说，你也不要走，我们就留在房间里。

我想表示异议，但是也说不出这有什么不可以的。我不是你的唯一风景吗？她说。

是的，我说过。

我们自愿放弃，反正旅行团晚上回来，又可以汇合了。我们在宾馆待了一天。我们又做了。

一会儿就一次。那么长时间的饥饿，现在我们在恶补。别人用长时间酿造爱，我们浓缩在一天内酿成。我感到有点晕眩。

到了晚上她还不起来。我拉她吃饭，她也不去。我说，我可饿坏了，我先去吃吧。

不许！她说。

我苦笑了。

好吧，一会儿她说，放你一马，你去吃。

我就出去了。外面的空气真好。街上在放水，五花石板路被冲得清清爽爽的。我吃了东西，给她带了点回去。我把东西铺在床头柜上。她说要喂她吃，我就喂了。

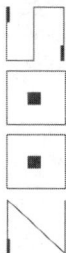

她说，你累吗？

累？我想，确实累。但是她能够想到我是累的，毕竟还是值得我欣慰的。想想要是不出来，要累还没有机会呢，应该珍惜。我说，不累。

旅行团回来了。他们说，晚上要去参加艳遇派对。

什么？我问。

是新增加的项目。导游说，就是模拟当地的"走婚"习俗，在篝火晚会上，男女艳遇大配对，包括第一次亲密接触、恋人即兴表演、艳遇夺宝、围炉夜话、狂欢之夜、双人洞房……

那岂不乱了？我问。

那就看你们有没有缘分了。导游说得很暧昧。

简直乱弹琴！她说，摩梭人对"走婚"态度是严肃的，并不想你们想象的那样。

只是玩玩吧，我连忙说。

简直是亵渎！她说，我们不参加。

我就也不能去了。虽然我不觉得她说得有道理，只是不想让彼此不开心，把气氛搞坏了。我忍了。

我说你也吃饭吧。把带回来的东西放在床头柜上，铺开。我觉得自己很模范。

她说不吃。

吃点吧。我说。

不吃！她说，就是不吃！我要你抱我。

我忽然感觉背上有点躁热。但是我还是去了，抱了抱她。不行，她说，要一直抱着，永远，永远。

我笑了。她可真是作家。好吧，我就抱着她。我感觉到背上沁出汗来。

外面鼓点响了起来。那个摄影师在敲我们的门，喊我们去参加艳遇大派对。我看看她，她还是说不去。我们不去。我朝门外喊。

去看看吧，我们又不参加派对。摄影师说。

我觉得他说得挺有道理，就又看她。她仍然说不去。

我就说不去。

摄影师走了，所有的人都走了，外面一片死寂。好像整个旅馆只剩下我们两个人。是啊，谁在旅游中一直待在客房里呢？特别是这么一个晚上。我仍然抱着她。我仰着头，我听到了窗外隐约传来纳西古乐的声音。可是我却被她用胳膊拴着。我没想到她这么缠人。现在想来，其实她丈夫也有无辜的地方。男人又不是牛马，不是发动机。

我知道你在想什么。她忽然说。

想什么？

我不告诉你。她说，口气诡秘。

不告诉就不告诉吧，我想，我也不一定要听。我听到外面人声鼎沸。他们在狂欢哪！我竖着耳朵。他们彼此不认识，正因为不认识，所以才放得开，才尽情，无所畏惧。有个很尖的女人的叫声。我能想象得出那女人可能被配对上了，那叫，毋宁说是惊喜。我真想去看看她是什么样的，她长得漂亮吗？

我睡觉了！她说，松开我。

我知道她不满意了。我想她有什么不满意的？我有什么对不起你？为了你，这么精彩的晚会我都没有去，你还要我怎么样？我说，好吧，你睡吧。

她就真的把被单一罩，睡去了。我真想不理她了。可是我想想，还是理她吧，千辛万苦出来了，别闹得不开心。我就也去睡了。我去抱她，她也高兴了。她问：你爱我吗？

爱。我说。

她把我压在下面，咬我。她可真是魔鬼。

第二天她仍然不起来。我只得再陪她留在房间里。吃饭了，还是不起来，我说不吃饭会死的！她说死就死了好了，这时候死了，真好！

我知道她为什么这么说。她的感觉一定好极了。她只顾自己美美睡去。好容易看她一翻身，又睡下去了。一点也不考虑我。她居然还能睡得着，还流了口水。床单都发馊了。服务员要来收拾，她也不让。她就是不起来。

我说，别闹了，起来吧。

我没脚。她说。

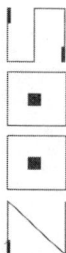

女人总是在脚上做文章，爱买鞋子，还有缠脚啊什么的。没有脚是不是特享受？我抱你去。我说，我知道她喜欢这样。

好，她说。她就让我把她抱起来。她的身子软绵绵的，她自己不使一点力，赖在我身上，完全由我来使劲。她是不是在说你已经要了我了，我就交给你了，就要你承担了？我很累。

你能一直抱着我吗？她问。

我就抱着她在屋子里大转了一圈，放回床上。她说：这就叫永远啊？

操！我想。

她哈哈大笑了。

第三天，又是睡，不出门。好容易醒来了，她又问：你爱我吗？

又来了。我已经说过无数遍了。爱，过去要对她说这词不容易，现在怎么这么肉麻？

爱，爱，爱！我说。

你不爱了。

谁说的？我否定。

你就是不爱了！她说。

别胡思乱想了，我说，我爱你的。

你要是真爱，就来救我。

救？救什么？我说。

你救不了我，可她又说，谁也救不了我！

说什么嘛！我说。

我难受。她说。

怎么了？

难受。她仍说。

为什么难受？病了？我又点慌了。在这样的时候，可别出现麻烦事。

就是难受！她说。

你说呀，怎么了？哪里难受？

她把嘴凑近我的耳朵。我想尿尿。她说，居然！

她咯咯笑了起来。

这，什么嘛！我好像被摔了一记耳光。不过没事就好。那快去吧！我说。

我不想起床。她却说。

怎么办？她又问。我能怎么办？我想。好吧，我就去找器皿，能装她尿的容器。我找到了茶杯，她说不够装。

我说够吧。她说不够。我又拿来热水壶，她仍然说不够装。说明你对我一点也不了解。她说。

也许吧，这两天她变成我不了解的女人了，她真是疯了。我说，那怎么办？

你说呢？

我怎么知道？我可真烦了。

我要你装我。她忽然说。

什么？我不明白。怎么装？

你愿意怎么装？她反问。

这种猫捉老鼠的游戏，要是放过去，也许有意思，但现在我只觉得无聊透了。怎么装？我不知道。我说。

那是你没心。她说。

也许吧。我想。

我要装在你嘴里，她突然说。

别开玩笑了。我说。

我是真的。她说。

什么？我惊愕。你说什么呀？她怎么能想出这种主意？

我要嘛。她说，这声音从一个酥麻的身体里流出来，带着浓浓睡意。不行啦。我说，我以为她在开玩笑。

我就是要！她蓦地明晰叫道，你不是什么都可以做吗？

她还真记住这话了。这话现在回想起来，恍若隔世。原来她就是把我当臭狗屎的啊！我是说过，我叫，可是也不能叫我喝你的尿啊！

你看你还要讲条件！她说，你不爱我了！

我爱你。

你不爱我了！她叫，不然你就把嘴拿过来！你来呀，来呀，来呀！

她扑过来，抓住我的嘴，往她身下拽，把我的嘴撑开。她怎么这样啊！她居然还来真的了，这是什么女人嘛！她的头发刺拉着，眼有眼屎，龇着牙，咧着嘴，她简直是野兽。我从来没有发现她是这么可怕，这么丑。她的阴部碰到了我的鼻子，破败，像要烂了，令人作呕。太过分了！太过分了！我忍无可忍。我一把将她揉开。她哇地哭了起来。

我就知道你不爱我！我就知道了！她叫，还好我没嫁你！

12

她走了。

我们再没有见面。我曾经想过去找她，可是她已经搬走了，她邻居说，她去了北京，到了她丈夫身边。

我再没有谈爱，一想起爱，我就恶心。我去找小姐了，一次又一次。我居然也适应了，能够如鱼得水。人可真是能变的动物。不谈爱，只享受感官，原来也不错。无爱一身轻。我一个一个地换女人。只是我会时时想起她，这个可怕的女人。

有时我会在报上看到她的文章。她仍然没有出名，没有成为我们这时代的热门作家。有一天，我看到了她的一篇很短的小说：

旅　游　客
娜　拉

易卜生的娜拉出走了。她走了两个多世纪，仍然没有找到一个新家。这期间世界科学飞速发展，人类日益文明。二十一世纪某一天，她邂逅了一个男人，他单身，他爱她，她也爱他。他要带她走。可是她拒绝了。

为什么？他不解，难道你还顾忌你丈夫海尔茂？

不，娜拉答，我早在两百多年前就不顾忌这了，我早已招够了骂名。

那么是因为经济上还要依附于他？

娜拉说：你看会吗？我自己有事做，经济来源，这时代已经有不少适合妇女的职业。只要我愿意，我就可以找到，这都不是问题，无非是累点，这困难只要我想冲破就可以冲破。

那么你为什么不想呢？

因为很累。娜拉说，像说着悖论。

之所以感觉累，是因为你爱不够，你的爱不足以让你冲破重重险阻。男的叫道。

不，我爱，娜拉说，我很爱，只是很累。

那好，男的说，那就由我抱着你走。于是她被男的抱着走了，他爱她，呵护着她，实话说，娜拉很受用。哪里有不喜欢被爱的女人呢？而且对方也是自己爱的人。可是她对这爱很惶惑。这只是在旅途中，一种游走。终点在哪里？

游走就游走吧，反正她已经走了两个世纪了。可是他却要给她确切的爱。一路上，他给她找好玩的、好吃的、好住的，这是旅游。她也尽情享受着，享受着他的爱。可是这是爱吗？这是真实的生活吗？不，这只是假性的生活，是幻象。可这幻象又是如此诱惑着她，让她滑下深渊。她不能自拔。她一面骄奢淫逸，一面异常焦虑。爱到底能有多么幸福？享受吧，享受吧，我们到底能有多大的幸福极限？她怕他突然不爱她了，离开她。即使他不离开她，她也保不准自己会不会厌倦他。你以为就男人是火力发电厂吗？你以为女人就不会疲劳吗？科学研究发现，人的激情至多只能保持30个月。假如千辛万苦一场，到头来仍然是分手，那开始不就是作孽？

她明白了，自己所以不敢接受他的爱，是对自己没把握。因此自己这么久了，越来越找不到家。她需要爱的权利，她也有了爱的权利，可是爱却越来越把握不住，一种把握不住的恐惧。就好像一个死刑犯脑后被指着枪，你不知道什么时候开枪。古巴革命后，受到死刑判决的人按传统可以提出一个要求，许多人选择的要求就是：向行刑者发出"开枪"的命令。好吧，就让爱的电流更凶猛吧，好让它迅速崩掉。让他讨厌我吧，恨我吧，也好说服我自己，给自己下决心。也许这太残忍，但长痛不如短痛。她说：你真的爱我吗？

他说：爱！

她说：你怎么爱？

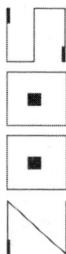

他说：你要我做什么我就做什么。

她说：真的吗？

他说：真的！

她说：我要撒尿。

他说：那我抱你去。

她说：不，我不起床。

他说：那我给你找器皿。

她说：不要。

她知道他最受不了的是什么，她要他受不了！她要他恶心，要他恨她。她要的就是看他恶心的嘴脸。她说：我要拉在你嘴里！

她成功了。

我愣了。

我马上向那报社要了她的电话。我打过去。是她接，我听出来了，是她的声音。她也听出来了。长久，没有说话。最后她说：有事吗？

我不知怎么回答。

有事说吧，她说，他要回来了。

如此冷漠。也许她还是个贤妻？你好吗？我问。

好，她说。我知道她会这么说。

你呢？她也问我。

不好，我说，我还爱着你。

对方没声音。我听到了她的呼吸声。很久，她说：对不起，谢谢。

谢？居然是！

谢谢你爱我，她接着说，我也爱你。

电话咔地挂了。我再打过去，一直是忙音。

后来就是：您所拨打的电话不在使用中，请询问114后再拨。

她再也不见了。

原载《天涯》2005年第3期

点评

这是一个离奇乖张又裹挟着现代气息的婚外爱情故事。小说的女主人公娜拉是蜗居在斗室里专事写作的作家，男主人公是一个单身的电脑工程师。一次偶然的电脑故障使他们相识，并很快陷入了一种若即若离的爱情中。娜拉的丈夫海茂和大姥姥是引起情节跌宕起伏的两个潜在的支点。娜拉是现代社会的"商人妇"，是老板海茂的"玩偶"；而相依为命的大姥姥，在某种意义上是娜拉的命中镜像，是传统的固守贞操的缩影。大姥姥的撒手辞世和海茂的推辞不归，促使命运漩涡里的娜拉当上了爱情路上的旅游客。她改变了对"我"半推半就的抗拒，冥冥中的爱欲本能随着她情感防线的崩溃冲决而出。小说中的丽江旅游和现代人的漂泊不定的情感关系是一种暗合。在摩梭人原始的"走婚"习俗的映衬下，娜拉和"我"演绎的是疯狂的肉欲释放。人生的道路漫长，他们注定只是社会中无所皈依的爱情旅客，只能充当彼此的匆匆过客。这种暴露于现代消费社会的情感之旅合情合理又迷离张扬。现代女性的解放在新的商业文化语境中，是突围还是退守？作品中娜拉选择了悄然离去。

（苏鹏）

破　坏/

/朱日亮

在和平里小区住着的几个牌友都愿意和陈小鱼一起赌牌。那是因为，第一，陈小鱼赌起来不别扭，输了钱从来是不拖不欠，一向是小坤包里唰唰唰点出该给人家的钞票，一五一十点给人家；第二，脾气好，细声细气招呼你打牌，输了钱也一样好脾气。不光是这样，如果逢到哪一天是在她的屋子里玩，总有不凉不热的茶水和三样两样的小点心招待你。而且，泡的都是上好的乌龙茶，喝着爽口不说，据说还可以减肥。还有，这一点是男人们比较尴尬的，牌桌上，特别是洗牌时，陈小鱼那一双又白又嫩五指尖尖的手，总是夺了他们的视线，让他们有那么一点心不在焉。

碰上三缺一时，看吧，陈小鱼鼻子尖都会急出了汗，眼睛里透着一点无助和绝望，嘴里轻轻念叨着：怎么会不守信用呢？怎么可以说了话不算话？

牌友们愿意来陈小鱼的屋子打牌还有一个原因，那就是她的屋子清静，几乎没有人来打搅。打牌就是这样，怕的就是有人这个那个地在后面指手画脚，出一些三脚猫的主意，对家们不高兴不说，就连主人也是不高兴的，真是讨嫌得很呢，思路都让他搞乱了。陈小鱼的屋子一周里四五天就是她一个，所以牌友们都愿到她屋子里来玩。不光是男人，女子们也一样，陈小鱼的屋子收拾得很干净，来玩牌的人都说里面有一股淡淡的香味。虽然是一间屋子，却是很宽敞的一大间，原来这间屋子是两个房间打通的。当初买这套房子时，陈小鱼就是看中了两个屋子可以打通变成一个大屋子，她喜欢大屋子。金先生见她主意拿定了，就向装修公司挥挥手，说，那就改吧。就改成了现在这种模样。

现在这样的格局当然是她满意的，一大室，卧室兼了客厅，其实也没什么不方便的，如果她在牌桌上，床自然是没人睡的，反之如果她在床上，牌友们自然也就不来了。在这间屋子，最醒目的就是那张大床，牌友们给它起了个绰号叫航空母舰。果然也是物有所值和名不虚传，这张床，长宽都是两百三十公分，上面真是差不多可以放飞机了。然后就是什么沙发电视音响啦。屋子里空出来的一块，就放了现在的牌桌，那是金先生主动买回来的，连同四张椅子也一并带来，原来那地方放的是跑步机。金先生说，桌子是橡木的呢。陈小鱼说，买这个干什么？我又不会打牌。金先生说，什么玩意天生就会呀？学么，一学就会，学会了我就陪你玩。于是金先生就告诉她怎么玩，一连教了她几个晚上。但是金先生虽然教了她，却是一次也没陪她打过。金先生忙得很，一周里也难得回来一次。

陈小鱼的屋子，还有一个好处，卫生间和洗澡间是分开的。这在和平里是独一份。实际上原来是没有洗澡间的，后来硬是把两个屋子中的半间隔出来做了洗澡间。洗澡间是除了卧室最下功夫的一个去处。一镶到顶的瓷砖，每个对角的砖面上，都有一个小图案，小袋鼠小美人小花瓶之类的；洗澡间的顶棚扣了进口的防潮板，而且安了排气扇，地面是乳白色的防滑砖。除了一个双人浴盆之外，陈小鱼还让金先生买了一个立式桑拿，整个洗澡间，只有一样是金先生的主意，那就是正对着浴盆的一面墙壁，让他镶上了满墙的镜子。

金先生笑着对陈小鱼说，别的我都听你的，这个镜子一定要有。

陈小鱼脸红了一下。

金先生教会了陈小鱼打牌是不算数的，打牌主要靠实践，而且要四个人，缺勤两个人算什么？只好玩多米诺骨牌呢。所以陈小鱼真正会打牌靠的不是金先生。陈小鱼有一次在小区里遛弯儿，遛来遛去才发现小区里还有一个活动室，她看到里面有几个人在打牌，是三个女人和一个男人。既然有女人打牌，又是活动室的模样，陈小鱼就走进去在旁边看了一会儿。其中的一个女人解手回来之后没有坐到位子上，而是打量了一下陈小鱼，对她说，你有事情吗？

陈小鱼这才明白自己问也没问人家，就冒失地闯进来了。她红着脸说，我就住在小区里。

那个女人说，你是不是幼师毕业的？

牌桌上的另外三个人听了女人的话，也都抬起头来看着她。

陈小鱼听了这话，认真地看了对方一眼，也觉得对方面熟，就回答说，是，我是幼师毕业的。

那个年轻的女子说，啊呀，我也是幼师的呢，我是九四届的。她就过来拥抱了陈小鱼，这样彼此就认识了。原来她们是同一个学校的学生，女子比陈小鱼高了三届，幼师的学制是五年，所以两个人差不多同校读了两年书。那女子告诉陈小鱼她叫李眉，是这个小区的管理人员。陈小鱼这才明白她闯进了人家的办公室，原来这个屋子不是什么活动室，是物业的办公室。

李眉对她说，你摸两把吧。

陈小鱼红着脸说，我还不会打呢。

李眉怂恿她说，摸几把就会了。你过来，摸几把，我帮你看着。

实际上李眉这么做，其他人是不高兴的，但是毕竟是李眉腾出了她的办公室，其他几个人怎么好不给她面子？陈小鱼就这样靠着李眉在身后指点，一坐就坐了一个上午。就这一个上午，陈小鱼的牌就算毕业了。陈小鱼从小就玩嘛嘛精，凡是玩的东西，一碰就会。结束的时候，李眉又把另外三个做了介绍。她指着其中一个水蛇腰女子说，这位叫阿洁，也在小区里住的。又拉着另一个白白胖胖的中年女子说，她姓苏，你喊她苏姐好了。苏姐客气地向陈小鱼微笑，那个叫阿洁的，突然地喊了起来，李眉你这个同学真是漂亮呢。陈小鱼让这一声喊吓得低了头，在生人面前这样的话最让人尴尬了。李眉回答阿洁说，那当然了，我所以还没忘记她，就是因为她的漂亮。你记得吧陈小鱼，有一次运动会，你是举旗的旗手呢。陈小鱼红着脸"嗯"了一声。李眉最后指着三人中唯一一个男人，说，这位是沈先生，在隔壁开药店的，大老板呢。男人站起来向陈小鱼点了点头，很有礼貌地说，沈凤桐。沈凤桐站起来陈小鱼才发现他很高，瘦而高，而且很年轻，也就三十出头的样子。因为方才一直专心打牌，所以就没有认真看几个牌友，这一次认真看了，止不住有些不好意思。

从物业办公室出来，陈小鱼指着自己的屋子对李眉说，看吧，那个窗子就是我的屋子，你没事过来坐吧。

李眉说，这一下子好了，想不到碰上了同学。又问陈小鱼，你爱人在哪里做事？

陈小鱼说，他是做生意的，忙呢。

李眉说，噢，是老板。

陈小鱼就这样学会了打牌。除了几个固定的牌友，陈小鱼的朋友很少很少。因为她不是本地人，她是从淮河边上的一个城市考到幼儿师范学校的。她的老家是一个县级市，和眼前的这个城市没法比，就好比一座大楼和一间小房子不能放在一起比一样。原来的陈小鱼连听也没听说过这座大得吓人的城市。原来她连省城也没去过，陈小鱼只知道北京，至于北京有多大，她也是不知道的，对她而言，北京是因为有了毛主席而有了名气。陈小鱼是在后来才知道在中国还有和北京差不多大的城市，而且她想也想不到最终她会留在这个城市里。

陈小鱼初中毕业的时候，本来是可以继续读高中的，但是不知道为什么听了外婆的话，念了这所幼儿师范。外婆说，女孩子读师范好，女孩子当老师好。陈小鱼就这样来到了这个城市，读了幼儿师范。到了学校陈小鱼才知道，幼师是没有男生的，幼师的学生是清一色的女生。这种情况是她不了解的，所以她吃了一惊，她想，不晓得外婆知不知道这件事。可能外婆也不知道。但是后来陈小鱼才发现外婆是知道幼师没男生的。外婆告诉她，女孩子尽量少跟男人打交道，女孩子一跟男人接触多了，心就长草了，十有八九会坏事。

只是到了后来，陈小鱼才知道外婆是有教训的。比如，妈妈就是过早地认识了爸爸，才落到了那个县级市。原来家在省城，下了乡的妈妈怕受苦，早早地喜欢上了一个县里下去的知青，县里的知青回城早，结果爸爸回到了县城，妈妈也只好跟到了县城。岂止是妈妈，还有一个，那就是她的外婆，那个告诉她不要过早接触男人的外婆。外婆十六岁就嫁给了一个大她三十岁的男人，那个男人是个有钱的人，虽然有钱，却不嫖也不赌，喜欢的是抽一口鸦片烟。外婆嫁过去那一年，他的身子就抽坏了，坏到了房事也干不了了，所以，虽然早早就嫁了人，外婆却差不多不知道男人是怎么回事，直到他们家来了一个亲戚。

那是一个在战场上落败的军官，年轻而又英武。战场上没当英雄，军官对女人却是很有一套，属于常战常胜那一路的，待了不到一个月，就

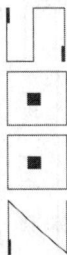

让外婆和他把男女的事情做下了。按道理这样偷情的事情应该事不过三，但是军官那么年轻，外婆又是那么美丽，所以事情终于还是闹大了。眼看事情就要败露，那时候外婆已经怀孕，军官要带她逃走，逃到南边的部队去，但是外婆拒绝了。那时候，南边正在打仗，外婆害怕那种战乱的日子，她细声细气只对军官说了一句话，她说，我是一个女人，听到枪响就会吓死。但是军官走了以后，外婆却坚持要把肚子里的孩子生下来，后来果然把孩子生出来了，陈小鱼知道，外婆生出来的孩子就是母亲。所以母亲从出生到现在，从来就没见过父亲。

外婆对陈小鱼说，还是男人好，说走就能走，女人就不行，我是一个女人，我是一个听了枪响就走不得路的女人。

生了女儿之后，外婆的男人把她们母女赶了出来，外婆又嫁给一个人做了姨太太，受了半辈子的气。

外婆讲她的故事时，陈小鱼手里正拿着两本书，那是班上一个女同学借给她的，一本厚厚的是《红岩》，一本薄薄的是《金锁记》。同学说，看看吧，里面有两类女人，看看你属于哪一类？书差不多翻完了，陈小鱼说不清楚自己是哪一类，但是她知道，外婆肯定不是江雪琴那一类。

人就是这样子，什么东西，一旦上了手，脑子里想得最多的就是这东西。陈小鱼就是这样。这一向，只要闲下来，她的脑子里面就是那一百几十张麻将牌。她发现怪不得人们都喜欢玩这个东西，麻将果然很有意思呢。因为想得比较多，加上她的闲工夫也比较多，所以一当在小区里面溜达，两脚就会不听使唤地进了物业的办公室。照例那里面会有几个人在打牌。李眉有的时候上场，有的时候不上。李眉是个喜欢热闹的人，如果是她一个人，她是最受不了的，而物业管理办公室只有她一个人，看见陈小鱼走过来，李眉就会喊她替自己，物业里虽然事情不多，也还是有一些事情的，所以，陈小鱼一去，李眉就会让给她，所以陈小鱼去了几次，就已经跟另外三个成了固定的牌友，反而是李眉站在一边，看她和大家的热闹。

虽然在四个牌友中牌龄最短，陈小鱼却是有一点青出于蓝，玩得越来越精。有几个打牌的差不多都怕了她，特别是胆子小的那几个。比如，陈小鱼一百几十张牌，张张都摸得出来，就连最难摸的八条和九条，她只用拇指轻轻一卡，不待翻转，就会脆脆地喊出来，拍到桌上一看，果然就是八条或九条！还有，那就是她一向压大的，小来小去的很少看，也不在乎，一向沉得住气。出牌也不是按常规出，该出条子，她偏偏出了饼子，该出饼子，她却出了万子，让你一点摸不到她的规律。苏姐笑着说她，陈小鱼啊陈小鱼，你打牌和你人一样，让人摸不清楚路数呢。陈小鱼疑惑地说，这跟人有什么关系？阿洁说，有，当然有。女人要是长得太漂亮，就是狐狸精托生的。陈小鱼说，我漂亮什么，你才漂亮呢。说这话的时候，恰好沈凤桐去了厕所，阿洁看着沈凤桐不见了影子，悄悄对陈小鱼说，女人漂亮有两种，一种是画一样的，中看不中用；还有一种是又中看又中用，你就是又中看又中用那一类，陈小鱼，你是男人一看就想跟你睡觉的那类女人。

一般两圈下来，第一圈总是陈小鱼输，第二圈开始也是她输，但是你看吧，只要轮上她是庄家，她准会弄个自摸把输了的捞回来。如果坐上两庄，那就不光是捞回来，其他三家一定要输，赢家只她一个。

渐渐地像大浪淘沙一样，他们几个成了相对固定的伙伴。这几个牌友一般都在李眉的办公室里玩，后来就移到了陈小鱼的屋子里。这时候他们已经比较熟悉了，张三李四名字也叫得十分响亮。陈小鱼知道苏姐是一个下了岗的女工，原来当着保温瓶厂的会计，下了岗之后也没有出去找事情做。苏姐说，她的先生不让她出去做了，说出去太辛苦，赚的几个钱都送给公交公司了。所以苏姐就待在家里了，待着待着就玩起了牌。苏姐可以老实地待在家里，说明她的老公有能力养活她；苏姐还有心情打牌，说明她家的日子还过得去。阿洁呢，她自己说男人在新疆当兵，是个副营职，她虽然够了随军的资格，却不愿意团圆到那个冰天雪地去，这样屋子里也就剩了她老哥一个，也就打起了麻将。说起来苏姐的麻将还是阿洁带起来的呢，因为两个人住邻居，而且是门挨门的。只要有局，隔了门一喊就喊出来了。李眉就不用多说了，陈小鱼看见过她的男人，有一次李眉的男人中午跑到李眉这里吃饭，所以陈小鱼就看到了他。那是个五大三粗的男人，人却是很腼腆，一看就是服服帖帖让女人当家的角色。李眉的男人是个吊车司机，陈小鱼没问过她为什么找了个司机，李眉自己说了出来。李眉说，男人老实，过日子踏实。你只要把他上面和下面都喂饱了，别的事情不用管。

陈小鱼问李眉，什么上面下面的？

李眉咯咯笑起来，一边的阿洁说，上面是男人的嘴，下面是他的鸡巴。

苏姐笑骂阿洁，阿洁你积点德吧。

陈小鱼也止不住捂着嘴笑起来，心里却说，这样的话怎么说得出口呢？随即又感叹道，这样的话怎么了，很有道理呢，你陈小鱼不是也听进去了吗？一个人堕落下去真的很容易呢。

偶尔三缺一的是沈凤桐，因他街面上有买卖，也就是他的药店要照顾，所以局面偶尔会有三缺一，那个"一"常常是他。碰到这样的时候，李眉就会坐过来摸几把。在一起打牌时间长了，陈小鱼知道这个沈凤桐是个单身的男子，而且从来没结过婚，看他的样子像三十几岁，但是李眉告诉她，沈凤桐快四十岁了，这个家伙是个奇怪的家伙。陈小鱼问李眉，他怎么是个奇怪的家伙？李眉说，男人到了这个年纪还不结婚，不奇怪吗？陈小鱼说，说不定他有女人呢。一边的阿洁看了一眼她，说，这谁知道？音像店里就有三四个女孩子呢。

李眉感叹地说，其实沈凤桐是最适合做老公的男人。

李眉第一次到陈小鱼屋子时问她，你怎么没有拍一张婚纱照呢？

陈小鱼说，婚纱照俗气死了，土不土洋不洋的。

那也是他们第一次移师陈小鱼的屋子。物业办公室实在是太闹了，只要有局，玩的是四个人，围着看的就不止四个，八个也不止，都是一个小区里住着，赶谁走谁能乐意？所以当陈小鱼说到她那里去玩，几个人差一点要山呼万岁了。本来四个人已经够局面了，李眉也嚷着要来，而且是第一个来的。她要看看陈小鱼的屋子。

李眉在陈小鱼的屋子里转了一圈，看定了她说，把你家的影集拿出来我看，你的金先生什么样子啊，像不像周润发呀？

陈小鱼把影集拿出来，放到李眉的膝头上，端了一杯茶自己轻轻啜了一口，说，不要吓着你呢，老金快五十岁了。

李眉头也不抬地说，莫开我的玩笑。

但是李眉只翻开第一页就看到了老金，老金穿着条纹西装，戴着一副金丝边的眼镜向她微笑着。那是一张很大的照片，李眉一眼就断定他是陈小鱼常说的金先生。金先生并不显老，照片上的老金是让李眉搞不清楚年纪那类男人，但是肯定不是小伙子了，而且肯定比陈小鱼大了很多。许多话一下子涌到了李眉的嘴边，但陈小鱼没等她来问话就先说了。

陈小鱼向影集瞟了一眼，说，他有老婆。他老婆不在这边。

李眉心里吃了一惊，面孔上却一副见怪不怪的样子，随即说，一看就是老板呢。金先生做什么生意？

陈小鱼说，做服装，这边有他一个加工厂。

金先生这边的加工厂建在了外围县（后来县又变成了区），主要是来料加工，加工他自己的服装和别人的服装。加工厂有这边的厂长打理，具体的事情不用金先生管。金先生一般到这边来，只在厂子里转一转，就到陈小鱼这里来。金先生这个加工厂安排了县里的不少劳力，所以县里对金先生很重视，授予他荣誉市民的称号，还赠了他一把金钥匙。那次大会是在幼儿师范开的，金先生在幼师投资盖了一个图书馆，授奖那天就是图书馆开馆的一天。那一天给金先生献花的就是陈小鱼。金先生的一边坐着县委书记，另一边坐着比县委书记大得多的一个副市长，但是学校却安排她给金先生献了花。在台下的时候，陈小鱼想，原来大老板也不比当官的差呢。

二十二岁的陈小鱼那一年就要毕业了，按幼师的规矩，毕业就要分到小学去，陈小鱼不愿意到小学当老师。如果是中学也还罢了，小学比不得中学，也比不得大学，小学老师就是一个孩子王。这且不说，按规矩陈小鱼还要回她的县级市，这更是让她受不了的。大城市和小城市就是不一样，再漂亮的姑娘在小城市也待得土气了。在大城市读了五年书，结果还要回到县里去，那可是最没面子的了。但是陈小鱼没办法，母亲和外婆也没办法，她们都是普通人，都是没有办法的人。陈小鱼的父亲几年前去世了，就是活着他也办不了陈小鱼的事情。

家里三个人住着一间屋子。外婆年纪大，所以经年是她和母亲挤在一床。两个不老不小的女人挤在一起，换了哪个角度也躲不开对方的呼吸，而且毫无隐秘可言。人活一回而没有秘密，实在是一件很悲哀也很沮丧的事情。在家中那一间屋子里，即使换个衣服也没处躲藏，外婆和母亲就那么大大咧咧地当面脱光了，而且还不管不顾地这里抠一下，那里挠一下。

一想起这些，陈小鱼止不住要打冷战。

陈小鱼从幼师毕业没有回县级市，而是在这边逛了几年，这几年让她吃了不少的苦头，她当过商店的服务员，当过一段时间代课教师，还干过开发公司的售楼员。好的事情真的不好找，有的工作还要这个城市的户口，这可是她没有的，一毕业，她的户口就迁回了县级市。就在她当售楼员的时候，她碰到了来看楼盘的金先生。金先生已经不认识她了，可是她却一下子认出了金先生。

陈小鱼对金先生说，您是金先生吧？

金先生惊奇地说，怎么，你认识我？

陈小鱼说，您是幼儿师范的名誉校长，我给您献过花呢。

金先生仔细地看着陈小鱼，他实在想不起这个给他献过花的女学生了，但是他还是很有风度地"啊"了一下。

那一次金先生没有买开发公司的屋子，但是走时却给了陈小鱼一张名片。金先生说，有事可以找他。

陈小鱼没有去找金先生，而是应聘了金先生那家服装厂的模特。陈小鱼不知道那家服装厂就是金先生的服装厂，也不知道服装厂是金先生公司的分公司。招聘广告上说，这是一个常设的服装模特队，很有发展潜力的。应聘那一天，人真是多极了，每个应聘的人都像沙子一样过筛子。在一个很大的屋子里，陈小鱼又一次看到了金先生。金先生坐在一排人的中间，戴着金丝边的眼镜，很权威的样子。金先生一开始并没有看见她，一个人俯身在他耳边说着什么，但是金先生很快就看见她了，金先生向她招了招手。陈小鱼有些不知所措，她不知道金先生是什么意思，不过她下意识觉得金先生不会有什么坏意，因为，金先生是给过她名片的。

金先生看着她，这一次他没有忘记她的名字，他问她，陈小鱼，你是来应聘的吗？

陈小鱼说，你好，是，我是来应聘的，金先生。

金先生对身边一个负责模样的人说，留下她。说完话，金先生站起身，看也不看陈小鱼就出了那个大屋子。

陈小鱼到了那间工厂才知道金先生的分量，也才知道金先生平时是不在这边的。金先生如果到这边的厂子来，工厂就像来了祖宗一样。一般是金先生的汽车开到厂门，这边的经理副经理，一些管事的人都会迎到门前，然后再把金先生迎到厂子的会客室，等待金先生具体的指示。后来，金先生把这个习惯破坏掉了。金先生说，我又不是什么客人，就是客人，你们也要该干什么干什么。管理层的人们一下一下地点着头，听着金先生对他们发号施令。瘦瘦的金先生的那一刻让陈小鱼记住了。因为金先生一来，厂子的经理就让模特队漂亮些的女孩子们倒茶水，陈小鱼就给金先生倒过茶水。

也是到了模特队陈小鱼才知道模特辛苦得要命，光穿高跟鞋练走路好多女孩子就吃不消，陈小鱼也差一点吃不消。女孩子们是八个人一间屋子，和厂区里的工人一样。在一起时间长了，免不了有矛盾闹别扭，生活习惯也是大异其趣，放屁的，睡觉磨牙的，爱占小便宜的，在外面夜不归宿的，什么样的人都有。有一段时间陈小鱼甚至不想干了，她知道，跟外婆一样，她也是一个受不得苦的女子，如果不是那一次随着模特队去了香港，她早就不干了。

打牌就是这样，只要上了牌桌，没一个人不想赢。即使你不大在乎那几张钞票，赢了钱心里也是愉快的。习惯了身边这几个牌友，陈小鱼也就摸出了一点规律，她发现苏姐是最在乎输赢的，而且玩牌的瘾也最大。但因她姓苏（谐音：输），所以她很少主动来物业办公室，总是等人打电话喊她，而且这习惯是绝对雷打不动的。阿洁也喜欢玩，阿洁性子急，但忘性也大，前一天输了，虽然也怒气冲冲的，但不会把情绪带到下一天，不像苏姐，总把输了多少钞票挂在嘴边。另一个是李眉，上班的时候找个营生干，但也因在上班，上场的时候毕竟少，李眉爱热闹，是坐山观虎斗那伙的。最后一个就是沈凤桐了。陈小鱼发现这个沈凤桐其实牌玩得好极了，几乎就是个天才。沈凤桐不像阿洁她们精在表面，他不是，他是精在骨子里，他是你一出牌就知道你要的是什么，和的是什么，就是这样他还是不露声色，实际上他的确也是不大在乎这一点子输赢的，但因为有了这样的心态，反而很少输。

有一次，陈小鱼的手气很不好，打了八圈只和了两次，又都是小和，一般碰上这样的"黑暗的旧社会"，谁的心情也好不起来，有一个词叫"郁闷"最能代表那种心情。陈小鱼当然也一样，整整郁闷了八圈。于是

提议再打四圈。

　　想不到这一圈刚刚她的"东风起"，就让沈凤桐搂了她一个"闭门"。陈小鱼终于还是沉不住气了，但是脸上仍然看不出不好看，说话也还是细声细气的，这不是她有城府，她骨子里就是这样的人。下一把轮到阿洁的庄家，阿洁是她的上家，自然憋着不让她开门，实际上一手底牌抓过来，陈小鱼就是和的牌，但是三家都开门了，只有她开不了门。牌玩到这个份上，自然是各人顾各人，个个都不露声色，每人的牌却是都差不多了，唯有这个时候是最紧张的时候。轮到沈凤桐出牌了，陈小鱼感觉沈凤桐抬起眼睛看了她一下，突然就打出了一张一饼，这张一饼一直不见，正是陈小鱼可以"岔"过来的牌。陈小鱼就这样开了门，紧接着她开出的一张西风被苏姐吃掉，苏姐开出的这一张，又正是她和的那一张。我和了！陈小鱼哗地推倒了手中的牌。总算出了一口恶气！她抬起头来，却正迎着沈凤桐的眼睛。

　　一边的阿洁叫了起来，沈凤桐，你打的什么牌？你这是卖的谁的人情啊？嘴上这样说着，眼睛却恶狠狠地看着陈小鱼，但是只过了一会儿，就对沈凤桐说，沈凤桐你是没烟抽了吧？要不是你那张一饼，陈小鱼开不了门。抽骆驼吗？我包里有呢。

　　陈小鱼马上就明白了。果然是沈凤桐卖了她一个人情，那张一饼，沈凤桐是有意放出来的。牌桌上这个唯一的男人是个善解人意的男人，其实她并不在乎赢这么一把，她在乎的是自己的心情，她发现这个沈凤桐懂得她的心情。但是，阿洁又是什么意思呢？

　　实际上沈凤桐不愿意到陈小鱼的屋子里玩，他惦记下面的药店。第一次的时候，陈小鱼担心他会不会来，李眉也疑心他不会来，但是她们几个只等了一会儿，沈凤桐就来了。

　　一进屋子，他就说，哟，三英战吕布啊。

　　发现沈凤桐像电影演员王志文，已经是他们熟得不能再熟的时候了。陈小鱼觉得这个家伙怎么看怎么像王志文演的那个老浦。老浦是个关心女人的家伙，差不多没有脾气，样子也是细细高高的那种，外表虽不是十分风流倜傥，骨子里却十分多情，散漫而多情。陈小鱼是个注意细节的人，特别注意身边人的细节。即使是男人，也要看他的细节呢。陈小鱼发现沈凤桐虽然大小也是个老板，却很少像那些老板一样打扮，有一点反潮流。沈凤桐常常是一身休闲装，颜色大多也是很素色的那种。有时候他也会穿中式罩衫，就像后来的唐装，只不过上面没有印花。但是下面，沈凤桐一向是笔挺的西裤和黑色的皮鞋。陈小鱼发现，在沈凤桐的身上，皮鞋是最见功夫的，他的皮鞋皮革很好，样子既不新潮又不落套，一般都是那种经得起考验的款式。

这样，配上沈凤桐的长条脸和细高却挺直的身体，一个男人的骨架就出来了。这是一个让人看着舒服的男人。

但是阿洁却不买沈凤桐的账。阿洁说，沈凤桐你真是老土，你脚上的皮鞋总是这样的黑颜色。

沈凤桐说，是吗？一边说一边看了陈小鱼一眼。陈小鱼不让阿洁看见地撇了撇嘴，沈凤桐马上默契一样地笑了一下。这一笑，让陈小鱼的心突然地跳了一下。

沈凤桐唯有一样是跟潮流的，那就是他骑了一辆摩托车。沈凤桐说，城市这么大，交通最重要呢，汽车买不起，只好弄一辆摩托车了。他的那辆蓝色的雅马哈跟他的人一样干净利落。所以，只要是摩托声一响，陈小鱼就知道沈凤桐到了药店，就知道今天不会三缺一了。

阿洁说，摩托车有什么意思，弄辆小汽车开才有意思呢。

沈凤桐眼睛看着陈小鱼说，小汽车？小汽车还在美国呢。没有摩托车，那就只好三缺一了。陈小鱼啊，你们都要给我汽油钱。

谁都知道沈凤桐是开玩笑，陈小鱼当然也知道，但是三个女人在身边，沈凤桐却单拿她说事，陈小鱼心里很高兴，她喜欢这样的幽默。但是她发现阿洁的脸沉了下去，阿洁这样，反而让她更加高兴。

有一次，沈凤桐不在的时候，陈小鱼问李眉，沈凤桐不是开着一个药店吗？还哭什么穷？李眉说，人家的药店都赚钱，就他的药店让他开得不死不活的。他父亲和祖父还是有名的中医呢，可惜早早就死了，留下他和他的老妈两个人过日子。他原来也学过医，只学了两年就退学了。沈凤桐说中医学院就是个死记硬背，背得他头痛，麻烦死了。可是这个沈凤桐有一个好脾气，从来也不生气，他这个人很放松，和他在一起，让你感觉不到一点紧张。陈小鱼想，男人有这个长处不简单，这已经很不容易了，在一个人身上，你不可能综合所有人的长处。

在一起打牌多了，陈小鱼特别习惯沈凤桐身上淡淡的烟草味。陈小鱼不讨厌吸烟的男人，金先生是吸烟的，但是她讨厌吸烟的女人，女人吸烟，在她看来，不是很高级就是很下贱。男人就不一样，陈小鱼觉得沈凤桐吸烟的样子很好看，他不是像别人那样，把香烟叼在嘴里，那样显得油滑和世故，沈凤桐不是，他总是用一只手夹着细长的烟嘴，同样细长的是他的手指。烟让他吸一口进去又呼一口出来，他的面部会让烟雾遮住，朦朦胧胧的。有时在烟雾中会看到他的牙，他的齿缝有一点发黑，一点点，但是她觉得那反而比明晃晃的一口白牙要好。还有，他说话的声音很低沉，听起来很舒服。而且，她能感觉到他虽然有些瘦，却是健康的，他的身体一看就很好。

有一次在她的屋子里打牌，她突然就虚脱了，脸色苍白，头上也流下了虚汗。牌友们惊奇地看着她，有些不知所措。沈凤桐摸着她的脉，说，你可能有一点低血糖呢。不要紧，歇一会儿就好。就扶着她躺到了床上。然后给她冲了糖水，看着她喝了下去。阿洁说，让沈凤桐回药店拿点药来吧。沈凤桐说，尽量不要吃药。阿洁说，看，这个家伙，吃他一点药就舍不得了。

沈凤桐说，不是舍不得，光喝糖水还不行，陈小鱼该吃些东西。

陈小鱼说，真饿了呢，我早上没吃早饭。

阿洁苏姐她们闲下来的时候，沈凤桐去了厨房，别人以为他是随意参观，连陈小鱼也以为是。谁也没听到他怎么弄，几分钟之后，沈凤桐就端了一碗面出来。陈小鱼看见面上卧了一个荷包蛋，还有几根绿色的油菜，然后是宽宽的汤，端着色香味俱佳一碗面的是温柔的沈凤桐，陈小鱼的欲望一下子就上来了，是吃的欲望，而且还有一点点情欲。

阿洁意味深长地说，沈凤桐你真是个好男人啊。

金先生这一次回来给陈小鱼带来一架留声机，其实就是样子老式、内部新款的那种。陈小鱼说，好像在哪里见过。忙着摘下领带的金先生说，哪里见过，电视还是电影里？这是纯正的香港货呢。

陈小鱼一想，可不是，真的是在电影和电视里见过这种样子的唱机呢。

金先生又瞟了一眼麻将牌，笑着说，手气还好吧。晚上喊他们过来，我陪你打八圈。

陈小鱼嗔着金先生说，还好呢，这一向就是我输。

陈小鱼知道金先生不会跟她玩牌，金先生回来就是休息的，不光是金先生不玩，陈小鱼自己也不能玩牌了。金先生一周也就回来一次，有时连一次还不到呢。金先生一回来，陈小鱼就会提前告诉几个牌友，一般是先告诉阿洁，然后是苏姐，再然后让她们中的谁顺便告诉一下沈凤桐。实际上告诉一个人就够了，但是每一次陈小鱼都让最先的一个转告另外三个。这件事办完了，陈小鱼就会忙起来。金先生不是一个喜欢动手的人，但是只要回来，他总是像个年轻人一样帮着陈小鱼忙这忙那。这次金先生一回来就拆留声机的包装，包装打开了，金先生招呼陈小鱼来看，果然是有着大喇叭那一种的。陈小鱼看了一下，说，不过是个摆设。金先生说，功能是一样的。一边说一边摸这摸那的，他要熟悉性能，然后教给陈小鱼。陈小鱼看着这个摆设一样的唱机，恍惚有一种旧时的感觉，低头一看自己并没穿着那种老式的旗袍，想起来还要下厨房给金先生熬黑米粥，金先生愿意喝陈小鱼熬的黑米粥，他说那边的厨子就弄不出来这样的黑米粥。陈小鱼知道这是因为配料不够，陈小鱼在粥里放了很多东西，枸杞、核桃、山楂什么的，还有一样，金先生是绝对猜不出的，那是罂粟骨朵儿，当然是一两只，一两只就足够了。

陈小鱼来服装厂不到两个月，金先生就领着她们几个模特去了香港一次。不是全体模特，而是她们几个，表现好形象也好的。金先生说，让你们见见世面，见见世面有好处。果然有好处，同去的几个姑娘在香港眼睛都蓝了，陈小鱼也一样，眼睛也蓝了。金先生带她来香港那一次，她看到了金先生的太太。那一次金先生请她们几个吃饭。金太太也来了，金太太真是老了，她们几个私下都觉得金太太跟金先生绝对不般配。金太太妆化得很浓，脸像挂了霜的冬瓜，但是该臃肿还是臃肿，而金先生却是一个麻秆身材，所以看起来比太太年轻多了。后来陈小鱼知道金太太果然比金先生大了三岁。金先生的太太竟然是这个样子，陈小鱼不知道伙伴们怎么看，她一时有些替金先生气不公。其实她也听到过金先生在内地有别的女人，所以她想，这样的太太，金先生有别的女人也是应该的。

但是陈小鱼看出来，金先生对金太太绝对够好了，样子差不多像一个

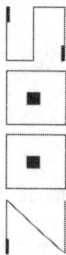

儿子对待他的母亲。金先生对陈小鱼说，你想想，我对这样老的女人都这样，对你还能错得了吗？金先生说这个话时，陈小鱼已经跟他好上了。从香港回来，他们就好上了。在机场上，金先生给了她们一人一份礼物，金先生说，现在不要打开，回去也不要问别人是什么礼物。一边说一边分发，但是轮到陈小鱼，金先生却没有给她。女孩子们用热辣辣的眼睛看着神秘的金先生，捧着礼物兴奋得不能自已。回来的飞机上，金先生和陈小鱼坐在同一排座位上。飞机快要下落时，一直没有说话的金先生突然对陈小鱼说，我在这边，也需要有人照顾我的生活。

不等她回答，金先生说，我在这边就是一个人，总住宾馆真是住腻了。所以我想买一套房子。说完，金先生碰了碰她，说，这个是给你的，回去看吧。

陈小鱼在飞机上听话地没有打开金先生给她的小盒子，但是一回到寝室，她就把蚊帐放下来，打开了盒子的包装，里面是一把钥匙。陈小鱼想，金先生给我的是一把钥匙，那几个女孩子呢？金先生为什么给我一把钥匙？这是一把什么钥匙呢？

再见到金先生时他对陈小鱼说，女孩子都想有一间自己的屋子是吧？陈小鱼一开始没有反应过来，但是她很快就明白了金先生的意思。陈小鱼点点头。一间自己的屋子，那可真是奢望呢，一间够局势的房子，按政策还可以落这个城市的户口呢。金先生说，带你去看看你的屋子吧。陈小鱼就随着金先生来到了和平里小区，看到了这间屋子。然后她听了金先生的话，此后再也没去模特队。

金先生喝了陈小鱼熬的黑米粥就去洗澡了。从洗澡间出来，金先生一边撩起浴衣揩脸上的汗水，一边对陈小鱼说，你也洗吧，我把水放好了呢。

陈小鱼看见了金先生光裸的两条毛腿和晃荡着的生殖器。金先生有这样的习惯，洗了澡，除了浴衣，里面一向什么也不穿。陈小鱼躲开眼睛，说，你回前我洗完了呢。

金先生说，洗洗吧洗洗吧。

即使是在自己屋子里，陈小鱼洗澡时也要把门销上，没别的意思，这也是她的习惯，但是金先生破坏了她的习惯，金先生在她洗澡时，会突然闯进来，他有一把洗澡间的钥匙，后来陈小鱼也就不销门了。金先生一进来，会眯着有一点花的眼睛，隔了一段距离看她。每到这时候，陈小鱼就要抢白他，有什么好看的？又不是没看过。金先生说，那不一样。看了一会儿，金先生会走过来摸她的身体。她和金先生第一次的时候，当时她正在洗澡，金先生也是这样，突然就闯进了洗澡间，眯着眼睛看了她一会儿，就走过来摸她。此后，才是上床。

不同的是那一次她把自己弄出了一点血，其实那是很容易的。不是在这个房间里，那时这间房子还没有装修好，金先生带她在宾馆开了房。金先生惊奇地说，你是……陈小鱼截住金先生的话，赌气一样地说，那当然，本姑娘可还是处女呢，告诉你，是你给它破坏了的。但是陈小鱼自己知道，她撒了谎，是她自己把它破坏了。在金先生之前，她处过一个男朋友，她是按母亲开出的条件处男朋友的。母亲开出的条件是，男人要活络，要有点钱，个子也要高。

外婆补充说，最重要的是懂得宠你自己。

于是刚一毕业，陈小鱼就找了第一个男朋友。他也是外地人，是在小学教画画的，个子高到一米八五，足足比陈小鱼高出了一头，陈小鱼把外婆开出的最后一项条件当作唯一的条件了。谁知道这个美术老师一点不懂得疼惜她，因为是年轻人，当然也就没什么钱。陈小鱼和他处了四年，几乎没吃过像样的馆子，而且四年的生日都让他忘记了。只有那么一次，小学里分了一个镀金的纪念章，他盒子也没有地给了她。那是一个毛主席的人头像，女孩子们很少有戴的。实际上在此之前，她已经在金先生的服装厂干上了，不久就去了香港，而且接受了金先生送她的礼物。那把钥匙和那只纪念章在她的床头放了三天，三天里，一些不切实际的思想渐渐淡去。

和第一个男朋友分手的时候，陈小鱼已经二十六岁了。外婆帮她总结经验教训说，一个女人，二十多岁还没嫁到好人，三四十岁还想嫁到好人吗？想也别想呢。外婆的意思是，二十多岁的时候，一定要抓住机会。

陈小鱼跟第一个男朋友发生过关系，有一段时间，他们差不多就是同居在一起。跟她先前的男朋友比，金先生身体还是不行了，男朋友对待性事一向生龙活虎、雷厉风行。除了性，她想不起来男朋友还有什么优势。他和她第一次接触时，她一点精神准备没有，就让他推到了床上，三十岁的男朋友强壮得吓人，回忆起来那几乎就是一次强暴。金先生正好相反，金先生会做很多铺垫，但很多时候他仍然半途而废。虽然每一次金先生都是急煎煎的，有时候惹得陈小鱼也很冲动。金先生时不时要靠壮阳药来

支持了。所以说起那事，陈小鱼差不多就是饥一顿饱一顿的。一开始，金先生服药总是偷偷摸摸的，陈小鱼知道他不好意思让她看见，也就不揭穿他。男人对这方面是很看重的，比什么都重要。跟第一个男朋友比，金先生肯定要有差距的，有差距才会掩饰，男人最怕丢的是他的面子，陈小鱼给了金先生这个面子，饥也好饱也好陈小鱼一向不表态。到了后来，金先生连遮掩也不遮掩了，壮阳的药和壮阳的方子就摆在床头的茶几上。不知道怎么回事，陈小鱼一看见那些东西，就一点冲动也没有了。

陈小鱼夜里从来不打牌。夜里打牌觉就睡不好。陈小鱼知道女人是不能缺觉的，女人缺了觉脸蛋就会报复你，就不漂亮了。所以，陈小鱼夜里从来不打牌。还有，夜里打牌沈凤桐是来不了的，他的家不在和平里小区。

陈小鱼虚脱那一天，早早的牌局就散了。她早早就懒在了床上，要睡没睡这个阶段最是难过。大概电视播报新闻联播时陈小鱼突然听到了门铃响。如果不是金先生，晚上是从来没有人来的，再说金先生自己是有屋子的钥匙的。陈小鱼去开门那一会儿，想，也可能是金先生呢，说不定他要给她一个冷不防，但是陈小鱼忽然希望最好不是金先生。她开了门一看，站在外面的是沈凤桐。沈凤桐说，这是给你的药。他把药给了她。

陈小鱼说，进来坐一会儿吧。

沈凤桐说，不坐了。早些回去，不然路上塞车。

沈凤桐一走，屋子更安静了。实际上陈小鱼平时就过着这样的日子，金先生是不常回来的，一个星期一次也够不上。平时的陈小鱼如果没有事情，早早地就躺到床上，然后打开电视锁定八台或是六台，或者是让唱机翻来覆去地唱着，往往是看着看着，或是听着听着她就睡着了，醒过来才发现电视机还开着。一般的时候，陈小鱼会找一些事情做，比如钩个沙发的罩子，或者翻翻化妆美食之类的杂志消磨时间。陈小鱼是惧怕安静的，她明白安静其实就是寂寞，女人表面上可以寂寞，内心里是不敢寂寞的，也是不能寂寞的。

这一天夜里陈小鱼是想着沈凤桐睡着的。陈小鱼想，这个沈凤桐刚刚还说过她不用吃药，一转身就把药送来了，他这是什么意思啊？这么一想又骂起了自己，你真是笨死了陈小鱼，这还用说吗？可是，那个阿洁呢？

阿洁好像在对沈凤桐下功夫。就是从女人的意义看阿洁，阿洁也是漂亮的，但是阿洁的漂亮咄咄逼人，有一点压迫的意思，阿洁像个山大王，男人是不喜欢这样的女人的。而且这个阿洁，她不是有服务社的主任吗？怎么可以吃着碗里还看着锅里的呢？想着阿洁，又止不住想起了沈凤桐，她的心咚咚跳起来。

隔一天他们就又坐在牌桌上了，沈凤桐正好坐在了她的对家，陈小鱼想起昨天人家来送药，自己连句谢谢也没说，今天该把这件事情找补一下呢，但是嘴张了半天，什么也没说出来。

但是这一天他们的手洗牌时不时会碰在一起，陈小鱼觉得沈凤桐好像是有意的。实际上以往这样的事也是常有的，在牌桌上，手碰手是免不了的，就好比在一个被窝里睡觉的夫妻身子常常挨在一起一样。但是有了这样的发现，他的手和她的挨在一起时，陈小鱼就像触了电一样。

沈凤桐想勾引自己吧？沈凤桐绝对是想勾引自己了。这样的念头一出，想收也收不回去了。

下午陈小鱼没有上楼，而是自己出钱叫了隔壁馆子的烧卖和一些小菜，那一会儿沈凤桐回店里了。陈小鱼守着腾腾冒气的烧卖发了一会儿呆，她忽然就没了食欲。李眉给每个人面前倒了一杯开水，把纸杯放到陈小鱼桌前时，李眉说，看什么看什么？烧卖不长鼻子也不长眼睛。

阿洁在一边冷笑了一下。

陈小鱼脸呼地红到了脖子，她虚弱地说，你什么意思呀李眉，我听不懂你的话。

沈凤桐回来带了四瓶啤酒。阿洁欢呼一样地喊起来，陈小鱼也在心里喝了一声彩，想要的就是这东西呢。阿洁拖着沈凤桐的胳膊说，我最瞧不上的就是男人小气，沈凤桐，你有没有相好？要是没有我当你的相好吧。沈凤桐脸有些红，但仍然微笑着，拍着阿洁的背。阿洁这样的话当然是开玩笑，但是陈小鱼却有一点不舒服。她也不喜欢小气的男人，但是怎么就扯起相好的话来？这样的玩笑也开得？太没有档次了。平时陈小鱼滴酒也不沾的，但是这一天她把一瓶啤酒喝完，把李眉剩下的半瓶也喝掉了。

下午四个人又坐在了桌前，这是必然的，午饭在这里吃就是这个意

思，这样的事情也是常有的，只是喝酒的时候不多。但是下午的八圈陈小鱼不知道是怎么过来的，她自己也感觉到心不在焉，实际上也没有很具体地想什么，甚至就是没想什么，脑袋里像真空。有一次她的一张牌掉到了桌下，俯身捡牌时她看到了沈凤桐的腿，他是穿着短裤的，所以她轻而易举就知道那是他的，女人的腿很少有那么多的汗毛。此后，她的身体就不听指挥了。她在下面用膝盖碰他，不能算故意的，是止不住的，好像那膝盖本身有思想有意识一样，还有一点稚气。有时候她的膝盖一挨到他的，就粘住不动了。让她奇怪的是，在四个人八条腿的牌桌下面，她总是能轻而易举地找到他的膝盖。第一次那样的时候，她是无意的，第二次她就是有意为之了，因此就很紧张，手心上出了汗，甚至出错了一张牌，把该留下的一张七条扔了出去。她想，其实这就是勾引了，她在勾引沈凤桐，她无论如何想不到自己会干出这样的事，还说人家勾引你呢，你真是学坏了陈小鱼。她狠狠地骂着自己，掐着自己的肉来制止自己。

看到沈凤桐像没有感觉一样照样打牌，她有些失望。

这一天金先生回来带回了新的药方。金先生说，小鱼，反正你也没事情，这是一个名医给我开的方子，你按方子给我抓药吧。

陈小鱼说，抓了药还要熬。

金先生说，不是为了你吗？伸手来摸她的脸，陈小鱼闪了一下躲过去，金先生那只手造型一样停在了空中，金先生讪讪地说，你不是我太太吗？怕药味可以让药店熬嘛，这边也有这样的服务了吧？再说隔壁不就有一家药店吗？那个老板不是你的牌友？

陈小鱼口是心非地说，牌友又怎么样，一分钱也不会少要你的，到他那里去抓？江湖卖药的你也信得过。要抓就去同仁堂，家里的枸杞都是在同仁堂买的呢。

金先生说，那可要辛苦太太了。

这一晚金先生兴致很高，他早早就上床了，他很温柔地对陈小鱼说，我的好太太，你不要动，我来，今天我要好好地侍候你。对，听话小鱼儿，不要动不要动。

陈小鱼就把自己放平了，让金先生动她。

金先生又说，怪不得你叫陈小鱼，你身子真像一条小鱼儿呢。陈小鱼说，我就搞不清楚你到底喜欢我哪一样。金先生说，哪一样都是真喜欢。我不说假话。

陈小鱼看着忙碌着的金先生，看着他忽远忽近的那张脸，心里想着明天去哪里抓药，金先生让她到沈凤桐的店里抓，金先生是什么意思？可能是告诉她不必舍近求远吧？她想，去就去，就去沈凤桐的药店，但是，那张药方可不是一般的药方呢。想着明天的事情她忽然觉得一阵激动，脸烫得通红，她掀起被子盖住脑袋，对自己说，不想了不想了，就让金先生来麻木一下自己的神经吧。

金先生走了以后陈小鱼没有去沈凤桐的药店，也没去别家。那一张处方就压在床头的茶几上。不过，给金先生买药成了陈小鱼的一件心事。实际上附近还有几家药店，但是陈小鱼根本没想到去哪里。去沈凤桐的药店实在让人不好意思，一个年轻女人去药店抓壮阳的药，那真是让人害臊的事呢，碰上不认识的人也还罢了，沈凤桐差不多是天天待在一起呢。那就不去他的药店现眼了，陈小鱼想哪天去步行街上的同仁堂把药抓回来算了。所以，第二天第三天她还是一样去物业打牌，还是把他们喊到自己的屋子里打。

这一天四个人都到场了，连李眉也锁上物业的门来她屋子里看热闹。今天沈凤桐穿了一件真丝的西装上衣，下面是一条亚麻裤，手上挟着一把湖扇，很休闲的样子。李眉说，沈凤桐你穿这么漂亮干什么？相亲去呀？沈凤桐开了一下扇子，又啪地收起来，回说，相什么亲，哪个女孩子敢要我？摸风时阿洁摸到了沈凤桐的下家，她脸上立刻亮了起来，一边码牌，一边说，今儿中午我请大家吃烧卖。又用胳膊肘碰了碰沈凤桐问，喝点啤酒不？沈凤桐眼睛看着陈小鱼，讨着她的态度，嘴里拖延着"嗯"了一句。阿洁不高兴地说，喝不喝呀？陈小鱼在一边打出一张白板，轻轻说了一句，隔壁的叉烧包也不错呢。沈凤桐说，是，馅子都是五花肉。那一边的阿洁突然狠狠地踩了一下脚，陈小鱼听得沈凤桐"哎呀"叫了一声，沈凤桐委委屈屈地说，啤酒哇，买了就喝嘛。阿洁高兴地说，今天午间的啤酒我包了。

整整一圈陈小鱼没有说话。这个讨嫌的阿洁。实际上阿洁的事情她早就知道了，那是李眉告诉她的。阿洁现在姘着军队军人服务社的一个经理。军人服务社的经理年轻时娶了一个乡下的女人，一点不懂风情，和

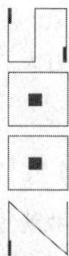

阿洁自是没法比。陈小鱼如果不搬进来，阿洁就是小区里最漂亮的女人。阿洁自和那个经理好上以后就要和新疆的丈夫离婚，军人服务社的经理说，那可不行，你离婚我就是破坏军婚了。所以阿洁婚离不了，就坚持和军人服务社的经理好，只要是军人服务社那个经理来了，阿洁放着手风很顺的牌也会不打，慌慌张张就回屋子去了。这时候苏姐就会长叹一口气，说，这个饿死鬼女人，急着跟军官睡觉去了。她说的军官指的就是军人服务社那个经理。

陈小鱼问李眉，如果她男人回来呢？

李眉说，那还用说，跟男人一起睡呗。自己的男人，总要有个先来后到吧？

她们说的当然是以前的事情。以后不久，阿洁的男人主动回来跟阿洁办了离婚手续。那时他已经是正营职了，一个维吾尔族姑娘要死要活地爱上了他。他呢？一个活蹦乱跳有着好多小辫子的女孩子，他能有什么办法？离婚以后，阿洁仍然不能跟军人服务社的经理结婚，他有老婆有孩子。阿洁跟他结婚同样是破坏军婚。可是阿洁还是死心塌地跟了他。

阿洁对自己的事没有刻意隐瞒，阿洁说，这有什么？又不是我偷来抢来的，谁让他喜欢我呢？

这就是地球人的故事。地球上说不定有多少这样的故事。李眉说完，自己先笑了。

但是这个阿洁真是可气呢。碗里明明有一个军人服务社的经理，却又钓起了锅里的沈凤桐。锅里的就是大家的，怎么可以这样呢？陈小鱼从来没见过像阿洁这样霸道的女人。但是阿洁虽然可气却不可恨，可恨的是沈凤桐。中午陈小鱼没在物业那里吃饭，当然也没喝阿洁买回来的啤酒，她推说自己不舒服要回屋子睡觉。这么说的时候，她看见沈凤桐倒酒的手停下来，呆在了那里，她感到了一种小小的快意。

陈小鱼下午也没去物业，而是把自己脱个一丝不挂，裹上了一条毛巾被睡了个昏天黑地。这一夜她做了个梦，她梦见她去沈凤桐的药店给金先生抓药，把药方递给沈凤桐时，药局的门帘子一挑，阿洁从里面走了出来。阿洁的样子就好像店里的老板娘，阿洁抢过沈凤桐手里的处方，看了一眼，对她说，壮阳药？谁的？啊啊，明白了明白了，是金先生吃的吧？阿洁和沈凤桐对视了一眼，抿嘴笑着说，陈小鱼一定是吃不饱呢。陈小鱼的脑子轰一下子炸了，她呼地一下坐了起来。看了看床头柜上的闹表，才刚刚过了午夜。

第二天陈小鱼就去了沈凤桐的药店。沈凤桐的药店刚刚打开卷帘门，她知道沈凤桐来了，因为那辆蓝色的雅马哈就停在门前。陈小鱼以前从没来过沈凤桐的药店，门脸倒是常常看见，是门窗落地的那种。沈凤桐骨子里是个洋派的人，不会让他的药店太过寒酸，果然药店里面也很利落，是空旷的利落，有一点破败的迹象。陈小鱼在药店门前深吸了一口气，她有一种预感，只要她走进药店的门，她就是走进一个故事里去了。

沈凤桐果然是刚刚来，现在他坐在常坐的那把藤椅上，把一支香烟安到琥珀色的烟嘴里，即使做这样的事，沈凤桐也是极认真的，他没有看到陈小鱼走进店来。陈小鱼一眼就看见了他，店堂里有一个女孩子拿着拖布在拖地，另一个在看电视里的新闻联播发呆，外面传来一阵鸟叫。女孩子们是认得这个漂亮的女人的，知道她是老板的牌友，她们没喊沈凤桐，只理解地看着陈小鱼微笑。

沈凤桐闻到了一股异香，他抬起头。

你？即使平常沈凤桐也很少喊陈小鱼的名字，跟其他几个牌友不一样，其他几个人沈凤桐张三李四叫得一点没有障碍。但是他马上微笑了。她看着他，一时有些语塞，她觉得他的笑像一眼陷阱一样，她知道她马上就要跌进去了。他笑着也带一些惊奇地看她，不说话，他猜得出她一定是有事来找他，她从来不来他的药店。

陈小鱼终于把话说了出来，在你这里抓点药。

沈凤桐说，是吗？方子带来了吗？

这是最让陈小鱼紧张的一句问话，她脸涨红着把药方给了沈凤桐。沈凤桐祖父和父亲都是中医，他本人也在医学院学了两年，他不会看不明白她带来的方子。她希望他不要问她谁吃这剂中药，抓你的药就是了，但是她又盼着他问她。果然沈凤桐问她了，他依然微笑着问她，是金先生用吗？

她假装生气地回答他，不是他是谁？说过之后她的脸仍然涨红着，但已不那么紧张了，而且有了一种如释重负的感觉，一种豁出去的感觉。她睁着水波荡漾的眼睛，大胆而又迷离地看着他。

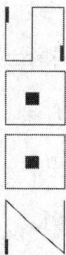

沈凤桐看着方子，沉吟着说，方子里有一味药店里没有，稍等一会儿吧。这样吧，过一会儿我让店员给你送过去。送到李眉那里还是——

陈小鱼红着脸说，就送到李眉那里吧。

但是陈小鱼出了沈凤桐的药店没有去李眉的办公室，而是直接回自己的屋子了。以往这时候，他们差不多已经在李眉那里汇齐了，也可能在她的屋子里汇齐了。陈小鱼知道过一会儿他们肯定会来电话找她，那她就告诉他们，自己不舒服了，让他们另外找人吧。她现在担心的是谁会来给她送药呢？沈凤桐果真会让店员来送药吗？这个家伙真是个木脑壳呀。

陈小鱼还没有走进屋子，电话就响了，她有意拖着，进了屋子也不接电话，一定是李眉她们打过来的，电话还在执拗地响着，陈小鱼把外衣脱掉，又换上拖鞋之后才拿起电话。果然是李眉。李眉说，怎么还不过来呀？就等你了呢。

陈小鱼心想，就等我了是什么意思，难道沈凤桐真让店员来送药了？或者是把药拿到了李眉那里？心里生着气，嘴上就带了情绪地回答李眉说，不去了，我今天不舒服。李眉说，怎么了，前几天金先生不是回来过了吗？陈小鱼不想回答地"嗯"了一声，忽然电话那边变了阿洁的声音，阿洁说，真是怪死了，说不来都不来了，沈凤桐店里忙，你陈小鱼也不舒服，今天太阳从西边出来了，干什么，要罢工啊？是不是让男人喂饱了？阿洁的话虽然夹枪带棒泼妇得要命，陈小鱼的心情却一下子好起来。她好言好语地对阿洁说，好阿洁，我昨晚没睡好，早晨起来就头疼，真是下不去了呢。明天我请你吃烧卖好吧？

放下电话，陈小鱼就躺回床上，她没有看电视，也没听唱片，以往，如果不是在牌桌上，她该睡个回笼觉，但是她现在睡不着。屋子里非常安静。她是不大喜欢这么安静的，一个人在屋子里，这样的安静让她有一点恐惧，不是别的，是来自心里的恐惧。但是今天的安静是她想要的，这样她就能分辨出外面的一切动静，哪怕是微小的动静。有一会儿她好像听到了摩托车的声音，这让她惊慌起来，一时有些不知所措，但是只过了一会儿，声音就消失了。后来她才明白沈凤桐不会这么一点点路就骑着摩托车来，没必要而且又太惹眼了。

也许药还没有配好。也许沈凤桐正在走来，现在已经上楼了，电梯间女人疑惑地看着这个瘦高的男人，他怎么一个人来了？他则若无其事地看着她，说，九楼。九楼是她屋子这一层。开电梯的女人会不会想到他是来她的屋子呢？不会的，这一层有好几家住户呢。一定会的，他没少来她的屋子打牌呢。但是，如果不是他呢？如果是药店的小姑娘呢？

如果沈凤桐来了，她知道他们就会有故事了。她明白这就是偷情，这件事很快就要发生了，而且是发生在自己身上，以前从来没想过这样的事情。以前只在电影或电视里看到过，而现在，她就是一个偷情故事的主角，真不知道生活中有多少这样的故事。当然了，有一点她是清楚的，沈凤桐如果进了她的屋子，他们就是情人了，跑不了的。他给她送药，送的是金先生的药，而不是她的，这更说明问题。沈凤桐会不明白么？他不会不明白的，沈凤桐是个很聪明的人，他学过医，出身中医世家。药方是壮阳的方子。这个方子一拿给沈凤桐，他就应该明白了。他猜出她是在暗示，在暗示他。即使不是她的暗示，事实也摆在那里，不是吗？金先生已经不太行了，而她却是个年轻的女人，他也是，他是个年轻的男人。

她终于等来了他。

门铃刚一响她就把门打开了。果然是沈凤桐，他两手捧着一大包中药。陈小鱼没有把药接过来，而是让开了身体，淡淡地说，进来吧。沈凤桐乖乖地走进来，把药放在牌桌上，然后不让自坐，其实这屋子他是常来的，只是自己一个人来的时候不多。

这个唱机不错呀。沈凤桐才发现一样地说。

我还不会用呢。教我怎么用。她命令他道。

洗了澡的陈小鱼身体有一股水果的味道。她把金先生吸的烟拿给了沈凤桐，她要给他点烟，他示意他自己来，但她还是固执地抢过他的打火机不用，用火柴给他点了火。然后就在他旁边站着，看着他放唱片，把唱针放上去，和他一起听唱机里唱出的曲子，但是实际上她什么也没有听进去，她有点恍惚。沈凤桐把唱针放上去，他觉得这部老式的留声机该唱出桃花江那样的曲子，喇叭里唱的果然是三十年代的什么曲子，但不是桃花江，而是另外的什么曲子。一定是金先生弄到的唱片，只有他才能弄到这种老掉牙却又不好弄的唱片。

唱机吱吱呀呀地唱起来了，沈凤桐把音量调得不高不低。他们听了一会儿，陈小鱼突然说，对了，该给你药钱，可是我不想给你药钱呢。陈

小鱼这么说，期望沈凤桐会问她为什么，但是沈凤桐不出所料地看着她，什么也没有问。陈小鱼说，你为什么不问我为什么呢？沈凤桐说，一点点钱。

陈小鱼说，一点钱也是钱。

沈凤桐说，我们不是朋友吗？

陈小鱼说，谁是你的朋友？

沈凤桐笑笑，说，你啊。

陈小鱼说，是什么朋友啊？

沈凤桐说，你认为是什么朋友就是什么朋友。

陈小鱼突然急躁起来，沈凤桐这样含糊不清让她有一点生气，她把身子转过去，背对着沈凤桐，嫁祸于人地说，沈凤桐，我什么时候成了你的朋友？沈凤桐，你是不是想勾引我？

放在平时，这样的话她是说不出口的，所以说过之后她自己也感到吃惊，沈凤桐进了屋子，她在心里面就有一种期盼，她盼着沈凤桐把这样的话说出来，但是她没有等来他的话，逼得她只好自己说了出来。在这样的时刻，这样的话虽然有一点难听，有一点泼妇，她也顾不得了。泼妇和难听怕什么？她需要用泼妇来遮掩自己，实际上她紧张极了。沈凤桐微笑不语。她又像小孩子一样追问他。她说，我知道你想跟我好。是吧？你早就想跟我好了吧？

这一次他说话了，他没有正面回答她，他站起来，从后面抱住她，把她转过来，轻声说，你呢？你是不是也喜欢我？

她先是有些晕乎，清醒过来就拼命地点头，她感觉屋子一下子明亮起来。后来，他们就接吻了，都是不由自主的。牌桌上的中药让他们碰掉在地板上，其中的一个纸包摔破了。沈凤桐在她的怀中动了一下，陈小鱼说，你不要管。蛇一样地箍住沈凤桐，她感到了强烈的情欲。他觉得她在发烧，而且烧得厉害。他问她，要上床吗？她害羞地点了点头。

在床上，她狂喜地迎接了他。一切都不像她想象的那样，一切又都像她想象的那样。沈凤桐刚当中年，天赋也好，做爱做得很有本事。他拥着她说，怪不得你叫陈小鱼，你身子真像一条鱼呢。

这样的话金先生也说过，但是同样的话，感觉却不一样。陈小鱼哭了起来，沈凤桐问她怎么了，她把头埋在他怀里，没有回答他。她知道这是喜极而泣，或者是为快乐而哭，她已经很久没有这么快乐过了。

后来，沈凤桐看着地板上散着的中药，说，还是把药收起来吧。陈小鱼点点头。她开起了沈凤桐的玩笑，说，收起来干什么，一会儿你扔了它。

沈凤桐说，那太浪费了，留着给金先生用吧。他的身体用得着。

她还以颜色，狠狠地掐了他一下，欲望又像潮水一样涌上来。

四个人还继续打牌，一样有输有赢，她跟沈凤桐也一样，格局还是先前那样的格局，秘密只在他们心里，在牌桌子上，他们甚至很少看对方。让外人看来，他们的关系很一般，多少还有些仇恨，小小的仇恨，好像前一天的输赢还记在心里。沈凤桐不经常来她的屋子，一星期只一次，她要他一星期必须来一次。这样最好，沈凤桐和她都很理智，过于密切没有好处，对谁都没有好处。但是一星期的一次却不是事先约定好的，不是规律的，可能是周三也可能是周一，他们要给金先生让路，即使金先生不是每个星期都回来。这就更有诱惑，一星期的一次总是让他们心跳，等待让他们心跳。一星期一次足够了，其他的时间她可以想象，对于陈小鱼来说，想象也是很有意思的，有的时候，想象一点也不亚于他俩的幽会。

沈凤桐到她的屋子里来一般都在晚上，黑了天以后。就像一个上班的男人，或者就像一个下了班的丈夫。在那个时间，她肯定在等他，她会什么也不干，全身心地等他。沈凤桐白天是不可以来的，因为说不定什么时候，他们的牌友就会闯进来，特别是阿洁，她一向是不通报的，如果阿洁第一个进来，她就会对陈小鱼说，我是捉奸来的，你屋子里藏着男人，然后就狗一样地嗅来嗅去。但是阿洁也是有分寸的，晚上，只要黑了天，她从来不来陈小鱼的屋子里。玩笑也只在牌桌上开。即使这样，她和沈凤桐也很谨慎，他们一点也不敢放肆。

沈凤桐进了屋子，他们就做爱，一点不耽误的，像一道仪式，他们会在床上缠绵很久。情话肯定要说的，一边做爱一边说，有的时候也说一些村话，比如，她有时会说，看，你的腿还没有我的粗呢。这当然是实话，男人的腿，特别是年轻一些的，看起来都不是太粗壮，实际是很结实的。他说，是吗？我量一量。就停下来，用双手做了尺码，围起来量她的大

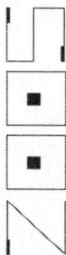

腿。她不会乖乖让他量的，她会叫起来，哎呀，你弄得我好痒。有的时候，她还会吓一吓沈凤桐，比如，她会面露痛苦状地呻吟起来，哎呀，我肚子疼得厉害。沈凤桐会信以为真地说，是吗？哪里痛，让我看一看，要不要我给你揉一揉？

然后，他们在一起吃饭，饭她早就烧好了，很简单又很丰盛，有一两个菜是从馆子里要的。照例要开一瓶酒。沈凤桐要喝白酒，她会陪着他喝一点，一边喝一边聊天，有时话多一些，有时话少一些，他们相亲相爱，吃饭和做爱一样，时间会拖得很长很长。然后，他们会一起听听歌，是听唱片，金先生买回来的唱片都是一些老曲子，歌曲戏曲都有。这一点她特别地顺从他，她毕竟比他年轻，对那些旧事物不是很了解，但是她的特点是顺从，而且渐渐也就习惯了他的习惯。唱片特别容易让他们沉浸在一种特定的情境里，抻长了他们的想象，彼此甚至成了其中的人物，感觉好像另一个时代的人；有的时候也一起看电视，随便找一个台，可能是电视剧，或是戏曲台，也可能是别的，半看不看的。他们互相顺从，互相妥协，他们很容易找到共同语言，无论哪个话题都能提起他们的兴趣，因为后面总是有一个压轴戏等着的，那就是再一次做爱，绝对的、名副其实的一出压轴戏。

偶尔也会拌一下嘴，但是不严重，而且都是小事情，无关紧要的事情。其实，小小地拌一拌嘴也很有意思，这会导致此后更加想念，更加亲热，更疯狂地做爱。他们都知道，一般的关系是不会吵嘴的，吵了嘴证明他们不是一般的关系。这样的日子让她觉得特别有意思，特别有滋味。

只要一听到摩托车的声音，陈小鱼就知道是沈凤桐到了药店。即使他们几个一起上楼，她也能分辨出沈凤桐的脚步。不管是听到摩托车声还是沈凤桐的脚步声，她都要心跳。她发现，她喜欢那样的时刻，那样的时刻让她陶醉。

他们的事情如此隐秘还是让牌友们发现了。实际上打牌时她和沈凤桐一向是不动声色的。一点不动声色做不到，比如，牌友们都感觉陈小鱼比以前漂亮了，漂亮得光彩照人，精神头也足，以往打八圈她就掩口打哈欠了，现在从没有她先提散局的时候；脾气也变得更好，小猫咪一样总是笑，总之跟以前比绝对是有变化了。牌友们都是老朋友了，眼睛里揉不得一粒沙子，这么大的变化他们怎么会没有感觉呢，而且她们对这样的事情最有感觉也最熟门熟路了。最先发现的是阿洁。有一次散了局，阿洁留在了最后，她说要帮陈小鱼收拾屋子。思量着人们都上了电梯，阿洁突然说，陈小鱼，你跟沈凤桐勾搭上了。

陈小鱼有些反应不过来，好一会儿才头也不抬地说，阿洁你别乱讲话，大家都是好朋友。话一说完她就发现很没有力量，而且有些不打自招的味道。

阿洁冷笑了一下，说，我乱讲？我才不会乱讲呢，你们睡过觉了。你不要分辩，我不会听你说话的，我知道你们睡过觉了，你不讲我也会从沈凤桐那里问出来的。

阿洁说罢转身就走，把陈小鱼放在屋子里发呆。阿洁是怎么知道的呢？她有什么证据呢？陈小鱼有些惊慌。她想，终于还是暴露了。阿洁的眼神是看透一切的眼神。想一想也是，这样的事凭感觉真的可以看出来呢，换了她也能感觉出来。但是此后，阿洁照样来物业或者陈小鱼的屋子里打牌，而且像没发生什么事情一样。吸烟时她还是让沈凤桐吸，沈凤桐摇手拒绝，阿洁就会说，是你那个骆驼牌子的。然后，把一整包骆驼牌子的香烟给沈凤桐甩过去。别的人她是让也不让的，其实苏姐是吸烟的，李眉和陈小鱼偶尔也吸一支。

这一天晚上，金先生给陈小鱼打来了电话。金先生告诉她这个星期回不来了，家里的太太胆里检查出了结石，心情因此很不好，他要陪她过个周末。陈小鱼埋怨他说，药早就给你熬好了，你不回来就要酸掉了。金先生说，放在冰箱里吧。陈小鱼说，放长了药性就过了。金先生说，那就扔了它。

沈凤桐来她的屋子时，陈小鱼问他，阿洁问你了吗？

沈凤桐说，问我什么？

陈小鱼迟疑了一下，回答沈凤桐说，她说你和我睡过觉了。

沈凤桐笑了，说，我们没睡过觉吗？

陈小鱼说，你别打岔，你只回答她问没问过你。

沈凤桐摇摇头说，她没问过，她不会问我的。

陈小鱼说，她们都知道了吧？阿洁嘴不严，她要知道，她们都会知道了。

沈凤桐说，那怎么办？你的意思是不让我来你这里了？

陈小鱼说，随你便。

但是他们很快就拥抱在一起了。陈小鱼轻轻地咬着沈凤桐的耳朵说，你不是不要我吗？干吗还这样？又说，一会儿你喝汤吧，我给你炖了鸡汤。

沈凤桐说，我怎么会不要你呢？刚才你不是说随我便吗？是你不在乎我呢。沈凤桐话一说完，又叫了一声"陈小鱼"。

陈小鱼说，你要说什么就说好了，犯不着这样指名道姓的。

沈凤桐说，你不是不相信我吗？那好，我现在就向你求婚。陈小鱼，我们的事，金先生早晚要知道的，你跟金先生分手吧，我娶你。你跟金先生一分手，咱们立刻结婚。我是一个穷光蛋，怕的是你不敢跟我结婚呢。

陈小鱼挣脱开沈凤桐，说，沈凤桐你怎么了？陈小鱼一边说，一边疑惑地摸摸沈凤桐的额头，不发热。

沈凤桐说，你不是不相信我么？告诉你陈小鱼，我是真心喜欢你的。

陈小鱼眼睛潮潮地说，我也真心喜欢你。我这辈子只喜欢过一个人，那就是你。但是你不要提结婚的话。

沈凤桐说，我不知道你说的是不是真话，但是我宁愿你说的是真话。你喜欢我，为什么不跟金先生分手，为什么不敢嫁给我呢？

陈小鱼说，你也不是真心要娶我呢。你喜欢我是真的，不想娶我也是真的。沈凤桐，我早就把你看透了。

第二天他们下了楼，一前一后到了物业办公室。实在是没有办法，他和她走在一起，绝对抢人眼球呢，他们特别像一对夫妻，也特别不像一对夫妻。办公室里只有李眉一个人，以往，阿洁早就来了，阿洁来，肯定给苏姐打电话，所以苏姐总会第二个来。陈小鱼看着有些冷清的屋子，没话找话地对李眉说，阿洁不来，真是一点不热闹。李眉看着她，又看了一眼沈凤桐，陈小鱼从李眉的眼睛里看出李眉也知道了她和沈凤桐的事情，心虚地躲闪着李眉的眼睛。李眉却一点不客套，拍拍陈小鱼的肩膀，说，你出来一下。陈小鱼乖乖地跟李眉出了物业的屋子。

在门前，李眉向屋子里的沈凤桐努努嘴，问陈小鱼说，看不出你呀死丫头，学会偷人了，你跟他好了？陈小鱼说，说什么呢李眉姐，我听不懂你的话。李眉骂了一句，放屁！我的话你听不懂，跟男人睡觉你懂不懂？陈小鱼低了头，不说话。李眉说，告诉你陈小鱼，你瞒不过我的眼睛。说吧，你们什么时候睡在一起的？陈小鱼说，就是上个月。李眉问她，说实话陈小鱼，你能嫁沈凤桐吗？陈小鱼迟疑了一下，说，我不知道。李眉压低了嗓子，"哼"了一声，说，陈小鱼，我再给你说，金先生早就托我替他看着你呢，你让我怎么做人？陈小鱼惊奇地瞪大了眼睛，颤抖着眼睫毛，问，他让你看着我？李眉点点头。李眉说，金先生在那事上不行么？就是不行，你也要和他一起睡。陈小鱼吞吞吐吐地说，也不是一点不行。李眉叹了一口气，说，你不说我也明白，这是早晚的事。不过陈小鱼，你可得收着点，金先生要是知道了，我就没法做人了。又说，金先生给我开着一份薪水呢。

陈小鱼没有听懂李眉的话，早晚的事是什么意思呢？是说金先生不行了是早晚的事，还是说她和沈凤桐是早晚的事？但她还是轻轻点了点头。

两个人进了物业屋子，沈凤桐无聊地在看一张包过油条的旧报纸，他可能也觉得气闷，没话找话地说，去黄山三日游往返双飞，价位降到二千二百块了。屋子里的另外两位像没听到他的话一样不搭腔。沈凤桐讪讪地又说，今天是怎么了，怎么都不来了？接着他的话茬，苏姐走了进来，一进屋子，苏姐就说，今天三缺一了。

李眉说，为什么？

苏姐说，阿洁来不了了。几个人惊奇地看着她。阿洁来不了，的确是稀罕事，阿洁很少不来的，她是个铁杆的麻将迷。苏姐说，出事了。军人服务社的那个男人到部队慰问，山体滑坡把他砸死了，一车人只砸死了他一个。阿洁躲在屋子里哭呢，她连死人的面也见不上。你说，阿洁来不了，你又不上场，不是三缺一是什么？

李眉说，人家有老婆，她怎么好意思去。

陈小鱼说，怎么说死就死了呢？

沈凤桐说，我见过那个人，挺像样子的一个人呢。陈小鱼看了沈凤桐一眼，她也见过，是和沈凤桐一起见到的。有一次，他们来物业打牌，那个人穿着军装和阿洁一起走过来，阿洁挎着军官的胳膊，四个人面对面地撞上了。那个男人的确很不错，有一只大鼻子，长得像一个叫孙红雷的演员。陈小鱼记得当天夜里躺在床上，她和沈凤桐的话题就是阿洁和服务社那个经理。沈凤桐说，大鼻子的男人性欲都很强，阿洁一定很幸福呢。陈

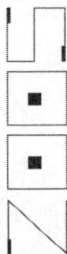

小鱼说，恶心，性欲强就幸福啊？什么逻辑。之后又低声说，还好意思说人家呢，你鼻子也不小呢。沈凤桐说，你说我怎么样？陈小鱼点了一下沈凤桐的鼻子，骂他，讨厌不讨厌啊你？

两个人对军人服务社的经理都有印象，所以好一阵那个劲儿过不去。

四个人在物业办公室里沉默着谁也不说话，看着苏姐把自己面前的牌一张一张摆好，听她问，什么是山体滑坡？我从来没听说过。

李眉哗地一下把苏姐摆好的牌推倒，说，这个你都不知道？山体滑坡是自然现象，就是山塌下来了。

苏姐说，这么可怕？你不要吓我好不好？山怎么会塌呢？

李眉说，山塌算什么？还有泥石流呢。火山爆发，还有什么海啸地震，世界上总有让你没办法的事，就像刮风下雨，你想挡也挡不住的。

苏姐说，我还是不明白。山怎么就塌了呢？石头又不是河，怎么会流呢？

一边的沈凤桐说，雨下大了，把山坡冲软了，山坡就塌下来了。火山喷发是因为山下面有岩浆。

陈小鱼看着散乱的麻将牌，心想，人真是脆弱呢。刚才还好好的，一转身就没了。而且生活和命运真是无常呢。

阿洁第二天从床上爬起来，来了物业办公室。打牌的几个人看出她的眼睛已经哭肿了。沈凤桐站起来，倒了一纸杯水给她。

苏姐没心没肺地说，阿洁，你来吧，我手气背得要命，你来摸几把。

阿洁说，我不玩，我没有心情，我现在连死的心也有。

陈小鱼说，阿洁你不要再想了，想也没用，你自己的身体要紧。

阿洁眼圈又红起来，她说，一起去了四个人，为什么把他砸死了呢？属他年轻呢。我明白了，他家那个老婆，没有一天不诅咒他。他在家里，她饭也不给他做，衣服也不给他洗，还天天诅咒他，他是让她诅咒死的。

苏姐说，也说不定，是他的命不好呢，不然为什么偏偏把他砸死了。人的寿禄是命定的，让你今年死，你就活不到明年。

阿洁疑惑地说，是他的命不好吗？

李眉骂了一句，什么命不好？扯淡。

但是阿洁突然大哭起来，而且越哭越厉害。急得几个人围着她，劝也不是，不劝也不是。

金先生已经有一个月没回来了，还有一个星期就是中秋节。陈小鱼明白中秋节金先生也回不来，他很忙，金先生张罗着给自己的公司上市。金先生从来不提公司的事情，如果说，也只是一两个字："忙"，或"不忙"。金先生不多说，陈小鱼也清楚，达到上市的规模那绝对是个大公司了。不回来就不回来吧，反正她还可以打牌，反正她还有沈凤桐。但是自从阿洁的那个服务社经理死了之后，阿洁就很少来物业和陈小鱼的屋子了，来了也不打。阿洁不打，就好像战场上没有枪炮声，四个人玩得没有心情。差不多一天打个八圈就散局了。阿洁不在的时候，几个人开始分析阿洁。苏姐说，女人就是这样，有个男人在身边，不觉得有什么，要是这个男人没有了，或是不在身边，就受不了了。

李眉说，苏姐眼睛看得准，话也说得是，阿洁平时最爱打牌，那个人没了，她连打牌的心情也没有了。

沈凤桐看了一眼陈小鱼，陈小鱼低着头，不说话。

出了物业的屋子，沈凤桐追上陈小鱼，问她，你今天怎么了，不舒服啊？

陈小鱼说，上次你看到的去黄山的广告还记得吧？

沈凤桐惊奇地看着陈小鱼，奇怪她怎么想到一个旅游广告上了？回答她说，还记得。你问这个干什么？

陈小鱼说，我想去黄山。

沈凤桐说，你一个人去？

陈小鱼说，不一个去谁陪我去？

沈凤桐说，可是药店怎么办呢？

陈小鱼说，我又没让你陪我去。她一转身走了。

沈凤桐看着陈小鱼的背影呆住了。药店真的是离不开他，而且他从来也没想过去黄山的事情，跟着旅游团，黄山的一个往返也要两千多块呢。还不包括你自己路上的花销。沈凤桐不是一个悭吝的人，但是生意做得实在是不景气，所以这样小资的事从来没往心里想过。不过沈凤桐是个细心

的男人，他想，陈小鱼一定是受了阿洁的影响，心情不好要出去散散心。也是那么回事，如果金先生出了像军人服务社经理的事，陈小鱼也一样哭也没处哭呢。沈凤桐这样想了，跑到物业办公室去找那张报纸，可巧让他找到了。沈凤桐拿着报纸回到了药店。他不能在物业打电话：一个，物业的电话是磁卡电话；另一个，他不想让李眉她们听到他说什么。但是真要拨电话时他又犹豫了，他让旅行社订一个人还是两个人呢？两个是不可能的了，那订一个，陈小鱼能自己一个人去什么黄山吗？还是给陈小鱼打个电话问一下吧。沈凤桐就给陈小鱼打了电话。他实话实说地对陈小鱼说，去黄山那个旅游团的电话我找到了，你真要去吗？你真要去，我这就给你联系。等了好一会儿，陈小鱼在那一边不说话。沈凤桐听着陈小鱼细细的喘息声，又问，你到底去不去啊？

陈小鱼说，让我一个人去，掉到山涧里，你就痛快了。

沈凤桐说，可是，可是……像方才一样，没等他作出什么回答，陈小鱼就把电话放下了。沈凤桐的心一下子提起来，他清楚，陈小鱼这一次是真的生气了。认真一想也是，陈小鱼怎么可能一个人去黄山呢？一个人去黄山有什么意思呢？沈凤桐明白这一次他是做了一件很没水平的事，做了一件费力不讨好的事，难怪陈小鱼生他的气。

晚上，沈凤桐看着店员把卷帘门一点一点放下，想，该去看看陈小鱼了。但是他没有马上去而是在外面绕了一个圈子，买了陈小鱼爱吃的叉烧包，看看天黑得差不多了，他才按了门铃，那一刻，他想，说不定陈小鱼不给他开门呢。这样一想情绪有一点沮丧。但是他猜错了，他按了三下门铃，又按了一下，门终于还是开了。

他说，叉烧包，热的呢。

陈小鱼看也没看他，坐回到床上，又趴在被上把头埋起来。沈凤桐说，趁热吃吧。你肯定是没吃饭呢。

陈小鱼坐起来，说，气也让你气饱了，还吃呢。小气鬼。

陈小鱼没有想到这句话让沈凤桐真的生了气。沈凤桐最怕的就是人家说他小气。药店的生意做得不好，就是因为他不小气。进药价钱高，卖药价钱低，所以他的药店就总做不好。价格提上去，沈凤桐又狠不下心来。偏偏陈小鱼说的又是这种混账话。沈凤桐脸涨红了。你陈小鱼是我什么人，说话这样不留面子？再说我哪里是小气的人？肚子里生了气，沈凤桐就有一点怒目相向的意思。

陈小鱼并不是一个厉害的女人，但是女人就是这样，特别是陈小鱼这样的女人，特别盼着有男人哄她一下，给她留个面子，哄一下就行，哄一下就把她的面子留住了。本来她心情就不好，阿洁的男朋友死了，阿洁连哭的地方也没有，她跟阿洁都是一样的地位，她不能不由阿洁联想起自己。去黄山的事情不过是她赌气说那么一句，想不到沈凤桐认起真来，认真也还罢了，还问她是一个人去还是两个人？做生意的，算的总是肚子里那笔小账呢。她一个人去黄山干什么？去那里跳崖啊？真是说不清这个沈凤桐心里有没有她。看眼前沈凤桐红头涨脸的样子，这个男人心里真的没有她呢。

她看着他，忽然就控制不住了，喊起来，你就小气就小气。

沈凤桐一步一步往后退着，一下子屁股就撞到了房门。这个女人怎么这样不讲道理呀？他气恨恨地盯了一眼陈小鱼，反身走了。

阿洁情绪好转始于苏姐两口子的吵架。这么说有一点幸灾乐祸的意思。实际上不是，实际上是苏姐和男人打起来，男人动手打了她，她就跑到阿洁屋子里躲起来。陈小鱼和沈凤桐生气的那一天，苏姐让男人打了个耳光。就这么一天，几个牌友中就发生了这么大的事情，明的是苏姐和丈夫，暗的还有陈小鱼和沈凤桐。披头散发的苏姐，一边的脸肿起来，下面只穿了一条花内裤。阿洁没想到苏姐的男人这么霸道，阿洁从来没碰到过这样的男人，阿洁最气愤的就是欺负女人的男人。真是混账王八蛋。气不过的阿洁冲到苏姐家里，跟苏姐的男人理论起来。

阿洁说，你还是个男人呢，欺负老婆了。告诉你，这可是二十一世纪了。

苏姐的男人委屈地说，我欺负她？天地良心。她跑到我的单位替我领薪水去了，还说我赚了钱不给她。这不是血口喷人么？还让不让我在单位干下去了？苏姐的男人是一家事业单位的中层干部，有一点小权力，这样的小权力，单位里有多少人，就有多少只眼睛盯着它。

阿洁对苏姐的男人说，你不要找理由了，苏姐才不会干这样的事呢。肚子里暗想，有些女人天生就讨男人喜欢，有些女人天生就讨打，这个苏

姐就是讨打的女人，怎么可以这样不给男人留面子呢？心里已经有一点同情苏姐的男人了，但仍然气狠狠地说，那你就打人么？打女人算什么能耐？

阿洁找苏姐男人理论时，苏姐找了阿洁的一条裤子套上，又跑到物业办公室去了。李眉看着苏姐肿起来的半边脸，说，你这是怎么了？陈小鱼和沈凤桐也惊奇地看着苏姐。苏姐腿上的裤子瘦瘦的，上面的衣服也瘦瘦的，肥硕的乳房勒得显出形来，一看她穿的就不是自己的衣服。陈小鱼和沈凤桐是李眉喊过来的，让他们俩坐在她眼前，她觉得放心。另外，李眉也看出他们两个闹了别扭，所以才找了他们。在物业的办公室，两个人还一句话没说，苏姐就丢盔卸甲地跑进来。李眉又问了一声，你说话呀，你怎么成了这个样子？苏姐翻着眼睛，说，那个杀千刀的打的。

李眉说，什么？什么事情打成这样？

陈小鱼问道，哪个杀千刀的？你说的是谁？

沈凤桐向她使了一个眼色，陈小鱼不予理睬，他们两个还在冷战之中，她当然不会主动跟他说话。李眉说，两口子吧？你们闹矛盾啦？

苏姐恨恨地说，他再这么打我，我就去外面找个男人。

几个人说话不算数地安慰起苏姐来。隔了一会儿阿洁跟了过来。阿洁一进屋子就对苏姐说，都是你讨打，你这个人一点面子不给男人留呢，你怎么可以替他去单位领薪水呢？还说他赚了钱不给你？你这样做，不等于告他的刁状吗？你这样做，他还怎么在单位混下去？怪不得人家打你，我要是男人打也不稀罕打你呢，打你还要费自己的力气。

苏姐说，那还想怎么办？

阿洁说，一脚把你踹出去。

苏姐说，他敢？

一边的陈小鱼突然站起来。李眉问她，干什么陈小鱼？陈小鱼惨白着脸说，不干什么，我要回家了。阿洁说，真是，你跟着抽什么疯？沈凤桐也看着陈小鱼，眼睛里当然也是一样的意思。陈小鱼躲闪着他们，说，没事情，就是想回屋子。

陈小鱼回到屋子里，沈凤桐的电话就跟了过来。陈小鱼拿起电话，沈凤桐说，陈小鱼。陈小鱼不说话。沈凤桐说，陈小鱼我在药店里呢，我知道你在听着呢。陈小鱼你去不去黄山了？要去我和你一起去。陈小鱼拿着话筒的手抖了一下。沈凤桐说，陈小鱼，你为什么不说话？好，你不说话也好，我这就到你的屋子里去。陈小鱼说，你别过来——话刚出口，听到的已是忙音。

沈凤桐一路跑了过去。电梯间的女人口是心非地对沈凤桐说，三缺一吧？沈凤桐笑笑，答说是是是，都等着我呢。女人用余光看着这个高个子男人，沈凤桐却视若无物，他想陈小鱼是真的伤了心了，那好，今天他要把一个重要的问题提出来让她高兴高兴。心里这样想着，一只手暗暗并拢成拳。

出了电梯，沈凤桐还没有按门铃，门就开了，陈小鱼一定是在门上的猫眼中看着他，在等着他。沈凤桐在心里轻轻叹了一口气，问陈小鱼，你怎么知道是我来？陈小鱼看着他，他也看着她。陈小鱼问他，你来干什么？不等他回答，她忽然哭了起来，不出声地哭起来。沈凤桐伸出胳膊抱住陈小鱼，说哭什么哭什么？都是我不对，我认错行不？陈小鱼挣扎了一下，说，谁让你认错了？要错也是我的错呢。我以为你不会来了，以为你不再理我了呢。沈凤桐说，陈小鱼，你跟我去黄山吧，药店的事我已经安排好了。陈小鱼抬起头，泪眼婆娑地说，沈凤桐，你怎么还说黄山的事？你还在生我的气么？沈凤桐说，我为什么要生你的气？我怕你生我气呢。陈小鱼说，我哪里那么多气？昨天我一夜没睡觉。沈凤桐说，为什么不睡？陈小鱼说，你说为什么不睡？我一个人睡得着吗？沈凤桐说，今天就能睡着了，不过现在你不能睡，陈小鱼，我有一句话要跟你说。陈小鱼说，你要说什么？你不是向我求婚吧？沈凤桐点点头，说是。陈小鱼说，那好啊，说给我听听吧。沈凤桐说，陈小鱼，我不跟你开玩笑。陈小鱼说，开玩笑也行，就算一次模拟吧。你说吧，我愿意听。沈凤桐说，陈小鱼，嫁给我吧。陈小鱼说，这样不行，沈凤桐你还没下跪呢。沈凤桐说，跪就跪，我这就跪。就把一条腿跪跪下了。陈小鱼说，说话呀。沈凤桐又说了一遍，陈小鱼，嫁给我吧。陈小鱼说，沈凤桐，我愿意嫁给你。沈凤桐站起来，说，可是陈小鱼，我不是模拟，真的，我不是模拟，我说的是真话。陈小鱼拿了一支烟放到沈凤桐嘴边，又给他点了火，说，我知道，你不要说了。今天我们俩好好喝一次酒，我今天要把自己喝醉了。

沈凤桐说，为什么？

陈小鱼说，因为你向我求婚了。

沈凤桐说，喜欢吗？

陈小鱼掐了他一下，说，还用说吗？

沈凤桐说，然后呢？

陈小鱼说，随你便。

但是陈小鱼还没有喝到往日的酒量就喝醉了。沈凤桐把她扶到床上，给她脱了衣服。然后自己也脱了衣服，躺在陈小鱼的身边，两个人静静地躺了会儿。陈小鱼突然说，抱我。沈凤桐听话地抱了她。陈小鱼说，我最愿意你这样抱着我，沈凤桐你不知道昨天我多想你。沈凤桐说，分开那么一小会儿呀。陈小鱼说，一小会儿也不行。沈凤桐用力抱了她一下。陈小鱼说，沈凤桐，你别理我了，我是个自私的女人，是一个从里坏到外的女人。沈凤桐扳过陈小鱼的脸，看着她的眼睛说，你不要乱讲，一点不撒谎，我就喜欢你这个坏。我问你，刚才在李眉那里，你怎么突然跑回来了？陈小鱼说，我心里难受。沈凤桐说，又不是你，你难受什么？陈小鱼说，他们还能吵吵闹闹，我连吵吵闹闹也没有，我跑回来，就盼着你过来呢。沈凤桐说，过来干什么，也像他们一样吵哇？你给我说实话，你今天到底怎么了？净说些奇怪的话？陈小鱼往他怀里扎着，轻声笑起来，一边笑一边说，因为你向我求婚了。沈凤桐要说话，陈小鱼捂着沈凤桐的嘴，说，沈凤桐，什么也别说了，我要你。现在就要。

金先生回来时，看到阿洁和苏姐在小区里斗架的公鸡一样地对峙着，几个闲着没事的人围着她们。金先生想这不是陈小鱼的两个牌友么？她们在干什么？他让司机把车停下来，摇下车窗，听出来两个女人是在骂架。苏姐骂阿洁，你这个下流货，你这个臭婊子，千人骑万人操的臭婊子。

阿洁回骂，眼红了吧，你还没人操呢。你男人都不乐意操你呢。

听了这么两句，金先生又把车窗摇起来，摇摇头，说，开车。车开动时，金先生给陈小鱼打了电话，屋子里电话没人接，金先生就打她的手机，通了。陈小鱼说，喂。金先生说，是我，我回来了。陈小鱼说，噢，我这就回去。啪一下关了手机。李眉说，玩得好好的，怎么又走了？好半天不作声的沈凤桐说，是金先生回来了吧？陈小鱼躲着沈凤桐的眼睛向外走，阿洁气冲冲闯进来。陈小鱼说，阿洁你怎么了？阿洁说，姓苏的找我的别扭。陈小鱼说了一句阿洁你别生苏姐的气，就慌忙跑走了。

陈小鱼走进屋时，金先生已经把身子深深泡在浴盆里，唱机里唱着《春秋配》。即使在洗澡间，金先生也听得出陈小鱼细细的喘息，他喊了一声太太。陈小鱼跑过来，问他，要什么？要搓背吗？金先生说，你的两个牌友吵起来了，为了什么呀两个女人吵得那么凶？陈小鱼说，为了什么？为了钞票吧，一定是阿洁输了钞票。阿洁昨天一个人输呢，苏姐坐她上家，门也不让她开呢。金先生说，不会吧？几张钞票怎么会坏了交情呢？我看不像。陈小鱼说，你说她们为了什么吵？金先生说，听她们的话，好像是那个叫阿洁的不守本分，不是她偷了别人的男人吧？陈小鱼说，你又不知道人家为了什么吵，不要乱说。金先生笑着说，这样的事情谁能猜得出呢？这样的事情不好猜呢。

陈小鱼心里跳了一下，说，你什么意思啊？

金先生说，没什么意思，随便说说嘛。啊，对了，我看到你熬好的汤药了，好太太，辛苦你了呢。

陈小鱼一走，物业的办公室里只剩了李眉、沈凤桐和刚刚进来的阿洁。沈凤桐拿了一支烟给阿洁，阿洁气喘喘地点不着香烟，沈凤桐又给她点了烟。阿洁看了一下沈凤桐，眼睛一下子就含满了泪水。李眉说，有什么吵的呢？再说，你干吗招惹苏姐呢？你最不该招惹她了。阿洁说，凭什么？李眉说，凭什么你还不知道，你最知道。阿洁张了张嘴，却一句话没有说出来。李眉说，阿洁，平日里我们几个关系最好，所以我才把话说给你。物业里像你们这样的事多了去了，前年小区还差点出过一条人命呢。阿洁呀，听我的话，你还年轻，找个男人把自己嫁掉算了。女人可是不经混呢。再说，兔子还不吃窝边草呢。

阿洁赌气地说，你让我嫁谁？喜欢我的我不喜欢他，我喜欢人家人家不喜欢我。我又不能满世界去找。天生就这个命，我是不想结婚了，鳏寡孤独，反正世界上少不了讨厌老婆的男人，有他们就有我。再说，又不是我找他们的。

李眉调侃说，听你的意思你还要找到外国去？阿洁说，有什么不可以？总得让人活下去吧？李眉说，那你将来怎么办？

阿洁说，将来？将来的事情谁管它？对了，将来我收养一个小孩子算

了。就收养一个私生子，都说私生子聪明呢。真的，为什么私生子聪明呢？

　　沈凤桐一声不出地听着李眉和阿洁说话。这个阿洁是个复杂的女人，又复杂又透明。奇怪的是对这个复杂的女人他却有一点同情，而对那位一点不复杂、上下一根筋的苏姐他却一点也同情不起来，甚至多少还有些讨厌她。他知道，苏姐这样子，女人不会喜欢，男人更不喜欢。

　　隔一天晚上，沈凤桐又到了陈小鱼的屋子里。吃饭的时候，沈凤桐说了阿洁的事。沈凤桐说，阿洁说她想抱养一个孩子，还说抱就抱一个私生子，这个阿洁，真有意思，真不知道她是怎么想的，自己年纪又不大，偏要抱养别人的孩子。说了半天，陈小鱼没有搭腔，看着碗里的饭发呆。沈凤桐奇怪地说，怎么了你？怎么不说话也不吃饭？陈小鱼低声说，阿洁说的也没什么不对。我老了也抱养一个。沈凤桐不想得罪她说，你们真是逗死了。陈小鱼说，你们？你们是谁？沈凤桐说，你和阿洁。陈小鱼说，单把我和阿洁挑出来了。你们是人，我们不是人对不对？沈凤桐捂着自己的嘴，又拿下来，啪地拍了一下脑门，说，说错了说错了，我没别的意思，我是说你和阿洁都要抱养孩子这件事。陈小鱼说，不要检讨了，我可不是逗闷子，阿洁说的是心里话，我说的也是心里话。沈凤桐说，为什么？我想听听你的道理。陈小鱼说，没什么道理，哪里有那么多道理？沈凤桐说，总要有个理由嘛。陈小鱼说，这个世界上，有道理的事情少，没道理的事情多。比如你，你为什么不结婚呢？

　　沈凤桐一边帮着陈小鱼收拾饭桌子，一边说，你要这么问我，我还真就说不清了。但是我想起小时候邻居家的一个小孩子，论起来多少和我家还沾点亲。他是一个非常淘气的男孩子，差不多每一天都要跌个遍体鳞伤的。你说这个孩子怪不怪？他最愿意揭自己结痂的伤疤！别人想拦也拦不住，每一次揭的时候，都痛得他流眼泪，我就好几次亲眼见过。陈小鱼说，那有什么奇怪的？你比他还怪呢。按你的条件，找电影明星找不到，找个一般的姑娘过日子应该没问题，但是你到如今也没找，可见有一些事情是说不清楚的。沈凤桐把留声机打开，随便找了一张唱片放上，说，这个事情找是没有意思的，这样的事情都是随缘，像咱们两个不就是缘分么？你问我为什么没结婚，那是因为没碰上你吧。陈小鱼冷笑一声，说，随缘这话说得好，现在你碰上我了，我又有了男人，你要怎么办？沈凤桐说，怎么办？我不是已经回答你了吗？陈小鱼说，那个不算数。沈凤桐说，那要怎样才算数？

陈小鱼看着沈凤桐，说，你要说话算数，就跟我生一个孩子。

沈凤桐吓了一跳，结巴着说，陈小鱼，你怎么了，你不是说胡话吧？陈小鱼说，我当然不是说胡话，这是胡话吗？谁不明白，结个婚还不容易？生孩子养孩子才叫难呢。我连生孩子养孩子都敢，结婚怕什么？沈凤桐说，怕倒也没什么怕的，只是我搞不明白，男人女人在一起，到底是为了什么，是为自己，还是为对方，还是为孩子？还有，比方就说阿洁吧，其实也挺不容易的，人家不也是在过日子吗？

陈小鱼说，不管是真话还是假话，你这样的话我爱听。

沈凤桐奇怪地问道，这话为什么爱听呢？

陈小鱼说，不跟你说了，睡觉。

不知道谁给阿洁破了相，有一天晚上，阿洁打牌回来在楼道里碰到了一个人。那个人问她，你是阿洁吗？阿洁看了看那个问话的人，那是一个小伙子，戴一副无框眼镜，很单薄也很斯文的样子，就回答说，是，我是阿洁。那个小伙子突然用什么东西在阿洁脸上狠狠划了一下。阿洁还来不及反应过来，那个小伙子就跑了。阿洁是让小区的保安送到医院的。在医院里，保安问阿洁报案不报，阿洁说，算了，找谁去呢？告诉你们啊，除了医生，我谁也不见。

李眉对沈凤桐说，阿洁让那个小伙子破了相，不是很严重，留下了两道划痕，整了容以后不仔细看看不出来。李眉是和陈小鱼一起去医院看阿洁的，那时候阿洁的脸已经拆线了，没拆线之前，阿洁拒绝任何人来看她。李眉说，阿洁担心自己不好看呢。这个阿洁呀，总是想着别人。陈小鱼不解地说，脸长在自己身上，好看也是自己好看，怎么是总想别人呢？李眉说，我顺嘴说的。去医院的路上，陈小鱼自言自语说，谁干这么缺德的事情呢？李眉说，谁干的，猜也猜得到呢。陈小鱼说，社会上坏人这么多，怎么猜得到呢？李眉说，你还要往美国猜啊？干这样的事除了仇家还有谁？陈小鱼说，仇家？啊啊。忽闪了一下眼睛，好像明白了。从医院回到自己的屋子，陈小鱼捂着脸趴到了床上。沈凤桐问她，你怎么了？陈小

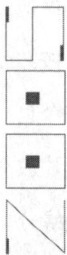

鱼说，阿洁这一辈子是毁了，脸划成那个样子，她以后怎么办？沈凤桐说，阿洁是个聪明人，这样的事情哭啊喊啊也没用，你也别太难过了，说不定阿洁以后的日子能过好。

阿洁终于搬走了。

没有了阿洁，打牌时好像就没以前那么热闹了，有时还犯困，特别是沈凤桐时不时要回去照顾药店，后来的牌友他们又都有那么一点点不习惯。李眉和陈小鱼都炒一点股，小小地炒一点，她俩都在李眉的电脑上炒，两人都被套牢了。如果沈凤桐不在时，她俩的话题有时会停留在炒股上，什么蓝筹股啊中签啊之类的。这时候，苏姐就会很寂寞，就会找一点别的话题说给她们。这一天，苏姐突然打断了她们的话，她对李眉和陈小鱼说，听说了吗？电视又降价了，二十英寸的彩电六百块就可以搬回来。李眉说，还要换电视啊？你这是日子过好了，你家那位升了官了？苏姐心满意足地说，换也要换个背投的。李眉向陈小鱼挤了挤眼睛，陈小鱼理不清思路地看着苏姐，炒股的事情谈得好好的，苏姐怎么突然说起电视了？一边的李眉撇撇嘴，说，闲的吧，怕是三缺一了吧，要不然扯什么电视？苏姐不服气地说，三缺一？你说笑话吧，人哪里没有？人比蚂蚁还多呢。阿洁原来的屋子又搬来一个女人，也是一个年轻女人，是独身。改天我问她喜欢不喜欢打麻将。又说，听说沈凤桐谈了女朋友了，有人前天看见他和一个女的压马路。

李眉看了一眼陈小鱼，问，真的吗？那个女的漂亮不漂亮？

苏姐说，你问的是哪一个啊？是我的邻居还是压马路那个？

点评

　　"三个女人一台戏"，这话一点不假。要是再添上一个男人，那就更有热闹瞧了。一桌麻将，三个女人，一个男人，家长里短、婚姻情事，演绎着一幕幕平淡悠长却又意味隽永的生活戏剧。陈小鱼，一个现代社会里屡见不鲜的"二奶"，外祖母及母亲的爱情婚姻悲剧非但没有给她多少警醒和启示，反而在误导中使她无法把握真正的爱情，最终，天真、好奇又有些虚荣心的陈小鱼心甘情愿地做起了金先生的情妇。但是，年轻的心魂、孤寂的生活、敏感的知觉伴随着飞扬的梦想，搅得她的内心隐秘世界一直躁动不安，再加上金先生性功能的衰退，终于使她迈出了偷情的步伐。无疑，她的内心还在升腾着对爱情的渴慕。而那个与她偷欢的男人沈凤桐，既没有万贯家财，也不是风流倜傥。他抓住女人心魂靠的是那种悠然的生活态度和一副让人怦然心动的热心肠。于是，一个是长期独身的男人，一个是没有夫妻名分一周半月充当一回妻子的女人，便在生活的偶然中碰撞出欲望的火花。但"小人物"的梦想最终敌不过现实生活的强大，小鱼依旧做着"二奶"，沈凤桐却谈上了女朋友。

这样一个令人心酸、掉泪的故事，再加上作者有意无意安插的金先生辛苦维持的婚姻、苏姐说话的无厘头、阿洁婚姻的不幸及情感的焦渴等，更让人看得津津有味、哀叹声声。

（于京一）

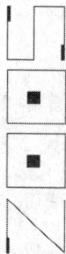

世界上所有的夜晚/

/迟子建

第一章　魔术师与跛足驴

我想把脸涂上厚厚的泥巴，不让人看到我的哀伤。

我的丈夫是个魔术师，两个多月前的一个深夜，他从逍遥里夜总会表演归来，途经芳洲苑路口时，被一辆闯红灯的摩托车撞倒在灯火阑珊的大街上。肇事者是个郊县的农民，那天因为菜摊生意好，就约了一个修鞋的、一个卖豆腐的，到小酒馆喝酒划拳去了。他们要了一碟盐水煮毛豆，三只酱猪蹄，一盘辣子炒腰花，一大盘烤毛蛋，当然，还有两斤烧酒。吃喝完毕，已是月上中天的时分了，修鞋的晃晃悠悠回他租住的小屋，卖豆腐的找炸油条的相好去了，只有这个菜农，惦着老婆，骑上他那辆破烂不堪的摩托车，赶着夜路。

这些细节，都是肇事后进了看守所的农民对我讲的。他说那天不怪酒，而是一泡尿惹的祸。吃喝完毕，他想撒尿，可是那样寒酸的小酒馆是没有洗手间的，出来后想去公厕，一想要穿过两条马路，且那公厕的灯在夜晚时十有八九是瞎的，他怕黑咕隆咚地一脚跌进粪坑，便想找个旮旯方便算了。菜农朝酒馆背后的僻静处走去。谁知僻静处不僻静，一男一女喷喷有声地搂抱在一起亲吻，他只好折回身上了摩托车，想着白天时走四十分钟的路，晚上车少人稀，二十多分钟也就到了，就憋着尿上路了。尿的催促和夜色的掩护，使他骑得飞快，早已把路口的红灯当作被撇出自家园田的烂萝卜，想都不去想了，灾难就是在这时如七月飞雪一样，让他在瞬间由温暖坠入彻骨的寒冷。

街上要是不安红绿灯就好了，人就会瞅着路走，你男人会望到我，他就会等我过去了再过。菜农说这话的时候，嘴角带着苦笑。

小酒馆要是不送那壶免费的茶就好了，那茶尽他妈是梗子，可是不喝呢又觉得亏得慌。卖豆腐的不爱喝水，修鞋的只喝了半杯，那多半壶水都让我饮了！菜农说，哪知道茶里藏着鬼呢！

菜农没说，肇事之后，他尿湿了裤子，并且委屈地跪在地上拍着我丈夫的胸脯哭嚎着说，我这破摩托跟个瘸腿老驴一样，你难道是豆腐做的？老天啊！

这是一位下了夜班的印染厂的工人、一个目击者对我讲的。所以第一个哭我丈夫的并不是我，而是"瘸腿老驴"的主人。

我去看这个菜农，其实只是想知道我丈夫在最后一刻是怎样的情形。他是在瞬间就停止了呼吸，还是呻吟了一会儿？如果他不是立刻就死了的，弥留之际他说了什么没有？

当我这样问那个菜农的时候，他喋喋不休地跟我讲的却是小酒馆的茶水、烧酒、没让他寻成方便的那对拥吻的男女、红绿灯以及那辆破摩托。这些全成了他抱怨的对象。他责备自己不是个花心男人，如果乘着酒兴找个便宜女人，去小旅馆的地下室开个房间，就会躲过灾难了。他告诉我，自从出事后，他一看到红色，眼睛就疼，就跟一头被激怒的公牛一样，老想撞上去。

我那天穿着黑色的丧服，所以他看待我的目光是平静的。他告诉我，他奔向我丈夫时，他还能哼哼几声，等到急救车来了，他一声都不能哼了。

他其实没遭罪就上天享福去了，菜农说，哪像我，被圈在这样一个鬼地方！

我看你还年轻，模样又不差，再找一个算了！这是我离开看守所时，菜农对我说的最后一句话。他那口吻很像一个农民在牲口交易市场选母马，看中了一匹牙口好的，可这匹被人给提前预订了，他就奔向另一匹牙口也不错的马，叫着，它也行啊！

可我不是母马。

我从来不叫丈夫的名字，我就叫他魔术师，他可不就是魔术师么！十几年前，我还在一所小学教语文，有一年六一儿童节，我带着孩子们去

剧场看演出。第一个出场的就是魔术师，他又高又瘦，穿一套黑色燕尾服，戴着宽檐的上翘的黑礼帽，白手套，挂一根金色的拐杖，在大家的笑声中上场了。他一登台，就博得一阵掌声，他鞠了一个躬，拐杖突然掉在地上，等到他捡起它时，金色的拐杖已经成了翠绿色的了，他诧异地举着它左看右看时，拐杖又一次"失手"落在地上，等他又一次捡起时，它变为红色的了。让人觉得舞台是个大染缸，什么东西落在上面，都会改变颜色。谁都明白魔术师手中的物件暗藏机关，但是身临其境时，你只觉得那根手杖真的是根魔杖，蕴藏着无限风云。

我大约就是在那一时刻爱上魔术师的，能让孩子们绽开笑容的身影，在我眼中就是奇迹。

奇迹是七年前降临的。

由于我写的几篇关于儿童心理学方面的论文在国家级学刊上发表了，市妇女儿童研究所把我调过去，当助理研究员。刚去的时候我雄心勃勃地以为自己会干一番大事业，可是研究所的气氛很快让我产生了厌倦情绪。这个单位一共二十个人，只有四个男的。太多的做学问的女人聚集在一起绝不是什么好事情，大家互相客气又互相防范，那里虽然没有争吵，可也没有笑声，让人觉得一脚踩进了阴冷陈腐的墓穴。由于经费短缺，所有的课题研究几乎很难开展和深入，我开始后悔离开了学校，我怀念孩子们那一张张葵花似的笑脸。研究所订阅了市晨报和晚报，报纸一来，人们就像一群饥饿的狗望见了骨头，争相传阅。我就是在浏览晚报的文体新闻时，看到一篇关于魔术师的访问，知道他的生活发生了变故。原来他妻子一年前病故了，他和妻子感情深厚，整整一年，他没有参加任何演出。现在，他准备重返舞台了。我还记得在采访结束时，魔术师对记者所讲的那句话：生活不能没有魔术。

我开始留意魔术师的演出，无论是大剧院还是小剧场的演出，我都场场不落。我乐此不疲地看他怎样从拳头中抽出一方手帕，而这手帕倏忽间就变为一只扑棱棱飞起的白鸽；看他如何把一根绳子剪断，在他双手抖动的瞬间，这绳子又神奇地连接到了一起。我像个孩子一样看得津津有味，发出笑声。魔术师那张瘦削的脸已经深深地雕刻在我心间，不可磨灭。

有一天演出结束，当观众渐渐散去，他终于向台下的我走来。他显然注意到了我常来看他的表演，而且总是买最贵的票坐在首排。他对我说的第一句话是，你想学魔术？

我没有学成魔术，我做了魔术师的妻子。

我们结婚的时候，他所在的剧团的演出江河日下，进剧场的人越来越少了。魔术师开始频繁随剧团去农村演出。最近几年，他又迫不得已到一些夜总会去。那些看厌了艳舞、唱腻了卡拉OK情歌的男人们，喜欢在夜晚与小姐们厮混得透出乏味时，看一段魔术。有时看到兴头上，他们就把钞票扬到他的脸上，吆喝他把钞票变成金砖，变成女人的绣花胸衣。所以魔术师这几年的面容越来越清癯，神情越来越忧郁。他多次跟剧团的领导商量，他不想去夜总会了，领导总是带着企求的口吻说，你是个男人，没有性骚扰的问题，他们看魔术，无非就是寻个乐子，你又不伤筋动骨的；唱歌的那些女的，有时在接受献花时还得遭受客人的"揩油"呢，人家顺手在胸脯和屁股上摸一把，她们也得受着。为了剧团的生存，你就把清高当成破鞋，给撇了吧！

魔术师只得忍着。他在夜总会的演出，都是剧团联系的。演出报酬是四六开，他得的是"四"，剧团是"六"。他常用得来的"四"，为我买一束白百合花、一串炸豆腐干或者是一瓶红酒。

月亮很好的夜晚，我和魔术师是不拉窗帘的，让月光温柔地在房间点起无数的小蜡烛。偶尔从梦中醒来，看着月光下他那张轮廓分明的脸庞，我会有一种特别的感动。我喜欢他凸起的眉骨，那时会情不自禁抚摸他的眉骨，感觉就像触摸着家里的墙壁一样，亲切而踏实。

可这样的日子却像动人的风笛声飘散在山谷一样，当我追忆它时，听到的只是弥漫着的苍凉的风声。

魔术师被推进火化炉的那一瞬间，我让推着他尸体的人停一下，他们以为我要最后再看他一眼，就主动从那辆冰凉的跟担架一样的运尸车旁闪开。我用手抚摸了一下他的眉骨，对他说，你走了，以后还会有谁陪我躺在床上看月亮呢！你不是魔术师么，求求你别离开我，把自己变活了吧！

迎接我的，不是他复活的气息，而是送葬者像涨潮的海水一样涌起的哭声。

奇迹没有出现，一头瘸腿老驴，驮走了我的魔术师。

我觉得分外委屈，感觉自己无意间偷了一件对我而言是人世间最珍贵

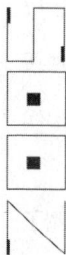

的礼物，如今它又物归原主了。

我决定去三山湖旅行。

三山湖有著名的火山喷发后形成的温泉，有一座温泉叫"红泥泉"，据说淤积在湖底的红泥可以治疗很多疾病，所以泡在红泥泉边的人，脸上身上都涂着泥巴，如一尊尊泥塑。当初我和魔术师在电视中看到有关三山湖的专题片时，就曾说要找某一个夏季的空闲时光，来这里度假。那时我还跟他开玩笑，说是湖畔坐满了涂了泥巴的人，他肯定会把老婆认错。魔术师温情地说，只要人的眼睛不涂上泥巴，我就会认出你来，你的眼睛实在太清澈了。我曾为他的话感动得湿了眼睛。

如今独自去三山湖，我只想把脸涂上厚厚的泥巴，不让人看到我的哀伤。我还想在三山湖附近的村镇走一走，做一些民俗学的调查，收集民歌和鬼故事。如果能见到巫师就更好了。我希望自己能在民歌声中燃起生存的火焰，希望在鬼故事中找到已逝人灵魂的居所。当然，如果有一个巫师真的会施招魂术，我愿意与魔术师的灵魂相遇一刻——哪怕只是闪电的刹那间。

第二章　蒋百嫂闹酒馆

我在乌塘下车了。不是我不想去三山湖，而是前方突降暴雨，一段山体滑坡，掩埋了近五百米长的路基，火车不得不就近停靠在乌塘。铁路部门说，抢修最快要两天时间。旅客们怨气冲天，一会儿找车长要求赔偿，一会儿又骂滑坡的山体是老妓女，人家路基并没想搂抱你，你往它身上扑什么呀。没人下车，好像这列车是救生艇，下了就没了安全保障似的。

在旅行中不能如期到达目的地，在我已不是第一次了，这里既有不可抗拒的天气因素，也有人为的因素。有一次去绿田，长途客车就在一个叫黑水堡的寨子停了整整十个小时。茶农因不满茶园被当地的高尔夫球场项目所征用，聚集在交通要道上，阻断交通，要向当地政府讨一个"说法"。茶农们席地而坐的样子，简直就是一幅乡野的夜宴图。他们有的吃着凉糕，有的就着花生米喝烧酒，有的啃着萝卜，还有的嚼着甘蔗。最后政府部门不得不出面，先口头答应他们的请求，他们这才离开公路。记得当地的交警呵斥他们撤离公路，说他们这样做是违法的时候，茶农理直气壮地说，霸占了我们茶园就不算违法了？领导先违法，我们后违法，要是抓人，也得先抓他们！

乌塘是煤炭的产地，煤窑很多，空气污浊。滞留在列车上的旅客开始向服务员大喊大叫，他们要免费的晚餐，那已是黄昏时分了。车窗外已经聚集了一些招揽生意的乌塘妇女，她们个个穿着质差价廉的艳俗的衣裳，不是花衣红裙粉鞋子，就是紫衣黄裤配着五彩的塑料项链，看上去像是一群火鸡。她们殷勤地召唤列车上的人下车，都说自己的旅店的床又干净又舒服，一日三餐有稀有干、荤素搭配，有几个男人禁不住热汤热水和床的诱惑，率先下车了。我正在犹豫着，邻座的一位奶孩子的妇女撇着嘴对她身旁的一个呆头呆脑的男人说，这火车也真不会找地方坏，坏在乌塘这个烂地方！人家说这里下煤窑的男人死得多，乌塘的寡妇最多。还真是啊，瞧瞧站台上那些个女的，一个个八辈子没见过男人的样子！她鄙夷地扫了一眼那些女人，然后垂头把奶头从孩子的嘴里拔出来，怨气冲冲地说，我这对奶子摊上你们爷俩儿算是倒霉，白天奶小的，黑天喂大的，没个闲着的时候！今晚有没有饭还两说着呢，小东西可不能把我给抽干了！她怀中的婴儿因为丢了奶头，哇哇哭闹着。妇女没办法，只得又把那颗黑莓似的奶头摁回婴儿的嘴里。婴儿立刻就止了哭声，咂着奶。女人骂，小东西长大了肯定不是个好东西，一个有奶就是娘的主儿！

乌塘寡妇多，而我也是寡妇了，妇女的话让我做了下车的决定。我将茶桌上的水杯收进旅行箱，走下火车。

脚刚一落到站台的水泥青砖上，就感觉黄昏像一条金色的皮鞭，狠狠地抽了我一下。在列车上，因为有车体的掩护，夕照从小小的窗口漫进车厢，已被削弱了很多的光芒，所以感受不到它的强度。可一来到空旷之地，夕阳涌流而来，那么强烈，那么有韧性。光与光密集的聚合与纠集，就有了一股鞭打人的力量。

七八条女人的胳膊上来撕扯我，企图把我拉到她们的店里去。我选中了独自站在油漆斑驳的栏杆前袖着手的一个妇女。她与其他女人一样打扮得很花哨，一条绿地紫花的裤子，一件粉地黄花的短袖上衣。她的头发烫过，由于侍弄得不好，乱蓬蓬的，上面落了一层棉花绒子，看来她先前在家做棉活来着。她脸庞黑红，皮肤粗糙，厚眼皮，塌鼻子，两只眼睛的间距较常人宽一些，嘴唇红润。她的那种红润不刺目，一看就不是唇膏的

作用，而是从体内散发出的天然色泽。我拨开众人朝她走去的时候，她冲我笑笑，说，你愿意住我家的店么？我说是。她上下左右地仔细打量了我一番，说，我家的店不高级，不过干净。我说这就足够了。妇女又说，我没有发票开给你。我说我不需要。她这才接过我的旅行箱，引领我走出站台。

乌塘的站前广场是我见过的世界上交通工具最复杂的地方了。它既有发向下辖乡镇的长途客车，还有清一色的夏利牌出租车，以及农用三轮车和脚踏人力车。最出乎意料的，几挂马车和驴车也堂而皇之地停泊在那里。不同的是机械车排出的是尾气，而马车驴车排出的则是粪球。

妇女擤了一把鼻涕，把我领向西北角的一辆驴车。车上坐着一个仰头望天的瘦小男孩，也就八九岁左右的光景。妇女吆喝一声，三生，有客人了，咱回去吧！那个叫三生的男孩就低下头来，怯生生地看着我。他穿一条膝盖露肉的皱巴巴的蓝布裤子，一件黄白条相间的背心，青黄的脸颊，矮矮的鼻梁，一双豆荚似的细长眼睛透着某种与他年龄不相称的忧郁。妇女把箱子放在驴车上，把一张叠起的白毡子展开，唤我坐上去，而三生则拍了一下驴的屁股，说，草包，走了！看来"草包"是驴的名字。

草包拉着三个人和一只旅行箱，朝城西缓缓走去。我问妇女要走多久。她说驴要是偷懒的话，得走二十分钟；要是它顺心意，十分八分也就到了。看草包那不慌不忙的样子，我知道十分八分抵达的可能性是不存在了。不过，草包倒不像头要偷懒的驴，它并不东张西望，只是步态有些踉跄。它不是年纪大了就是在此之前干了其他的活儿而累着了。在一个陌生的地方，我喜欢这种慢条斯理的前行节奏，这样我能够更细致地打量它的风貌。所以我觉得雄鹰对一座小镇的了解肯定不如一只蚂蚁，雄鹰展翅高飞掠过小镇，看到的不过是一个轮廓；而一只蚂蚁在它千万次的爬行中，却把一座小镇了解得细致入微，它能知道斜阳何时照耀青灰的水泥石墙，知道桥下的流水在什么时令会有飘零的落叶，知道哪种花爱招哪一类蝴蝶，知道哪个男人喜欢喝酒，哪个女人又喜欢歌唱。我羡慕蚂蚁。当人类的脚没有加害于它时，它就是一个逍遥神。而我想做这样一只蚂蚁。

乌塘的色调是灰黄色的。所有楼房的外墙都漆成土黄色，而平房则是灰色的。夕阳在这土黄色与灰色之间爬上爬下的，让灰色变得温暖，使土黄色显得亮丽。街巷中没有大树，看来这一带人注意绿化是近些年的事情，所以那树一律矮矮瘦瘦的，与富有沧桑感的房屋形成了鲜明对照。正值下班高峰，街上行人很多。有的妇女挎着一篮青菜急急地赶路，而有的老头则一手牵着放学的孩子，一手擎着半导体慢吞吞地走着。一家录像厅张贴的海报是一对男女激情拥吻的画面，从音像店传出流行歌曲的节拍。酒馆的幌子高高挑起，发廊门前的台阶上站着叉着腰的招揽生意的染着黄头发的女孩子。这情景与大城市的生活相差无二，不同的是它被微缩了，质地也就更粗粝些、强悍些。所以有家旅馆的招牌上公然有着"有小姐陪，价格面议"的字样，不似大城市的宾馆，上门服务是靠入住房间的电话联络，交易进行得静悄悄的。

草包穿城而过，渐渐地车少人稀，斜阳也凋零了，收回了纤细的触角。腕上的手表已丢失了二十分钟，驴车却依然有板有眼地走着。我知道妇女撒了谎，驴无论如何疾走，十分八分抵达也是天方夜谭。妇女见我不惊诧，倒不好意思了。她说，草包起大早拉了两小时的磨，累着了，走得实在是太慢了。我便问她驴拉磨是做豆腐还是摊煎饼。妇女说做豆腐呀！接着她告诉我住她家的基本是熟客，老客人喜欢闻豆子的气味。我明白她家既开豆腐坊又开旅店，便称赞她生意做得大。妇女说，大什么大呀，不过一座小房子，前面当旅店，后面做豆腐坊，赚个吃喝钱呗！我指着男孩问妇女，这是你儿子？妇女说，他是蒋百嫂的儿子，我家和他家是邻居。我儿子可比他大多了，我十八岁就偷着结婚了，我儿子都在沈阳读大学了！她说这话时，带着一种自得的语气，我的心为之一沉。我和魔术师没有孩子，如果有，也许会从孩子身上寻到他的影子。就像一棵树被砍断了，你能从它根部重新生出的枝叶中，寻觅到老树的风骨。

驴车终于停在一条灰黄的土路上，天色已经暗淡了。那是一座矮矮的青砖房，门前有个极小的庭院，栽种着一些杂乱无章的花草。路畔竖着一块界碑似的牌匾，蓝地红字，写着"豆腐旅店"四个字。妇女让男孩卸下驴，饮它些水，而她则提着旅行箱，引我进屋。

这屋子阴凉阴凉的，想必是老房子吧。空气中确实洋溢着一股浓浓的豆香气，房间比我想象的要好，虽然七八平米的空间小了些，但床铺整洁，窗前还有一桌一椅。床下放着拖鞋和痰盂，由于没有盥洗室，门后放

置着脸盆架。墙壁雪白雪白的，除了一个月份牌，没有其他的装饰，简洁而朴素。窗帘也不是常见的粉色或绿色，而是紫罗兰色的。没有想到这个女人在打扮屋子上比打扮自己有眼力。

妇女说，这是单间，一天三十块钱，厕所在街对面，晚上小解就用痰盂。饭可以在这里吃，也可以到街上的小饭馆。附近有五六个饭馆，各有各的风味。她向我推荐一个叫"暖肠"的酒馆，说是这家的鱼头豆腐烧得好。我答应着。她和颜悦色地为我打来一盆洗脸水。简单地梳洗了一番，我就出门去寻暖肠酒馆了。

天色越来越暗淡，这座小城就像被泼了一杯隔夜茶，透出一种陈旧感。酒馆的幌子都是红色的，它们一律是一只，要么低低地挂在门楣上，要么高高地挂在木杆上。一辆满载煤炭的卡车灰头土脸地驶过，接着一辆破烂不堪的面包车像个乞丐一样尘垢满面地与我擦肩而过。跟着，一个推着架子车的老女人走了过来，车上装着瓜果梨桃，看来是摆水果摊的小贩。我向她打听暖肠酒馆，她反问我买不买水果。我说不买。她就一撇嘴说，那你自己去找吧。我便知趣地买了两斤白皮梨，她这才告诉我，暖肠酒馆就在前方二百米处，与杂货店相挨着，不过"暖肠"的"肠"字如今被燕子窝占了半边，看上去成了"暖月"酒馆。

当我提着梨寻暖肠酒馆的时候，遇见了一条无精打采的狗。它瘦得皮包骨，像是一条流浪的狗。我摸出一只梨撇给它，它吃力地用前爪捉住，嗅了嗅，将梨叼在嘴中，到路边去了。它趴下来吃梨，而不是站着，看上去气息恹恹的。

一对老人路过这里，看见这狗，一齐叹了口气。老头说，它这又是去汽矿站迎蒋百去了，主人不回来，它就不进家门！老太太则感慨地说，一年多了，它就这么找啊找的，我看蒋百不回来，它也就熬干油了。哪像蒋百嫂，这一年多，跟了这个又跟那个，听说她前两天又把张大勺领回家了！你说张大勺摆起来没有三块豆腐高，她也看得上！蒋百要是回来，还不得休了她！看来还是狗忠诚啊！

未见蒋百嫂，却先见了她的儿子和她家的狗，这使我对蒋百嫂充满了好奇。

暖肠酒馆的"肠"字的右边果然被燕子窝占领了。窝里有雏燕，燕妈妈正在喂它们。雏燕从窝里探出光秃秃的脑袋，张着嘴等食儿。

未进酒馆，先被一股炒尖椒的辣味呛出了一个喷嚏，接着听得一个女人大声吆喝，再烫一壶酒来！我掀开门帘，进得门去。

酒馆的店面不大，只有六张桌子，两个大圆桌，四个小方桌。店里只有三个酒客，两男一女。两个男人年岁都不小了，守着几碟小菜对饮着。而坐在窗前方桌旁的女人则有好几盘菜伺候着。见我进来，她扬起一条胳膊召唤我，说，姐们，过来陪我喝两盅！她看上去三十来岁，穿一件黑色短袖衫，长脸，小眼睛，眼角上挑，厚嘴唇，梳着发髻，胳膊浑圆浑圆的，看上去很健硕。她已喝得面颊潮红，目光飘摇。我以为碰到了酒疯子，没有理睬她，拣了一张干净的方桌坐下，这女人就被激怒了，她先是将酒盅摔在地上，然后又将一盘土豆丝拂下桌子。那地是青石砖的，它天生就是瓷器的招魂牌，酒盅和盘子立刻魂飞魄散。这时店主闻声出来说，蒋百嫂，你又闹了；你再闹，以后我就不让你来店里吃酒了！蒋百嫂咯咯笑了，她用手指弹了一下桌子，说，我要是陪你睡一夜，你就不这么说话了！店主看上去是个忠厚的人，他讪笑着摇头，说，公安局这帮人也真是饭桶，你家蒋百丢了一年多了，活不见人，死不见尸，他们至今也没个交代！蒋百嫂本来已经安静了，店主的话使她的手又不安分了，她干脆站了起来，抡起坐过的椅子，哐嚓哐嚓地朝桌上的菜肴砸去。辣子鸡丁和花生米四处飞溅，细颈长腰的白瓷酒壶也一命呜呼了。蒋百嫂边砸边说，我损了东西我赔，赔得起！那两位酒客侧过身子望了望蒋百嫂，一个低声说，可惜了那桌菜；另一个则叹息着说，女人没了男人就是不行！他们并不劝阻她，接着吃喝了，看来习以为常了。

蒋百嫂发泄够了，拉过一把干净的椅子，气喘吁吁地坐上去，像是刚逃离了一群恶狗的围攻，看上去惊魂未定的。店主拿着笤帚和撮子收拾残局，蒋百嫂则把目光放到了窗外。暮色浓重，有灯火萦绕的屋里与屋外已是两个世界了。蒋百嫂忽然很凄凉地自语着，天又黑了，这世上的夜晚啊！

第三章　说鬼的集市

旅店的女主人让我叫她周二嫂，因为她男人叫周二。我们研究所的萧一姝，是个女权主义者。她在一篇文章中说，中国妇女地位的低下，从称呼中就可以看出端倪。女人结婚生子后，虽然还有着自己的老名字，但是那名字逐渐被世俗的泥沙和强大的男权力量给淘洗干净了。她们虽然最终没有随丈夫姓，但称谓已发生了变化，体现出依附和屈服于男权的意味，她认为这是一种愚昧，是女性的一种耻辱。萧一姝原来叫萧玉姝，只因她丈夫的名字中也有一个"玉"字，便更名为"萧一姝"，她说女人接受由自己丈夫的姓氏得来的名字，就是一种奴性的体现。可我愿意做相爱的人的奴隶。可惜没谁把我的名字依附在魔术师的名字上。

周二原先是矿工，一次瓦斯爆炸，他成了七人中唯一的幸存者，面部被严重烧伤，落了一脸的疤癞。死里逃生的周二再也不肯下井，用工伤赔偿金和老婆开了豆腐店和旅店。周二做豆腐，挑到集市去卖，周二嫂则开旅店。周二每天凌晨三四点钟就要起来赶着驴拉磨，做上几板豆腐。周二卖豆腐，一卖就是一天。即使中午前他的豆腐担子空了，他也不回家，仍混在集市中。跟掌鞋的聊家常啦，和修自行车的忙里偷闲地下盘象棋啦，等等。周二嫂听说我要搜集鬼故事，就对我说，你不用挨门挨户地寻，你跟着我家周二去集市，一天可以听上好几个鬼故事，那些出摊的小贩子最喜欢讲鬼故事了。周二眨巴着眼对周二嫂说，邢老婆子要在就好了，她说鬼说得好，可惜她也成了鬼了！史三婆也爱说鬼，不过比起邢老婆子那可差远了，不过是《聊斋》中狐仙鬼怪的翻版！

我跟着周二去集市了。

周二个子不高，虽然他有力气，但挑着一担豆腐还是晃晃悠悠的。我跟在他身后，不断地听见别人跟他打招呼，周二，卖豆腐去啊？周二总是回一句，卖豆腐去！也有人跟他开玩笑，说，周二你行啊，白天吃自己的豆腐，晚上吃老婆的豆腐，有福气啊！周二就啐一口痰，理直气壮地说，我白天黑天吃的都是自家的豆腐，又不犯法，你说三道四个啥？！

太阳已经出来了，但它看上去面目混沌，裹在乌涂涂的云彩中，好像一只刚剥好的金黄的橙子落入了灰堆中。空气中悬浮着煤尘，呛得人直咳嗽。周二对我说，乌塘一年之中极少有几天能看见蓝天白云，天空就像一件永远洗不干净的衣裳晾晒在那里。乌塘人没人敢穿白衬衫，而且，很多人的气管和肺子都不好。我问这附近有几座煤矿？周二龇着牙说，大大小小总有二十几个吧。我说政府不是加大力度清理小煤窑吗？周二一撇嘴说，电视和报纸上是那么说的，实际上呢，只要不出事，小煤窑是消灭不了的！开小煤窑的哪个不是头头脑脑的亲朋好友？那等于给自己家设着个小金库！矿工的命太贱了，前些年出事故死在井下的，矿长给个万把的就把事儿给平了；现在呢，赔得多了些，也不过两万三万的，比起命来，那算什么！人死了，只要给了钱，没人追究责任，照样还有人下井，他们也照样赚钱！

听说周二在井下挖了六年煤，我便问他下井是什么感觉？

周二说，啥感觉？每天早晨离开家，都要多看老婆孩子几眼，下了井就等于踏进了鬼门关，谁能料到自己是不是有去无回？阎王爷想勾你的名字，大笔一挥，你就得留在地下了！妈的！

周二边骂边撂下担子，一家小饭店的女主人吆喝住了他，要五块豆腐。女主人显然没有睡足，头发没梳理，趿拉着拖鞋，穿一件宽大的黄地蓝花的棉布睡袍，呵欠连天的。周二麻利地将豆腐撮进女人递过来的白铝盆中。豆腐肌肤润泽，它们"噗噗"地投入盆中，使盆底漫出一圈乳黄的水。女人忽然哈哈笑了起来，她对周二说，周二哥，你说蒋百嫂像不像这个盆子？它能装土豆又能盛豆腐，能泡海带也能搁萝卜丝，真是软的硬的、黑的白的全不论！我听说她昨晚又闹了酒馆，把王葫芦叫到家里睡去了！你说王葫芦都满六十的人了，脸比驴还黑，天天捡破烂，一年到头洗不上一回澡，跟他睡，不是睡在厕所里又是什么！

周二听女人这样议论蒋百嫂，有些恼了，他说，你也不要把自己说得那么干净，你家刘争一跑长途，朱铁子不就老来你店里吃酒么，一吃就是一夜，谁不知道？！你们这些女人啊，就跟蚯蚓一样，不能让你们见天光，埋在土里你们安分守己，一挖出来，就学会勾引人了！

蚯蚓勾引的是鱼！那女人大声地辩驳。她受了奚落倒也不恼，只是不再呵欠连天了。她对周二说，我知道你对蒋百嫂好，都说你是蒋三生的干爹，一家人哪有不向着一家人的？！

周二挑起担子，冲女人撇撇嘴，走了。跟着他走的，有被汽车挟起的尘土、陈旧的阳光和我。也许还有匍匐的蚂蚁也跟着，只不过没有被我们注意到罢了。

乌塘有三个集市，周二说我来的集市规模居中，另两个集市，一个比它大，一个比它小。比它大的集市有服装和日用小百货卖，比它小的只卖些肉蛋禽类、蔬菜瓜果。

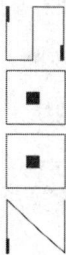

周二进了集市，就像一只鸟进了森林，自由而快活。他和老熟人一一打招呼，将担子卸在他的摊位上。已经有很多小商贩出现在集市上了，卖糖酥饼和绿豆稀饭以及油条和豆浆的摊位前人头攒动，生意红火。怪不得我要在旅店吃早饭时，周二对周二嫂说，她不是要跟着我去集市听鬼故事么，还不如在那儿吃呢！想吃枣泥饼有枣泥饼，想喝豆腐脑有豆腐脑，想吃水煎包有水煎包！当时周二嫂白了周二一眼，说，你吃惯了集市的早饭，嫌弃我的手艺了！周二连忙赔着笑脸说，哪能呢，你做的饭我这辈子吃不够，下辈子还想吃呢！周二嫂笑了，她拧了一把周二的脸，说，就你这一脸的疤瘌，也只能可着我的饭来吃了，别人谁得意你？他们满怀爱意的斗嘴使我想起魔术师，以往我们也常这样甜蜜地斗嘴，可那样的话语如今就像镌刻在碑上的碑文一样，成为永恒。

我到小食摊前吃了碗黑米粥和一个馅饼。有一个食客对着免费的咸菜大嚼大咽着，瘦削的摊主用眼睛白着他，说，不怕齁着啊？食客说，齁着就喝水！摊主说，水也得花钱啊。食客说，喝水便宜。摊主又说，喝多了水找公厕撒尿也得花钱啊。食客被激怒了，他把咸菜罐摔在地上，骂，免费的咸菜你不叫吃，干脆收费得了，别死要面子硬撑着，还叫男人吗？！摊主看着碎了的咸菜罐，居然委屈得落泪了。他穿件蓝背心，戴一条油渍斑斑的绿围裙，黑红的脸庞，看上去像是一只被做成了酱菜的细长的青萝卜，颜色暗淡，散发着一股陈腐的气息。他这一哭，食客倒了胃口，他放下筷子，将一张十元钱拍在桌子上，说，不用找了，就头也不回地走了。与他相邻的卖豆腐脑的说那摊主，你合适啊，这一顿早饭也就三块两块的，你一家伙得了十块，顶三个人吃的了，昨晚一定梦见金鲤鱼了吧？摊主抽搐着脸说，除了金秀，我还能梦见谁？卖豆腐脑的说，金秀又跑你的梦里去了？我看你赶快再找一个算了，她没了三年了，你天天睡凉炕，她当然记挂着你了！要是你娶了新的，她也就过她的阴日子去了，人家在那里也可以再找一个，你不找，也耽误人家啊！

听他们这一番话，我知道这个面容凄苦的男人死了老婆，而且他与老婆感情深笃。我便胆怯地问他，死了的人进了活人的梦中，会是什么样子？魔术师在时，我倒时常梦见他；可他永别我后，我的脑子一片混沌，没有什么具体的影像，他把我的梦想也带走了。

摊主泪眼蒙眬地望了我一眼，嘴唇哆嗦了几下，说，死了的人回到活人的梦中，当然是活着时的样子了！她会嘱咐你风大时别忘了关窗，下雪了别忘了给孩子戴上棉帽子。唉，她也真是命苦，死了还得跟我操心！

来了两个身上挂满了石灰点的民工，摊主擦干眼泪，招呼他的生意去了。我回到周二那里，他正在吸烟。我问那个摊主的老婆是怎么死的，周二喷出一口青烟说，他老婆得了痢疾，就到家跟前的个体诊所打点滴。你说青霉素这东西也真是邪性，点了不出两小时，人就没气了！人家说，诊所的老周没有给她做过敏试验，人才死了。我看这女人也是命薄，拉肚子本不是大毛病，拉不死人，非要去诊所，这下好，因小失大，把命都搭上了！

诊所的那个姓周的呢？我问。

他呀，原先是个兽医，这些年得病的人比得病的牲畜要多，他就换下蓝袍子，穿上白大褂，挂上听诊器，开起了诊所！他也有点能耐，治好过一个偏头疼的女人，还治好过几个人的胃病，所以他没出事时，生意还挺红火的！

他一个当兽医的，怎么会拿到为人看病的行医执照呢？我问。

嗐，这世道的黑白你还看不清哇，有钱能使鬼推磨呗！周二吐了口唾沫，说，老周的连襟在卫生局当局长，拿个行医执照，就跟从自家的树上摘个果子一样轻而易举，有什么难的？出了事后，人家花了两万块，就把事平了！就说人不是点滴死的，是心脏病发作死的！

这男人也就同意了？我瞟了那摊主一眼。

不认又怎么着？打官司他打得起吗？反正他老婆已进了鬼门关，还不如弄俩钱，将来留着给孩子用！周二叹了口气，指着那摊主说，他原来是个挺乐和的人，老婆没了，就变得跟女人一样爱计较了，动不动还哭，哪还有点男人的样子！

老周呢？我心灰意冷地问。

他呀，在这儿混不下去了，早就走了。听说去了芜湖的亲戚家，不干这行了，养虾去了，谁知道呢？周二又叹了一口气，说，在这个集市上，辛酸的人海着去了，你要听鬼故事，随便逛逛就能听到。

我与周二闲谈的时候，已经有两个人买了豆腐走了。但凡做小本生意的，都是些眼疾手快的人，他们能心、手、口并用，嘴上抽着香烟并且与

你讲着故事，手上麻利地打理着生意，什么也不耽误。

　　集市越来越热闹了。推着架子车、挑着货担的生意人越聚越多，先前还空着的摊床也就没有闲着的了。由于这集市有个长条形的顶棚，集市边缘的摊床点染着阳光，而中心地带则相对暗淡些，阳光未爬到那里就断了气。周二把我引向集市中央阴凉处的一个摊床，对一位坐着的袖着手的穿黑衣的老女人说，史三婆，这是我家客人，想搜集鬼故事，你给她讲几个吧！你知道那么多的鬼故事，不讲不就全烂肚子里了么？史三婆呸了周二一口，说，我的故事值钱，讲一个得给我十元！周二说，明天我给你炸包豆腐泡吃，顶了讲故事的钱了！史三婆上上下下地打量了我一番，说，你给哪里搜集鬼故事？我说为自己。史三婆就打了一个嗝对我说，你又不是从阴间来的，搜集那故事做啥？我想与她有个轻松的谈话氛围，就开玩笑说，谁说我不是从阴间来的？我这话没吓着史三婆，倒把与她相邻的卖笤帚的女孩给吓着了，她惊叫着说，史三婆，我一看她的样子就像个鬼，一身的黑衣服，瘦得全是骨头，脸上没血色，你可别让她靠近咱们呀！史三婆笑了，她从容不迫地说，鬼就是鬼，哪能让你看得着呢！你不用怕。史三婆让我到摊床里面去坐，不然我像根柱子似的戳在她面前，影响她的生意。我笑了笑，从通道旁的小便道走到摊床里面。也许是久已不笑了，我的笑不但使自己起了寒意，也让那个女孩打了个哆嗦。史三婆的摊床上，摆着形形色色的灭害剂，有毒鼠强、灭蝇水、驱蚊油、除蟑灵、敌杀死等等。史三婆的鬼故事，就以毒鼠强为背景而开始了。

　　有个年轻的寡妇，她男人死于矿难的"冒顶"事件。她摊上个好吃懒做又心狠手毒的婆婆，一日伺候不周，婆婆就趁她熟睡时用针扎她的额头。寡妇受够了婆婆的气，就买了两包毒鼠强，炖了一锅肉，打算与婆婆同归于尽。那天下着大雨，电闪雷鸣的，寡妇早把孩子打发到姐姐家去了。她盛了肉，放在桌子上，又取了两个酒杯和两双筷子，唤婆婆喝酒吃肉。婆婆那时正站在窗前把一杯陈茶往窗外泼，听见儿媳唤她，她回身便骂，我知道你有二心了，想今晚把我灌醉，好在我儿子睡过的炕上养汉！寡妇忍着，没有和婆婆顶嘴，想引诱她把肉吃了。这时外面的雷声越来越响，窗棂被震得跟敲锣似的，咣咣响，寡妇突然看见她丈夫从窗口飘了进来，就像一朵乌云。她刚叫了一声丈夫的名字，那朵云就化作一道金色的闪电，像一条绳子一样，勒住了她婆婆的脖子。婆婆倒地身亡，被雷电取走了性命。寡妇明白这是丈夫在帮助她，如果她也死了，孩子谁来管呢？从那以后，这寡妇就守着孩子过日子，没有再嫁。而她的孩子也争气，几年后考上了一所名牌大学。

史三婆的话使我联想到魔术师，他也会化作一道闪电吗？看来以后的雷雨天气我得敞开窗口了，也许我的魔术师会挟着一束光焰来照亮我晦暗的眼睛。

卖笤帚的女孩发现我对鬼故事确实有着与人一样的着迷，她不再怀疑我是鬼了，她接着史三婆，讲了另一个鬼故事。

我表哥在乌塘自来水公司当司机，他有一个朋友叫贾固，在法院工作，是法警。有一年冬天，贾固的车掉进雪窝里，唤我表哥帮他拖出来。我表哥和贾固怕耽误上班，凌晨三点就上路了。那辆车陷在一片坟地里，天落着雪，四周白茫茫的。表哥拖着拖着车，忽然见雪野中闪出一个人影，是个女人，她戴着白围巾、白帽子，脸盘素净，面容秀丽，说要搭我表哥的车进城。在那样一个荒僻的地方，突然出现这么一个女人，我表哥觉得蹊跷，就问她怎么这么早就来到野外？那女人只是笑，并不出声。再问她是人是鬼时，她摆摆手就消失了。表哥吓得腿直哆嗦，他们把车拖出来，再也不敢回头看一眼坟场。表哥跟贾固说，他当法警，一定是枪毙错了人，冤魂才会从坟地飘出来。贾固便把由他亲手毙掉的死刑犯一一过筛子，最后真的找到了那个面容如坟地上出现的女人的照片，她在七年前就被处决了。存档的卷宗说她红杏出墙，杀害了丈夫。贾固认为这案子判得肯定有不公之处，就暗中复查旧案。从此他寝食不安，衣冠不整，渐渐地精神不太正常了，常指着妻子叫老娘，指着馒头叫灵芝。前年冬天，他被一辆运煤的卡车撞死了。表哥说在贾固的葬礼上，他又看见了那个在坟地遇见的女人，她还是那么年轻，戴着白帽子、白围巾，一言不发。表哥想跟她说几句话，可她一转眼就在贾固的灵前消失了。直到今年春天，派出所抓到了一个盗窃犯，他交代出自己几年前因抢劫未果，杀了一个人，而那个人就是那个女人的丈夫。看来她确实是屈打成招，含冤而死的。贾固杀了本不该被杀的人，她也就取走了他的性命。你说以后谁还敢当法警啊？

女孩讲故事的能力十分了得，而这个鬼故事则让我起了寒意。我夸赞她口才好，史三婆咳嗽了一声，说，她考上了大学，口才自然差不了！

我便问她既然考上了大学，为什么不去上？女孩别过脸去，脸上现出凄凉的神色。史三婆说，还不是因为穷？她妈是个药篓子，他爸呢，常年下矿井，落了一身的病，如今风湿病重得连路都走不了，只能躺在炕上。一家两个病号，哪有钱供她上学呢？

那为什么不向社会寻求救助呢？我问。

像她这样上不起大学的孩子又不是一个，救助得过来么？史三婆说，这丫头出来做小买卖，说挣了钱供自己上大学。我看靠她卖笤帚，卖到人老珠黄了也上不起！还不如学那些来乌塘"嫁死"的女人，熬它个三年五载的，"嗵"的一声，矿井一爆炸，男人一死，钱也就像流水一样哗哗来了！要说什么是鬼，这才是鬼呢！史三婆气咻咻地拈起一瓶灭蚊剂，漫无目的地喷了一下，好像我是只吸人血的毒蚊似的。

女孩泪眼蒙眬地对史三婆说，我才不"嫁死"呢！

我问，什么叫"嫁死"？

史三婆擤了把鼻涕，突然指着从不远处走来的一个染着棕红头发的穿花衣的女人说，这媳妇就是来乌塘"嫁死"的。可她嫁来三年了，她男人还活蹦乱跳着！听人说她一个白天都在外面打麻将，晚上回家一看到她男人从井下平安回来了，她就叹气，连饭也不做给他吃。

我大惑不解，问，这是为什么？

史三婆鄙夷地看着那个走得愈来愈近的女人，说，你是外地人，当然就不知道"嫁死"是怎么回事了。乌塘不是矿井多、事故多么，这些年下井死了的矿工，家属得到的赔偿金多，一些穷地方的女人觉得这是发财的好门路，就跑到乌塘来，嫁给那些矿工。他们给自家男人买上好几份保险，不为他们生养孩子，单等着他们死。我们私下里就管这样的女人叫"嫁死的"。前年井下出事故时，你看吧，那些与丈夫真心实意过日子的女人哭得死去活来的，而外乡来的那些"嫁死的"呢，她们也哭几嗓子，可那是干嚎，眼里没有泪，这样的女人真是鬼呀！

那个遭史三婆贬损的女人走到摊床前了，她拿起一瓶敌杀死，问，多少钱？史三婆说九块。那女人嘟囔道，不是六块么？史三婆捋了一下额前的头发，说，卖给你就是九块，爱买不买！女人撒下瓶子，说，又不是你一家卖敌杀死！她瞪了史三婆一眼，离开了摊床。我望着她的背影，看着她袅娜的腰肢和裸露着的性感的胳膊，有一种分外寒冷的感觉。

史三婆的生意在九点以后开始兴旺了。看来乌塘夏季的蚊蝇很多。买灭害药的百分之九十都是女人。史三婆没忘了见缝插针地给我讲故事，什么女人死后变成了狐狸，迷死了猎人；什么大姑娘睡在花树下，无缘无故地怀上了鬼胎，这孩子出生后是个混世魔王，无恶不作。可我对这些传说的鬼故事已经不感兴趣了。集市上人影憧憧，谁能想到有一些却是鬼影呢？！炸油糕与麻花的甜香气，与炸臭豆腐干的气息混合在一起；卖瓜果蔬菜的与卖粮油副食的争先恐后地吆喝着，地面渐渐地积了瓜子皮、纸屑、烟蒂、菜叶等遗弃物，当然还有人们随口吐出的痰。

蒋百嫂也出现在集市上了。史三婆告诉我，她男人蒋百失踪后，她就来集市卖油茶面儿了。她是集市中来得最晚的生意人，因为她夜晚老是喝酒后带男人回家鬼混，所以起得迟。她说蒋百嫂的油茶面生意还不错，男人们很喜欢猴在她的摊床前。蒋百嫂仍是一袭黑衣，绾着发髻，嘴里嚼着什么，胳膊上挎着一个木桶，木桶里装着油茶面。她看人时的目光是迷茫的、懒散的，步态微微踉跄，似乎还没醒酒的样子。她穿行在集市中，就像一股凛冽的风掠过湖面，泛起寒波点点，很多人都抬着眼望她，就像看戏中人似的。

第四章　失传的民歌

乌塘的雨是我见过的世界上最肮脏的雨了，可称为"黑雨"。雨由天庭洒向大地的时候，裹挟了悬浮于半空的煤尘，雨便改变了清纯的本色。乌塘人因而喜欢打黑伞。众多的打黑伞的人行走在纵横交错的街巷中，让人以为乌塘落了一群庞大的乌鸦。即便如此，雨过天晴，乌塘还是显得清亮了许多。

周二听说我想搜集民歌，就让我到回阳巷的深井画店去。他说画店的主人陈绍纯，最喜欢唱民歌了。不过他唱的歌有点悲，人们都说那是"丧曲"。他老婆不允许他在家唱，他就在画店唱。回阳巷的商贩，最不喜欢与他为邻了。你这边生意刚开张，那边就传来了他唱丧曲的声音，谁不忌讳呢。所以毗邻画店的商铺，从烧饼铺到狗肉店再到理发店，已经几易其

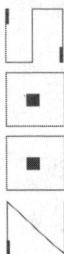

主。如今与它相挨的，是家寿衣店。

周二嫂套上驴车，和蒋三生到火车站招揽生意去了。三生骑在家里的屋顶上，周二嫂喊他的时候，他激灵了一下，差点一个跟头从屋顶跌下来。周二嫂对我说，自从蒋百失踪后，这孩子就不爱待在屋里，他除了喜欢到旅店玩，还爱坐在自家的屋顶望天。有的时候他在屋顶一坐就是一下午，似乎在张望他父亲归来。

蒋百是如何失踪的呢？听周二说，蒋百在小鹰岭矿采煤，是个性情温顺的人。下矿归来，他爱喝上几盅酒，蒋百嫂因而练就了一手做下酒菜的好手艺。小鹰岭是个大矿，一共有六个作业点，每个作业点都要有一到两个班次在作业，而每班次是十人。矿井出事那天，蒋百早晨时离开家去矿上了，可他傍晚没再回来。从蒋百所在的班次的事故工作面上找到了九具尸体，唯独没有蒋百的。矿长说，蒋百那天根本没有到小鹰岭，下井的是九个人。这么说，蒋百那天是去别的地方了。他虽然幸免于难，但是形迹杳然，没人知道他去哪儿了。大家对蒋百的失踪有多种猜测，有人说他抛弃了蒋百嫂，寻他中学时的相好去了；有人说蒋百被人害了，行凶者早已将他焚尸灭迹。还有更荒唐的说法，说蒋百厌倦了井下生活，到深山古刹做和尚去了。蒋百嫂原先是个羞涩的人，蒋百失踪后，她变了一个人似的，三天两头就去酒馆买醉，花钱大手大脚的，人也变得浪荡了，隔三岔五就领男人回家去住。乌塘的许多女人因而敌视蒋百嫂，怕自家男人被她勾引了去。蒋百嫂原来受雇于一家托儿所，给人看小孩子，蒋百失踪后，她就到集市卖油茶面去了。

周二告诉我，派出所曾对蒋百失踪的事，调查过一些人，问他们在矿难的那天是否见过蒋百。结果有两个人见过他，一个是粮库的退休工人老周头，一个是邮局的顾小栓，他们都说蒋百那天早晨穿着蓝色的工作服，戴着矿帽，去汽矿站搭乘矿车。蒋百身后，还跟着他家的狗。它每天早晨忠心耿耿地把蒋百送上矿车，黄昏时再跑到矿车停靠地，欢天喜地地把主人迎回来。所以蒋百失踪后，这狗就不入家门，依然在傍晚时去接主人。矿车一停下，它就凑上前，但下车的人总是让它失望。它以前威风凛凛的，如今却憔悴不堪，乌塘人因而喜爱这条忠实于主人的狗，一些饭馆的老板见它从街巷中走来，常撒一些香肠和牛肉给它。

回阳巷是一条幽长的巷子，深井画店就在这巷子的尽头，果然与一家寿衣店相邻着。画店很小，有一扇西窗，西北角的棚顶打着一个菱形木方，木方下垂下来几条铁链，钩着几幅画。我见过的画店，画都是悬挂在墙壁或者是倚在墙角的，没有像深井画店这样把画吊在棚顶下的,这做派倒有些像肉铺和洗染店了。画店的东北角,是个一丈见方的柜台,一个面容清癯的老人正俯在那儿画着什么。听见门响,他皱了一下眉,但并未抬头。我问他,您就是陈绍纯先生吗?他仍未抬头,而是抽了一下嘴角,微微点了点头。我凑到柜台前,见他正在画荷。那荷花没有一枝是盛开着的,它们都是半开不开的模样,娇弱而清瘦。我只能讪讪地自我介绍,说,我想做点民俗学的调查,搜集民歌,听周二介绍你民歌唱得好,特来拜访。我说话的时候,他始终没有望我一眼,所以我觉得是隔着竹帘与他讲话。见他态度如此傲慢,我正想走掉,他突然放下画笔,没容我有任何心理准备,他一歪脖子,歌声就如倏忽而至的漫天大雪一样飘扬而起。我头一回听人唱没有歌词的歌,它有的只是旋律。那歌声听起来是那么悲,那么寒冷,又那么纯净,太不像从大地升起的歌声了。

他的歌声起来得突然,走得也突然,当我还为着歌声的那种无法言说的美而陶醉时,它却戛然而止了。他低声问了句,这样的悲调你也想收集么?如今悲曲上不了台面,你没见电视中唱民歌的个个都是欢天喜地的?

我说,我喜欢这悲调。我的话音刚落,一个穿着肥大裤衩、着一件油渍渍蓝背心的壮汉满面流汗地推门而入。他胖得两腮的肉直往下坠。他的腋下夹着一幅玻璃框风景山水画。他一进来就嚷嚷,陈老爷,我娘嫌这牡丹不鲜艳,你再给上上色,多涂点红啊粉啊的!

陈绍纯抬起头,对来人说,牛枕,你回去告诉你娘,牡丹涂红涂得重了,那不成了猴子的屁股了吗?我深井画店就是这么个画法,她又不是不知道!她要是不稀罕,我将画收回,钱一分不少还给她,你看行不行?

牛枕将画摆在柜台上,撩起背心一角,揩脸上的汗。他粗声大气地说,哎哟,陈老爷,我娘就认你的画,别人画的她还不得意呢!她瘫了三年了,整天看的是墙,我早就说要给墙挂上几张画让她看,可她嫌碍眼、累赘,今年她是头一回提出要看画,点着名要看你画的牡丹,她年岁大了,眼神哪比年轻人,常把猫看成老鼠,把人看成鸡毛掸子。你画的红牡丹,她看成了粉的;粉的呢,又看成白的了!我又没那两把刷子,不然我就给牡丹上色了。陈老爷,求您了,改天我割一块好肉来孝敬您!

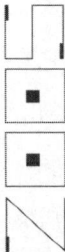

陈绍纯叹了口气，说，再上色，可不就是糟践了那些牡丹么！你留下画吧，明天上午来取。

牛枕像小孩子一样兴高采烈地拍着手，说，谢谢陈老爷！我娘看的牡丹，就得是歌厅中那些坐台的小姐，脸上得擦上二两粉，头发抹上二两油，嘴唇涂上二两口红，浓浓的，艳艳的，不然她是不看的！

陈绍纯说，我看你在集市卖了两年肉，嘴皮子也练出来了。

牛枕说，我不学会吆喝，卖的就是天鹅肉，也得烂在摊床上，如今这世道，叫唤的鸟儿才有食儿吃呢。

陈绍纯对牛枕说，明天来取画，顺便为我在集市买两斤蒋百嫂卖的油茶面。

一提蒋百嫂，牛枕就眉飞色舞地诉说刚刚发生在集市的一件事，蒋百嫂把一个小媳妇的门牙打掉了，这是个来乌塘"嫁死的"外乡女人。那女人买油茶面，蒋百嫂不卖给她，说她的油茶面不能给黑心烂肺的人吃。小媳妇很厉害，她朝蒋百嫂身上吐了口唾沫，说乌塘有一个烂货，她男人失踪后，她熬不住了，连捡破烂的老头都能和她睡上一觉，这个烂货怎配指责别人？蒋百嫂便大打出手，咣咣几拳，将"嫁死的"打得鼻青脸肿，口吐鲜血，掉了颗门牙。小媳妇哭嚷着，打电话报了警。派出所的民警赶到集市后，见是蒋百嫂在惹是生非，就说她，你看乌塘哪个女人像你？闹了酒馆又闹集市，还有一点做女人的样子么？！蒋百嫂一生气，就把一碗刚冲好的油茶面泼到民警脸上，烫得民警跟挨宰的猪一样嗷嗷叫。牛枕说完，哈哈笑了起来。

陈绍纯说，蒋百嫂这回可闯了大祸了，那"嫁死的"小媳妇丢了颗门牙，还不得讹她个千儿八百的？

牛枕说，蒋百嫂有那么多男人供着，赔她个万把的也不在话下！再说了，派出所这帮吃闲饭的找不到蒋百，愧对蒋百嫂，也不敢把她怎么着！

看来在乌塘，蒋百嫂因为蒋百的失踪而成了新闻人物，你走到任何角落，都能听到她的消息。

牛枕走了，陈绍纯依然画他的荷花。他垂着头，凝神贯注。也许在他眼中，我就是这画店的静物。我想也许他画完荷花，就有与我谈天的兴致了。

我走出深井画店时，觉得带着一身的雪花，是陈绍纯歌声中的音符附着在我身上了。太阳在厚薄不一的云中徘徊，遇到云薄的地方，它就浅浅微笑着，而到了云厚之处，它就像一个蒙面的修女，一脸的肃穆。大地也因此忽明忽暗着。我不知道我的魔术师是否在云层的后面，仍如过去一样在温柔地注视着我么？太阳与月亮之所以永远光华满面，是不是容纳了太多太多往生者的目光？有一缕云，轻飘疏朗得特别像一片鹅毛，它令我想起婚姻生活中那些美好的日子。每当假日时我垂着窗帘放纵地睡懒觉时，已经把早饭热了不知几遍的魔术师就会捏着一片雪白的鹅毛，轻轻地撩拨我的脸，把我叫醒。那片鹅毛是他变魔术的道具，他在舞台上，能用它变出手帕和棒棒糖。我被扰醒后，总是捏着他的鼻子不许他喘气，嗔怪他断送了我的美梦。魔术师就会旋转着鹅毛，大张着嘴吃力地对我说，你睡了一夜，睫毛都是眵目糊，我为你扫一扫还不应该啊？他是把鹅毛当成了笤帚，而把我的睫毛当成了庭院前的栅栏了。他去世后，那片鹅毛被我插在他的指缝间，随他一起火化了，因为再也不会有其他男人用这片鹅毛叫我苏醒了。

我在异乡的街头流泪了。只要想起魔术师，心就开始作痛了。一个伤痛着的人置身于一个陌生的环境是幸福的，因为你不必在熟悉的人和风景面前故作坚强，你完全可以放纵地流泪。

我哭泣着，漫无目的地走着。一些行人发现我满面泪痕的样子，现出怪异的神色。有两个人还关切地询问我，一个问我是不是丢了东西；一个问我是不是得了绝症。我回答他们的不是话语，而是绵绵不绝的泪水。我边走边看天，直到那片鹅毛般的云荡然无存了，才注意看脚下的路。过了回阳巷，是紫云街。我很喜欢乌塘街巷的名字，它没有那么大众的名字，比如很多城市都有的"前进路、中山路、胜利街、光芒巷、卫东巷"等等，乌塘街巷的名字，很像一个坐在夕阳底下饱经风霜又不乏浪漫之气的老学究给起的，如青泥街、落霞巷、月树街等。除了紫云街外，我还喜欢月树街的名字。月树街上有几家歌厅，我趑进两间，问这里可有唱民歌的。经营者便问我，你想点民歌？他们盛情地从KTV包房中取出点歌本，向我推荐《山丹丹花开红艳艳》《走西口》《小放牛》《十送红军》《兰花花》《赶牲灵》等歌，我说我想听那种没有被流传下来的民歌，他们就像打量怪物一样对我说，那你走错地方了。

我确实走错地方了。虽然歌厅的营业高潮还未到来，但偶尔飘来的

丝丝缕缕的歌声，都是那些滥俗怪诞的流行歌曲。流行歌曲有两类最走红，一种是声嘶力竭地如排泄不畅地沙哑着嗓子吼，一种是嗲声嗲气地软着舌头跟蚊子一样地哼哼。这样的歌声在我听来就是人间的噪音。最后在一家名为"星星"的歌厅，总算听到一首三十年代的老歌《陋巷之春》，才让我获得了某种慰藉。唱它的是一个二十上下的女孩，虽然她模仿周璇的那种清纯甜美有些夸张，但那旋律本身的美好却像一条奔涌而来的清流一般，难以抵挡。我很喜欢它的歌词：

> 人间有天堂，天堂在陋巷。春光无偏私，布满了温暖网。树上有小鸟，小鸟在歌唱。唱出赞美诗，赞美青春浩荡。
>
> 邻家有少女，当窗晒衣裳，喜气上眉梢，不久要做新娘。春色在陋巷，春天的花朵处处香。我们要鼓掌，欢迎这好春光。

我坐下来，在光怪陆离的灯影下要了一杯奶茶，听完了这首歌。之后，又回到月树街。

月树街上的行人多了，黄昏已近，人们都在归家，街市比先前嘈杂了。我到一家面馆要了碗炸酱面，吃过后又进了一家茶馆，喝了杯绿茶。茶杯油渍渍的，让人觉得店主是开肉食店的而不是开茶馆的。等我再回到月树街时，天色已昏，歌厅的霓虹灯开始闪烁了，流动的商贩也出现了，他们卖的货色品种繁杂，有卖烧饼和牛肉的，也有卖棉花糖、头饰、背心短裤、果品以及二手手机和盗版书籍的。我买了一摞烧饼，一块酱牛肉，又到一家超市买了一瓶二锅头，朝回阳巷走去。我还想在这样的日落时分聆听几首民歌，再沾染一身雪花的清芬之气。

快到画店的时候，我见与它相邻的寿衣店走出来两个臂戴黑纱的人，他们抬出一只大花圈。那些紫白红黄的花朵被晚风吹得簌簌响，使我想起魔术师的葬礼。也有很多人送了花圈给他，可我知道他最不喜欢纸花了，我差人将他灵堂所有的花圈都清理出去。我知道有我为他守灵就足够了，我是他唯一的花朵，而他是这花朵唯一的观赏者。

我推开画店的门，见陈绍纯正坐在西窗下打盹，柜台上空空荡荡的，看来他已画完了荷花。店里光线虚弱，可他没有开灯。从他蹙眉的举止中，可看出他知道有人进来了，可他并未抬头，仍旧眯着眼。我轻轻走过去，将酒菜摆在他脚畔，说，该吃晚饭了。

他睁开眼，微微抬了抬头，看了看我，又看了看酒菜，叹了一口气，说，你就真想听我唱的那些悲曲？我点了点头。他再次沉重地叹了口气，说，你搜集这样的民歌，是没有出头之日的，谁听这样的民歌啊。

陈绍纯起开酒，唤我坐在他对面的小方凳上，直接对着瓶嘴饮起酒来。他对我说，他年轻的时候曾经历过一次死亡，有一天他被一挂受惊的马车掠倒，送到医院后，昏迷了二十多天。他说自己苏醒后，耳畔萦绕的就是凄婉的歌声，那种歌声特别容易催发人的泪水，从那以后，他就痴迷于这种旋律。那时他是一名中学语文老师，寒暑假一到，他就去乡村搜集民歌，整理了很多，还投过稿，但是没有一首能够发表。因为那词和曲洋溢的气息都太悲凉了。陈绍纯有一个朋友在文化馆工作，他曾把民歌拿给他看，他大加赞赏。两个人聚会时，常常悄悄吟唱那些民歌。"文革"中，这位朋友揭发了他，说陈绍纯专唱资产阶级的伤感小调，对社会主义充满了悲观情绪，陈绍纯开始了挨批生涯。他被打折过腿和肋骨，他们还把他整理的民歌撕成碎屑，勒令他吃下去，让这颓废的资产阶级的东西变成屎。他就得像一头忍辱负重的牛一样，把那些纸屑当草料一样嚼掉。陈绍纯说很奇怪，以前他并不能记住所有的旋律，可它们消亡在他体内后，他却奇迹般地恢复了对民歌的记忆，那些歌在他心底生根发芽、郁郁葱葱，他的内心犹如埋藏着一片芳草地，他常在心底歌唱着。只是那些歌词就像蝴蝶蜕下的羽翼一样，再也寻觅不到了，所以他的歌是没有词的。而那样的词在那个年代，就像插在围墙顶端的碎玻璃屏障一样，虽然阳光把它们照得五彩斑斓的，但你如果真想贴近它、跨越它，就会被扎得遍体鳞伤。

陈绍纯说如果没有这些歌，他恐怕就熬不到今天了。"文革"结束后，他又回到学校当教师去了，退休后，就开了深井画店。他之所以开画店，就是为了唱歌方便。家人不允许他在家唱，有一回他唱歌，家里的花猫跟着流泪。还有一回他唱歌，小孙子正在喝奶，他撇下奶瓶，从那以后就不碰牛奶了，他只得在外面唱歌。

天色越来越暗了，陈绍纯的面容在我面前已经模糊了。他对我说，在

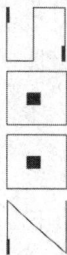

乌塘，最爱听他歌的就是蒋百嫂。蒋百失踪后，蒋百嫂特别爱听他的歌声。她从不进店里听，而是像狗一样蹲伏在画店外，贴着门缝听。她来听歌，都是在晚上酒醉之后。有两回他夜晚唱完了推门，想出去看看月亮，结果发现蒋百嫂依偎在水泥台阶前流泪。

陈绍纯的歌声就是在谈话间突然响起来的。他的歌声一起来，我觉得画店仿佛升起了一轮月亮，刹那间充满了光明。那温柔的悲凉之音如投射到晚秋水面上的月光，丝丝缕缕都洋溢着深情。在这苍凉而又青春的旋律中，我看见了我的魔术师，他倚门而立，像一棵树，悄然望着我。没有巫师作法，可我却在歌声中牵住了他的手，这让我热泪盈眶。

我回到旅店时，天已经很黑很黑了。周二和周二嫂在吵嘴，原来周二嫂用驴车带回了一个瘸腿人，此人是个农民，他老婆进城打工，一去两年，音信皆无。他去寻，发现老婆已跟一家餐馆的大厨厮混上了，他跟大厨格斗，被打折了一条腿。他没钱医治腿，又没钱乘车，就一路拄着拐回他的老家去。周二嫂在站前广场遇见了这个衣衫褴褛、神情憔悴的人。她就把他扶上驴车，想让他来旅店睡宿好觉，喝碗热汤。不料周二对她的义举大为不满，说这个人病得快成灰了，万一死在店里，他的家人找来讹上我们，岂不是好心当成了驴肝肺？周二嫂觉得委屈，她说周二，我领回的要是个女人，你就不这么吹胡子瞪眼睛的了。周二气急了，他跺着脚说，你就是领回个天仙，我也只和你睡！

我回到房间，洗了把脸，关了灯，躺在床上。我的枕畔放着一个电动剃须刀盒，这是魔术师的。他在时，我常常在清晨睡意蒙眬时，听到他刮胡子的声音。那声音很像一个农民在开着收割机收割他的麦子。他永别我后，我将他遗落在枕畔的几根头发拾捡起来，珍藏在他变魔术用的手帕中。而这个剃须刀槽盖中，还存着他没来得及清理的被碾成了齑粉的胡须。我觉得那里仍然流淌着他的血液，所以也把它珍藏起来。我带着它出来，就是想让它跟我一起完成三山湖的旅行。对我而言，它就是一个月光宝盒。我抚摸着它，想着第二天仍然可以到深井画店倾听陈绍纯的歌声，便有一种伤感的幸福弥漫在周身。然而就在那个夜晚，陈绍纯永别了这世界沉沉的暗夜，他把那些歌儿也无声无息地带走了。

第五章　沉默的冰山

我是在凌晨跟周二寻找瘸腿人时，得知陈绍纯的死讯的。

周二如以往一样早起，套上驴来拉磨。他正往磨眼中填好泡好的黄豆的时候，为客人烧洗脸水的周二嫂慌慌张张地闯进磨房，对周二说，不好了，那个腿坏了的人不见了！住店的大都是周二嫂的老客人，譬如运煤的司机、拉脚的小贩或是收购药材的商人，周二嫂就把大家都吆喝起来，帮助她寻找那个失踪的人。

周二嫂带着一行人朝西南方向寻找，而我和周二则奔向东北方向。天虽然亮了，但不是那种透彻的亮，街巷中几乎不见行人，它们灰暗、陈旧得像一堆烂布条。空气比白天要清爽一些。周二边寻找边和我嘟囔，说周二嫂就是这么个爱管闲事的女人，她要做的事，你若是不依，她倒不和你频繁地吵闹，她治理周二的办法就是在每日的餐桌上只摆上两碟咸菜和一盘馒头。周二在集市混了一天，最惦记的就是晚餐的烧酒和可口小菜，所以他轻易不敢拗着周二嫂行事。他说如果找不回那个人，周二嫂肯定会把酱缸中长了白醭的咸菜捞出来对付他。我宽慰周二，一个挂着拐的病人，他又能跑多远呢？谅他是不会出城的。

然而这个人确实消失得无影无踪了。凡是他能去的地方，比如公交车站、火车站、桥洞、居民区的自行车棚、垃圾箱、公园甚至公厕，我们都找过了。我对周二说，也许周二嫂他们已找回他了，正喝着热汤呢，于是就折回旅店。岂料周二嫂一行也是失望而归，这一大早晨撒出去的两片网均一无所获，周二嫂泪眼蒙眬的。她责备周二，一定是昨晚她和丈夫吵嘴的话被那人听到了，他一想到男主人不欢迎他，就知趣地在夜半无人注意时悄悄离开。万一他死在半路上，周二就是杀人凶手。

周二不敢插言，唯唯诺诺听着。最后他说，他走不远，我再去找。

我和周二又回到街上。周二说，驴白白拉了磨，今早的豆腐做不成了，这一天的生意算是白搭了，我也去不成集市了。昨天我和谢老铁下的半盘棋还摆在那儿，想着今天下完，下一步棋该怎么走我昨晚都想好了，咳！

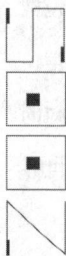

我宽慰他，没准一会儿就能找到那人。周二忍不住埋怨道，你说一个大男人，脸皮怎么就那么薄啊，听了两句难听的就开溜了，还趁着夜色，真是属老鼠的，这不是成心要我和老婆闹别扭嘛，妈的！

街巷中渐渐有了行人，天也亮了。在主干街道中，已出现了穿着橘黄背心扫街的环卫工人。我们向她们打听是否见着一个爬行着的人，她们都摇头说没见过。我们走过百货商场，走过医院，走过粮油店，从辉来街进入宽成街，又从宽成街插入月树街。灰蒙蒙的太阳升起来了，向阳的建筑物忍饥受冻一夜，如今它们吮吸着阳光，看上去光洁而滋润。车声起来了，人语也起来了，街市也就有了街市的样子。我们顺着月树街自然而然来到回阳巷，远远地，就见深井画店不断有人进进出出。周二对我说，画店一定出事了，陈老先生从来不这么早开张，画店也不会在一大早来这么多人的。

我们加快了步伐，快接近画店时，周二碰到一个歪嘴的熟人，他说话有些含混不清，他告诉周二，陈老爷子死了，是让一个画框给砸死的，如今正给他穿寿衣呢。周二拍了一下腿，说，陈老爷子怎么这么倒霉！歪嘴人说，听说他是让牛枕家的画框给砸死的，砸到脑壳上了！可能人老了，脑壳跟鸡蛋壳一样酥了，不经砸！歪嘴人说完，擤了一把鼻涕。

没有阳光跟着我们走进画店，因为深井画店在回阳巷的阴面。有四个人正抻着一块白布站在柜台里，从里面传来声音。其中一个人低沉地对周二说，别过来，正穿着衣服呢。周二和我就像两根柱子似的无言地立在那里了。过了一刻，有一个人直起腰来，是一张老女人的脸，她吩咐那四个撑着白布的人，把白布蒙在陈老爷子身上，看来死者衣裳已经穿好了。几个人纷纷走出柜台，蹲到窗前的一个脸盆里洗手，仿佛他们刚刚做完一件不洁净的事似的。洗完手，几个人直起身来吸烟。周二问那个老女人，顾婆婆，陈老爷子是几时没的？顾婆婆深深吸了一口烟，说，今儿一大早我出门泼洗脸水，听见他家的店门被风吹得哗哗响，像是没闩的样子，我就过来看看。那门真的没闩，我进去一看，陈老爷子躺在地上，人早就凉了，他的脑袋旁横着个画框，框没散，玻璃碎了，镶在里面的画也好好的。我认出那是牛枕他娘要的牡丹。他这是要把画挂在钩子上，失手了，把自己给砸死了。顾婆婆又深深地吸了口烟，说，俗话说得真对呀，该着井里死的，河里死不了！一个画框，要是砸只蚂蚁，未见砸得死；砸个大活人竟这么轻巧，只能说明他该着这么死么！

顾婆婆话音才落，牛枕一脸丧气地进来了。大家见了他都不说话，他也只是反复说着"这可怎么好"一句话。顾婆婆吸完那支烟，将烟头扔掉，进了柜台里面，很快把那张肇事的牡丹图取了出来。她就像公安人员让罪犯认证一件血衣一样，将它摊在地上，对牛枕说，这是不是给你娘画的？

牛枕抽泣了一下，点了点头，眼里泪光点点。

那牡丹图果然比昨日看上去要鲜艳多了，红色的红到了极致，粉色的粉得彻底，看来陈绍纯老人已经重新修饰过了这张牡丹图。顾婆婆又点了一根烟，对牛枕说，你说镶着这画的玻璃碎了不知多少块，可这张牡丹图呢，连个划痕都没有，真是奇了！

周二见牛枕看着画的那种哀愁欲绝的表情，就劝慰他说，如果陈老爷子不将画框悬在房梁下，而是像布店摆放布匹那样一匹匹地竖在柜台上，就不会出这样的事了。顾婆婆也说，陈老爷子也是怪，画又不是鱼干肉干，非要吊起来做什么，这下好，等于自己捉来个吊死鬼，被小鬼索了性命！

想到那些至纯至美的悲凉之音随着陈绍纯离开了这个世界，我流泪了。这张艳俗而轻飘的牡丹图使我联想起撞死魔术师的破旧摩托车，它们都在不经意间充当了杀手的角色，劫走了人间最光华的生命。有的时候，生命竟比一张纸还要脆弱。

顾婆婆就是与画店毗邻的寿衣店的店主，她絮絮叨叨地对大家说，陈老爷子昨夜又唱他的丧曲了，唱了大半宿，她为了给张顺强家扎一对还愿用的纸牛纸马，闭店时快到午夜了，可陈老爷子还在唱歌。顾婆婆还说，她去陈老爷子家报丧时，陈老太婆好似睡着，被叫醒后听说她男人没了，一声都没哭，反倒打了一个呵欠，说，唱那种歌儿的，有几个好命的？她的儿孙们闻讯后也不显得特别悲戚，他们相跟着来到画店后，还争论这画店将来该做什么。大儿子说要开玩具店，小儿子说要开音像店，没谁掉眼泪。看他们那架势，用不上三天，他们就会把陈老爷子推进火葬场。

画店又涌进来几个人，他们拿着黑布、挽幛和几刀烧纸。其中一人的面容酷似陈绍纯，看来是他的儿子。顾婆婆问，你们就在画店布置灵堂

啊？那个像陈老爷子的男子说，嗯，我妈说了，不往家拉了，我爸喜欢画店，就让他从这儿上路。说完，他从兜里摸出五十元钱给顾婆婆，说这是赏给她的穿衣钱。顾婆婆显然对这个钱数不满，她谢也没谢，微微撇了一下嘴，将钱掖到裤兜里，说她店里没人照应，如果有事再去叫她，就出了画店。

我和周二也走出画店。周二走在前，我在后。我们出门时，牛枕还在哀愁地垂立着，看着那张牡丹图。周二回头对我说，看来牛枕今天跟他一样倒霉，他卖不成豆腐了，牛枕也别想着去集市卖肉了。

由于街巷的宽窄和深度不同，阳光投射下来的影子是不一样的。有的街道宽阔平坦，街两侧的建筑物又低矮，阳光的进入就活泼、流畅，街面上的光影就是明媚而柔和的。但如果是幽长而逼仄的小巷的话，再赶上巷子旁的房屋密集而挺拔，阳光的到来就颇为吃力，落在巷子中的光影就显得单薄而阴冷，回阳巷的阳光就是这样的。走在这样的小巷中，我越发有一种凄凉的感觉。周二见我失神，就不再回头与我搭话，他仍然不断地向行人打听挂拐人的下落，大家对他的回答总是"不知道"。从周二疲沓的步态上，能明显感受到他的沮丧。

我们回到旅店，周二嫂已经心平气和地忙着早饭了。原来她碰见了一个运煤的跑长途的司机，他在离乌塘有五六里路的金平庄碰见了一个挂拐的人，他看上去比单脚立着的稻草人还要单薄，金平庄的一个养鸡户正张罗着给他搭便车，让他回家。周二嫂明白这个倒霉蛋碰上了好心人，心中也就安宁了，对周二的态度也和悦了，问他早餐想吃什么咸菜。周二一见周二嫂云开日朗，连忙回磨房做他的豆腐去了。赶不上上午的集市，他下午去也来得及。

周二嫂告诉我，通往三山湖的火车已经通了，问我什么时候离开乌塘。我对她说不急。她问我民歌和鬼故事搜集得怎么样了，我便把陈绍纯的死讯告诉她。她听了一惊，说，这老爷子身子骨挺硬朗的，竟然死在一张画上，这就是命啊。她说她儿子的名字还是陈绍纯给取的呢，"文革"结束后，陈绍纯还给上头写了信，建议恢复老街巷的名字，回阳巷和月树街这些一度被废弃的名字，又重新回到街市中。按周二嫂的说法，陈绍纯是乌塘最有文化的人，她说就冲陈绍纯给她儿子取了名字的情分上，她一会儿也要买上几丈白布去吊孝。她还说蒋百嫂要是知道陈老爷子死了，一定会难过的，她喜欢他的歌儿。

周二嫂感受到了我的抑郁，她说我做的事跟采山货一样，山货的出现是分年份和气候的，搜集民歌和鬼故事也是。赶上这个年月听民歌的人少了，采集起来当然就困难，她劝我不要太难过。她说这两年蒋百嫂没少听陈绍纯的歌，她在夜晚酒醉回家后，也常哼上几曲，估计都是从深井画店学来的，这样我完全可以从蒋百嫂那里挖掘陈绍纯掌握的民歌。她的话使我死寂的心又燃起一簇希望之火。不过周二嫂对我讲，去蒋百嫂家里不那么容易，她早晨起得晚，没人敢这时敲她的门，她也不喜欢客人去；白天呢，她在集市卖油茶面；晚上她倒是回家的，但没个定时，或早或晚，而且如果赶上她喝醉了，带回家的就不仅是一身酒气，可能还会有一个男人，这时候更不便打扰她了。

我说没关系，我可以慢慢等待机会。

周二嫂笑着说，我可不是要拖你的腿，想让你在我的旅店多住几天啊。

我哪会那么想你呢，我说，你对那个没钱的瘸腿人都那么好。

一提起瘸腿人，周二嫂又叹气了。她说那个人实在可怜，一夜能拐到金平庄，幸亏夜里没下雨。不过晚上寒气大，天又黑，他不知遭了多少罪！说着说着，她的眼睛湿了。她告诉我，乌塘还有一个爱唱歌的人，她专唱婚礼上的歌，叫肖开媚，在城东开了家婚介所。她劝我不妨去见见她，也许她唱的歌对我也有用。

吃过早饭，我就步行到城东去找那家婚介所，还真的好打听，一找就找到了。不过肖开媚不在，只有一个嗑着瓜子的肥胖女人守在那里。她对我说，肖开媚今天有活儿，开鞋店的老杨的儿子结婚，她主持婚礼去了。我问肖开媚是否会在婚礼上唱歌，那女人竟然操着一口港台腔对我说，当然啦，她是去唱喜歌去的啦。乌塘的新媳妇，肖开媚要是不去给唱上几首喜歌，她们是不会入洞房的啦。她问我是不是也来预约婚礼的，我摇了摇头，她就兴高采烈地说，那你一定是登记找男友的啦，你喜欢医生吗，医生握着手术刀，又挣工资又拿红包，还不显山不露水的，安全！我这里刚刚登记了一个，他老婆得癌了，他让我先帮他物色着，他老婆是晚期癌症，挺不上几个月了。你喜欢警察吗，有个刚离婚的警察，带着个八岁的男孩，想找一个容貌说得过去的，我看你够标准啊！她一边喋喋不休地说

着，一边取来一个花名册，哗啦哗啦地翻着，为我物色着人选。那一刻我觉得她就是拿着生死簿子的专门勾人魂魄的阎王爷，而我正不知不觉地踏入了地狱之门。从这样的环境中飞出来的喜歌，肯定透露着铜臭之气，不会让人的内心产生真正的喜悦。在我看来，真正的喜悦是透露着悲凉的，而我要寻找的，正是如梨花枝头的露珠一样晶莹的——喜悦尽头的那一缕悲凉！

我失望地离开婚介所，漫无目的地回到街巷中。见到街角有人卖金鱼，就凑上去看两眼；见到一个乞丐从垃圾箱中往出翻腾东西，也凑上去看两眼。天色有些昏黄，丝丝缕缕的云彩看上去就像是一片荒草。我进了一家录像厅，厅里光线微弱，汗腥味很浓，像是误闯了鱼虾市场。录像是循环放映，画面上是一个女人酥胸半露、同时与两个男人调情的镜头。我看了两眼，就乏味了，歪在破烂不堪的椅子上睡着了。这一觉竟然睡得比在旅店还要沉。等我醒来，电影已转为枪战片，一队穿迷彩服的士兵与一队穿便服的人在丛林中激战正酣，"哒哒哒"的枪声和火光交替出现。我觉得肚子饿了，晃晃悠悠地步出录像厅，一看手表，已是午后一时了，便就近踅进一家小吃店，要了一碗米饭、一盘地三鲜。在等菜的时候，听见两个面色黧黑的食客在议论刚刚发生的一件事情。说是那个唱喜歌的肖开媚今天上午主持鞋店老杨的儿子的婚礼时，被矿工刘井发给打了。肖开媚介绍了一个外乡来的女子给这矿工，谁也不知道她是来乌塘"嫁死的"。刘井发和她过了两年，总不见她怀孕，让她去看病吧，这小媳妇反而污蔑刘井发，说他的种子不好使。刘井发起了疑心，砸开了小媳妇终日上着锁的箱子，结果发现了好几张关于他的人身意外伤害保险单，刘井发将她暴打一顿，要休了她，小媳妇倒也不在乎，她说自己结婚前就戴了环，根本就没想给他生个一男半女的。刘井发认为婚介所的肖开媚一定是和小媳妇串通好了，介绍了这么个毒蝎女人给他，就揣上一把斧头，闹了老杨儿子的婚礼，在肖开媚的背上砍了十几斧子。如今肖开媚被拉进医院急救，刘井发被警车带走，搅得婚礼没点喜庆的气氛，老杨哀叹自己卖鞋招来了"邪气"，连新媳妇敬的喜酒都不吃了。

咳，你说这新媳妇带着个环和人家结婚，等于往肚子里放了一张网，那刘井发撒下的鱼苗再好，也是个被擒的命！其中那个长着对招风耳的食客说。

另一个吃东西时发出响亮吧唧声的食客说，我要是娶了这样的媳妇，就把她捆上，让她天天跪在门槛上，每隔五分钟喊我一声"爷爷"，不喊就揍，我就不信弄不服帖她！他进而分析煤矿事故多的原因，那是由于地下是阎王爷居住的地方，活人天天下去采煤，等于掘阎王爷的房子，让他不得安生，他当然要大笔一挥，取出生死簿子，把那些本不该壮年死去的人的名字一一勾上，提早带走他们。所以死在井下的矿工，总是三五成群。

招风耳说，现在行了，下井的一班是九个人，上头不是有文件吗，超过十人的死亡事故才上报，死九个人，等于是白死！

王书记也真是命好，小鹰岭煤矿那次事故，要是蒋百也在井下，刚好是十个人，一上报他就得倒霉，还不得来个行政记大过处分？哪有日后被提拔的份儿！妈的，蒋百也真是甜和他！你说蒋百究竟去哪儿了，我估摸着他那天还是下井了，只不过没找到尸首罢了。不然他家的狗怎么天天还是去汽矿站迎他？狗从哪儿把人送走，自然是在哪儿等主人回来的！

他们接着慨叹被不明不白抛弃了的蒋百嫂，慨叹糊里糊涂没了爹的蒋三生，慨叹采煤不是人干的活儿。本来他们的饭已吃完了，慨叹来慨叹去，他们觉得世事难料，就说不如趁着休班，一醉方休，明天下了井，能不能回来，还两说着呢。我这才明白，他们也是矿工，难怪他们的脸那么黑呢，好像每一道皱纹里都淤积着煤渣。他们要了一斤烧酒，两个小菜，开始了新一轮的吃喝。在这种时刻，我也特别想喝上一点酒。我吆喝来店主，要他为我拿一壶酒，添上一碟五香花生米和一碟咸鱼。店主吃惊地看着我，半晌没有反应过来，他大约没有见过一个女人会来这里要酒喝，所以当他朝灶房走去的时候，不由自主地嘟囔道：又一个蒋百嫂——

两个矿工无所顾忌地聊着天，他们一会儿讲邻里间的事儿，一会儿又讲亲戚间的事儿和夫妻间床上的事儿，非常放纵，又非常快乐。我呢，对着几碟小菜独斟独酌着。小吃店的卫生状况很差，苍蝇络绎不绝地在杯盘碗盏间飞起落下，赶都赶不及，只好对它们听之任之，也算有生灵陪着我这孤独的酒客。

时光在饮酒的过程中悄然流逝了。裹挟在酒中的时光，有如断了线的珠子，一粒粒走得飞快。不知不觉间，天色已暗淡了，那两个矿工是什么时候走的我竟一无所知。我飘摇着向外走的时候，店主吆喝住了我，说，哎，你还没付账呢！看来我把这小吃店当成了自己的家。我掏钱买单的时

候，店主问我，你不是乌塘人吧？我点了点头。店主把零钱找还我的时候，说，世上没有趟不过去的河，遇事想开点！

我觉得自己轻飘得就像一片云。如果我真是一片云就好了，我能飞到天上，看看我的魔术师是否在云层背后手持魔杖对我微笑？我叫了一辆人力三轮车回旅店。路过暖肠酒馆时，我看见了蒋百嫂的背影，她一定又去吃酒了。而她家的狗，正在路边有气无力地啃着一簇野草。

我回到房间倒头便睡，一条波光荡漾的大河出现在梦中。我站在此岸，望着对岸的青山，忽然看见一只鹰从青山中飞起。我的目光追随着这只鹰，它突然就幻化为一朵莲花形态的彩云；当我对着这云的娴雅之美而惊叹不已时，彩云又变为一只鹿，让人觉得天上也有丛林，不然这鹿缘何而生？正当我想要仔细察看鹿身后的天空是否有丛林时，它却变幻为一条摇头摆尾的鱼。而天空下面的青山，却依然是青山。我对着青山冥想之时，一阵哭闹声撕裂了我的梦境。睁眼一看，天已黑了，去拉灯，灯却依然黑着脸，像是与什么人生了气，不肯绽放笑容。我摸黑走出房间，见走廊尽头有一支蜡烛坐在花盆架上，它勃勃燃烧着，投下一带颤动的乳黄的光影。这光影于我来讲仿佛是一片片凋零的落叶，我小心翼翼地踩着它走过，踩出了一脚的苍凉。

正当我要走出屋子想看看外面究竟发生了什么事时，背后传来了脚步声，回头一望，原来是周二擎着一盏油灯从磨房走了过来，他大概刚泡完豆子。黄豆不被泡软，是上不了磨盘，做不成豆腐的。

我问周二是谁在外面哭闹，听上去撕心裂肺的，怪瘆人的。周二叹了一口气，说，能是谁啊？是蒋百嫂！她醉了，又赶上停电，她就闹，非说要用炸药包把供电局给崩了！

周二对我说，蒋百失踪后，蒋百嫂似乎特别怕黑暗，逢到停电的时刻，她就跟疯了似的四处奔走呼号，绝不肯在家里待一刻。周二嫂为此买了很多包蜡烛送她，可是她并不喜欢烛光，嫌它身上不带电。给她送油灯呢，她非说油灯睁的是鬼眼，不怀好意地看她。周二嫂就买来一盏电瓶灯送她。按理说电瓶灯发出的光与电没什么区别，可蒋百嫂仍是嫌弃它，说它把电藏在自己的肚子中，不能传输给别的电器，是个废物。邻居们都知道蒋百嫂受不了没电的时光，所以一遇停电，周二嫂不管手上忙着什么紧要活儿，都要立马放下，去安慰蒋百嫂。蒋百嫂在停电时刻暴躁不安，而一旦室内电灯复明，她就奇迹般地安静下来了。

　　周二把油灯摆在门口的鞋柜上，陪我出去看蒋百嫂。街面上没有车辆驶过，也没有行人，路灯一律黑着脸，只有两束锐利的手电筒光在蒋百嫂身上闪来闪去，使她看上去像个站在水银灯下拍夜景戏的演员。

　　周二嫂说，你回屋吧，蒋百嫂，夜里凉，你要是感冒了，谁心疼你啊？你回了屋，电也就来了。

　　蒋百嫂跺着脚哭叫着，我要电！我要电！这世道还有没有公平啊，让我一个女人待在黑暗中！我要电，我要电啊！这世上的夜晚怎么这么黑啊！！蒋百嫂悲痛欲绝，咒骂一个产煤的地方竟然还会经常停电，那些矿工出生入死掘出的煤为什么不让它们发光，送电的人还有没有良心啊。

　　我从未见过一个女人为了争取光明而如此激愤，而这光明又必须是由电而生的，这让我困惑不已。蒋百嫂哭叫着，周二嫂和另外两名妇女则好言劝解着，打算把她架回屋子，可她像头被激怒的公牛一样，没有回去的意思，不断地往前挣，声言要买两吨炸药，把供电局炸成一片废墟。正当大家一筹莫展之际，路灯就像长了腿似的跳了一下，电闪闪烁烁地来了。蒋百嫂打了个激灵，立刻安静下来了。

　　路灯亮了，居民区的灯也亮了。光明中蒋百嫂虽然也是一脸的悲凉，但她已恢复了理智。她对周二嫂等人说着对不起，然后领着一直在旁边打着哆嗦的蒋三生回家。

　　蒋百嫂走后，我随着周二和周二嫂回旅店。周二一进门就奔向油灯和烛台，忙不迭地"噗噗"将它们吹灭。周二嫂说，蒋百嫂确实怪，一停电就跟疯了似的，任谁也劝阻不了，除非是电回来了，她才恢复平静。我觉得这其中一定隐藏着什么秘密。周二说，能有什么秘密呢，男人就是女人的电，缺不了的；离了这个电，再好的女人也干枯了！说着，十分自得地冲周二嫂挤着眼睛，似乎在提醒她，她身上的活力是他赋予的。周二嫂"呸"了周二一口，说，喂你的驴去吧，要不它明天早晨哪有力气拉磨！周二哼着小曲，乐陶陶地去磨房了。

　　在这样一个夜凉如水的夜晚，我特别想和蒋百嫂聊聊天。我没有征求周二嫂的意见，独自出了旅店，走进一家食杂店，买了两瓶二锅头、一包

花生米、一袋酱鸡爪以及几个松花蛋，敲蒋百嫂家的门去了。

蒋百嫂的家门外挂一盏灯，还吊着一串风铃，所以轻轻敲几下门，风铃就会跟着鸣响。那风铃很别致，一只彩色的铁蝴蝶下吊着四串铃铛，它们发出的声音非常清脆，看来蒋百嫂把它当门铃来用了。

开门的不是蒋百嫂，而是蒋三生。他见了我有些躲躲闪闪的。我问他，你妈在家吗？他先是说在，接着又说没。他好像刚哭过，脸上的泪痕隐约可见。他立在那里，像个小门神，没有让我进屋的意思。

我认定蒋百嫂就在屋里，就说要进屋等她。蒋三生毕竟是个不谙世事的孩子，他"噔噔"地跑到一扇屋门前，说，是在周妈妈家住店的人，我说了你不在，可她还要进来等你！

我已经不请自进地跨进门槛了。一股香气扑鼻而来，是幽微的檀香气味，看来蒋百嫂在焚香。屋子素朴而整洁，陈设看上去规矩、得体，与我事先想象的零乱情景大不相同。有一点让我觉得奇怪，明明有两扇屋门，进门的小厅里却摆着一张小床，一看就是蒋三生的，蒋百嫂为什么不让他住在屋子里呢？

我把酒菜放在小厅的圆桌上。蒋百嫂推开一扇蓝漆门，提着一把黑沉沉的大锁头，赤红着脸走出来，反身把门锁上。她再次转过身来时连打了几个寒战，好像她刚从冰窖中出来。也许是刚才这一场哭闹消耗了她太多气力的缘故，她看上去有些疲惫，发髻也松垂了，几绺发丝像树杈那样斜伸出来，而她的唇角，漾着一点红，想必先前她暴怒之时不慎咬破了它。她有些木然地面对着我，久久无话，只是不断地伸出舌头舔拭唇角，微蹙着眉。那血迹被吸干后，慢慢地又洇了出来，好像她的唇角是个火山喷发口，金红的熔岩要不断涌现。

你找我有事么？蒋百嫂哀哀地看着我。

那天我来乌塘，在暖肠酒馆，你邀我喝酒，我不识相，今天特地带了酒来，想和你喝上几盅，说说话，也算赔罪了。我看着她背后那扇上了锁头的门说。我从没见过一个人在自家屋内还得上锁，那里一定隐藏着秘密。

我听周二嫂说，你是来搜集鬼故事和民歌的。蒋百嫂吁了一口气对我说，我不会说鬼，更不会唱民歌。

今晚我不想听鬼故事，更不想听民歌，我说，我只想跟你喝酒。我盯着她满怀哀愁的眼睛，说，今天晚上太冷太冷了。说完这话，我确实觉得寒冷，忍不住打了一个哆嗦。

那好吧。蒋百嫂指着桌子上我带来的酒菜说，厅里凉，去我的屋里喝吧。她吩咐蒋三生把我带来的东西拿到里屋的地桌上。蒋三生答应着，麻利地将酒菜兜在怀里，奔向里屋，那样子活像一个甩着长尾巴的小松鼠抱着松塔快乐地前行。

檀香的气息越来越浓了，我故作轻描淡写地对蒋百嫂说，从那屋里飘出来的香气可真好闻啊，我在佛诞日常去寺庙烧香，闻到的就是这种气味。

蒋百嫂淡淡地说，那里面供着祖宗的牌位，所以时常要上上香，说完，她率先朝屋里走去。

在跟着蒋百嫂朝屋里走去的时候，我在她身后悄悄贴近那扇蓝门，我听见一阵嗡嗡的轰鸣声，好像里面有什么机器在工作，这更令我疑惑重重。供奉祖宗，环境应该是清净的，为什么还会有这样的声音发出？

蒋百嫂的屋子也是整洁的，屋子的布置以蓝印花布为主，比如窗帘、床单、缝纫机以及电视机上，挂的、铺的、苫的都是蓝印花布，看上去素雅而美观。我很难想象蒋百嫂会在这样的屋子里和形形色色的男人鬼混。

蒋三生已经把吃食搬到窗前的桌子上了。那是一张一米见方的方桌，左右各摆着一把椅子，桌上放着两双筷子，两个白瓷酒盅，还有半瓶喝剩的酒、一袋青豆以及半袋牛肉干。看来蒋百嫂常在这里邀人同饮。

三生，你睡去吧，没你的事了。蒋百嫂说。

蒋三生答应着，乖乖回到门厅去了。

我问蒋百嫂，怎么给儿子取了这么个名字，听上去老气横秋的。

蒋百嫂说，我头一胎流产了，流下的是对双胞胎，照算命人的说法，我算是有过两个孩子了，他出生，排行就是老三了，当然得叫他三生了。

哦，流了产的孩子也算数啊，我说。

那不也是从自己身上掉下来的肉么，当然算数了。蒋百嫂问我，你有孩子吗？

我摇摇头。

蒋百嫂问，你没结婚？要不是你不会养活？再不就是你男人不行？

我笑了，说，都不是。停顿了一刻，我告诉她，我正想要孩子的时候，我爱人离开了我，他不久前去世了。

蒋百嫂叹息了一声，哀怜地看了我一眼，说，咱姐俩原来是一个命啊。

我心中想，难道蒋百并不是失踪，而是死了？

蒋百嫂大概意识到失言了，她将我让到椅子上，说，我男人失踪了快两年了，没有一点音信，我这不也等于守活寡么？

见我没有附和，她又机智地引入先前的话题，说她怀的那对双胞胎之所以流产，是被丈夫给吓的。那年矿上发生透水事故，蒋百那天也下井去了，听到消息后，她认定蒋百已别她而去，一阵哭嚎，不想动了胎气，白白葬送了一对双胞胎的性命。其实那天出事的现场，并不在蒋百的作业点。蒋百安然无恙地回来了，可她的肚子却像一片破网似的瘪了。她慨叹做矿工的孕妇，肚里的孩子随时可能成为遗腹子。

蒋百嫂坐下来，她家的电话响了。电话被蒙在床单下，铃声乍响时，感觉床下有个妖怪在叫，吓了我一跳。蒋百嫂撩开床单接起电话，"喂"了一声，有些不耐烦地说，我在集市站了一天，腰疼，闩门睡了！说着，气咻咻地搁下听筒。我猜这或许是哪个男人想来这里讨便宜，反倒讨了个没趣。

蒋百嫂坐到我对面的椅子上，起开酒对我说，要是诚心跟我喝，得连干三盅。我答应了。她熟稔地斟酒，瓷盅里的酒荡漾着，不能再多一滴，也不能再少一滴的样子。三盅酒落肚，只觉得从口腔直至肚腹有一条火光在寂静地燃烧，身上热乎乎的，分外舒展。蒋百嫂指着我的脸笑着说，这世上爱涂胭脂的人真是傻啊，酒可不就是最好的胭脂么！你瞧你，一喝上酒，黄脸就成了桃花脸，要多好看有多好看！

一喝上酒，我们就比先前显得亲密了。她问我，你男人是干什么的？怎么死的？我一一对她说了，蒋百嫂挑着眼角说，魔术师不就是变戏法的么？你嫁个变戏法的，等于把自己装在了魔术盒子里，命运多变是自然的了！

我是一个不愿意在人前流泪的女人，但在蒋百嫂面前，我泪水横流，因为我知道她的心底也流淌着泪水。蒋百嫂一盅一盅地斟着酒，我一盅一盅地啜饮着，我就是一堆冰冷的干柴，而这如火苗一样的酒，又把我燃烧起来。我絮絮叨叨地叙述魔术师离我后，我怎样一次次在家里痛哭，怕惊扰了邻居，我就跑到卫生间，打开水龙头，将脸贴近它，让我的泪水和着清水而去，让我的哭声融入哗哗的水流中。

我还讲了魔术师的葬礼，来了多少人，别人送的花圈又如何被我清理出去，甚至他将被推进火化炉前，我对他最后的乞求，乞求他把自己变活，以及我留在他冰冷的额头上的最后一个热吻，都对她毫无保留地倾诉了。很奇怪，蒋百嫂对我的这番话并没有抱之以同情，相反倒是一阵接着一阵的冷笑，好像我的哀伤不足挂齿，她这种冰冷的态度让我不寒而栗！

蒋百嫂沉默着，她起开另一瓶酒，兀自连干三盅，她的呼吸急促了，胸脯剧烈起伏着，她突然"哇——"的一声大哭起来，说，你家这个变戏法的死得多么隆重啊，你还有什么好伤心的呢！他的朋友们能给他送葬，你还能最后亲亲他，你连别人送他的花圈都不要，烧包啊，有的人死了也烧包啊。你知不知道，有的人死了，没有葬礼，也没有墓地，比狗还不如！狗有的时候死了，疼爱它的主人还要拖它到城外，挖个坑埋了它；有的人呢，他死了却是连土都入不了啊！

她这番话使我联想到蒋百，难道蒋百已经死了？难道死了的蒋百没有入土？不然她何至于如此哀恸？

蒋百嫂彻底醉了，她一会儿哭，一会儿笑，一会儿诉说。她拍着桌子对我说，乌塘的领导最怕的是她，如果她想把领导从官椅上拉下来，那就跟碾死一只蚂蚁一样容易。他们现在戴的是乌纱帽，可只要我蒋百嫂乐意，有一天这乌纱帽就会变成孝帽子！

蒋百嫂唱了起来，她唱的歌与陈绍纯的一样，是哀愁的旋律。不过那歌里有词，而歌词反反复复只是一句：这世上的夜晚啊——。听得我内心仿佛奔涌着苍凉而清幽的河水。她唱累了，摇摇晃晃地扑到床上，睡了。是午夜时分了，我毫无睡意，只是觉得头晕，如在云中。

蒋百嫂哼着翻了一下身，她的黑色棉线衫褪了上去，露出了腰肢，我看见她的腰带上拴着一把黄铜大钥匙，我认定它属于那扇上了锁的蓝漆屋门的，便悄悄走上前，取下那把钥匙。

我掂着那把钥匙走出去，小厅的灯关了，看来蒋三生已经睡了，依稀可见小床上蜷着个小小的人影。我镇定一番，打开那把锁，推开屋门。扑向我的是檀香气和光影，屋子吊着盏低照度的灯，它像一只蔫软的梨一样，散发出昏黄的光。这屋子只有七八平方米，没有床，没有桌椅，四壁

雪白，拉得严严实实的窗帘也是雪白的，有一种肃穆的气氛。北墙下摆着一台又高

又宽的白色冰柜，冰柜盖上放着一只香炉，一盒火柴、一包檀香以及供奉着的一盘水果。冰柜的压缩机正在工作，轰鸣声在寂静的夜里听上去像是一声连着一声的沉重的叹息，我明白先前听到的嗡嗡声就是这个大冰柜发出来的。蒋百嫂为什么会在冰柜上焚香祭祖，而却不见她祖宗的牌位？我觉得秘密一定藏在冰柜里。我将冰柜上的东西一一挪到窗台上，掀起冰柜盖。一团白色的寒气迷雾般飞旋而出，待寒气散尽，我看到了真正的地狱情景：一个面容被严重损毁的男人蜷腿坐在里面，他双臂交织，微垂着头，膝盖上放着一顶黄色矿帽，似在沉思。他的那身蓝布衣裳，已挂了一层浓霜，而他的头发上，也落满霜雪，好像一个端坐在冰山脚下的人。不用说，他就是蒋百了。我终于明白蒋百嫂为什么会在停电时歇斯底里，蒋三生为什么喜欢在屋顶望天。我也明白了乌塘那被提拔了的领导为什么会惧怕蒋百嫂，一定是因为蒋百以这种特殊的失踪方式换取了他们升官晋爵的阶梯，蒋百不被认定为死亡的第十人，这次事故就可以不上报，就可大事化小。而蒋百嫂一定是私下获得了巨额赔偿，才会同意她丈夫以这种方式作为他生命的最终归宿。他没有葬礼，没有墓地。他虽然坐在家中，但他感受的却不是温暖。难怪蒋百嫂那么惧怕夜晚，难怪她逢酒必醉，难怪她要找那么多的男人来糟践她。有这样一座冰山的存在，她永远不会感受到温暖，她的生活注定是永无终结的漫漫长夜了。

我悄悄将冰柜盖落下来，再把香炉、火柴、果盘一一摆上去。我锁上门，把钥匙拴回蒋百嫂的腰带上，走出她的家门。这种时刻，我是多么想抱着那条一直在外面流浪着的、寻找着蒋百的狗啊，它注定要在永远的寻觅中终此一生了。我很想哭，可是胃里却翻江倒海的，那些吞食的酒菜如污泥浊水一般一阵阵地上涌，我大口大口地呕吐着。乌塘的夜色那么混沌，没有月亮，也没有星星，街面上路灯投下的光影是那么单调和稀薄，有如被连绵的秋雨沤烂了的几片黄叶。我打了一串寒战，告诉自己这是离开乌塘的时刻了。

第六章　永别于清流

我已经把脸涂上厚厚的泥巴，坐在红泥泉边，没人能看见我的哀伤了。比之乌塘，三山湖的阳光可说是来自天堂的阳光，清澈雪亮如泉水。涂了泥巴的身体被晒得微微发热，我觉得自己就是一块被放到大自然中等待焙制的面包，阳光用它的文

火，<u>丝丝缕缕</u>地烤炙着我。泉边坐着一些如我一样浑身涂满了泥巴的人，他们也在享受阳光和清风，我无法看见他们脸上的表情，大家脸上的表情，都被那浓云一样密布的泥巴给遮蔽了，所以我不知道他们是哀愁呢还是快乐。

原来的红泥泉被划分为两个区域，男女各半，只要望见一群涂了泥巴的人中青烟缭绕着，那一定是男人所在的地方，这群泥人喜欢手里夹着香烟，边抽边享受阳光。后来红泥泉的生意不如其他的温泉，经营者分析这是把男女分开的缘故，于是两个区域又合二为一，男男女女可以混杂在一起。果然，生意又渐渐回潮。原来之所以将男女分开，是由于许多男宾客连短裤都不穿，说是泥巴已将私处严严实实裹上，短裤实在是多余。而一些随意的女宾客，也喜欢裸露着乳房。男女混杂之后，规定是入红泥泉的客人必须要穿背心和短裤，但违规者大有人在，经营者权当看不见，听之任之。其实柔软的红泥已经是上帝赐予人类最好的遮羞布，客人的选择不是没有道理的。一群泥人坐在红泥泉边的情景，让我联想到上帝造人的情形。这种能治疗很多疾病的红泥，淤积在碧蓝的湖水深处，柔软细腻，一触摸便知是经过了造物主千万次的打磨、淘洗，又经过了千百年和风细雨的滋润才酿得的。

坐在泉边的，有许多对恋人。虽然身裹泥巴不方便讲话，但从他们手拉手的举止上，完全能感受到他们的脉脉深情。情侣们的目光，也就跟这光芒四射的阳光一样，火辣辣的。我是多么羡慕这样的目光啊。如果魔术师坐在我身边，他也会拉着我的手的，可他却被一头跛足驴给接走了。我在心底轻轻呼唤他的名字，泪水奔涌而出。泪水使脸上的红泥更加润泽，融入红泥的泪水已经被调化为最养颜的膏脂了。

我通常上午时将通身涂满泥巴，坐在红泥泉边释放泪水，午后再去真正的温泉浸泡一两个小时。从温泉出来，换上便装，即可一身清爽地在三山湖景区闲走。

我喜欢逛卖火山石的摊床。那些火山石形态不一，被开发出的产品也就各不相同。那些嶙峋峥嵘的因其妖娆之气而被作为盆景；细腻光滑的则被凿成笔筒和首饰盒；而纹理如蜂窝一样粗糙的，十有八九被当作了磨脚

石。在卖磨脚石的摊床前，我遇见了一个七八岁左右的男孩，与其他赤膊、光头的男孩不同，他戴一顶宽檐草帽，穿着长袖衫，长裤，袖筒宽大，而且衣着的颜色是藏青色的，看上去老气横秋，他袒露于脸上的笑容，便有一种受挤压的感觉。他在摊床前招揽生意，而进行交易的，是一个面色黧黑的站在少年身后的独臂男人。男孩不像其他的生意人采取花言巧语的吆喝或是围追堵截的兜售方式，他用变戏法的办法引起游客的注意。只见他手里握着一枚温泉煮蛋，把玩片刻后，这鸡蛋忽然幻化为一块磨脚石，当游人对着磨脚石惊叹不已时，他又把鸡蛋飞快地变回掌心中。游人喜爱这男孩，就是不买磨脚石，也要买上两枚鸡蛋，清瘦的独臂人的生意也就比其他卖火山石的摊床要好得多了。

经过摊床的次数多了，我知道独臂人姓张，男孩叫云领，他们是一对父子。因为其他的生意人跟他们说话时，对独臂人爱说，老张，你行啊，你家云领在前面变戏法，你后面收着银子！而对男孩说的则是，云领，你这小东西这么会变戏法，在三山湖可惜了，你该进大城市去！当然，也有人用鄙夷的目光瞟着男孩，撇着嘴说，手脚这么快，别出落成个贼！

云领变的戏法，明眼人能一眼望穿，他的那两条腕口紧束的宽大袖筒，因为预先放置了鸡蛋和磨脚石，沉甸甸地下垂着，仿佛里面藏着猫。但我喜欢看他带着一股大人的神色展览他的招数，他能让我想起魔术师。我三番五次地去，接二连三地买磨脚石，旅馆房间的旅行袋中，聚集了太多的火山石，好像我是个采集矿石标本的考古学家。

有一个下午，我又去了云领家的摊床。他显然对我已熟识了，见了我唇角浮出一缕笑容。那笑容很像晚秋原野上的最后的菊花，是那种清冷的明丽。我带了一条五彩丝线，先向他展示那丝线的完整，然后将它轻轻抖搂一下，丝线就断为两截了；当云领目瞪口呆时，我轻轻倒一下手，丝线又连缀到了一起。云领咽了一口唾沫，回身看了一眼父亲，很无助的样子。独臂人警觉地看着我，拈起一块磨脚石对我说，你天天来我家的摊位，这个白送给你，算是我的一点心意。我接过火山石，掂了掂，把它又还给独臂人。

云领不再变戏法了，他定定地盯着我，问我怎么也会干这个。好像我抢了他的饭碗，他的神情中带着浓浓的委屈和隐约的愤怒。我想告诉他一个魔术师的妻子做这点小把戏算不得什么，可我没有说。我鼓励沮丧的云领接着做生意，我不过是想逗逗他玩而已。独臂人这才对我和颜悦色，他送给我两枚泉水煮蛋。我拿着鸡蛋刚散步到另一个卖火山石的摊床前，云领追了过来，气喘吁吁地站在我面前，什么也不说，满怀乞求的样子。我问他，你爸爸让你讨要这两只鸡蛋的钱？他摇了摇头。我又问，你想让我再买几块磨脚石？他依旧摇了摇头。他犹豫了许久，才吞吞吐吐地问我住在哪座旅馆，说他散了摊儿后想去找我。我笑了，问，你想跟我学魔术？他的眼睛立刻就湿润了，他急切地问，你真的是魔术师？我笑着摇摇头，他似乎有些失望。不过当我告诉他我住的旅馆的名字和房间号码时，他还是显出热情，我说完后，他重复了两遍，以求记牢。

夜幕降临，泡温泉的人少了，去娱乐的人多了。三山湖景区的咖啡屋、餐馆、酒吧、按摩屋、歌厅、台球室和保龄球馆灯影灿烂、人声鼎沸。在景区的西北角，聚集着一群放焰火的游客。大多的游客来自禁放焰火的大都市，所以三山湖设置了这样一个自由放焰火的娱乐项目，深受游客喜爱。夜幕如一块巨大的沉重的画布，而在半空中明媚升腾变幻着的焰火则如滴滴油彩，将这块本无生气的画布点染得一派绚丽，欢呼声和着焰火的妖娆绽放阵阵响起。我远远地看了会儿焰火，就回客房等待云领。

云领不是自己来的，当敲门声响起，我打开房门后，发现站在昏暗走廊里的，还有独臂人。他们见了我并不说话，只是笑着。大人和孩子的笑都不是发自内心的，所以那几团笑容让我有望见阴云的感觉。我将他们让进屋门。

云领的装束与白天一模一样，连草帽还戴在头上，看来这草帽并不是为了遮阳的。而独臂人则换下了白汗衫和蓝裤子，穿上了一套黄绿色的套装，这使瘦削的他看上去格外像一株已经枯黄了的草。云领比独臂人显得要大方一些，他不请自坐在窗前的沙发上，还欠着屁股颠了几下，大约在试探沙发的弹性。已经被无数客人压迫得老朽的沙发，发出暗哑的叫声。独臂人呢，他大约觉得沙发是奢侈品，他打量了它半晌，最后还是坐在了梳妆镜前的一把硬木椅子上，而且坐得很端正。我倒了两杯白水分别递给他们，独臂人慌张地站了起来，连连说他不喝，将水接过来后放在了梳妆台上；云领呢，他痛快地接过杯子，托在掌心旋转着，问我，你能把

白水变成红水吗？我说不能。云领笑着说我能，他的手抖了一下，那杯水就是红色的了，不知他眼疾手快地往水里投了什么颜料。独臂人训斥儿子，云领，你不是来学习的吗？怎么这么不谦虚，白白糟践了一杯水！云领说，这是食用色素，药不死人，怎么就不能喝呢！说完，咕嘟咕嘟地将那杯水一饮而尽。

独臂人呵斥云领的那番话，已经让我明白他们来这里的意图了。果然，独臂人恳求我，希望我能教云领几套新的招数，因为他下午时见我能把五彩丝线断了又连接上，一看就身手不凡，是大地方来的魔术师。而云领会的招数，客人已经不觉得新鲜了。说完，他用那唯一的手从裤兜里掏出一百元钱，将它放在梳妆台上，说，就当是学费了，你别嫌少，你要是愿意，明儿再去我的摊子拿几块磨脚石！

到了这种时刻，我只能如实告诉他，我只会这点小把戏，真正懂魔术的是我丈夫，可他不久前去世了。独臂人"啊啊"地叫了两声，说着对不起，我没有想到会是这样。他继而问我，魔术师是怎么死的？我告诉他是一辆破烂不堪的摩托车撞死了他。独臂人叹了一口气，说，这就是命啊，像云领他妈，一条小狗就要了她的命！

独臂人对我说，以前他和妻子一直在三山湖景区做工，他为客人放焰火，妻子则受雇在发廊工作，她剃头剃得好。来三山湖度假的都是些有钱人，他们不仅带着情人来，有的还抱来自家的宠物，非猫即狗。那些狗没有个头大的，一个个娇小玲珑，有的头上还扎着蝴蝶结，拾掇得比小女孩都漂亮。有一天，发廊来了一个抱着小狗的女宾客，云领他妈给她剪头发时，它还安安静静地待在主人怀里，可当她为客人喷摩丝时，小狗以为主人受到了威胁，跳起来咬了云领他妈的手，把手背给咬破了。女宾客倒也不是个吝啬的主儿，拿出二百块钱，让云领他妈去打狂犬疫苗。发廊的老板娘对云领他妈说，一只小狗，天天又洗澡，比人都干净，能有什么病菌啊，这钱不如分了算了。于是，老板娘留下一百，云领他妈拿回一百，觉得捡了个大便宜。那伤口好得很快，结痂后又长了新皮，可是几个月后，妻子突然间变了个人似的，她整天暴躁不安，常常和客人大吵大闹，只要拿起剪刀，想的就是给客人剃光头，老板娘辞退了她。原想着她回到家后就会安静了，可她照例闹个不休，她最不能看见水，一见了水就哆嗦在墙角。家人把她送到医院，诊断是患了狂犬病，没有多久，人就死了。独臂人说到这儿，声音哽咽了，云领大约也跟着难受了，他说要撒泡尿，跑到卫生间去了。

独臂人说，云领很忌讳别人说他妈妈死了，他总说她去了另外的地方了。他从不去妈妈的坟上，说是妈妈没有待在土里。这两年阴历七月十五的夜晚，他总是提着一盏河灯独自出门，说是单独去会他的妈妈，别人不能跟着。他去哪里放河灯，连他这个做父亲的都不知道。想必他走了很远很远的路，因为他回来时，总是午夜时分。独臂人说，后天又是七月十五了，云领那天晚上又得出门了。咳，我真不放心他一个人走夜路。

云领从卫生间出来了，他红着眼圈，似乎刚刚偷偷哭过，可脸上却做出无所谓的表情，他耸着肩，抱怨这家旅馆的卫生间小，没有其他湖畔山庄的大，做出一副见多识广的样子。我问他为什么晚上还要戴着草帽，他此时露出了真正属于儿童的天真笑容，说，我寻思你能教我变戏法呢，你看——

云领摘下草帽，只见草帽的底部嵌着个镶着纱布的胶圈，将密封的胶圈轻轻一掀，就可看见藏在里面的红绸带、白手帕和火山石打磨出的项链等物件。不用说，这是他为变戏法而设置的一道机关，是他的魔法的后花园。

独臂人对云领说，阿姨不是魔术师，这下你死了心了吧？天晚了，阿姨该歇着了，咱回家吧。

云领答应着，将草帽扣回头上。我将梳妆台上的钱拿起，还给独臂人，他有些不好意思地接了，攥在手心中，说，明儿你去我那儿再选几块磨脚石，带回城里送人去吧。

我对独臂人说不必了。我转向云领，请求他七月十五放河灯时将我也带上。云领看了看父亲，又看了看我，最后盯着自己的鞋尖又看了半晌，才对我说，你要是给你家魔术师放河灯，我就带你。我说当然了，我不会给别人放河灯的。云领又说，你别穿高跟鞋，路很远。我点了点头。云领就对父亲说，那你今年得多做一盏河灯了。

七月十五的夜晚，我早早就吃过饭，换上旅游鞋在房间里等云领。站在窗前，可望见升腾着的焰火。焰火是人世间最短暂又最光华的生命，欣赏它的辉煌时，就免不了为它瞬间的寂灭而哀叹。七点左右，云领来了，他仍然穿着藏蓝色的衣服，不过没戴草帽，这使他看上去显得高了一些。

他挎着一只腰鼓形的竹篮，篮子上放着一束紫色的野菊花。我想河灯一定掩映在野菊花下。

月亮已经走了一程路了，它仿佛是经过了天河之水的淘洗，光润而明媚。我跟着云领走出三山湖景区，踏上一条小路。

明月中的黑夜就不是真正的黑夜了，不仅小路清晰得像一条闪着银光的缎带，就连路边矮树丛中的各种形态的树叶也能看得清楚。我问云领要走多远，他说到了地方你就知道多远了。我又问他，你爸的胳膊是怎么没了的？云领说，他不是在景区给游人放焰火么，我妈走了的第二年，有一个南方来的老板非让我爸手托着大礼花给他放，那天是那个老板的生日。礼花有一个纸箱那么大，值一千多块钱呢。我爸帮他放这个礼花，他给二百块钱。哪知道这礼花跟炸药包一样劲大，一点着火就把我爸掀了个跟头，焰火上天了，我爸的一条胳膊也跟着上天了。从那以后，他才带着我卖火山石的。

我叹息了一声，听着云领的脚步声，看着月光裹挟着的这个经历了生活之痛的小小身影，蓦然想起蒋百嫂家那个轰鸣着的冰柜，想起蒋三生，我突然觉得自己所经历的生活变故是那么那么轻，轻得就像月亮旁丝丝缕缕的浮云。

穿过一片茂密的树丛后，云领问我，听到什么没有？我停下来，谛听片刻，先闻几声鸟语，接着便是淙淙的水声。云领对我说，清流到了。

据云领讲，清流是离三山湖最远也是最清澈的一条小溪。他妈妈曾对他讲，一个人要是丢了，只要到清流来，唤几声他的名字，他的魂灵就会回来。

月光下的清流蜿蜒曲折，水声潺潺。这条一脚就能跨过去的小溪就像固定在大地的一根琴弦。弹拨它的，是清风、月光以及一双少年的手。云领放下篮子，撩开野菊花，取出两盏河灯，又取出火柴，一一将它们点燃，将一盏莲花形的送给我。他对我说，他妈妈喜欢吃南瓜，所以他每年放的河灯都是南瓜形的。云领先把几枝野菊花放在清流上，然后怕我搅扰了他似的，捧着河灯去了上游。我打量着那盏属于魔术师的莲花形的河灯，它用明黄色的油纸做成，烛光将它映得晶莹剔透。我从随身的包中取出魔术师的剃须刀盒，打开漆黑的外壳，从中取出闪着银光的剃须刀，抠开后盖，将槽中那些细若尘埃的胡须轻轻倾入河灯中。我不想再让浸透着他血液的胡须囚禁在一个黑盒子中，囚禁在我的怀念中，让它们随着清流而去吧。我呼唤着魔术师的名字，将河灯捧入水中。它一入水先是在一个小小的旋涡处耸了耸身子，仿佛在与我做最后的告别，之后便悠然向下游漂荡而去。我将剃须刀放回原处，合上漆黑的外壳。虽然那里是没有光明的，但我觉得它不再是虚空和黑暗的，清流的月光和清风一定在里面荡漾着。我的心里不再有那种被遗弃的委屈和哀痛，在这个夜晚，天与地完美地衔接到了一起，我确信这清流上的河灯可以一路走到银河之中。

从清流返回的路上，我和云领都没有讲话。月亮因为升得高了，看上去似乎小了一些，但它的光华却是越来越动人了。我们才进三山湖景区，就望见独臂人像棵漆黑的椴树一样，候在月光下。我谢过这对父子，回到旅馆，换下旅游鞋，清清爽爽地洗了个澡，将装着剃须刀的盒子放在床头柜上，半倚床头，回味着这次旅行。突然，我听见盒子发出扑簌簌的声音，像风一样，好像谁在里面窃窃私语着，这让我吃惊不已。然而这声音只是响了一刻，很快就消失了。不过没隔多久，扑簌簌的声音再次传来，我便将那个盒子打开，竟然是一只蝴蝶，它像精灵一样从里面飞旋而出！它扇动着湖蓝色的翅膀，悠然地环绕着我转了一圈，然后无声地落在我右手的无名指上，仿佛要为我戴上一枚蓝宝石的戒指。

原载《钟山》2005年第3期

点评

迟子建的小说常执着于对人陷入困境与走出困境的叙事，此作品延续了同样的主题。小说塑造了三个陷入死亡困境的人物：失去魔术师丈夫的妻子，藏丈夫尸体于冰柜的蒋百嫂，以及失去母亲的孩子云领。他们都经历了生与死的别离而不同程度地深陷困境。小说以丧夫的魔术师妻子外出散心的旅程串联起整个的故事：飞来横祸，丈夫丧生；为走出哀痛去旅行，列车又意外困于乌塘。这是个因矿难而有着众多寡妇的产煤区，死亡的阴影无所不在，漂浮在小镇的日常生活中。丢失了丈夫的蒋百嫂是小镇上的新闻人物，她活得恣意妄为，独独恐惧停电，原来她那死于矿难的丈夫就藏在自家的冰柜里。得知真相后魔术师的妻子匆匆离去。在温暖的三山湖，她因变戏法结识了母

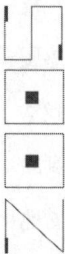

亲意外死于狂犬病的孩子云领。同样失去亲人的痛苦体验和思念使两人的心灵贴近，他们同去清流为亡灵放了河灯，这种传统的祭吊方式使浓烈的哀痛得以宣泄与释放。作品童话式的结尾使女主人公最终完成了从死到生的救赎。

迟子建以其特有的清澈目光透视了人世间惊心动魄的情感，书写了亲人死亡带给人的困境并最终以悲悯与爱指引不幸的人们走出困境。作者的叙述超越了死亡与情感的表层，传达出一种穿越生死的沧桑感。整篇小说就像作品里面那些无词的哀歌，充满了月光的韵味，忧伤而宁静。

（徐慧颖）

土炕和野草／

／胡学文

1

爹领回女人那天，我又尿炕了。海棠一摸我的裤子，照我屁股就是一巴掌，骂我驴大了不长记性。我边躲边还击，你嫁个男人没鸡巴生个孩子没屁眼儿……海棠杏眼圆睁，抓起鸡毛掸子就要抽我。说是鸡毛掸子，上面连二十根鸡毛也没有，整个一条棍鞭，落在身上，肯定能留下记号。

我缩到墙角，没处躲了，就把身子贴在墙上。海棠气呼呼地叫，看你钻地缝里去。我喊，娘哎，海棠要抽我。我的声音可怜巴巴，好像被海棠抽断了骨头。海棠的手僵在半空。这一招很灵验，我暗自得意。海棠青着脸说，不许再喊那个贱货，喊一声，抽烂你的嘴。我装出害怕的样子，不喊了，我的娘哎。

海棠眼角一挑，掸子晃晃悠悠垂下来。这时，小英子跑进院，急躁躁地喊，海棠，你爹又领回个女人。

海棠的脸唰地一变，鸡毛掸子从手中滑落。她死死盯着小英子，似乎要把小英子吸进眼睛里。

小英子的脑袋竖在窗户中间，真的，不骗你。

海棠没好气地说，喊啥喊？

小英子躲闪着海棠的目光，一副受了委屈的样子。

我趁两人磨牙的工夫，溜下炕，出了屋子。我从墙头跃上羊圈，那儿放着把破木梯。我蹬着木梯上了房顶，一眼就看见西边山梁上的那两个人。爹是个偏膀子，走路的时候好像一只脚在往上跷，村里没有第二个像

他这样走路的。他身边那个女人比他高大，似乎随时要压在他身上。女人脖子上系的肯定是丝巾，那一抹蓝色被风拂来拂去的。爹特别爱给他领回的女人买丝巾，一律是蓝色的。爹是个执拗的人，他的许多做法让人费解。比如别人家给羊打记号，无非在不同部位画个圆圈或其他简单的符号，除了黑色就是红色。我家羊的记号则在鼻梁上，是蓝色的梅花图案。

不知海棠是什么时候站到我身边的，她两手搁在我肩上，要把我拥进怀里的样子。她好像不大相信，那是爹吗？

我说，当然是了，你没见他和女人挨得那么近？

海棠在我肩上捏了一下，问，那是个女人？

我自信地说，不是女人，爹给她买丝巾干吗？

海棠不说话了，只是重重地喘气。过了一会儿，我俩垂头丧气地坐下来。海棠抚摸着我的头说，石头，没好日子过了。每次爹领回女人，海棠都特别温柔，再寻不到一丝凶样儿。我说，不知这个娘脾气咋样。海棠的声音突然提高了，不许喊她娘，娘早就死了。我翻她一眼，咱娘是跟人跑的。海棠说，跑了就是死了。我故意起哄，跑了就是跑了，怎么就是死了？海棠又凶了，我说死了就是死了，你不能喊那女人娘。我说，爹要我喊呢？爹领回女人，第一件事就是让我喊娘，他不敢指望海棠。海棠恶狠狠地说，他让喊你也不能喊。我追问，他要打我呢？海棠火了，你是死人呀，就不会跑？他还能打死你？海棠这么说就不讲理了，不打她，她当然不知道疼的滋味。

爹和那个女人进院了。爹的眼睛亮汪汪的，像在水里洗过，脸上则泛着少见的光彩。女人似乎比爹岁数还大，长得也不好看，脸上呈现出一种病态的土黄色。与我的想象差得没远近，我大失所望。

爹作惊讶状，你俩咋坐房顶了，下来下来，我给你们找上娘了。

海棠没动，我自然也不敢动。

爹冲女人讨好地笑笑，大的是海棠，小的是石头。又仰起头说，石头，喊娘呀。

我扭头看看海棠，她的脸铁板一块。我就死死地抿住嘴。

爹生气了，大声说，喊呀，哑巴了？！这是爹送给女人的见面礼，我不喊，他当然下不了台。

女人说，算了，别为难他了。

爹的语气便温和了，石头，爹割了猪头肉，你下来，爹给你炒了吃。

爹一下就把我打倒了，我最爱吃猪头肉炒土豆片。我欠欠屁股，海棠狠狠拧我一把。可那句话已溜出嘴边，爹，少放点儿辣椒啊。

爹和那个女人都笑了。女人笑的时候，脸上浮现出一幅荷花样的图案，那黄色不太刺眼了。女人似乎怕笑出声，拽着脖子，要咽下去似的，可终是被卡住了，吭吭地咳嗽起来。爹用他黑瘦的手轻拍女人后背。

爹和女人一进屋，海棠就训我，馋相！没吃过东西啊。

我反驳，你不让我喊娘，又没说不让我吃东西。

海棠说，猪头肉是给女人买的，你以为给你买的？没出息！

海棠不吃猪头肉，她当然不馋了。可她坐着不动，我就不能下去。我对爹频繁地找女人和海棠一样有意见，爹把钱都花在这上头了，我找他要钱买把手枪或动画贴片，爹总拿那句话打发我，石头，省省吧，爹攒够了钱，给你娶个娘。碰哪次我说不要，爹的脾气就躁了，不要咋行？你不要，爹还要呢。不过我绝不像海棠那样气得冒烟，更不让嘴吃亏。我的嘴主要是吃东西，海棠的主要用来骂人。

爹肯定炒菜了，肉味飘出来，小虫样钻进我的鼻孔。我连打了几个喷嚏，肚子里传出野鸽子般的叫声。海棠让我有点儿出息，我的鼻孔却越张越大。后来，陆续有人进来。他们是来看那个女人的。每次爹领回女人，我家都这么热闹。爹在这种时候总是很大方，给抽烟的散发过滤嘴香烟，不抽烟的则给他们分发糖果。当然，有些人不但要抽烟，还要吃糖，比如二扁嘴女人。陆三进去了，王阴阳进去了，石大嘴进去了……我数着一共进去九个人。第十个来的是王算盘。王算盘死不要脸，爱去别人家蹭饭，闻见谁家有油味，就涎着脸上门了。他在我家蹭过一次，吃了九张馅饼，第二次让海棠撵跑了。看见他，我一阵紧张，这家伙肯定是让猪头肉的香味勾来的。我瞄海棠一眼，海棠呼地站起来，大声说，王算盘，你又蹭饭来了？王算盘"嘿嘿"着，这闺女，咋说话呢？

王算盘没敢进院，因为海棠速度很快地溜卜去。海棠的嘴不留情，王算盘惹不起。

那些人正开着爹的什么玩笑，石大嘴笑得牙床都鼓出来了。海棠一进屋，他们就不敢放肆了。海棠对这些人还算客气，叔长婶短的。但他们对海棠怵头，尽管海棠脸上挂着笑，他们还是没敢多待，相继溜走了。

没人注意我，我吃了几片猪头肉，嘴唇油汪汪的。

饭还是在一起吃的。海棠和女人没动手，都是爹弄的。猪头肉炒土豆片、炸花生米、炒鸡蛋，爹也就会这几样。女人吃得很慢，好像牙齿不好，爹不住地给她夹菜。海棠埋着头，一句话也不说。平时，她都是最后放碗，可今天她吃了几口就搁了筷子。女人看看海棠，又瞅瞅爹。爹说，吃，吃啊。海棠正要出去，爹喊住她，让她待会儿收拾一下。女人忙说，我收拾吧。海棠垂着眼皮说，我肚疼。还揉了揉。我知道海棠是装的，她不想侍候女人。没有女人的时候，海棠最勤快了，做饭、洗锅、洗衣服、喂羊，就连爹和我的被子都是海棠叠。没等爹说什么，海棠已闪出去了。爹的脸色很难看，女人安慰他，她还是孩子嘛。

那天晚上，爹早早把我的被子抱到西屋。平时我和爹睡东屋，海棠独霸西屋。我一点儿也不愿意和海棠睡一屋，她的毛病多，不是嫌我脚臭，就是嫌我说梦话。当然还有别的原因，她怕我发现她的秘密。比如她往胸罩里填棉花，往脚指甲上涂指甲油，都是我在西屋睡的时候发现的。

我见她脸上依然挂着冰，就说，不是我要来的，是爹让我来的。

海棠问，你喊她娘没？

我说，没有。

海棠追问，真的没喊？

我说，真的，不信你去问她。

海棠的脸温和了，不过声音依然严厉，别喊她，看见她那样儿我就恶心。

我躺在那儿，却怎么也睡不着。我不知咋回事，往常一闭眼就睡了。海棠翻来覆去，肯定也没睡觉。折腾了一会儿，我想尿了，可地上没有便盆。海棠说，姐忘拿了，你出去尿吧。我趿着鞋出了屋子。

撒完尿，我的目光落在东屋窗户上。我顿了顿，轻手轻脚走到窗户根儿。爹的声音清晰地传出来，刘燕——女人颤颤地"哎"一声。爹又叫，刘燕。"哎"——女人再颤颤地应一声。

回到西屋，我问海棠，你知道女人叫啥名？

海棠不理我，我得意地炫耀，她叫刘燕。

海棠问，你咋知道？

我说，我刚听来的。

海棠忽地在我腿上拍了一掌，骂，不要脸的货！

2

娘让人领跑那年，我五岁，海棠十一岁。

娘的模样我已记不清了，只记得她下巴有颗痣，细腿，蜂腰，走路风摆柳似的。她从街上走过，孩子们都躲得远远的，只用目光追着她。娘有癔病，发作时就变成一个奇异的人。她的眼睛会射出手电筒样的亮光，一尺长的头发会直竖起来。两米高的墙头，她一跳就上去了，并且走得稳稳当当。她的力气也大得出奇，三个男人都摁不住。最让人害怕的是她竟借着村里死人的声音说怪话。娘的病只有爹能治，她一发病，就有人告诉海棠，海棠就往滩里跑。爹是羊倌，一大半时间都在滩里。爹拿针在娘头上或腿上一扎，娘立刻就好了。然后，爹就把虚软无力的娘背回家。后来，爹给娘抓了些药，娘的病就慢慢好了。爹承诺等娘病好了就给娘打个衣柜。他说话算数，果然就请了个木匠。木匠在我家住了十天，由娘侍候他吃喝。衣柜打好了，木匠没要工钱，但他领跑了娘。

那天，爹的眼睛像被炸烂了，红得怕人。他一遍遍问我和海棠，你娘说啥了？啥也没说？肯定是你们忘了，你们两个废物，咋不好好看着她，让她丢了呢？月娥呀，月娥呀。爹喊着娘的名字，嗓子喊哑了，他就蹲在墙角耸着膀子哭。我没见过爹这个样子，心里怕得要命，还尿湿了裤子。海棠把我揽在怀里，小声说，别怕，石头。可我觉出她抖得比我还厉害。

爹把羊扔给别人，出去找娘了，一走就是两个多月。海棠每天牵着我的手去村口等爹，等他牵着娘回来。我不起炕，海棠就哄我，说爹要回来了，我就再一次跟海棠站到村口。有一天，海棠还领着我爬上西边的山梁，依然没等上爹。

爹回来不成人样了。头发毡片样盖在头顶，胡子又乱又脏，脸好像让人割去一半，剩下那一半怕见光似的往里缩着。海棠带着哭腔喊了声爹，

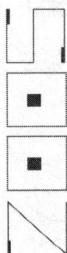

见我傻站着，推我，这是咱爹，喊呀。我吃惊地瞪着眼。爹在我头上摸了一把，上炕睡了。

爹睡了一天一夜。我大气不敢出，不小心弄点儿声音，海棠就瞪我。海棠坐在爹旁边，不时瞅爹一眼。我一觉醒来，海棠依然是那个姿势，又一觉醒来，她还是那样。爹睡醒后，躺在炕上不动弹。海棠让他吃他就吃，让他喝他就喝，之后就痴呆呆地盯着顶棚，半天怪笑一声。爹好像成了傻子——村里有个傻子就这样。等到第三天，爹早早起来，他剃了头，刮了胡子，眼珠子又能动了。

爹把我和海棠叫到跟前，平静地说，她不要咱们了。我往海棠怀里靠靠，又想尿了。爹说过这话后就沉默了，可他的样子又像还有话要说，只是一时想不起来。爹看了我和海棠一会了，突然说，我一定给你们找个娘回来。爹的腮帮子鼓凸着，像嘴里装满了东西，脸上是我从没见过的颜色。

给你们找个娘回来！

多年后，我才领悟了爹的意思。这句话像根大铁钎牢牢钉进了我家的生活。

爹又去放羊了，他的膀子就是从那时偏的。爹放得一手好羊，附近几个羊倌没人比得过爹。可自那以后，他总是丢羊，今天一只，明天两只。让人偷走了，还是被狼叼走了？他自个儿都糊涂。丢一只羊，就得赔二百多块钱，年底一结账，工钱远不够赔羊的。

第二年，爹不再放羊，而是去东窑背砖了，依然早出晚归。背砖累点儿，但再没人找爹后账，说爹弄丢了砖。

爹没再提娶娘的事，好像忘了。第四年初冬，爹从砖厂回来，除了背着他的行李，还提了一块熏肉。天一冷，砖厂就停工了。爹把熏肉切下一半，另一半吊在房梁上。我问爹那一半是不是要留到过年，爹点点头，对，留到过年，你可不许偷吃啊。海棠还去打了半斤酒，没有娘，家里的事就由海棠做主了。爹喝了酒，微眯着眼睛，像守在老鼠洞边的猫。爹从怀里掏出最后一个月工钱交给海棠，问海棠多少了。海棠跟爹使个眼色，对我说，石头，买盒烟去。我知道海棠是故意支走我，她怕我知道藏钱的地方，当然也怕我知道有多少钱。我不去，海棠用一毛钱跑腿费诱惑我，我就乐颠颠地去了。

次日清早，我被海棠的尖叫惊醒。我有尿炕的毛病，所以对清早的事总是记忆犹新。我赤条条坐起来，看见海棠惨白着脸，她说钱不见了。我说你还不赶紧找爹去。我以为爹搂发菜去了，每年冬天爹都要去滩里搂发菜。海棠说，爹出门了呀。说过这话，她猛地僵住了。她说你自个儿热饭吃，兔子般飞出院子。

海棠中午才回来，脸冻得青溜溜的。我问她找见爹没，海棠在我脸上摸了一把，突然搂住我，号啕大哭。我吓坏了，以为爹也让人领跑了。半晌，我问爹是不是不回来了，海棠抹把眼泪，很平静地说，不会的。

几天后，爹果然回来了。他身后多了个女人。女人个头不高，留着两个长长的辫子。爹进门就炫耀地说，我给你们娶回娘了。爹的样子很像电影中那个排长，排长对首长说，我把307高地拿下了。不同的是，首长拍着排长的肩，夸他好样的，我和海棠则傻站着。爹让我们喊娘，海棠低着头出去了，爹就明确地命令我，石头，喊娘呀。我往后退缩着，爹觉出我的企图，揪住我的领子拎到女人身边，喊娘呀。娘被人领跑后，爹还没这么凶过，我就短促地叫了声娘。女人被逗笑了，她像海棠一样把我搂在怀里。女人身上有股淡淡的香味，爹肯定是被女人的香味迷住的。我趁机往女人衣服上蹭了些鼻涕。

那天晚上，海棠第一次告诉我家里的核心秘密。她说爹娶那个女人花了八千多块钱。我盘算了一下，八千块钱能吃十年猪头肉。猛然想起东屋房梁上的熏肉，第二天一瞅，果然被爹和女人过年了。

女人挺勤快，就是脸皮厚。海棠给她脸色，她假装没看见，海棠长海棠短的。她还让爹扯了块布，给海棠做了件衣服。海棠试都没试就扔一边了。我喊了她好几声娘，她仅给我买了副鞋带。女人做饭一点儿也比不上海棠，不是咸了，就是淡了，可爹却吃得有滋有味，每次都要咂出响声。

爹像块橡皮糖，女人走到哪儿，他跟到哪儿，就连女人上厕所，他也要在远处站着。我看不过去，对海棠说，咱爹真没出息。海棠冷冷一笑，说爹是自找罪受。我不明白海棠的意思，但我看出爹很快活，自女人进门，他脸上就没断过笑。爹在家待了十多天，一天晚上，他来到西屋，说明天要去搂发菜，让海棠注意点儿，并指指东屋。海棠不情愿，还是紧着小心，自此就成了女人的影子，女人走到哪儿她跟到哪儿。女人嫌爹不信任她，一天夜里我和海棠都睡下了，听见她哭哭啼啼和爹闹别扭。

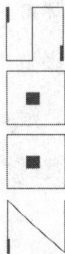

第二天，爹不让海棠跟女人了。他说，你娘不是那样的人。还说，一家人过日子不能隔着肚皮。可爹一走，海棠就对我说，你跟着她，她要出了村，你就喊我，八千块钱呢。于是，我就成了女人的尾巴。第四天头上，我跟着女人在街上遛了一圈，女人去小卖部买了把糖塞给我，尔后说，石头，我回家了，你玩吧。女人回家就没我的事了，我就放心地玩。过了很长时间，海棠来找我，并问女人哪儿去了，我说回家。海棠一屁股坐在地上，冲我大叫，看爹不揍烂你。

爹没揍我，他拍的是自己的脑瓜子。

女人从来到逃走，总共四十一天。

3

刘燕是爹领回的第四个女人。

她是个病秧子，第二天我的猜测就得到了验证。一睁眼，满耳朵是她的咳嗽声，像灌了咸盐的蛤蟆。爹的眼光越来越差了，出去这么多天，怎么领一只蛤蟆回来？我碰碰海棠，问她怎么不起。海棠翻过身，叫我别烦她。正说着，爹进来了，海棠马上闭上眼睛。爹没看我，照直走到海棠枕边，说，海棠，起来烧饭吧。爹的语气是湿软的、恳求的。海棠没动，爹又说，别让爹为难，就这一次，爹再不找了。我知道爹说的是假话，刘燕逃走，他肯定又会领张燕、李燕回来。爹怕海棠，家里的事都是海棠说了算，只有娶个娘回来这件事，他不听海棠的，固执得发疯。海棠什么都能管住爹，就这个管不住，她不气才怪。爹也真是，娶了女人干吗还让海棠做饭？娶回来就得让她干活，等她跑掉那不是太亏了？

爹的脑袋垂下来，海棠，你是大闺女了，咋就不惦记爹的苦处？我忍不住了，说，我尿炕了。海棠突然睁开眼，往我被子里一摸，顺手拧了我一下。

海棠装不下去，就起炕了。她蹲在当院漱口，半个多小时也没打扫完。

刘燕在灶边忙活。她做熟饭，海棠刚好洗漱完。海棠盛了一碗，独自去了西屋。吃饭的时候，刘燕又咳嗽了。这时，爹就放下筷子，在她背上捶着。刘燕咳出满脸红晕。不是看盘子里有几片肉，我早追海棠去了。刘燕似乎看破了我的心思，就把肉夹到我碗里。爹趁机说，看你娘对你多好。爹已经是满脸皱褶了，却没长一点儿记性。他领回的女人哪个对我不好？到头还不是跑了？她们善于用假象迷惑爹，没有一个女人在我家超过半年。与往年不同的是，爹没等到砖厂收工就把女人领回来了。

　　爹对刘燕说，我出去一趟，你想出去转转就让石头领着，不想出去就歇着吧，两天的路，太累了。刘燕软绵绵地说，我不出去，那些人咋那样看人，好像我是怪物。爹嘿嘿一笑，村里来个生人，稀罕嘛。

　　爹轻轻瞟我一眼，我一慌，难道爹要将看守刘燕的重任交给我？这实在是个费力不讨好的差事，海棠不乐意干，我更不乐意干。第一个女人逃走后，爹提高了警惕，领回女人看得死死的。他不在，就让海棠盯着。爹不轻易用我，嫌我靠不住。但我也没闲着，一直给海棠当助手。海棠上厕所，或有其他着急事，就让我盯着女人。

　　我不愿揽这破事，趁爹没注意，搁下碗就溜到西屋。海棠正对着镜子用火柴棍压眉毛，她的眉毛常常刺猬一样竖起来。海棠问，怎么吃这半天？我说饿呀。海棠骂我小饭桶，又问刘燕说她什么没。我说她夸你的牙白净呢。海棠翻我一眼，你别瞎说，她是不是又给你肉吃了？海棠果然厉害，一下就说中了要害。我当然不肯承认。海棠又问刘燕让我喊娘没，我说没有。海棠问，真的没有？我说你去问她好了。海棠就说，你要坚持住，姐不亏待你。见我盯着她的眉毛，就背过脸。我说，你用糨糊刷刷，多省事。海棠的声音顿时提高了，滚一边儿去！

　　海棠让我滚，我就有了离开家的理由。我出屋时，正碰上爹背着他的羊皮袋子往外走。爹说，石头听话啊。爹竟然没嘱咐海棠，他真靠给我了？我琢磨了一会儿，悟出爹是要我传话给海棠。他被海棠的冷脸吓住了，还挺顾脸面的，好玩。我只好返回去，对海棠说，爹让你看着她呢。海棠轻轻"呸"了一声，我才不呢。我问，她要跑了咋办？海棠说，跑就跑，她要是棵白菜，能剁巴剁巴吃了，她是个活人，能拴住她的腿？

　　我以为海棠只是说气话，刘燕是爹用背砖的钱买的，她能看着刘燕跑掉？可等小英子找上门，她果真跟小英子走了。小英子是海棠的跟屁虫，总是跟在海棠后面，像海棠的影子。海棠往胸罩里垫棉花，她也跟着垫；海棠买双紫袜子，她也买一双；海棠着了凉打嗝，她必定也找理由打几个嗝。那天，海棠没出门就搂住小英子脖子，小英子受宠若惊，连路都不会走了，一跳一跳的。

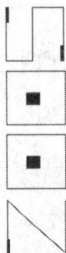

海棠不管我才不管呢。我随后也跑出去。七月的阳光淌到脸上，我顿时热燥燥的。过一会儿，就能到河里游泳了。爹说我没出生的时候，河里到处是鱼，一逮一条，现在连蝌蚪也见不着了。但我还是愿意去，因为我没地方玩。

我边走边踢着石子，后来那石子就滚到一双脚边。是穿拖鞋的脚。我抬起头，看见秦寡妇那张雪花粉一样的脸。我想绕过去，秦寡妇拦住我，石头，你爹又给你领回娘了？我不愿理她。秦寡妇说，你怎么不看着她？我从另一个方向绕，秦寡妇说，我家有香蕉，你吃不吃？我飞快地看她一眼，她突然大笑起来，几乎岔气了。我明白她在嘲弄我，就说往你的眼儿里塞吧。秦寡妇想揪我，我狠狠甩开了。我听她在背后说，你爹是条好种驴，就是种不出骡驹子。我猛地回过头，你再乱嚼，我就告海棠。秦寡妇说，告去吧，我还怕个丫头片子。话虽如此，她的声音却小了许多。她不怕海棠？鬼才信。

爹执拗地从外面领女人，并不是在村里找不上，比如，秦寡妇就想嫁给爹。爹领回的第二个女人逃走后，秦寡妇常来我家借东西，和爹扯些废话。海棠摔了两次碗，她才不敢登门了。一天，秦寡妇把我叫进家，给我吃了好几根香蕉。秦寡妇的名声不好，据说那些好吃的都是男人们给她买的。我才不管呢，反正爹和海棠又不给我买。秦寡妇笑眯眯地问我好吃不，我嘴里堵得满满的，就连连点头。秦寡妇说你以后常来吃，我这儿有的是。后来，四爷就替秦寡妇提亲了。爹没同意，他说秦寡妇腿夹得不紧，他不光是找女人，是给海棠和石头找娘呢。

突然有一天，秦寡妇在街上拦住爹吵起来。我围上去时，秦寡妇正指着爹的鼻子，让爹说清楚。爹涨红了脸，说自己没说过那样的话。秦寡妇让爹伸出舌头，我不明白让爹伸舌头干吗？她还想揪下来？爹让秦寡妇逼得连连后退，丢死人了。海棠就在这个关键时刻冲到爹身边，她抱着膀子，冷冷盯了秦寡妇一会儿，然后点着秦寡妇眼窝子就是一顿臭骂。海棠骂得狠，打蛇打七寸，海棠掐的就是秦寡妇的七寸。秦寡妇撑了没一会儿，狼狈地逃了。那次海棠可露足了脸。

我本来把刘燕丢到一边了，让秦寡妇一搅，刘燕的影子又在脑里晃了。我有点儿担心，家里没人，她会不会趁机逃走？这个任务是爹亲口安排给我的，放跑了刘燕，他肯定收拾我。

我在河边遛了一圈，还是跑回家。我跑得上气不接下气，冲进院子，眼睛几乎黑了。

刘燕正蹬着凳子擦玻璃，回头瞧我一眼，石头呀，快给娘扶住凳子。

刘燕的表现与爹前几次领回的女人差不多，她们总是做出死心塌地和爹过日子的样子，一有机会，就溜得鬼影儿不见。

我极不情愿地挪过去。我没扶，而是踩住凳腿儿。刘燕根本用不着擦，海棠早就擦干净了。

刘燕终于下来了，她在我脸上摸摸，瞧你晒得黑的，咋不念书？

我说，没意思。我懒得跟她说，我不喜欢学校那地方，一点儿也不喜欢，成天逃课，爹就干脆让我和海棠盯梢了。

刘燕说，我和你爹说说，你还去念书吧。

她想支走我，我心想，爹不会上你的当。

刘燕又咳嗽了，蜡黄的脸顿时涨得通红。我怀疑她嗓子里卡了什么东西，真想帮她掏掏。

刘燕停止了咳嗽，可能是我吃惊的样子逗笑了她。她说，吓着你了吧，往前站。

我反往后退了两步。

她冲我努努嘴，叫我一声娘。

这女人脸皮真够厚的，我紧咬牙关，一声不吭。

她催促，叫啊，我是你的娘了。

我说，我牙疼。

她又笑了，你喊一声，我给你一块钱。

我慌了，面对诱惑，我从来都是慌乱、软弱的。但我大声说，不——叫——。

她似乎识破了我的伎俩，说，喊呀，我说话算数。

我回头瞅瞅，四周除了我和她，再没别人，便蚊鸣似的滑出一个"娘"。她说，好，一声了。第一个喊出来，就顺溜多了，我连喊了四声，一次比一次响亮。

刘燕笑得眼都没了，行了，行了，我可没那么多钱。然后，摸出皱巴巴的五块钱。

我不再监视她，一溜烟跑进小卖部。

4

爹领回的第二个女人叫陆梅，胖墩墩的，一张赤红脸，像关公的亲妹子。她是个风骚女人，当着我和海棠的面，就敢在爹的某个部位拧一下，撒着三十岁的女人不该撒的娇。这种时候，海棠就“哼”一声，毫不掩饰她的轻蔑与敌意。爹则红了脸，讪讪地说，别这样，娃看见不好。女人就噘噘嘴，倒不一味和爹使性子。

陆梅嘴馋，爱吃零食，瓜子、麻籽、豌豆，凡是能往嘴里填的，她都喜欢。她还爱喝酒，爱吃辣椒，尤其爱吃臭豆腐。我家饭桌上从来没有臭豆腐这类东西，海棠嫌臭，爹怕花钱，我喜欢也只是空喜欢而已。陆梅来了以后，改变了这种局面，我天天有臭豆腐吃了。吃饭时，我看着海棠捂住鼻子躲到一边，咂得越发欢实了。因为我和陆梅的共同爱好，她来我家第二天，我就避着海棠喊她娘了。陆梅不吃独食，吃什么总往我手里塞一把。海棠在的时候，陆梅不敢轻易支使我，如果海棠不在，陆梅说话的声调就很高，石头，给娘打斤酒去。我接过她的钱，飞快跑到小卖部。我打八两酒，然后到井口兑二两水，二两酒钱自是落入我的腰包。陆梅抿一口酒，皱皱眉头，咋味道这么淡？像兑水了。我说我亲眼看着小卖部的独眼儿兑水来着。陆梅就骂奸商，下次依然让我替她打酒。我躲到西屋，享受着自己的胜利果实，有时忘了形，被海棠拧住耳朵，她气呼呼地问我，你又喊她娘了？我说没有……啊哎，疼死我了。海棠厉声问，你没喊，这些东西哪儿来的？我泪巴巴地说，爹拧我耳朵让我喊娘，你又不让喊，你们干脆把我耳朵割下来算了。海棠的手就松开了，她摸摸我的头，将我搂在怀里，叹几口气。因了刚才的粗暴，她会塞几毛钱给我。

陆梅和第一个女人一样，总是竭力讨好海棠。海棠没有我那么嘴馋，陆梅用食物笼络不住她，就给她买女孩子的装饰，今天一个发卡，明天一枚胸针，只是海棠瞅都不瞅一眼。海棠说女人是黄鼠狼给鸡拜年，没安好心。陆梅并不气馁，那天又托人买回一块红围巾。她特意在吃饭的时候拿出来，海棠，你试试合适不。海棠正欲离开，看见围巾，顿住了，目光似乎跳动了一下。爹说，看你娘多好。仿佛怕海棠离开，爹挡在门口。海棠缓缓接过来，很快就丢到地上，冷冰冰地说，一股臭豆腐味。爹火了，“啪”地把海棠的碗摔在地上。海棠冷冷地看着爹，眼里没有泪水，也没有怒火，尔后擦着爹的身子出去了。陆梅劝爹，慢慢就好了。看得出来，陆梅怕海棠，爹领回的女人都怕海棠。比如吃臭豆腐，先前陆梅揭开瓶盖，瓶口就敞着，后来她夹一块，马上把盖子扣上。海棠软硬不吃，那些女人和海棠的关系都不好。

在女人面前，爹永远是软骨样。对于陆梅的要求，爹总想方设法满足。她爱吃臭豆腐，他就让她吃；她爱喝酒，他就让她喝。有天半夜，陆梅突然想吃炒大豆，爹敲醒邻居，借了二斤大豆并炒熟。我想象不出半夜三更两个人挤在被窝吃大豆是什么情形，这个女人太能折腾了。爹似乎怕我和海棠有意见，逮住机会就替陆梅找台阶，她是个苦命人，咱不能亏了人家。留住你娘，这个家才像个家。

但不管爹对陆梅多好，他对她是防备的。有了第一次的教训，爹不再轻易让我和海棠盯梢，陆梅走到哪儿都有爹的影子。陆梅噘嘴，你不放心，怕我跑了？爹说，我离不开你呀。陆梅就"哼"一声，爹什么都依她，就是这个不依。爹实在有要紧事，就将这个任务交给海棠。海棠对陆梅反感透了，但盯梢从不马虎。在这点儿上，海棠和爹倒一致。海棠不屑地说，你以为我盯的是她？我盯的是钱。我不知爹领回这个女人花了多少钱，但绝对不是小数目。

爹领回女人的第三十九天，一封电报传到我家。陆梅一看上面的字就哭了。她母亲得了重病，正在医院抢救，电报是她弟弟拍的。爹对电报内容将信将疑，反对她回去探望。陆梅闹别扭了，她躺着不起炕，饭不吃，酒不喝。爹慌了神，可怜兮兮地向海棠讨主意。海棠让爹陪她回去，并嘱咐爹寸步不离。海棠早不是黄毛丫头了，说出那样的话，她的目光生冷、坚硬。

爹陪着陆梅回去了。走前，还借了不少钱。在县车站，陆梅上了趟厕所，就永远从爹眼前消失了。路费原本在爹身上装着，陆梅靠着爹的脑袋哼哼两声，爹就受不住了，轻而易举让她哄了去。爹身无分文，一路饿着肚子走回来。海棠一瞅爹的架势就明白了怎么回事，可还是盛气凌人地问，人呢？爹哇地哭出声，我把你娘弄丢了。到了这个时候，爹依然称陆梅是我们的娘。他把责任归咎于自己，是他弄"丢"的。

爹消沉了一段，很快又振作起来。爹的膀子越来越偏了，可眼睛贼亮

亮的，像搜寻猎物的狼。

一年后，爹领回了第三个女人。她比爹前两次领回的女人都小，也就二十几岁。爹是从东滩的二皮手里搞到手的。说穿了，爹搞了一个被拐卖的女人。我不知道她叫什么名字，只记得她眉心有颗痣。

眉心痣性子刚烈，一进屋就又哭又闹，还用脑袋撞门。我和海棠听得心惊肉跳。我想过去看看，海棠扯住我，咬牙骂，自找罪受，活该！海棠对爹有怨气，我听见她牙齿撞得咯咯响。

眉心痣从窗户跳到院里，爹眼疾手快，一把拽住她。眉心痣一边甩，一边大声叫骂。

爹满脸涨红，气喘吁吁。我趴在玻璃上看热闹。爹扫见了，叫，石头，给爹拿根绳子来。

我还没动弹，海棠断喝，不许出去！

我提醒她，爹花了钱的。

海棠骂，把嘴闭上，没人当你是哑巴。与前两次不同，海棠是真生气了，她好像不再在乎爹花了多少钱。她青着脸，抱着膀子竖在那儿，像一株没熟透就被冻硬的玉米。

爹终于把眉心痣弄回屋了。那一夜，不知爹和眉心痣折腾到什么时候，我和海棠虽然没当爹的帮手，但也没得消停，从东屋传出的摔东西的声音不时割着我的耳朵。后来，我实在困了，用被子蒙住头。第二天，我看见爹的脸上、脖子上有几个血印子。爹没有一点羞愧的意思，他给东屋安了把锁，在窗户上钉了几根木条，眉心痣就是插上翅膀也飞不出去了。

爹把眉心痣关在屋里，只有吃饭和睡觉时候，他才进去。平时，他就蹲在外屋的门槛上，空洞的目光一寸一寸舔着我家的破院子。我不知他在琢磨啥，有时碰上我的目光——也只能碰上我的，爹领回眉心痣，海棠的眼皮基本上耷拉着——他就嘿嘿笑一两声，你这个娘，不大懂事。

我不知眉心痣在屋里干啥，我很少见到她。她不再大叫大闹了，只有她的哭声从门缝流出来，像只挨了打的小猫。

爹和海棠谁也不理谁，气氛沉闷极了。我不想在家里待着，吃了饭就往外跑。那天，我从外面回来，爹没在门槛蹲着，东屋的门虚掩着，我以为爹在里面。听了听，却是海棠和眉心痣说话的声音。我好生奇怪，海棠去东屋干啥？

我紧着小心，还是弄出了声音。屋门突然打开，海棠站在门口，瞪着我，鬼鬼祟祟的，干啥呢？

我说我以为爹在屋里呢。我扫一眼眉心痣，她双眼红肿，两手使劲绞着。

海棠说，他不在。

我问，那你干啥呢？

海棠气呼呼地说，一边儿待着去，别来添乱。

海棠出来，重新将门锁了。她叮嘱我别告诉爹。我说我偏要告诉。海棠一脸凶相，你说出一个字，我就敲掉你两颗牙。当然，她不光使横的，还塞给我五毛钱，我的嘴巴就这样被封住了。我猜海棠在说服眉心痣，海棠死要面子，做爹的帮凶，却不让爹知道。

几天后的一个傍晚，几个大檐帽冲进我家。爹吓蒙了，半天说不出一句话，直到他们要带走眉心痣，他才反应过来，扑上去奋力抢夺。两个大檐帽毫不客气地将爹拖开。

满院都是爹破锣样的嗓子，我花了四千多块钱呢。

大檐帽说，再拦，连你一块儿带走。

爹叫，我没睡过她，一夜也没睡过哇。

那时，海棠靠门框站着。她脸色煞白，气力不支似的。她没帮爹，就那么站着。眉心痣上车的时候，扭头看了海棠一眼。除了我，没人注意她的眼神，那眼神很特别。

警车走了，爹还在干嚎。

我和海棠把爹拽进屋。爹重重地拍着自己的脑袋，我赔大发了呀。

5

那天，爹是到镇上抓药去了。

营盘镇有位老中医，医术很高，妇女不孕，他三服药就能让你怀上孩子；而你如果想把孩子拿掉，他一服药就能搞定。他性格怪僻，据说城里的医院花大价钱请他，他不干。他每天看病不超过五个人，这个规矩营盘

镇的人都晓得。爹到了镇上，老中医早关门喝茶去了。爹没有知难而退，他扣着门板一口一个"米中医"。喊了半天，屋内没有任何动静，米中医像仙逝了。爹就靠在那儿，他的声音恬不知耻。米中医，我知道你定了规矩，我明天来抓药也误不了事，可我就是等不及。我是给海棠和石头他娘抓药，她咳嗽五六年了，我可以没女人，海棠和石头不能没娘呀，你就破个例，给我抓几副吧。半晌，屋内飘出一个轻烟般的声音，你早干啥去了？爹怔了怔，突然看到了希望，米中医，我昨天才把她娶进门，五六年以前她还是别人的女人，我没法替她看病啊。然而无论爹怎么说，屋内没有任何动静了。

米中医的住处挨着一家豆腐店，买豆腐的人都看见了爹抵着门板的样子。有个妇女看爹可怜，劝爹早点回去，明天五更来等。她说米中医的规矩坏不得，你就是磕头也没用。

我揣着刘燕给的五块钱，在小卖部买了干脆面、泡泡糖、日本豆、烤黄鱼。小卖部的独眼儿说石头过年了啊，后娘对你不错嘛。我纠正，钱是我爹给的。独眼儿嘿嘿一笑，你爹才没这么大方呢。他还神秘兮兮地问我，听过爹的房没，如果我说实话，他就奖我一袋莲花豆。我承认听过，他就套问爹和后娘说啥。不光独眼儿，人们对爹和后娘的事都特别感兴趣。我接过独眼儿的东西，说爹给娘讲故事呢。独眼儿的瞳孔闪着蓝光，啥故事？你爹千哄万哄也哄不住个女人。爹说一个老汉脱光衣服在地里睡觉，撒尿的家伙让蛇缠住了，老汉的儿子拿镰刀砍蛇，老汉让儿子睁大眼，两个眼的是蛇，一个眼儿的是爹的鸡巴。独眼儿大骂，你个小崽子，撕烂你的嘴。我灵猴一样射出来，几下逃出了独眼儿的视线。

我在河边将那些东西吃得干干净净，躺在那儿睡了一觉。我已将刘燕彻底丢在脑后，往回走的时候，方感到害怕。刘燕会不会逃走？

刘燕没逃，或者没来得及逃。爹已从镇上回来了，他抓着刘燕的手，正给她讲米中医的事。看爹的表情，就像抓了两个牛肉包子。看见我，爹一动没动，倒是刘燕不好意思，将手抽了出去。

爹说，最好的中医也不过悬丝把脉，可米中医不用，一说症状就知道你得的什么病。你放心，他治你的病容易着呢。

刘燕泪汪汪地望着爹，早知道你去镇上，我就拦住你了，我也就咳嗽几声，没啥大事，用不着花这冤枉钱。

爹做出生气的样子，那怎么行？不管大病小病，有病就得治，你放心，我不会让你受罪。你去村里随便打听打听，我丁大山的人品没得说。

刘燕生涩地笑了，我打听啥？信不过你，就不跟你来了。

爹拍拍刘燕的手背，好好和我过。

刘燕似乎生气了，蜡黄的脸掠过一丝阴影，我咋不好好和你过了？不是我信不过你，是你信不过我！

爹连声说，没有，没有，我把你当宝贝呢。

刘燕说肉麻，她大概想做个亲昵动作，有我这个电灯泡在，她抽回手捂住嘴咳嗽起来，屋子顿时扑满蛤蟆的叫声。

尽管刘燕和以前的女人路数不一样，但目的是一样的，哄骗住爹，伺机逃走。连我都瞧得出来，爹竟被迷住了眼。爹的脑子真是有病了，他应该给自己抓几服药。蛤蟆终于消停了，爹从刘燕后背拽下胳膊，像刚刚看见我，怎么才回来？看你娘这罪受的，喊娘呀。

我的嘴唇一碰，那个字就跳出来。

刘燕"哎"了一声，冲我眨巴眨巴眼。爹满意地点点头，说我懂事了。爹以为只要我喊娘，女人就会留下来，真是笑死人了。然后，他"咦"了一声，海棠呢？

海棠回来，爹已经不在了。吃过晚饭，爹就去了镇上。他怕抓不上药，决计在米中医门口守候一夜。海棠没看见爹，问爹怎么还没回来。没等我回答，刘燕抢先说，你爹去镇上了。刘燕扑出满脸笑，目光挂在海棠脸上，似乎想和海棠说下去。可海棠冷着脸不理她。刘燕赶紧从锅里端出饭，讨好地说，还热着呢。海棠用筷子一下一下地挑着。刘燕问，干活了？海棠轻轻点点头。这些女人见了海棠就像耗子见了猫，也真是怪了。我明白海棠根本没去干活，地早就锄完了，还不到收割庄稼的时间，这一段正是消闲的时候。她八成和大青约会去了。别看她领着小英子，那是她打掩护呢。

刘燕又咳嗽了，海棠皱皱眉，刘燕马上躲到院子里。海棠不领她的情，一推碗回西屋了。

我躺在那儿，拍着肚子，盘算这一天吃了多少东西。让海棠和刘燕

闹别扭吧，我是不让嘴吃亏的。我一得意，就失去了警惕性。海棠在我肚上瞄了几眼，问，你都吃啥了？我说吃饭呗。海棠"呸"了一声，你吃零食了。我说没有。海棠说我现在就去问独眼儿，你要买了东西，我撕烂你的嘴。海棠穿上鞋当真要去。我慌了，平时独眼儿替我保密，今天我咒了他，他不会替我遮拦的。海棠问，到底吃了啥？我吞吞吐吐说出一样。海棠好生厉害，断定我瞒着她，让我老实交代，我只好实说了。海棠问我钱哪来的，这才是她真正关心的。我说捡的，海棠照我身上就是一巴掌，钱是土坷垃，你随便捡？说！我说是刘燕给的。海棠咬着牙审我，你是不是喊她娘了？我不承认，海棠说，你不喊她娘，她凭啥给你钱？你个没骨头的东西！我泪汪汪地说，姐呀，我实在想要个娘啊。

海棠怔了半晌，她的手微微抖着。随后，她劈头盖脸就是一顿臭骂，娘是随便喊的？娘就那么不值钱？你恶心不恶心？

海棠是故意骂给刘燕听的，我不再害怕，老实儿躺着。海棠越来越凶了，对前几个女人，她都没这样。

东屋那边没有任何动静。海棠的叫骂倒是治咳嗽的良药，过了很长时间，我听见东屋门响，提醒海棠，她别跑了吧。

海棠说，跑了正好。

我愕然，她跑了，爹的钱不白花了？

海棠说，活该他白花，有钱就让他花吧。反正早晚也是跑，不如早跑了省心。瞧她病歪歪的样儿，没准还要赖在咱家呢。

我说，她不走，爹能攒下钱了。

海棠不屑地"哼"了一声，之后突然说，石头，她这个样子，咱不能让她留在咱家，一定要想办法气跑她。不然，没咱好日子过。

我吃惊地看着她，爹咋办？

海棠眼里射出凌厉的光芒，他会死心的。

刘燕像没听见海棠的叫骂，第二天我和海棠还睡着，她就喊我俩吃饭。海棠躺着不起，也不让我起。我的肚子咕咕叫着，都撑不住了，海棠依然让我坚持。

院子里传来爹喜滋滋的声音，刘燕哎，我抓回药了。

6

海棠跑起来鞋底几乎不着地，像兔子一跳一跳的，村里的男孩也比不过她。爹能及时从滩里赶回来，在娘身上扎一针，全亏了海棠。海棠和我一样贪玩，娘不发疯，海棠也是满街胡闹。

娘被人领跑，海棠突然就长大了。她不再和女孩子疯玩，她取代了娘的位置，操持着我和爹的一切。清早，我和爹还在被窝里，她就将便盆拎出去，然后扫院、喂羊、掏灰、烧水。她做好早饭，给爹备好中午的干粮。开始她做得一点儿也不好吃，不是过火，就是半生不熟。但她长进很快，一年以后就超过了娘。只是她和娘一样小气，烙饼总要给油里兑水，饼子烂唧唧的。我和海棠曾以罢吃反抗，娘才大方了点儿。现在我用同样的法子对付海棠，海棠一点也不心软，她说你爱吃不吃，将饭盆端走了。我乖乖就范，日后再不轻易地挑三拣四。海棠成了主角，大到家庭决策，小到缝缝补补，可以说除了爹执拗地往回领女人这件事，什么都是海棠说了算。邻居到我家借东西，都向海棠张口，仿佛爹不存在。海棠手里总有活干，实在没事了，就用破布粘对在一块儿，给我和爹缝鞋垫。她坐的位置也是娘过去坐的，我怀疑娘附在了她身上。

海棠的神态、说话的腔调也变了。先前，她站躺坐卧没什么姿势，像一瓢水，流成啥算啥，你分不清她的姿势是躺还是卧，现在她坐就是坐，躺就是躺，一眼就能看出来。她说话的声音还是那么脆，但口气变了，过去我尿了炕，娘在我屁股上拍巴掌，海棠总要劝娘，现在她亲自把巴掌拍到我身上。不光对我，她对爹也是那样，不时唠叨几句，哎呀，你注意点儿，刚洗的裤子咋弄成这样，或，头发都成毡片了，也不懂洗洗。爹不愠不恼，嘿嘿干笑一阵，就干他的去了。

爹对海棠有几分惧怕。那年春节，海棠给我们买回一颗猪头，二斤瓜子。海棠洗猪头，让爹炒瓜子。爹没经验，把瓜子炒黑了，轻轻一捻就成了碎末。海棠将爹好一顿训，爹不安地说，咋就这样了呢？咋就这样了呢？吃猪头肉时，爹吃了几口就搁了筷子。海棠给他夹了半碗，我就说几句，你还生气？爹一面说没有，一面端起碗。他不敢和海棠闹情绪。

海棠像只母老虎，我听见人们这样评价。她是厉害了点儿，可正因为这样，村里没人敢欺负我家。海棠用和她年龄不相称的刁蛮捍卫着我和爹，捍卫着我们的穷家。

村里第一次领教她的厉害因我而起。我和三毛打架，把他的鼻子打出了血，他爹踢了我一脚。踢得一点儿也不疼，可我还是哭着跑回家。海棠放下手里的活计，牵着我的手，怒冲冲地找上门。海棠叉着腰，破口大骂。我不知道那些刻薄话是什么时候装进海棠肚里的，听着就是解恨。三毛那个胖蛋娘听不下去了，冲过来要打海棠。我吓坏了，海棠单薄瘦弱，绝对不是这个老婆的对手。我牵了海棠一把，海棠挣脱我，朝那女人的肉胸脯直顶过去。那女人一屁股坐在地上，半天没起来。围观的人把海棠拉开。海棠犹不罢休，躺在三毛家的院里装死。我都没想到海棠还有这手绝活。三毛那个屄爹到底服了软，承认踢我不对。

另一次是村里几个男人在场院里取笑爹。那时，爹领回的第一个女人已经失踪了，他们问爹那个女人有什么特殊的地方，夜里叫唤得凶不凶，爹怎么就拴不住女人。三发子闹得最厉害，他问爹一夜搞几次，还有模有样地盘算爹究竟搞了多少次，赔不赔。爹一脸窘态，嘿嘿傻笑。当时，我就在旁边，恨不得爹扇他几个嘴巴子，至少要唾几口才是。可爹没有，他试图逃离，那几个家伙拦着不让走。我跑回家把海棠喊来。海棠一露面，那几个家伙都讪笑着散开了。可海棠没放过他们，尽管爹一再声称是说着玩的，海棠依然一顿臭骂。尤其对三发子，海棠更不客气，她跟在三发子屁股后头骂。三发子逃回家，海棠一路追去，站在门外骂了好一阵才作罢。自此，就没人敢明目张胆取笑爹了。

可是海棠无论多凶，也阻止不了爹一次又一次往回领女人。

第二个女人失踪后，海棠和爹有过一次艰难的对话。那时，爹刚刚缓过秧，刚刚从女人的阴影中走出来。海棠特意买了瓶酒，外加一对猪耳朵——我猜海棠是治我的，猪头上的东西我最不爱吃耳朵。

爹惊讶地问，今天过节了？

海棠说，不过节。

爹说，不过节买这些东西干吗？

海棠不动声色地说，要是不花冤枉钱，天天能吃好的。

就这么一句话，爹的嘴就被塞住了，锈脸上卷过一抹灰白。

海棠给爹捡起筷子，总算过去了，以后你可别胡闹了。

爹瞄她一眼，没个女人，不叫家呀。

海棠说，我呢，我不是女人？

爹嘿嘿笑了，你终归要嫁人嘛。

海棠说，我不嫁，就侍候你和石头。

爹说，女大留不住，到时候就由不得你了。

海棠说，我招个上门女婿。

爹愣住了，大概惊讶于海棠的不害羞。女孩子们说到嫁人都羞答答的，而海棠的表情严肃得像木板。

海棠说，这回你该消停了吧。

爹无奈地说，好吧。

海棠漾出一脸灿烂的笑，她以为说服了爹。其实这是爹的缓兵之计，所以爹领回第三个女人时，她一下就傻眼了。

第三个女人让大檐帽弄走后，爹还在悲伤、绝望中，海棠就开始了对爹的说服教育。她的口气甚是严厉，你真是不长记性，外头的女人能靠得住？

爹拍打着炕沿，我太心软了，早知道……我就……

海棠说，总有一天她要跑的，你能拴住她？

爹说，我倒霉呀。

海棠说，左一趟，右一趟，让人笑掉牙了。

爹似乎被这句话刺着了，灰蒙蒙的目光突地跳了几下。然后，他摇摇头，没女人才让人笑话呢。

海棠生气了，咋？你还想往回领？

爹不说话，眼睛盯着某个地方，好半天，才幽幽地说，我就不信姓丁的土炕拴不住女人。

海棠说，我白费唾沫了？你咋就听不进人话？看她那样子，眼前要不是爹，她就甩他耳光了。

爹说，我给你娶个娘，你就不用天天忙活了。

海棠绝然道，我不要！你要再往回领，她不跑我也把她赶跑。

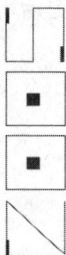

爹摆摆手，算了算了，我不弄了。

爹依然是缓兵之计，这件事他不会听海棠摆布。海棠也不是省油灯，要气走刘燕，她总有办法。我怀疑第三个女人是海棠给报的信儿，村里的人虽然嘲笑爹，但绝不会乱管闲事。向政府报告，除了海棠还能有谁？当然，我仅仅是怀疑。反正不管咋样，第三个女人没了，爹又领回第四个。海棠和爹的较量由暗的变成明的。

7

村子上空飘着苦涩的中药味，浓浓烈烈，如阴雨绵绵中盛开的鸡冠花。

那是从我家院子漫出来的。爹从米中医那儿抓了药，还特意从镇上买了个药壶。他在院里支起炉子，像个道士守在旁边。刘燕嘴上说那些药管不了她的病，可爹抓回来，刘燕眼睛依然亮亮的，问米中医真那么神？爹说当然，镇长的老娘一年四季喘不上气，硬是让米中医治好了。刘燕又假惺惺地问，那药一定很贵吧？爹说，你甭管了，安心养你的病就行。刘燕就擦擦没有眼泪的眼睛说，遇上你，也算我没白活这半辈子。爹美得直咂巴嘴。

爹似乎要将所有的药汁榨出来，每服药都煎四次。最后一次清清淡淡，几乎没有颜色，但他照样搞出一大碗。刘燕倒也听话，爹熬多少，她喝多少。她伸着鸡公样的长脖子，发出咕咕的声响。爹没有把药渣倒掉，而是在锅里焙干，碾成粉末，装进刘燕枕头里。爹说天天闻药味，也治病呢，医生都不得病。我听了直想笑，医生不得病，还能活二百岁？爹痴迷、专注，对药研究了几百年似的。那天，我家的菜汤也有了药味，海棠一口就喝出来了，她皱皱眉，怎么一股药味？爹说，不会吧，药又不是锅里熬的，石头你喝喝，有药味没？我喝了一口，说没有。其实，我看见了爹往菜汤里撒药面，并给了我一块钱让我保密。爹说中药治百病呢。海棠猛地将碗一摞，盯着我的眼睛骂，猪，你整个是猪。刘燕要给海棠另起炉灶，被爹制止了。爹说，不能惯她这个毛病。

九服药喝完了，刘燕并不见好，依然不分时间、地点地咳嗽，我家成了蛤蟆窝。爹再次去米中医那儿抓药，米中医说啥也不抓给他。米中医要见病人，上次如果不是爹苦求，米中医也不给抓。爹嘴唇都磨出血了，米中医还是不理。爹蔫头耷脑地回来。他不敢轻易带刘燕出去，他让女人们"丢"怕了。可不带刘燕去，药就抓不回来。爹权衡再三，还是决定带刘燕去见米中医。

爹和刘燕是傍晚时分离开家的。不一会儿，就有人来我家报信儿了。他们说，你爹咋不长记性，谁知那女人的病是不是装出来的，她说跑就跑了；海棠，赶紧派个人盯住，别让钱打了水漂。海棠无所谓地说，跑就跑呗，早晚的事。那些人热脸焐个冷屁股，悻悻地走了。海棠关死门，冷笑着说，她怎么会跑？治不好病，她才不逃呢。

果然让海棠说中了。第二天，刘燕跟在爹屁股后头回来了，鸡公样的长脖子上依然系着蓝色丝巾，我家的院落又弥漫着药味了。

海棠怕爹让她煎药，每日早出晚归，除了吃饭睡觉，基本不在家露面。海棠不煎药，爹不生气，海棠不干活，爹有意见了。那天吃过晚饭，海棠又要出去，爹喊住她。

海棠看着爹，有事？

爹问，你又要去哪儿？

海棠应句废话，出去。

爹说，都这么大了，还疯跑！

海棠反问，我疯跑啥了？

爹蠕动着腮帮子，要发脾气的样子，可最终又低声下气地说，你娘拖着个病身子，你得帮她干点儿。

海棠冷冷地说，你不是说娶回娘就不用我忙了？

爹的脸上有虚汗淌出来，你看你，算爹求你。

海棠似乎被爹的神态触动了，那天晚上没出去，不过早早就睡了。

第二天，海棠很晚才起。那时，爹已将药煎好，正往出倒。听见刘燕咳嗽，爹跑过去，一边拍刘燕后背，一边喊海棠，海棠，帮爹把药倒出来。

海棠慢腾腾走过去，拿起药壶。她似乎被烫了，手抖了一下，药壶摔在地上，裂成一堆，药液往四下流去。

爹嗷地叫了一声，扑过去，跪在地上，要用手捞的样子。可药液已渗得干干净净，爹什么也没捞着。

海棠呆住了，爹的样子恐怖极了。

爹跳起来，血红着眼，重重给了海棠一巴掌，指着海棠的鼻子，哆嗦

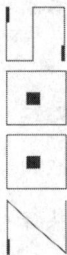

着嘴唇却说不出话。

刘燕跑过来拉住爹，算了，和孩子生啥气呢。

海棠没哭，也没像电影里挨打那样捂住脸，她盯了爹好一会儿，然后噔噔走进屋，提了菜刀出来。

刘燕松开爹，挡住海棠，颤声道，他可是你爹啊。

海棠狠狠一拨，把刘燕甩到一边。但她不是拿刀砍爹，而是把刀摔在爹脚底。她说，用这个解恨。

刘燕忙把刀捡起来，一个劲地说，都怨我，都怨我，谁让我得病呢。

爹在海棠的逼视下，腰慢慢躬了，然后他蹲在地上，一片一片捡药渣。

海棠昂着头离开院子。

我终于相信海棠往走气刘燕是动真的了。爹有了这次教训，再不轻易用海棠。在刘燕的劝说下，当天晚上爹就给海棠道歉了。海棠装聋作哑，后来干脆拿被子蒙住头。爹可怜巴巴地看着我，我突然大叫一声，蛐蜒！海棠嗖地坐起来，在哪儿？在哪儿？她最怕蛐蜒了。我说飞了。海棠知道又一次上了我的当，没等她拧我，我就躲开了。爹僵硬的表情终于有了裂缝，他说石头别闹了，让你姐睡吧。爹走后，海棠骂我是叛徒。她说，那个女人留下来，有你好日子过！我说，你嫁人的时候把我带走。海棠绷了脸，不让我乱嚼。我只好闭嘴。

过了没几天，海棠又和爹干了一仗。刘燕为讨好海棠，给海棠缝了一副鞋垫。她用的布料是海棠几年前穿的一个褂子。海棠端详了几眼，厉声问，是不是把我的褂子剪了？……谁让你剪的？刘燕慌了，你不是不穿了吗？海棠说，你咋知道我不穿？刘燕赔着笑说，我给你买件新的？海棠冷笑，新的？你哪来的钱？刘燕说她自个儿的钱。海棠说，我不要新的，就要旧的。刘燕黄脸上挪闪着斑状的不安。海棠警告，我的东西你不许动，听见没有！刘燕"哎哎"着，海棠不依不饶，别演戏了，你们这号人！爹从外面进来，声音带着恼怒，海棠！你有完没完？怎么连礼数也不懂？你娘也是为你好。海棠说，你少提娘这个字，我没娘！刘燕拦着爹，不让爹说。爹却吼起来，海棠你生分，你要气死我呀！海棠说，看我不上眼没用，我肯定烂在家里。爹就捆自己的脸，我他妈窝囊呀，我他妈无能啊，自个儿的闺女也欺负我。海棠正眼也不瞧爹，摔上门出去了。

爹确实没筋骨，到了晚上又来给海棠赔不是了。爹对不住你，爹不该冲你发火。我看出来，爹又怕得罪刘燕，又怕得罪海棠，真是耗子钻风箱，两头受气。

海棠没再装哑，你对，懂得心疼女人，你都对。

爹垂下手，你娘她苦命，前边的男人砸死了，孩子出了车祸。

海棠不屑道，她说啥你就信啥？

爹说，她不瞒我。

海棠"哼"了一声，你相信她，好好和她过吧。

爹说，爹求你了，别再给你娘添麻烦，她又拖着病身子。

我没帮爹说话，爹虽然挺可怜，那也是自找的。他难道看不出来女人是病秧子？还非要牵回来。而且他一口一个娘，终于将海棠说烦了，她又闭紧了嘴。

爹看着没意思，低头出去了。

8

那几天，我被海棠押着上学。爹对刘燕言听计从，刘燕说别让石头这么晃了，送他去学校吧，爹就让海棠押送我了。这是海棠唯一和爹配合的地方。我对刘燕很不满意，我都喊她娘了，又不给她添麻烦，她还算计我。

我对学校厌烦透了。我比别的孩子都高，混在中间，活脱脱是羊群里的骆驼。老师说我这样的插班生没谁愿意要，也就是海棠的弟弟了。

我央求海棠，你就饶了我吧，老师还没我水平高呢。

海棠骂，少说两句，要不扇你。海棠是吓唬我，她从来不真打我。

我威胁，你再送我去学校，我就喊那女人娘。

海棠喝道，你敢？

我发牢骚，你不讲理，太不讲理了，生下孩子没……

海棠叫，我撕烂你的嘴。

把我送进那个监狱样的地方，海棠转身走了。我坐在最后一排的三条腿凳子上——那条让我砸断了，什么也听不进去。老师把我叫起来回答问题：树上有三只麻雀，打掉一只，还有几只？这不是小瞧人吗，这种问题

还想考我？我故意说，两只。耳边一阵哄笑。老师得意地说，你还天天装聪明，枪一响，那两只麻雀早飞了。我说老师你错了，那两只麻雀又聋又瞎，听不见也看不见。老师恼羞成怒，让我去院里反省。他辩不过我就罚我。一出门我就逃了，我正愁没机会离开呢。

我溜溜达达往河边来。远远扫见海棠的影子，一闪就没了。河南岸是茂密的杨柳树，是个藏身的好去处。海棠不会一个人钻树林，八成大青在那儿等她呢。海棠嘴刁，但长得蛮好看，村里好多后生都喜欢她。海棠从来不拿正眼瞧他们，高傲得像个公主。爹领回女人后，海棠就是另外一副样子了，她的目光会落在后生身上。后生们都不敢轻易接近海棠，似乎让海棠的厉害和高傲震慑住了，只有大青例外。爹领回刘燕，算是帮了大青的忙。

我悄悄钻进树林，想看看海棠搞什么活动。

走到深处，终于逮住了海棠，果然和大青在一起。两人紧紧抱着，嘴像被胶水粘住了，我看出海棠想拽开，可怎么也拽不出，只是发出一些含混的声音。我伏在一棵杨树后面，抓住海棠的秘密，我就能跟她提条件了。

好半天，海棠推开大青，靠在树上，半喘着说，不要脸，就知道干这个。

大青嬉皮笑脸，这个好嘛。说着又要动手。

海棠严厉地说，再不老实，不理你了。

大青就老实了。

海棠说，跟你说个事，我出嫁得把石头带上。

大青急了，带他算咋回事？

海棠说，我就这个条件，你不同意就算了。

大青顿了顿，我得和家里商量商量。

海棠说，瞧你这点儿出息，该做主就得自个儿做主。那好，你先商量吧。

大青突然漾出一脸坏笑，手伸到海棠胸脯上。

海棠叫，干吗干吗？

大青央求道，我摸摸，就一下，一下行不？

我想海棠肯定不让大青摸，况且她胸罩里还垫了棉花。出乎我的意料，海棠竟然同意了。大青急三忙四地解海棠的扣子。

海棠说，瞅你那笨样儿。

大青说，我高兴呢，哎哟，真好！

我突地跳出去，大喊一声。海棠满面通红，一边系扣子一边责怪我，咋又逃课了？而大青垂着他的鸡爪子，一副不过瘾的样子。我说你们跑到树林里耍流氓，真不要脸。海棠装着追打我，我几下就蹿到了树上。

我没把海棠的秘密抖落给别人，作为交换，海棠再不押送我去学校了，我又成了无拘无束的野小子。碰哪天觉得无聊，不想出去，我就趴在窗口看爹熬药，听他给刘燕讲他放羊时打狼的经历。我没想到爹也学会吹嘘了，好像他多了不起。而刘燕一惊一乍的，似乎狼扑进了院子。我想她不会听不出爹的破绽，只是不戳穿罢了。

米中医说刘燕必须吃七七四十九服中药。吃到三十服时，刘燕的咳嗽减轻了许多，至少吃饭时控制住了。我想，刘燕的病一好，就该离开爹了，根本用不着海棠往走气她。可爹没表现出丝毫担心，他满脸喜色，眼睛发亮，吐痰的声音都大了许多。煎完药，他就一趟趟往外跑，后来我才知道，爹又去找村长了。

爹心里始终拴着一桩心事：请干部来家里吃顿饭。我娘还没跟人跑时，镇上的干部经常下乡，到了哪个村子都是逐户派饭。镇上的干部来吃饭，是天大的荣耀，派到谁家，都要拿最好的东西招待。快派到我家时，娘让人拐走了，这事就搁下来。一个没有女人的家，村里不会派饭。爹耿耿于怀，每次领了女人回来，他都和村长打招呼。村长就拍着爹的肩说，没问题，镇上来了人，我就领到你家，你可得好好准备哟。爹激动得满脸通红，我肯定好好准备，好好准备。可没等镇干部下来，爹的女人就跑了。村长见了爹就责备几句，你看你这事闹的，我都和人家说好了。爹就讪讪的，许诺娶了女人一定请镇干部吃饭。这不，刘燕病一见好，爹那个念头又冒出来。

爹说明来意，村长乜斜着爹，莫名其妙地笑了。

爹一阵心慌，他说，我准备好了。

村长拉长声调，算了吧，就不给你添麻烦了。村长后来对别人讲，现在镇干部早就不吃派饭了。

爹说，不麻烦，这有啥麻烦的？

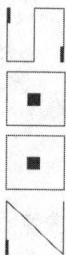

村长问，你保证女人不跑了，别又和上几次一样，闪了干部们的嘴。

爹说不跑了，她要死心塌地和我过日子呢。

村长说，听说她有病？我都叫她咳嗽得睡不着了。

爹说，米中医下的药，快好了。

村长说我考虑考虑。然后像往常一样数落爹，丁羊倌，你咋就拴不住个女人呢？

村长没有回绝爹，爹就一趟趟往村长家跑。求别人来家里吃饭，这事也只有爹做得出来。那天，爹起个大早，他没煎药，先去了村长家。村长女人正要倒便盆，爹不由分说抢过去，替村长女人倒了。村长被爹缠得没办法，终于答应了爹的要求。

爹和海棠商量请客的事。海棠让爹想怎么折腾就怎么折腾，但不同意杀羊。海棠说，平白无故的，凭啥杀羊？又不是请神仙，你真是疯了！爹确实疯了，他像缠村长一样缠海棠，海棠无可奈何地同意了。

爹宰羊，让我和海棠按住。海棠扭过脸不敢看，我则心不在焉，结果爹的刀子一挨羊脖子，羊突然挣脱跑了。刘燕正在煎药，她试图把羊拦住。羊擦着她的身子蹿过去，炉子被撞倒，药壶摔得粉碎。刘燕想去扶炉子，还没碰着，自己反跌倒了。蛤蟆样的咳嗽再次扑满院子。爹扔掉刀子，抱起刘燕，在她背上奋力拍打。

我和海棠追出院子，那只羊早没了踪影。

那天，爹费尽心机的宴请就这样流产了。村长领人进来，爹正凄凄惶惶地捡药渣。村长不听爹解释，拂袖而去，好你个丁羊倌，就凭你，还想捉弄人？

爹的脸顿时绿了。

9

刘燕吃了七七四十九服中药，咳嗽还没治好。爹去找米中医，打算再抓四十九服。米中医说啥也不抓给爹了，他说他看不好刘燕的病了，再吃九九八十一服也是这个样儿，他已把所有的招数都使出来了，实在是没办法了，让爹另请高明。在爹眼里，米中医就最高明了。爹以为米中医想提高药价，说要么一服药再加三块钱？米中医很生气，你以为我嫌钱少？你这是毁我名声呢。爹苦苦相求，米中医不再理睬他。

爹沮丧地回来。刘燕问明情况，倒松了口气，她说，也好，那药太苦，我实在喝不行了。爹要领刘燕去城里的医院，刘燕不同意，她说我这病就这样了，城里的医院还能咋的？再说咳嗽也不是啥大病，不影响吃不影响喝的，你该忙啥忙啥吧。爹没再坚持，一来凑不起进城看病的钱，二来刘燕的话起了作用，她就是咳嗽几声，也没个大的影响。爹为了让刘燕咳得理直气壮，咳得坦然顺畅，特意给我和海棠开了会。我很少见爹这么严肃过，他说，你娘不是非要咳嗽，她憋不住，你俩别嫌弃她。爹主要是说给海棠听的，刘燕一咳嗽，海棠马上皱着眉头离开。我也讨厌刘燕咳嗽，我没有走开，是想从她那儿搞一两块零花钱。末了，爹不放心地问，记住了？我点点头，海棠始终是那副桦皮样的表情。爹说，等你娘病好了，咱家菜里就能见到肉了。他赤裸裸地诱惑我们。可海棠根本没把爹的话放在心上，刘燕一咳嗽，她依然皱着眉头走开。爹铁青着脸，喉结一上一下地蹿动，似乎想做个什么动作，刘燕及时拽住他。

爹沉寂了两天，又开始频频往外跑。他反常的举动引起了我的注意，平时他很少去别人家，尤其是娘跑了以后，外交上的事都是海棠的。后来我才知道爹是挨家挨户找偏方去了。偏方治大病，爹信。

爹倒腾的第一个偏方是二扁嘴提供的，把川贝、冰糖、梨一块儿蒸熟吃。每天早中晚刘燕都要吃一个掺着川贝、冰糖的熟梨。刘燕吃了一个星期，除了闹肚子，什么作用也没起。爹就改用王算盘的方子，把鸡蛋、蜂蜜放在羊肚子里，先煮烂然后再蒸。这几样东西我都爱吃，口水流了几尺长。爹怕我偷吃，就锁在柜里。刘燕一天三顿吃的全是这个，后来她说恶心，怎么也吃不进去了。那时，我盼望爹说一声，你不想吃，让石头替你吃吧。可爹说出的却是，刘燕哎，为了治病，你就忍忍吧。刘燕就极其艰难地吞咽下去。爹似乎怕刘燕塞给我，他一直在旁边守着。吃了七八天，也没见效。爹一点也不灰心，又用下一个方子。爹除了在本村找偏方，还去外村找，见着谁家有日历，就一页页翻个遍，抄上面的小偏方。每天等刘燕吃完，爹就出去了。有些药得去镇上买，有些药爹自己搞。不知谁说用马蜂窝熬车前草可以治咳嗽，爹就四处找马蜂窝。他捅下两个，脸让马蜂蜇成了大麻包，整个没了人样。刘燕抱着爹哭，让爹别费心了，她不治

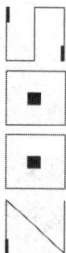

了。爹咧着面包样的大嘴嘿嘿笑，没啥，一点儿也不疼。

爹给偏方编了号，专门在小本本上记着，密密麻麻的，有几十页。那句话就在他嘴边挂着，硬让碰了，不能误了，万一治好了呢。就为了这万一，爹几乎着魔了。

吃了不少偏方，刘燕的咳嗽也没有停止。那天，不知谁透露给爹，说秦寡妇那儿有治咳嗽的偏方。那个家伙可能是玩弄爹，爹却当了真。村里他就没找过秦寡妇。爹不想放过这线希望，又怵头秦寡妇，就带了我去给他壮胆儿。

秦寡妇很是意外，神经兮兮地说，丁羊倌，啥风把你吹来了？听说你现在成了医生，我又没得病，你来干啥？

爹嘿嘿笑着往前推我，叫姨，叫姨呀！

我讨厌秦寡妇装腔作势，可还是喊了一声。

秦寡妇问，石头吃香蕉不？乜斜了爹一眼，意味深长地笑起来。

我没理她，把头扭到一边。

爹低三下四地说，他姨，求你个事。

秦寡妇怪声怪气地说，不是让我给你那病老婆治病吧？治好了，不怕她踹了你？

爹好像听不出秦寡妇的嘲弄，依然摆出贱样子，听说你这儿有治咳嗽的偏方？

秦寡妇一怔，随即很干脆地说，没有！

爹嘿嘿笑着，过去都是误会，这个忙你得帮帮。

秦寡妇瞪着眼说，我说没有就没有，你别把胡说当真……就是有我也不给你。

爹依然赔着笑，你就让我用用吧。

秦寡妇"呸"了一声，你真不要脸，我凭啥让你用？

爹的脸腾地红了，我不是那个意思。

秦寡妇一个劲儿骂不要脸。

爹的声音小下去，把你的偏方给我吧。

秦寡妇问，凭啥？

爹说，咱们是邻居嘛。

秦寡妇盯了爹一会儿，我给你偏方，你用啥报答我？

爹稍一迟疑，下了很大决心似的，你提啥条件我都答应。

秦寡妇问，你敢？

爹说，敢！我看见爹的腿抖了一下。

秦寡妇忽然哈哈大笑，你为那个病女人真是啥都舍得出，不过你听清楚了，我没偏方，最好的偏方就是把她打发走。

爹的眼睛几乎红了，他姨，求求你了。

无论爹怎么央求，秦寡妇只说没有，到最后，秦寡妇都生气了。也许她确实没有，我拽爹一把，爹抹抹头上的汗，膀子更偏了。

我和爹正要离开，秦寡妇突然说，你等等……倒是有个方子。

爹的眼睛再次射出惊喜。

秦寡妇说，用尿熬香蕉皮，熬得越烂越好，一天三次，要童子尿。

秦寡妇眼里闪过一丝似笑非笑的东西，我意识到秦寡妇是要爹，这算啥偏方？秦寡妇把吃剩的香蕉皮给了爹，她说爹要是买了香蕉，她吃瓤，皮留给爹熬药，算是她提供方子的报酬。爹连声答应。

我提醒爹，秦寡妇会不会捉弄你？爹根本听不进去，他说不管行不行，先试试。爹不让我告诉刘燕和海棠药方是从秦寡妇那儿搞的，并塞给我一块钱。从那天开始，爹就用尿熬香蕉皮了，我家整天飘着一股尿骚味。刘燕喝得脸越发黄了，她一说喝不进去，爹就眼巴巴地望着她，得病乱投医，万一治好了呢？你就忍忍吧。刘燕拗不过爹，她大概确实想治好病，就捏着鼻子往嗓子里倒。尿自然由我提供，爹为了多让我尿，把我关在家里，不停地让我喝水，我的肚子整天蛤蟆样鼓着。我家四个人，倒有一对蛤蟆。

这个"偏方"还是没治好刘燕的咳嗽，爹不泄气，过了几天又搞来一个。把麻黄、胡椒、车前草、杏仁、生姜、红糖混在一起，捣成粉末，用水拌匀，装进塑料袋，再装进少女胸罩，九天后再泡水喝。

那几味东西好弄，唯一难办的是最后一道工序。爹和海棠商量，想把药放在她胸罩里。海棠不干，她说爹是鬼迷心窍了。爹叹口气，为治你娘的病，咋也得试试。海棠没好气地说，你让我戴，自个儿给自个儿造药多好。爹说，她奶过孩子了，必须闺女戴才行。海棠说，村里那么多闺女，你去找呀。爹说，你就能戴嘛，干吗找别人？那不是找挨骂吗？海棠不屑

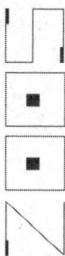

道，你还怕挨骂？脸都让你丢尽了。爹尴尬地搓着手，爹拖累你们了，只要治好你娘的病，爹不怕人说三道四。

海棠不答应，爹天天到西屋做海棠工作。爹不像个爹了，他的背犁弯一样。爹求你了，帮帮爹这个忙。海棠先是不说话，之后硬邦邦地说，装了那些东西，我咋见人？海棠大概是怕大青抓坏了。爹说，你在家里待几天。海棠说，那不憋死了？爹说，你就忍忍。爹总是劝人忍忍。那天我实在忍不住了，劝海棠，反正你胸罩里也是垫棉花，垫上那个撑得更高。海棠大怒，闭上你的臭嘴！

爹走后，海棠点着我脑门骂我叛徒。她说爹为了这个女人，要把家折腾垮了。我张着臭嘴说，爹怪可怜的，你瞧他越来越矮了。海棠愣怔了半晌，说你去把那东西拿过来吧。不知为啥，海棠眼里竟有一层泪光。

10

爹终是没治好刘燕的病，第二年春天，一次剧烈的咳嗽之后，她的眼睛就没再睁开。我一直猜想，如果爹治好她的病，她是否也像别的女人那样逃走？她的死使这件事成了一桩悬案。逃也罢，死也罢，爹身边反正是没女人了。刘燕是在我家待得最长的。爹悲恸欲绝，那么能折腾的一个人，突然被抽去了筋骨，他不吃不喝，好像刘燕把他的魂带走了。爹的样子是预料中的，我一点儿也不担心，每次没了女人，他都要绝望一阵子，用不了多久，他就会恢复过来，然后给我和海棠寻找下一个娘。

海棠又成了我和爹的家长。吃喝拉撒睡，油盐酱醋柴，都是海棠说了算。我尚在睡梦中，海棠的吆喝就在头顶飘了，起吧，石头，天不早了。我懒一会儿，屁股就会挨她的巴掌。她对爹温和极了，但爹做了错事，她也会训斥。爹出去转一圈，头发弄得脏兮兮的，海棠就数落，这么大岁数了，怎么也不看着点儿，快洗洗吧。随后将一盆水搁在爹面前。爹不好意思地笑笑，乖乖洗头了。

海棠也不再出去疯跑，她和大青的关系疏远了。有一阵子，海棠每天都在说服大青，她出嫁时一定要带上我。大青的父母坚决反对，海棠那么厉害，娶过去就够他们受了，再带过去石头，家还不成土匪窝了？有娘出嫁带儿的，还没有姐姐出嫁带弟弟的。海棠和大青就这么来回拉拽着。海棠不钻杨柳林，大青急了，那天径直跑到我家。海棠把我支出去，我躲在门后，两人的话听得清清楚楚。

海棠：啥事？

大青：我想你嘛。

海棠"呸"了一声，哄鬼去吧。

大青：真的，要不你摸摸，想你都想瘦了。

海棠：你爹娘同意了？

大青：你爹孤单单的，留下石头和你爹做伴不好？

海棠：我说呢，你屁颠屁颠的，原来打的这种算盘，出去！

大青：一个村里，带不带还不一样？

海棠：瞧你肚里那点儿货水。

大青：你同意了？

海棠：这事往后推推吧，我得照顾爹和石头。

大青：你别让我等空地吧？

海棠：那没准儿。

大青嘿嘿笑。

大青要想改变海棠的态度，除非爹再领女人回来。不过，也用不了几天。

海棠执政后的第一件大事是请镇干部来家里吃饭，以了却爹的心愿。爹持怀疑态度，问人家能来吗？海棠满有把握地说，让他白吃白喝还不容易？海棠办事干练，说干就干。她和村长一说，村长很痛快地答应了。上次逃脱的那只羊这回没能改变它的命运。

那天，村长领着毛镇长和秘书一进院，爹的眼珠都快掉出来了。镇长驾到，爹做梦也没想到。海棠瞅着爹慌乱的样子，一脸得意。爹领回的女人哪个有海棠能干？没有！海棠虽然也有些紧张，但举手投足稳稳当当，大大方方的。

毛镇长和秘书下午方恋恋不舍地离去。他说他好几年吃东西没这么香了，肚子都快撑破了。海棠除做了手把肉、杂碎汤、羊血饼，还做了莜面窝窝、雀舌面、荞面丝。毛镇长夸海棠利落手巧，窝在村里可惜了。毛镇长唯一没夸海棠的俊俏。他在海棠身上瞄来瞄去，却把这个忽略了。毛镇长问海棠愿不愿意去镇上找份工作，海棠犹豫了一下，摇摇头，我得照顾爹和石头呢。毛镇长连声说，难得啊，难得啊。

过了几天，毛镇长还是派秘书把海棠接走了，据说毛镇长给海棠找了个差事。海棠临走安顿我和爹，你俩互相照顾点儿，我去几天就回来，毛镇长安排了，我不去不合适。

我是个没心没肺的家伙，不可能照顾爹。爹已经从悲痛中走出来，开始去东窑背砖了，每天走前先给我做饭，然后带上中午的干粮。爹雄心勃勃，两眼有神，想来已有了再给我和海棠找个娘的计划。我已经麻木了，爹爱领多少就领多少吧，不就喊几声娘吗？我还能套出些钱呢。我自在极了，每天想睡到几点就睡到几点，想怎么尿炕就怎么尿炕，没人再拍我的屁股了。

尽管这样，我还是挺想海棠。除了我，还有大青。大青一见我就问你姐怎么还不回来？后来不问了，狠狠盯我一阵，说些莫名其妙的话。

海棠说过几天就回来，可直到一个月后她才露面。她比过去有派头了，把一个装满各种食品的塑料袋往炕上一扔，说吃吧。我扑过去，眼睛都看花了。她还给爹带了烟和酒。爹不住地责备她，买这些干啥？怪贵的。

海棠把我和爹召集到一起，说那份工作还不错，她准备先干一阵儿。爹眼窝子里都是笑，你好好干，别辜负了人家毛镇长。海棠严肃地说她这次回来，一是看看爹和我，二来也是处理处理家里的事。她说她走了，没人照顾我俩，所以她让爹再续个女人。

我大大吃了一惊。海棠简直疯了，她怎么冒出这么个念头？她可是一直反对爹娶女人的。

让我更为吃惊的是爹的态度。他生气地说，你娘刚死，我娶什么女人？她死了，也是你们的娘，我不会再娶了。

这恐怕也是海棠没想到的，她迟疑了几秒，耐着性子说，总得有个女人照顾家呀。

爹坚决地说，不用。

背过爹，海棠对我说，咱爹脑子是不是有病了？

我说，你们都有病了。

海棠无奈地说，我不能守你们一辈子，我不去挣钱，谁给你买吃的？

我的舌头顿时短了半截。

海棠分析说，爹可能是不好意思，这事由她来操办，这次一定找个靠实的，没病的，她也就能安安心心在镇上工作了。

我相信海棠的能力。过了几天，海棠果然领回个女人，是镇上的寡妇，她老相了点儿，穿戴倒还利落。爹沉着脸，一言不发，实在耐不过才"嗯"一声。海棠对女人解释，爹不喜欢说话，心里啥都明白。她生怕女人把爹当成傻子。女人是个急性子，问爹对她有啥看法，都是过来人，有一说一，有二说二。爹说，我不打算娶了。女人尴尬地定在那儿，直拿眼睛戳海棠。海棠说，爹，你这么大个人，咋不懂事？爹一反往常的温驯，我有一个女人就够了。女人嘴上说没关系，脸色却极为难看，饭也没吃就走了。

海棠抱怨爹，不让你找，你三天两头往回领，现在找个照顾你的，你倒把人家气走。

爹豁地站起来，我不用谁照顾。偏着脖子出去了。

海棠叹口气，那个女人把他搞出病了。

夜色一层层厚了，爹还没回来。海棠不住地看表，一脸焦急。后来她不满地训斥我，你就知道个吃。我说，你着急有啥用？海棠说，这么晚了，他能去哪儿？我见海棠嘴唇起泡了，才说，跟我来。

爹一准去了那个地方，这些天他常去那个地方。我带着海棠出了村子，跌跌绊绊向野外走。海棠问，你往哪儿领我，黑灯瞎火的？我说你不是想找爹吗？那就别害怕。

爹坐在刘燕坟前，黑暗中，唯有他的烟火一闪一闪的。刘燕没像别的女人那样逃走，爹终于留住一个女人。

海棠下意识地抓住我的胳膊，我都让她抓疼了。然后，她牵着我，慢慢退回来。

灯光下，海棠脸色惨白，像挨了打。我问她没事吧，海棠摇摇头。我说，那就睡吧，咱爹说不定啥时候来。海棠摸摸我的头，以少有的温柔口气说，石头，你先睡，毛镇长可能要来接姐。

半夜，我一觉醒来，摸摸身边，没有爹，也没有姐。我翻个身，又昏沉沉睡了。

点评

　　石头和海棠的娘几年前跟着别人跑了。爹为了这个家，发誓要给两个孩子再找个娘。爹用去窑厂背砖的血汗钱先后娶回四个娘，可她们都逃的逃、死的死了。小说情节与我们的现实生活拉开了距离，但爹、海棠、石头这些人物却跨越距离鲜活地活在我们心中。故事中，父亲的传统形象变得委顿。爹的愚昧、执拗是封建伦理观念熏染的结果。爹执意娶娘还在于要挣回一个脸面。在农村，没有女人的家会被人瞧不起，爹一心为刘燕治病，就是想留住她的心。他认为，治好病就有好日子过了。爹是可怜的，又是可悲的。刘燕不会再像前几个女人一样离开了。哪怕守着一个坟，爹也心满意足了。

　　与父亲相比，海棠的性格更加鲜明。生活磨砺了这位少女的心灵，使之变得坚硬。在这个辛酸的家庭里，海棠承担着母亲、姐姐、女儿的角色，她是弟弟的姐姐，也是父亲的姐姐，是弟弟的母亲，也是父亲的母亲。只有面对情人的时候，她的心才是柔软的。她被生活压迫得变异了。为了这个家，她失去了很多。海棠的牺牲精神体现了一种纯粹的人性美。她的悲剧性是深刻的，直指人性和人生的本质。与此同时，海棠身上所承载的独特的人格魅力正一点点照亮我们被遮蔽的心灵世界，使我们身不由己地处于一种被感染的情绪中。此外，作品中孩童的独特视角既细致入微地刻画了石头的心理，又增强了叙事的新鲜感，给文本注入了童趣的甘露。

（周宝红）

我们的路／

／罗伟章

我刚走出售票厅，春妹就迫不及待地迎上来问："我们的座位在一起吗？"

我摇了摇头，怯怯地看了她几眼才说："春妹，怎么办呢，只剩最后一张票了。"

春妹一听，泪水滋滋地冒出来，使她又深又弯的睫毛亮闪闪的。

"大宝哥，你拿着车票回家吧，"她说，"我回不去就算了。"

春妹的哭和她乞求的目光让我很恼火，我想她不应该哭，也不应该乞求，她出来才一年多，而我整整五年没回过家了；我家里有妻子，还有女儿，老实说，我已经忘记了她们的模样！女儿自不必说，我出门的时候她不到三个月大，可是妻子的长相我也忘了，晚上想她的时候，一会儿她是这个样子，一会儿又变成那个样子，飘飘忽忽的，老也固定不下来。我想我无论如何也该回去一趟了，再不回去我就把家给丢了。

可我手里只捏着一张票！眼下离除夕不到一天半，错过这趟列车，就只有买年后的。最早也是正月初一。然而真到了那时候，我就舍不得回去了，我干活的那家建筑工地，说好正月初五开工。从广东回到我四川东北部的老家，说什么也要两天，我总不能回家屁股也没坐热，又颠颠扑扑地往路上赶。

我把春妹让我帮她买车票的钱还给她。

春妹猛地收住哭声。她是绝望了。她刚过十六岁，绝望起来却像个大人似的，眼里装满了内容，又仿佛什么也没装，冷静得让人叫怕。

她说："大宝哥你慢走啊，大宝哥你回去后不要对我爸妈说啥啊……"

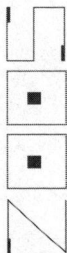

"你相信大宝哥,我不会说的。我就当啥也不知道。"

春妹又哭了,无声地哭,眼泪一潮一潮的,把一张稚嫩的脸弄得花里胡哨。春妹哭得无声,她背上的孩子却哭出了声。那孩子是她一个半月前生下的,是个男孩,瘦小得像只老鼠,哭起来也像只老鼠,吱吱吱叫。春妹隔着背裙搂住孩子的屁股,一边轻轻地抖,一边别过头,嘴里喔喔喔的:"我的宝宝饿了,我的宝宝要吃奶奶了,妈妈知道,妈妈等会儿就给我的宝宝喂。"

其间,她的泪水来得更勤,从黄皮寡瘦的两腮汇聚到尖尖的下巴上,在下巴形成一根水柱子,不断线地往下滴,把前胸湿了好大一片。

那真是眼泪湿的,而不是乳汁,虽然刚生了孩子,春妹的胸脯却还是那么不起眼,两根背带从中间勒过,也没鼓出一点内容来。

人心都是肉长的,这情景轮到谁见了也会心软,我一把抓过她手里的钱,将车票塞给她,迅速转身穿过人山人海的广场,坐车回工地去了。

我劳动的工地在广州正西的佛山境内。铁皮工棚里搭的是地铺,住了四十二个人,现在有一大半被盖叠得规规矩矩,它们的主人都回了家;剩下的一小半,除了我,也都到别的工地找老乡去了。在整个佛山,我只有一个老乡,就是春妹,可是她再等三个小时就该上车;在东莞和顺德还有老乡,但相距太远,再说我也不知道他们是否回家过年。

该是吃午饭的时间了,可我没有心情吃饭,鞋子一脱就钻进被窝,把头蒙得死死的。我再一次想起我的妻子和女儿。二十天前,我给家里发过一封信,说我今年春节前一定回去,具体哪一天到家,我没说,也没法说,这就意味着可能是昨天,也可能是前天,我妻子就会带着女儿去村口的大石盆上等我了。她们会从早上一直等到天黑。那块石盆光秃秃的,前后左右都是大片大片的青冈树林,这时节,青冈树剩不了几片叶子,寒风可以自由自在地穿林而过,人站在石盆上,会被吹成冰棍的。妻子是有风湿病的人,哪经得住这样吹呢……我的妻子和女儿盼啊等啊,结果把春妹等回去了,春妹会告诉她们,说大宝哥今年又不回家过年了!

这成什么事呢,难道我郑大宝为了挣钱,连家也不要了吗?

每年春节前,天晴也好,天阴也罢,都阻挡不了空气里浮荡着的节日气氛。这气氛到了我的眼里,全都变成了寂寞。尤其是今天,我本来决意回家,而且有机会回去，结果我把机会让给了春妹。

想到这里，我无法不怨恨春妹。她真不该哭。来广东不过一年多，年龄刚满十六岁，就生了一个孩子，这实在太不像话，她有什么资格哭呢！……

我把被子敞开的时候，天已黑透。遥远处发出尖厉的哨音。那是城里孩子在提前施放礼花。工地离城区还有一段距离，哨音传过来的时候，只尖厉那么一下，就把世界丢进死灭一般的沉寂里。铁皮棚外是凌乱的工地，除了一个守材料的保安，恐怕见不到第二个人了。我觉得自己再这么待下去，就会变成孤魂野鬼。

正这么想，屋外就起了阴风。那风长了手指，钻进我的被窝，掐我臭不可闻的脚丫。我想这会不会是贺兵回来了？会不会是贺兵在以这种亲热得无以复加的方式，来消除我新年前的孤独？

贺兵是陕西籍民工，跟我关系最好，可他去年从脚手架上掉下来摔死了。出事的前一个钟头，他跟老板吵了一架，因为老板扣了我们三个月工资，贺兵说："你怎么能扣我们的工资呢，中央不是说不准扣农民工的工资吗？"老板是个大汉子，站在瘦瘦小小的贺兵面前就像一堵山墙，他很看不起贺兵的样子，吐着烟圈，眯着眼说："中央还不准官员腐败呢！"贺兵说："那是另一码事，我们管不着官员腐败，我们只要自己的工资。"老板"呸"的一声把烟屁股吐在地上："你小子闹个球啊，我又不是不发，我只是暂时扣下来买材料，你要是不想干，滚蛋好了。"贺兵就不敢接腔了，现在的农民工这么多，有的在外面干了一二十年，他们的儿女都成长为民工了，城里的民工都已经是两代人了，真的从工地上滚蛋，他可能就再也找不到事做，在城里流浪一些日子，就灰头土脑地回到他的黄土地上，愁愁地看着生他养他的地界，把眼睛都看绿了，黄土还是黄土，黄土里生不出钱。贺兵不声不响地又攀上了脚手架，谁知他就摔下来了呢！头在地上制造出的声音，像煤气罐爆炸。他就这样简简单单地死掉了。老板给他前来料理后事的父亲付了一万块钱，他年迈的父亲就用褡裢背着冰冷的骨灰盒回了老家。怕在路上被偷被抢，老人家把钱也塞进了骨灰盒里，还埋在了最底层。

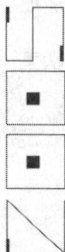

把我的脚丫子掐了一会儿，贺兵就不见了。他来跟朋友道一道别，就要赶回家乡和父母团聚。工棚里又只剩下我一个人。我不仅寂寞，还感到恐惧。

还是回去吧，我对自己说。我已经五年没回去过了。我把妻子和女儿的样子都忘了。我的父母早已过世，在家里，妻子和女儿是我现在仅存的两个亲人，我实在应该回去跟她们团圆，跟她们同过这个春节。

但问题是，我还有两个月的工钱在老板手里呢，老板把包括我在内的十二个人的工钱扣押了两个月，说春节过后，我们按时回来上班就补上。他的意思很明确，没按时回来的，那一千多块他就不给了，我们的冬月和腊月就算白干了。老板这样做是想留人。现在就有这么怪，一方面是民工找不到事做，一方面是老板找不到民工，天地亮堂堂的，不知道双方在哪一点上错过了。其实不是老板找不到民工，老板永远都是主动的，车站旁，树荫下，到处都蹲着从外地来的农民，老板只要舍得出去一趟，不需一个钟头，民工就会牲口似的跟在他们屁股后面。老板是怕找不到像我这样老实巴交的民工。

四周黑乎乎的，我觉得自己像躺在棺材里。但是我饿了，这证明我还活着。饥饿抓扯着我的五脏六腑，再不吃点东西，这一夜就没法熬。

我爬起来，走出工棚到了三百米外的街上。在几家饭店前徘徊了许久，我最终也没敢进去，索性花三块钱买了一包方便面回来。

工棚里的灯由看材料的保安掌控，他是老板的舅子。我去找到他，让他把灯打开，他问里面有多少人，我说就我一个。

他说："一个人还开什么灯呢？你出门打了几年工，都打出老板的派头了。但你不是老板，你还是民工呢！"

"……那就不开灯算了。"

"开不开灯是我说了算，又不是你说了算，我想开就开，不想开就不开，你说不开灯算了，我偏要开。"

说罢他走到墙角，只听"啪"的一声，那边铁皮棚里就亮了一下。

只亮了一下，因为他很快又把灯关掉了。

我本来想问他要点开水冲方便面的，现在看来那是自讨没趣，就朝黑暗的深处走去。

他在后面吹口哨。我想象得出他吹口哨的样子，他吹口哨的时候一定盯着我的后背。可是我计较这些干什么呢，现在我饿了，饿得肚皮像一片破布，风一吹就荡来荡去的。

我摸到工棚外的自来水龙头边，把纸做的碗加得满满当当。几分钟后，我吃着用自来水泡的方便面，心里奇异地充满了感激。我也不知道感激谁，反正骨头里热乎乎的。

当我喝"汤"的时候，我突然想起春妹。我不知道春妹是否有钱用，她拿给我去买车票的钱，都是零零碎碎凑起来的，每一张钱上都写了许多数字，那可能是春妹平时没事的时候在上面计算她的收入，事实表明她根本没什么收入，她只是"收入"了一个身份不明的孩子，然后栖栖遑遑地往家赶。我真不该把她的车票钱抓过来，我至少应该给她留一些，让她在路上花。

我买方便面用的就是春妹写上数字的钱，把那钱递给店主的时候，我心里就像被割了一刀……

到后半夜，同伴们还没回来。看来他们今晚上不会回来了。我也没睡。我想着我的妻子和女儿，想着那满山遍野的青冈树。虽然我呼吸着异乡的空气，吃着用异乡的自来水泡软的方便面，但我跟那遥远地域的联系要紧密得多。

那是连血带骨的联系。

可是，如果我再不回去，我就把那地方丢掉了！

直到把铺盖卷打成捆，我还不明白自己做了些什么，当汹涌如潮的激动从脚板心蹿上来，我才问自己："这是要回家了吗？"

是的，我这是要回家了。我要趁这夜深人静的时候，背着包裹逃出这个地方。其实没有谁拦着我，我铁了心走，不要说老板的舅子，老板本人也拦不住我。

真正能拦住我的，是那两个月工钱。那两个月工钱像两只有力的大手，对我强拉硬拽。我说："你们放开我，我要回家了。"

可是它们不放，它们说："傻瓜，你现在去买票，只能买到初二或初三的，路上再耽搁几天，你初五之前肯定赶不回来，初五之前回不来，我

们就不是你的了，我们就是别人的了！"

这的确让我伤心，对民工来说，一个子儿也是亲人，我怎么能把自己的亲人扔给别人呢，何况是扔给那个总是穿着吊带裤像个外国绅士一样的老板。那个老板有的是亲人，我把自己的亲人给他，他不会当数的，他会在烟雾缭绕的赌桌上轻轻松松又交给别人，或者以杀手一样冷酷的神情，甩到某位刚陪他玩过的小姐的脸上。

这么一想，我真是舍不得。连腿也软了。我坐在铺盖卷上，大口大口地呼吸着干燥的冷空气。

我的那两位亲人又进一步来说服我："你要是初五赶不回来，不仅把我们丢掉了，还会丢掉更多的亲人，因为你很难再找到一家愿意收留你的工地了。你不要看城市大得比天空还宽，城市里的工地到处都是，但城市不是你的，工地也不是你的，人家不要你，你就寸步难行。你的四周都是铜墙铁壁，你看不见光，也看不见路，你什么也不是，只不过是一条来城市里讨生活的可怜虫！"

最后这句话让我伤透了心。不过也没什么了不起的，我在城里是可怜虫，回到老家去还不行吗？老家不会嫌弃我，在那片贫瘠的土地上，我不是可怜虫，而是一个真正的人！既然如此，我还等什么呢？走吧，走吧，回家去吧，那两个月工钱就不要了，那两个亲人我就白送给老板了，让他去打牌吧，让他去玩小姐吧，那是他的自由。

我也有我的自由。我的自由就是不要那两个月工钱，提着东西回家去！

我老家的村子位于大巴山脉南段的老君山腹部，名叫鞍子寺。许多年以前，这里有一座寺庙，由于山高路陡，前来祈福的香客并不多，到二十世纪中期，一场大火把庙宇烧成了灰烬，两个一老一少的僧人，从此云游四方去了。几年以后，村里在寺庙原址修了一所小学兼幼儿园，就叫鞍子寺小学，周围几个村的孩子，都来这里念书。我们居住的村落在学校东边，依地势高低，摆放着三层大院。我的家在中间院子。

我是初四清早爬上村口的。

雾气大得仿佛把那个石盆都浮起来了。前几天肯定下过大雪，石盆上卧着东一块西一块的雪垛。沿一条蛇形小路走出林子，田野就呈现在眼前。四周很静，一切都还在沉睡之中，只有捂在雪被下的麦苗在偷偷地生长。

快到西边院落时，我生怕自己的脚步声引来一声狗叫。只要有狗叫，证明有陌生人进来了，村里再贪床的人也会起来看一看的，而我不想让村里人知道我回来了。我坐了那么长时间的火车，又脏又累，脸上胡子拉碴的，肩上的帆布包也磨出了好几个洞，破了面子的被盖从那些洞里挤出来，露出又老又旧的棉絮。这就是我出门五年的样子。我不愿意让村里人看出我的窘迫。

而且，我不愿意见到春妹的父母。

越担心的事情越是撞上门来，我刚走到西院底下的黄桷树旁，一条狗就从云中降落。那正是春妹家的狗。春妹家砌了很高的堡坎，堡坎上是没有栏杆的虚楼，这条养了不下八年的老狗，就卧在虚楼上。老狗体形硕大，全身灰白，凶悍无比。它飞身跃下，差点就砸到了我的头上。幸好我早有准备，手里拿着一根斑竹棍，一棍向它弓着的身体打去，它迅捷地隐藏到浓雾之中，但汪汪汪的吠声却把清晨的空气震得发抖。

一个像蒙了几层纱布的声音在上面问："是大宝啊？"

我一听就知道是春妹的父亲陈老奎。雾气那么稠，两米之外也只见白糊糊的空洞，他怎么知道是我？这说明村里人还听得出我的脚步声。

我又亲切又紧张地应了："是我，老奎叔这么早就起来了？"

没有回答，只有他教训狗的声音："背时老公你找死呀，你连大宝也认不出来了呀！"

之后是一阵惊天动地的咳嗽。

趁这当口，我加快脚步离开了。像是逃跑。

家近在眼前。穿过一片慈竹林，再下二十来步石梯，就是我家的前门。但我没走前门，而是从竹林的斜刺里下去，到了后门外。前门与大院里别的人家隔门相望，后门则是独立的，左面是喂猪牛的偏厦，右边是一个粪坑。偏厦是父亲在世的时候立起来的，距今有三十多年了，梁柱被虫蚀得千疮百孔，轻轻一摇就要断裂似的。偏厦顶上覆盖的茅草，被风扯走了好大一片，剩下的被雪长久地捂着，发出一股霉烂的气味。牛圈空着。我出门的时候牛圈就空着，当时我对妻子金花说："我争取到广东打一年工，就寄钱回来把牛买上。"金花听到这话，不住地点头，仿佛生活从

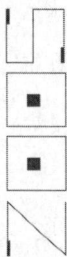

此得到了保障。这也难怪，牛是农人的半个粮仓，在我们这山岭连着山岭的远恶之地，没有牛帮忙，更是寸步难行。结果我前两年根本没挣到钱，五年来，只寄回了三千一百块，现在牛贵，用这点钱买头成牛是不够的，买头蛋子牛儿该没问题，但牛圈还是空着，跟我离家时一模一样。猪圈里倒是传出咕噜咕噜的叫声，是一条需要戴上眼镜才能看到的小猪。

路途中的兴奋已消失大半。

后门上了闩，我只得拍门。屋子里老半天没有动静。我加大力度，把黑迹斑斑的门板拍得啪啪直响。不一会儿，里面响起物碰撞的声音，紧接着门被拉开了。

我的妻子金花，蓬松着头站在我的面前。

她变得苍老了，和我记忆中的金花成了两个金花。她比我小两岁，现在只有二十六，但看上去怎么说也是四十岁的人了，额头和眼睑上的皱纹，一条一条的，又深又黑，触目惊心。我多么想拥抱她。那一刻，我多么想拥抱她，就像那些城里人一样。

我情不自禁地张开两臂，但金花并没有扑上来，她依然把着门，带着疑虑的目光望着我。我张开的两臂无处放，便撑住门框。

"我以为你不回来了呢。"金花说。

"敲了那么久的门，为啥不开？"我带着隐约的恼怒这么回了一句，就挤进门去。

金花没回话，摸摸索索地把灯打开。一尊巨大的土灶，占据了差不多半间伙房，猪食桶、饭碗、筲箕和筷子，都堆积在土灶上面；灶沿黑乎乎的，是长年烟熏火燎的痕迹，也是日子的痕迹，黑中偶尔露出一条白，是米汤，也可能是鸡屎。

我心里涌起一阵厌恶。其实我没有理由厌恶，我出门之前就是这样子的，鞍子寺村的所有人家，差不多都是这样子的。

"银花呢？"我问。

银花是我们的女儿。

"睡呢。"金花说。她蹲到灶孔前，划火柴为我烧洗脸水。柴圪崂里放着一捆松毛，松枝上还有没完全化掉的雪痕，证明是昨天下午甚至昨天晚上她才从山上弄回来的。老君山上不缺柴烧，青冈树就是很好的烧柴，火性硬，又经熬，但需要劳力去砍，青冈树的质材比它的火性还硬，要是弯刀磨得不快，哪怕是壮男人，一刀下去，把手震得发麻，也只能抖落几片叶子。在这大山里，尽管女人跟男人一样受累，但砍柴的活，犁田耙地的活，历来都是男人做的，家里没有男人，女人就只能把骨髓里的气力抠出来，起早贪黑地忙，也不一定能盘活几多日子。

金花就是这样苍老下去的。

再说她还有风湿病呢！

她不是不想我，她只是被生活逼得只知道怎样把日子一天一天地熬过去。

此刻，她蹲在灶孔前，划了无数根火柴，松毛却没有点燃，屋子里涌动着黄色的烟雾，又潮湿又呛人；烟雾裹住她的头，她眯着眼睛，继续划火柴。我站起身，想去帮她一把，脚底却发出"咯——"的一声长鸣。是两只鸡，它们不知什么时候从门角的鸡窝里出来了，静静地偎在我的脚边。

鸡一叫，火像被吓住了，自动燃了起来。

屋子里的烟雾陆续走出家门，飞到田野上，和晨雾抱成一团。

我进卧室看女儿去了。

对当父亲的感觉我是陌生的。我还没有学会当父亲就离开了家。眼下，女儿已经五岁，她会叫我爸爸吗？

卧室跟伙房一样凌乱，墙角堆着土豆、红苕和锄头，墙上挂着蓑衣、斗笠和犁铧。这样的布局，使放在角落里的那张木床显得特别怪异。床上笼着蚊帐——这时候不是挡蚊子，而是挡风。屋子里无处不漏风。我又激动又胆怯地撩起蚊帐，看见女儿平卧在靠里的位置。她的脸那么小，又那么漂亮，就跟她母亲留在我记忆中的一模一样。

"银花，银花。"

我这么叫了两声，没把女儿叫醒，妻子却在外面招呼了："让她多睡一会儿，她感冒了七八天，一直没好。"

我把手掌合在一处，不停地搓，搓得都生电了，才放到女儿的额头上去。热乎乎的，并没怎么发烧。我又凑近她耳边悄悄喊："银花，银花。"

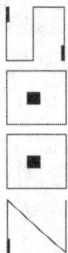

银花到底醒了，两只手揉着眼睛，然后又紧张又好奇地瞅着我。我一把将她提起来，揽在怀里。银花"咝"的一声，抽了口冷气。

原来，我的衣服和头发都被雾气湿透了。

我正准备给她穿衣服，她却挣脱我的胳膊，又钻进了被窝，带着哭腔叫："妈——"

金花跑了进来，脸上红通通的，目光在我和女儿之间游移，之后半嗔半恼地看着女儿说："傻女子，他是你爸呀！"

话音未落，两行泪水涌出来，在金花的鼻翼间浸润。

见妈妈哭了，女儿很懂事地翻身起来，自己穿衣服。

我一把将妻子抱住，坐到床边上，又将女儿抱住。

一家三口，就这么一言不发。回家的感觉，这时候才在我身上复苏。

五年来，我都是一棵无根的草，现在我终于找到根了。我能清晰地听到自己吮吸的声音，发芽的声音，五年打工生活的辛酸，像潮水一样往后退。

疲倦袭上来，我感到自己的骨头松散了，软成了一滩泥。金花站起身，叫还没穿好衣服的女儿赶快下床。"让爸爸就在这里睡一会儿。"她对女儿说。

那边屋里还有一张床，但这张床是女儿睡暖和了的，再说那边床上也没挂蚊帐挡风。

女儿跳下去，光着脚丫子，提着衣裤就去了伙房。

"睡一会儿吧，"妻子对我说，"你周身都湿了，脸也是肿的，车上怕是没眨过眼。"

接着，她把我的头抱在她的双乳间，麻利地从蚊帐架上扯下一件破衣服，裹在我头上擦，之后又为我脱掉湿衣湿裤和鞋袜，将我往床上一横，盖好被子，才出去了。

她刚把门一关，我的泪水便汹涌而出，这是蓄了几年的……

去广东的时候，我首先进了一家水泥厂当搬运工，有天我往车上扛包装袋的时候，不小心绊了一跤，袋子破了，水泥撒了出来，老板就找这个岔子将我赶出了厂门。进厂之前，我是交了一百元押金的；每个进厂的农民工都要交押金，无偿地干两个月，才计算工资，也才将押金退还，而我在这家厂里只干了四十多天，现在被赶出来，意味着我不仅领不到工钱，连那一百元押金也扔到水里去了。

之后我流浪了好几个月，才去了一家位于城郊的磨石厂。我的工作是干水磨。里面有二十多个工人，其中还有女人，一天十六个小时，站在污水遍地的地板上，腰深深地弯着，双手握住一只手臂似的电刷为石料抛光。电刷的声音尖厉刺耳，再加上旁边石磨房的电锯声，整个简易的牛毛毡房里鬼哭狼嚎的。抛光之前，需给锯成各种形状的石料上胶，那是树胶，有毒，电刷一挥，白色的有毒粉末扑得我们满脸满身，最多干上十分钟，头发全都变成了白色，就连手臂上的汗毛也像结了霜。但我们谁也没戴口罩，我们是农民工，怎么能那么娇贵呢？一天干下来，衣服当然早就湿透了，即便在胸前围一块塑料布，四处飞溅的水点子也会积少成多，把衣服淋湿；连内衣内裤也湿了，不过那是汗湿的。我们一边拼命，一边想着花花绿绿的钞票，心里充满了美好的向往。可是老板一直没给我们发工资，拖了四个月也没发。

有一天，放在台面上的一张石料鬼使神差地掉到地上，当即碎成几段。

老板恰好站在那石料旁边，当即破口大骂："猪，你们全都是猪，连放块石料也放不稳！"

他跳上那断裂的碎片，又踩又踏，上了树胶的石料打滑，他双脚一溜就坐了下去，肥大的屁股刚好硌在断裂处，痛得他龇牙咧嘴。

我们马上跑过去拉他，可他不要我们动，接着骂："他妈的，一群猪，不要把老子碰脏了！"

他自己爬了起来，一手摸屁股，一手像画圈那么一挥，厉声喝道："跪下！"

我们都怔住了，像没听懂他的话，迷惑地望着他。他口齿清晰地说："谁不跪下，就别想领那四个月工资！"

他甚至说："谁不跪下，老子就放他一条腿！"

有人跪了下去。那是一个四十五岁左右的女人，她跪在自己身旁的水槽边，湿漉漉的头发耷拉着，遮住了黄黑色的脸，但嘴角的一串白沫却扎眼扎心；这女人身体瘦弱，每天劳动八个来小时，嘴角就挂着白沫。

女人跪下之后，陆陆续续的有人跟着跪了下去。

只剩我了。

老板的目光慢慢移到了我的脸上。

我也跪了下去。

我不怕他放我一条腿，但我怕他不给我工资，我出来不就是挣钱的吗？家里房子那么逼仄，人跟畜牲差不多挤住一块，地气潮湿，让妻子的病总也不见好转，我要挣钱回家修新房，要为妻子治病，还要存一些钱为女儿将来读书。我出来要是挣不到钱，不要说下跪，死了也活该。

在湿地上跪了整整半个钟头，老板才让我们起来。

那一次经历使我明白，人可以给天地跪，给父母跪，给自己尊敬的人跪，但是绝不能给老板下跪。跪了一次，你的脊梁就再也直不起来了，你就只能爬着走路了，你就真的不是人了。

后来我们又给老板跪过几次，原因都是放在台面上的石料掉下地摔碎了。

从第二次开始，我们就知道那是老板故意把石料掀下来整治我们的，但我们不敢点穿。据说城里许多老板都用故意损坏东西的方法来整治农民工——故意损坏东西，再惩罚做工的人。他们认为这是管理农民工最行之有效的方法……

老板让我们跪了，出门的时候，还要委屈地咕哝："他妈的，我为什么这么倒霉，养了一群白痴，一群猪！"

他说的"养"，是因为他老婆在给我们做饭，我们吃饭不交现钱，以每顿五元计，将来在工资中扣除。

我们站着干活，跪着做人，就是为了看到钱。可是老板依然不给我们发钱。一直拖到那年的腊月二十六，老板早上进来说："货就只有土坝上那点了，你们必须在今天之内全部做出来，只要按时按质地完成任务，后天就发工资！"

我听到自己身上的血液轰的一声响。我看不到自己的脸，但我知道自己的脸一定红透了。那个嘴角挂着白沫的女人，没被树胶粉罩住的耳壳，红得快要浸出血来。

平时凶神恶煞的老板，这天显得特别亲切，他没骂我们白痴，更没骂我们是猪，他还笑着说："大家领了工资，回家好好过个春节啊。"

我们身上像长了八只手，下午三点钟，就把所有石料全都打磨出来了。老板派人验了货，就一车一车往外拉。拉到黄昏时分，土坝就腾空了。

吃晚饭的时候，老板说："后天我就去银行提款给大家结账，明天大家休息，你们可以去找找老乡，也可以去外面玩，广东好玩的地方多呢，大家伙安安心心地去走走吧，谁说农民工就不能玩呢，农民工同样是可以玩的嘛。"

这话听得我们心里暖洋洋的，这话表明他把我们也是当人看的。当然，我们身上分文不名，不可能去外面玩。也没有人去找老乡。大家都等着领钱呢，哪有心情去找老乡。

第二天的天气出奇地好，太阳毫无遮拦地照耀着。厂房附近有一条废弃的铁轨，铁轨两旁荒草丛生，我们吃了早饭，便相约去铁轨边坐坐。一起干了大半年活，彼此间却没怎么说过话，我们都以为自己不会说话了，可坐到铁轨旁边的草丛里，话却那么多，说的都是自己守在家里的亲人。

那个皮肤黑黄的女人，第一次没在嘴角挂上白沫，她说她是陕西人，叫邹明玉，十年前就离了婚，但离婚的事她只是一笔带过，紧接着就幸福地说起她的儿子（她说话时，一句一喘，由此我们才知道她出来干水磨干了好些年，早就得上了矽肺）。她儿子正读高中，成绩好得不得了，她出来打工，就是给儿子挣书学费，供他将来读完大学。

"儿子读了大学，就可以去城里上班了，就能堂堂正正地当一个城里人了，就没有人叫他下跪了。"邹明玉说到这里，红了眼圈，抬头望天。

天空上万里无云，一群自由自在的鸟，在阳光下悠闲地飞翔。

邹明玉的话引起我无限的惆怅。在场的人都不知道，我当年的成绩同样优秀，还以不低的分数考上了大学，收到了西南师范大学中文系的录取通知书，只是因为家里穷得叮当响，没有资格跨进那道越来越高的门槛。我的失学让得了多年肝病的父亲病情急剧加重，没过多久就饮痛含恨地死了。父亲去世不久，母亲就得了一种怪病，浑身的骨头像水泡后的面条，软得提也提不起来。母亲在床上躺了三年，也去世了。母亲死后睁着眼睛，想尽各种办法也没能让她的眼睛闭上。

吃午饭的时候，我们回了厂。

食堂的门敞开着，但里面冷目瞅眼，空无一人。

连做饭的大铁锅也不见了！

我脑子里乱鸣一声。

所有人的脑子里大概都乱鸣了一声。

那一声响过，我们终于明白：老板跑了，他扔下一个破厂房，扔下我们这群傻瓜，跑了！

几乎在同一时刻，我们捂住肚子，蹲了下去。不是肚子疼，而是碎了心。

我们就那么蹲成一排，向举行某种仪式……

次日，我们去报了案。平时只听说老板姓黄，叫黄发金，四十来岁，说粤语，但他住哪里不清楚。派出所把资料提取出来。在那一地区共有八个人叫黄发金，一个是女人，五个是年过六旬的老人，还有两个是小孩。

在派出所门外，我们一直等到除夕那天，却一无所获。民警叫我们不要等，留下了我们的家庭住址，说有结果就通知。

迄今四年过去，金花根本就不知道有那回事，可见那案子早就不了了之。

我们除夕那天分手的时候，没有一句道别的话，也没有一句祝福的话，只是阴一个阳一个走向了另一片陌生的土地。

邹明玉上路的时候，胸腔和喉咙里发出沉闷的喘息声，鼻孔嘴巴张得像待宰的牛。

她身体里的吼声与新年的炮仗交相辉映……

在那个新年里，我在异乡城镇的大街小巷流浪，过着乞讨的生活。又经历很长时间，才找到现在的建筑老板。建筑老板虽然也克扣了我的工钱，但他没让我下跪，他是难得的好人，大大的好人。我实在不该对他有更高的奢望。

两只冰凉的手在我的脸上游走，迷蒙中，看到妻子和女儿站在我的床头边。

女儿见我睁开眼睛，立即把手缩了回去，眉宇间现出一丝羞赧。

妻子怜惜地看着我说："你咋哭了？"

我还没完全从噩梦中醒来，但我知道这是在自己家里，巨大的安全感使我心里踏实。可我不想让妻子知道我的另一种生活，那种生活对当事人而言，因为别无选择而必须熬过去，但对牵挂你的人，却是一种折磨。以前那些打工回来的人，无论男女，说的都是城里人怎样对他们客气，自己在城里又是如何风光，为了印证，有的男人还穿上西装，女人则在耳朵上挂一个花三五块钱买来的铜圈（她们把这叫耳环），我以前把那当成虚荣，现在我不这样看，那决不仅仅是虚荣，也不仅仅是把梦想当成真实的自欺欺人，还是给守在家里的亲人一颗踏实的心。

我抓住妻子和女儿的手说："我没有哭啊，我睡得很沉，哪里哭了呢？"

女儿说："爸爸你哭了，你的脸上还有眼泪水。"

因为叫了声爸爸，女儿的耳根都红了。

幸福的暖流在我身体里淌过。我朝女儿做了个鬼脸："银花，爸爸这不是眼泪水，是汗水。"

伙房里发出噗的一声响。是鸡飞到灶台上去了。金花叫打着报笑的女儿出去把鸡赶走。

女儿刚翻过卧室半人高的门槛，金花就凑到我的额头上说："你真的哭了，哭得呜呜呜的。"

她的鼻息里散发出一股热热的气息，带着某种草香。我一把抱住她的脖子，在她脸上又舔又啃。她一边轻轻推我，一边说："孩子还在外面呢，晚上吧，晚上……"

我放开了她，她再一次问我为什么哭，我说："是想你和银花想哭的。"

爸爸回来了，女儿得了七八天的感冒像突然就康复了。她要好好表现一下，站到大板凳上去，从高高的壁橱里取了碗筷，把饭盛好，才叫爸爸妈妈出去吃。

金花心疼地说："那孩子，你睡觉的时候她把几层大院都跑遍了，见人就说我的爸爸回来了。"

我鼻子发酸，但不想表露，下床穿鞋的时候，问是否有人来找过我。

金花说："老奎叔来过。"

我心里一沉。睡了这一觉，我已经不怕遇见别人，就怕见春妹的爹妈。春妹去广东之前，老奎叔特意给我写过一封信，让我照顾她，她到佛

山，首先也是去工地上找的我，是我带着她去寻了工作，可谁又料到会发生后面的事情呢？我该怎样向老奎叔他们交代呢？

金花看出我在皱眉头，小心翼翼地说："春妹生那个娃娃是咋回事？"

我没回答，故意将话题岔开："出去打工的人，今年回来了多少？"

"只有你和春妹回来了。"

金花还想问春妹的事，银花却在大声武气地叫我们吃饭，听那口气，像在教训她爹妈似的。

早饭是汤圆。这是老君山新年里最珍贵的食品之一。女儿银花自己不怎么吃，只偷偷地看我吃。我装着不明白她在看我，一口一个，吃得特别狠，也特别香。我的碗快空了，她马上用漏瓢给我添来几个。

金花嫉妒地说："养女儿都是向着爹的，我一把屎一把尿把她拉扯到五岁，她可从来没给我添过饭。"

银花闻言，立刻又去给妈妈舀了几个。金花笑起来，笑得眼泪花子直转。

可是我的心里却充满了忧伤。当我独自在外经受劳累和屈辱的时候，守在家里的人并不比我好过。尤其是孩子。他们生命中残缺的部分，大人可能永远也不会知道。

吃罢饭，金花说她要去点洋芋。依照老君山的气候，点种洋芋应该在年前，自从年轻人接二连三从村里消失，什么农活都拖后了，这样，错过季节造成粮食减产的事情时有发生。由于缺劳力，大年初一也有人上坡干活，鞍子寺过年就没有一点过年的气象了。

金花去偏厦里用粪水和了一大背柴灰，对银花说："你就在家陪爸爸，妈妈把桑树田那两分地点了就回来。"

和了粪水的柴灰很沉，金花跪下去背，背篼没撑起来，额头上的汗就出来了。金花的风湿主要在腿上，将这一背篼柴灰爬坡上坎地背到地里去，她不知要歇多少趟气，要经受多少痛苦。

金花走后，我一把将女儿抱在怀里。

银花嘴一咧，哭了，哭得特别伤心。

我懂得她为什么哭，她幼时看到过我，可那时候她还不会认人，她等于从来没有看到过自己的爸爸。

我没说话，只是紧紧地搂着她。她的小身体在我怀里颤抖着，寒风中的树叶一样。她是还没长成的树叶，我，还有她的母亲，是她的枝丫，我是否能牢牢地抓住她，是否能为她供给足够的营养，我没有把握……

过了一会儿，院子里有小朋友在叫她，她迅速擦干泪水，却没有回答，也没从我怀里下去。她擦泪水的动作让我心酸。她只有五岁，却学会遮掩情感了。

她的小朋友又在喊，可她依然默然无声。我说："叫你呢，你该答应一声才对。"

她很不情愿地离开了我的怀抱。

我从帆布包里捧出一把糖果，说："这是爸爸给你买的，爸爸还没来得及拿给你吃呢，你要是愿意，就给小朋友分两颗。"

她牵开小小的荷包，我给她装进去，她就去门外和小朋友交涉。

不到两分钟，她又回来了。

我说："银花，你跟小朋友在家里玩，爸爸要上山砍柴去。"

她很惊恐地望着我，然后一本正经地说："妈妈不是让我陪你玩吗？你去砍柴，我也跟你一块儿去。"

屋外早已起了风，一进入冬季，北风就翻越秦岭和大巴山，雷阵似的往这面山体里灌，起雾的时候万物是静止的，雾一撤退，风就挥动着割人的鞭子，把雾驱赶到山的那一边，将雪后的土地吹得又干又硬。银花还在流鼻涕，感冒毕竟没完全好，去野地里吹几个小时是不成的。

我说："宝贝，你放心，爸爸不出门打工了，爸爸从今天起一直跟你在一起！"

她不相信地望着我。我俯下身，捧着她的小脸说："爸爸说的是真话。"

我心里还在说："爸爸就算穷死，也要穷死在家乡，我再也不愿意离开这个村子了！"

银花将信将疑地问我："真的？"

"爸爸跟你拉钩！"

我们俩拉了钩，她才放心大胆地找小朋友去了。

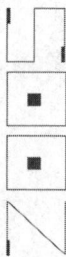

　　我依然是从后门出去的。那片慈竹林里藏着一条从山上流下来的水沟，我可以沿着这条水沟爬到我家的柴山附近。风已把浓雾赶出很远，扇面形的老君山呈现出它清晰的轮廓，可是风自己却累得在林子里呜呜叫唤。太阳并没有出，灰白的天空压得很低，好像天空全靠远处的那几棵松树支撑着。

　　我放下背篓和弯刀，站在柴山的边缘向远处张望。

　　村落的影子依稀可见，黑乎乎的瓦脊上，残存着正在消融的白雪。田野忧郁地静默着，因为缺人手，很多田地都抛荒了，田地里长着齐人高的茅草和干枯的野蒿；星星点点劳作的人们，无声无息地蹲在瘦瘠的土地上。他们都是老人，或者身心交瘁的妇女，也有十来岁的孩子。他们的动作都很迟缓，仿佛土地上活着的伤疤。

　　这就是我的故乡。

　　可以想象，老君山之外的农村图景，也大致相当。

　　近些年来，就是这些留守的老人、妇女和孩子，坚韧地支撑着庞大的农业。

　　为了生活，壮者走去他乡。要是村里不幸过世一位老人，找遍邻近几个村子，也凑不齐能够抬丧的年轻男人。

　　然而，最大的苦累和伤感不是来自土地，也不是来自老人，而是孩子。有些家庭，两口子刚结婚就一起出门打工，在外面怀了胎，胎儿都坠到小腹底下了，女人才急急慌慌赶回老家把孩子生下来，最多挨到满月，女人又离开，将孩子扔给老人。有些老人本已是风烛残年，又要为田地忙，为猪牛忙，无法随时跟在孩子身后，悲剧就由此常常发生。

　　在我出门之前，村里就死掉了三个孩子，两个掉进水塘，一个摔下近十丈高的悬崖。听金花说，前不久，东边院子张大娘的孙女又淹死了。是掉进粪坑淹死的。把孩子捞起来后，张大娘猛地扑了下去，喝粪坑里的水，旁人拉她起来，抓烂她的衣服也拉不动，只有扯头发的扯头发，抬脚的抬脚，强行把她弄回了家……

　　我拿着弯刀走进林子。大山里的冬天，每向上一步都会加深一重寒冷，塄坎下田土里的雪已像零星散失的棉球，这林子里的雪团，却如大鸟歇在松垛上。金黄色的青冈叶在地上铺得很厚，被雪水泡过，被山风吹过，踩上去又湿润又绵软。

　　树林刚刚把我与外界隔绝，我情不自禁地膝盖一弯就跪了下去。在外地给老板下跪，我被打断了脊梁，现在下跪，是要重造我的脊梁。在庄严的静寂中，我听到了故乡的天籁。这是能够开花结果的声音，丰饶甜美，充满乳汁的芳香。世上最坚硬的事物，都是水造就的，故乡就是我的水乳大地，她这么忧郁，却又能奇迹般地给予我尊严和自由。

我又一次想起那个叫邹明玉的陕西女人，我不知道她是否也回到了她的故乡？

人啊，总得想办法活下去。远方的世界不愿意公平地待你，回到世代祖居的村落还不行吗？

好一阵过去，我站起来，举起弯刀就朝一棵粗壮的青冈树砍去。

树屑飞扬，树上的雪尘和水珠也一起飞扬。砍掉这些老树，等到农历的二三月份，鹅黄的新枝就会把大山点染得春意盎然，新气勃发。

春妹是什么时候到我身边来的，我一点也没警觉。当我的手臂累得麻木，就停下来，坐在地上的枯枝败叶堆里，准备抽支烟。

我就是这时候看到了春妹。

她用背条把孩子绾在背上，外面罩了一层棉披风，孩子的头上还搭了条滤帕样的东西。看来他是睡着了。春妹这样子虽然不像在广州火车站那样让我觉得扎眼，也足够使我难过。——她自己也还是个孩子！她的脸很瘦，皮很薄，额头周围布满淡淡的静脉血管，像那血管是长在皮肤外面的。不知是因为寒冷，还是因为紧张，她不停地抽着鼻子。

"大宝哥。"

她这么叫了一声，就无话了。

我说："春妹，路上还顺利吧？"

"顺利……大宝哥你咋又想起年后回来了？"

我点上烟，若有所思地说："我不想干了。"

她走近些，帮把我头发里的几片枯叶拈去，又陷入无语之中。

我从身边翻出一些相对干燥的叶片，让她坐下。

"我不能坐的，"她说，"一坐他就醒了，醒了就哭，哭起来就收不住。"

停顿片刻，她问我："爸爸早晨去找你……"

我打断她说："那时候我在睡觉，没碰见他，你爸没告诉你？"

她像松了口气："爸回家没做声。他像有些怀疑。"

"你是怎样给你爹妈说的？"

春妹翻开疲惫的眼皮看着我。她的眼睛长得美极了，双眼皮又宽又深，要不是这几个月来瘦得厉害，她的脸也长得很美，是那种柔婉而迷茫的美。

此刻，她目光里的迷茫让石头看了也会揪心。

她说："我说我在外面嫁了人，是个很有钱的男人。"

"你爹妈相信？"

"咋不信呢，反正我们这山上的人结婚又没人办过手续。"

"我不是指这个，我的意思是，要真是那样，你嫁人的时候只有十五岁。"

"他们才不管呢！"

沉吟片刻，我问："你爹妈听后咋说？"

"高兴啦！"春妹的嘴角浮起一丝嘲讽的笑意，"我这么小就出去打工，不就是挣钱供他们儿子读书的吗，嫁了个有钱的男人，除了高兴，他们还会说啥呢？"

春妹有一个姐姐一个哥哥，姐姐春梅已经嫁人，哥哥春义最大，论读书，春妹成绩最好，春义最差，春妹不仅在班上常常是第一名，在全镇也名列前茅。而春义从一开始就垫底，小学到高中，他不知留了多少个级，不算今年即将参加的高考，他已经参加六次了，也就是说，单是高三，他就读了六年！可是，老奎叔觉得儿子才是他的正宗根苗，一心一意栽培他，也坚信他定能考上大学；至于女儿，读一点书，将来出门认得男女厕所，也就够了，春妹的姐姐只读满了小学，春妹本人初中二年级上了半学期，老奎叔就让她辍学了，她在家做了一年农活，就被父亲紧催慢逼地赶到广东挣钱。

老奎叔自己是石匠，方圆几十里的山体上，哪里有活他就往哪里奔，可他毕竟是五十多岁的人了，腰杆累断也挣不了几个钱，现在的书学费就像汛期来临的河水，只涨不消，他实在无力支撑儿子的巨大开支，只有寄希望于还没嫁人的春妹……

春妹透过一丛我没砍掉的糖刺铃望向远处。

远处是另一面山，比老君山更加崔嵬和沉寂，嶙峋的石崖壁立云天。

"可是，他们只高兴了一会儿。"春妹说，像是说给远山上忽聚忽散的白雾，"当他们明白我没带回一分钱的时候，脸马上就垮下来了，我爸本来叫我哥给我做汤圆的，说我为了他，在外面辛苦了，听说我没带钱回来，立即又让我哥去复习功课了。但我哥没听他的话，还是去给我做汤圆。我哥心疼我，见我背着个孩子回来，他脸上的肉不停地跳，像抽风一样。我爸走到我哥面前，大声训他，说还有几个月你又要高考了，火都烙到脚脖子了，还不知道急！我哥把手中的汤圆面往地上一扔，直骨骨地看着爸说：'我不读书还不行吗？我不考试还不行吗？'爸当即就在他肩膀上敲了一烟斗。"

停顿了一下，春妹又说："这几天，我们家就像老坟场。"

我很想问问她在火车上是否有钱买饭，买水，但我没敢把这话问出来。

春妹又沉默了。好一阵过去，她说："爸妈开始以为是我嫁的那个男人不愿意给钱，后来就有些怀疑了，怀疑我是不是真的嫁了人。"

我不知道该怎样安慰她，只好老调重弹："春妹，你在美容店干得好好的，为啥偏偏要跟了那个不要天良的东西？他身边的女人不止一个，在你之前就有两个啊！你分明清楚，为啥还要同意？……既然在你生孩子前他就不要你，你为啥又要把孩子生下来？"

春妹垂下眼帘，左手捏拿着右手的拇指："大宝哥你不要说了……我在那美容店里……也是做那种生意的……不然，我一个月挣四百块，又要租房又要吃饭，哪有钱寄回家呀。我早就不是人了。我想，与其让那么多男人糟蹋，不如跟一个的好，我哪知道他是那种人呢……他去那家美容店一共去了三次，三次都是找的我，最后一次他就让我跟他走，说只让我陪他玩，每月给我2000块工资……我就跟他去了，结果他要了我大半年，只给我买了两套衣服，一分钱也没给过。我买车票的钱，还是自己以前存下的……我本来没脸回来，可是，不回来看一眼爹娘，看一眼哥哥跟姐姐，我就活不下去了！再说，我带着个孩子，漂在外面咋办呢，回到这里来，至少有个家吧，至少有碗饭吃吧……"

我长长地叹息了一声，说："春妹，前面的事我就不说了，你都是为

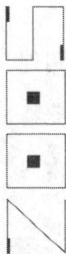

了家里在牺牲，为你哥哥在牺牲，你千不该万不该，就是把孩子生下来。"

春妹突然蹲下身，双手捂住眼睛，手指钢筋铁骨似的抓扯自己的脸皮："大宝哥你不知道，有好多次我都想掐死他，把他掐死算了！掐死！掐死！……"

背上的小家伙，仿佛听出了自己的危险，没有一点预兆就啼哭起来。

春妹把手放下来，她的眼珠血红，却没有一滴泪水。

那孩子继续哭，哭声是那样奇异，像不是出于本能，也不是一般的不舒服，而是哭得很悲伤，很动容。

春妹站起身，凄然地对我笑笑说："大宝哥你忙吧，我要回去喂他了，山上风大，我不敢把他解下来。"

说罢，她走了。

即便身上捆着一个孩子，她的背影也像影子似的单薄。

春妹走出很远，我也能听到她"喔喔喔"地诓抚孩子的声音。

那个白天，老奎叔并没来找我，倒是其他人来找我的特别多，吃过午饭，家里就没断过人。都是老人、女人和女人怀里还不会下地走路的婴儿。他们来，是过问自己亲人的情况。在他们的心目中，整个世界只有两个地方：老君山和老君山之外。他们的亲人散布全国，有的在浙江，有的在福建，有的在新疆，有的在北京……但无一例外的，都问我是否去他们亲人那里看过。当我如实相告后，一群人深深的失望便溢于言表。

他们的心思我理解，如果我去看过，我的身上就带上了他们亲人的气息，他们也就觉得自己和亲人近了一步。但我实在不能满足这一愿望。我只是提醒自己：千万不要泄漏自己在外面的遭遇。那将是一枚毒针，击中的不仅是我的妻子和女儿。

我让他们失望，却也保持了他们的骄傲，他们说，从我们鞍子寺出去的，没一个孬种，你们看那羊角村的（比鞍子寺更高的一个村子），有的造假证，有的偷电缆，女人就卖×，真不像话！既然让你去城里赚钱，你就老老实实地干活嘛，搞那些没名堂的事害谁呢。接着，他们就说到自己的亲人了，都是很自豪的口气，有的说儿子受到了老板的重视，被提拔为包工头，有的说女儿或孙女正被厂里派去学电脑……这些事都是有可能的，并不是所有外出打工的人都像我这么倒霉。但作为亲历者，我知道每一个农民工都必须忍受家里人无法感知的痛楚。这是跟故乡割裂的痛楚……

谈了自己的亲人，话题就绕来绕去的，但不管怎样绕，都朝着同一个方向。

我早就听出来了，这个方向就是春妹。

他们问我："大宝，春妹打工跟你是一个地方吧？"

我说："大地方是一个，其实也隔得很远。"

"你没到她那里去过？"

我摇了摇头。

有人终于说："这村子里要算春妹最有福气了，出门一年就找了个有钱的男人。"

可立即他就遭到了反对。反对的人把话说得很小声："她嫁了个有钱的男人，那男人在哪里？我把春妹翻过来翻过去地看，就是看不出她找了个有钱男人的样子！"

从情形上看，大家都是这么怀疑的，因为他们全都变得有些诡秘了，声音也一律放低了："我也是这么想呢，你看她怀里那娃娃，比一把挂面还小！有钱的男人，财大气粗的，哪会下那么不起眼的种？"

大家笑得前仰后合。

我砍回的青冈棒架在火堂里，一闪一闪地吐出蓝色的火苗。这时候，火苗好像也在跟着笑，嚯嚯嚯的。我家的屋顶本来就很低矮，很压抑，这么一笑，空气里便弥漫着沉闷的欢乐。

又有人说："你看春妹穿那一身，还有那娃娃穿那一身，都是表面光，其实是很孬的料子，那天我看到春妹给娃娃垫屁股，用的还是苟月珍（春妹的母亲）的一件破衫子。"

另外的人接腔："再说那陈老奎和苟月珍，平时是最爱凑热闹的，今天都是正月初四了，你们见那两口子出来耍过？那两口子就像冬天缩进洞去的蛇，逗都逗不出来！"

接下来，他们就进行着大胆的猜测，说春妹可能是被人强奸了，外面的男人，说多坏就有多坏，反正身上有的是钱用（在他们的观念中，凡是

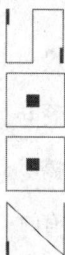

城里人，无一例外都有用不完的钱），成天没事做，就打女人的主意，遇到单身女子从巷道里或者少车少人的桥下过，用麻袋往女人的头上一笼，拉着就跑，跑进阴暗角落或者不远处的租房里干坏事；即使被逮住，给点钱就把问题办了。"老祖先说有钱能使鬼推磨，有钱还能使磨推鬼，这话一点不假！"他们感叹说。

这样的猜测是很照顾春妹面子的，这说明春妹本身并没有错。

可最终他们不想给春妹留面子，他们说："没破过身的女子，被强奸一次是怀不上的，春妹多半不是被强奸了，春妹多半是跟人家乱搞……"

自从提到春妹的名字，我的嗓子眼就堵得慌。在场的，包括金花在内，谁也不知道春妹心里的苦。别的不说，她将如何安置那个孩子，如何度过往后的人生，就足以把她逼到绝路上去。而她只有十六岁。她需要的不是猜疑，是帮助。然而没有人帮她，包括她的父母。

我希望他们早一点结束这个话题，可这样的话题无疑是死气沉沉的新年里最盛大的礼物，怎么舍得轻易终止。我只得站起身，说火堂里的柴快燃尽了，我去外面破一些。

青冈棒堆积在偏厦旁边，我抡起斧子，把它们劈成两瓣或者四瓣。天色已经不早了，风从慈竹林里鼓荡过来，搅动着零星的灰色雪花；天空中彤云密布，看来今晚又是一个大雪天。雪前的风是刺骨的，但我感觉不到风的寒冷……

上上下下的路上不见一个人，除了我屋里时时爆出的笑声，也听不到别的什么声音，连狗也懒得吠叫，鸡也懒得打鸣。而我屋里的笑声并不代表欢乐。乡里人总是对别人的故事感兴趣，特别是当他们碰上一个可以糟蹋的人。不是抚慰别人的痛处，而是揪住不放。

如果他们知道我曾给老板下跪过，不知又会在背后怎样编排我？

城市挂着一把刀子，乡村同样挂着一把刀子，一个硬，一个软……

我现在唯一的渴望，就是单独跟家人待在一起，可金花在陪他们说话（她只是陪着，并没说话），女儿跟着她的小朋友不知到哪里玩去了——听说我再不丢下她出门打工，银花在小朋友面前特别骄傲，一口一个"我爸爸，我妈妈"，她那扬着头噘着嘴的样子，好像她的爸爸妈妈是多么了不起的人物。不过她骄傲是有理由的，眼下，她的爸爸妈妈都在家里，而别的孩子，大部分是爸爸妈妈都不在家。

我把破好的柴抱进屋，对金花说："耍了这半天，想必都饿了，快给大伙做汤圆吃。"

听说要做汤圆，所有人都起身告辞。

而今这年岁，吃饱饭已不成问题了，但乡里人还是把吃看得很重，决不轻易接受别人的饭局。因此，说请人家吃东西，如果口气不坚定，几乎就相当于下逐客令。

人一走，屋子空了下来。空得很突兀，仿佛刚才的那场热闹，不过是场梦境。

金花做晚饭的时候，我就去找女儿。中间院子里没人，我又去东边和西边院子，都没人。不仅没有小孩，连大人也不见一个。十分钟前才从我家里出去的那些老人、妇女和婴儿，全都沉寂到时光的深处去了。

去西院时，我特意朝春妹家张望了几眼，门紧闭着，屋里的人深深地静默着，只有那只蜷缩在旁边虚楼上的大灰狗，抬起三角眼审视了我足有半分钟左右；它没有叫，它大概回忆起它主人说过我叫大宝，也回忆起几年前我的确在这村子里生活。

我又沿着烂泥塘似的田埂去了学校，大些的孩子有时会去学校打乒乓球，像银花这样的小不点儿也会跟在他们屁股后面。

但学校也没人。

学校跟民居一样，全是木房，二十余年的风风雨雨，木板全都霉烂了，很多地方出现了裂缝，格子窗再也没有一根木条，白亮亮的大开着。学校前面是奔涌的群山，后面是一堵山墙，在山墙底部，有人凿出一个窟窿，窟窿里安放着一尊如来佛像。这是老寺庙留下来的遗物，前几年从土里挖出来的。这情景让我突然生出一种幻觉，心境也由此潜伏到久远的过去。然而过去深不见底，就跟未来一样。此时的我呼吸着，此时的我站在这块凸凹不平水渍遍地的泥地上，但我却不认识自己的祖先，不知道他们都走过了什么样的路，不知道他们又是在哪一根链条上，出于什么样的机缘创造了我。

操场抱得起那么大一块土团子，密布的败草伏在水洼之中，沼泽似的；操场边缘立着两个石人，据说那两个石人曾是如来佛身边的战将，

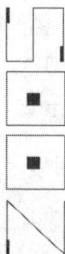

也是从土里挖出来的，只是两人都断了脑袋，有一个的脑袋找到了，有一个没有找到，找到的那个，被人将头放在了他的脖颈上，因脖颈有了残缺，脑袋放不稳，风一吹就摇摇晃晃。

我曾在这里读完了小学，而今，我的女儿又在这里读幼儿班，我没能成就自己走出大山的梦想，我的女儿能够吗？如果我的女儿也像我一样考上大学而无钱进校，等待她的，还有等待我的，将是一种什么样的命运？……

从学校出来，我朝后山爬去。后山高处有一块不小的平地，叫松林弯，曾经生长着大片茂密粗壮的油松林，我还没出生的时候，村里人把松林全部烧光，而且刨尽根须，翻耕成旱地，种上玉米或高粱。现在的松林弯，一棵松树也没有了。

油松可以在这片贫瘠的土地上长成参天大树，庄稼却无法获得丰收。玉米和高粱的产量都极低，又因为离村子远，打工者纷纷出村之后，这片地就抛了荒，成了孩子们的乐园，夏天去捉蜻蜓和蝴蝶，冬天去打雪仗。

银花和五六个孩子果然在那里玩雪。

几个孩子当中，除了我女儿现在父母都在家里，其余的都跟着爷爷奶奶生活。

银花看到我，张开冻得又红又肿的双手，踢踏着雪花飞奔过来，迎着风大声说："爸爸，我在帮他们做爸爸妈妈。"

做爸爸妈妈？我过去一看，孩子们堆出了十余个雪人，这就是他们的爸爸妈妈！

银花说："爸爸你看，耗子做他爸爸的时候做错了，他爸爸分明只有一只手，他却做了两只手。"

那个名叫耗子的男孩，比银花大几岁，三年前，他爸爸在新疆一家煤矿遭遇瓦斯爆炸，被炸断了左臂，伤口刚愈合，他又跟妻子去了武汉，妻子进了木材厂，他则在汉口江滩一带拾荒。

我看着耗子的"爸爸"，发现他把爸爸的左臂塑得又大又长。

我把耗子抱起来，说："耗子你是对的，你没有做错。"

耗子一言不发，那过分的成熟和坚定，我几乎不敢面对。

我放下他，对孩子们说："你们想念爸爸妈妈，爸爸妈妈也想念你们，只要你们在家里好好念书，你们的爸爸妈妈就会高兴。"

一个比银花稍大一点、名叫京京的女孩问："大宝叔叔，爸爸妈妈看不见我，他们咋知道高兴呢？"

女孩缺着一颗门牙，不知是冷得太厉害，还是牙齿关不住风，语音模糊不清。

我蹲下去，对她说："你爸爸妈妈看得见你，自从他们把你生下来，不管走多远，他们都看得见你。"

京京说："那我咋看不见爸爸妈妈？"

"你也看得见，只不过那时候你睡着了，他们是在你睡着的时候来陪你的。"

京京蹦跳着说："那我今天晚上就不睡觉了。"

我说："那可不行，你不睡觉他们会不高兴的，他们不高兴就不来陪你了。"

京京眼睛里的光芒黯淡下去，显得既无助又忧伤。

一个五岁的小孩忧伤起来，让人刻骨铭心。

黄昏早已在风雪中降临，我和孩子们扯了些茅草盖住那些"爸爸妈妈"，就领着他们下山。

银花要我背，但我没有满足她。

我不能用这种方式去刺伤另外几个孩子的心。

我以为老奎叔晚上会来找我的，我都想好了怎样回答他可能提出的问题了，但他还是没来。

春妹去柴山跟我说话，她父母是否知道？春妹回去之后，家里又发生了些什么？老实说，我真想摆脱这些事情，但总是摆脱不开。

由于玩得太疯，也由于太兴奋，银花吃罢晚饭就睡了，金花把她弄上床，回到伙房就烧了一大锅水。之后，她不声不响地搬出一个泡澡用的大黄桶。她把这些事做得庄严而又神圣，而真正等到肌肤相触，她却变得那么羞涩。风湿带来的骨节酸痛，使她的手和腿都不是那么灵便，然而它们是健壮的，短暂的羞涩和试探后，它们就变得那么强烈，那么迫切，那么有力。我的身体之下涌动着黄褐色的波浪，那是一片带着痛楚的麦田。麦田在分裂，在下陷，整片大地都在分裂，在下陷。我和她都感到了危机，

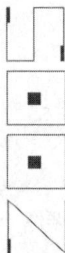

因此死死地搂抱着，不要命地搂抱着，在颤栗和攫取中沉入深深的绝望。

这种绝望的感觉是多么好哇！毁灭的感觉是多么好哇！它们是在重新打造我的骨头。我的骨头在异地他乡被人折断了，现在，我的麦田在为我重新打造。我闻到了麦子的香味，稻谷的香味，蛙鸣的香味，还有阳光和轻风的香味，这些香味就是我的骨头，是我唯一的黄金……

金花汗湿的头发凌乱地铺撒在我的胸膛上，灵与肉的飞翔，使她的身体变得轻盈起来，温暖而清澈地贴着我。

这时候，哪怕只是肩头相触，哪怕只是指甲相碰，也能奇异地消除我的孤独。

喘息稍定，她问我："想我吗？"

"只差没想死你。"

"五年了，你在广东咋熬的？"

"想得不行的时候，我就自己解决。"

金花赤裸的手臂从她的头发中伸上来，捏着我的鼻子："真可怜。"

又说："没犯过错？"

"犯过。"我说。

金花扬起头，眼睛在发丝后面幽幽闪光。

沉默了好一阵，她说："我不怪你，五年，实在不短。"

我一把摁下她的头，让她凉丝丝的鼻梁顶在我的胸膛上，再抚摸着她小小的脑袋说："你想到哪里去了，我犯的错不是你想的那种错。我去街头看过内衣秀。"

金花不懂什么叫内衣秀。

我为她解释："城里人很怪，他们找一些又年轻又漂亮的女人在大街上穿着胸罩和内裤，摆出各种姿势让人看。"

"只穿胸罩和内裤？"

"为的就是推销女人穿戴的东西。"

"真不要脸，"金花说着，语调里却带着一种奇异的神往，"你去看了？"

"我给你说了。"

"好看吗？"

声音听上去酸溜溜的。

"好……看，那天搞内衣秀的地方离我们工地不远，我的那些工友全都跑去看了，围的人太多，有个叫贺兵的还爬到树上去看。"

金花垂下眼帘，仿佛在想象当时的情景，之后问："只犯过这一次错？"

"不，还有一次。那次是去看一幅宣传画，是在一家夜总会门前，那天夜总会里有几个女人去表演，据说是跳脱衣舞，外面橱窗里的宣传画都是半裸，我们半夜十二点下了工，就偷偷去看那幅画，橱窗里太黑，看不清，有个工友就捡起一块砖头砸玻璃，结果被巡警发现，逮住他们罚了款，我跑得快，没被罚。"

金花嘻嘻笑，弄得我痒酥酥的，然后她叹息一声："真可怜……再没犯过错了？"

"没有了。"

"你的那些工友都没有？"

"有的有。他们去路灯下找女人，二十块钱一次。"

"你没找过？"

"没有。"

"是怕花钱吧？"

"……主要还是不想对不起你"。

我说的是内心话。金花嫁给我之前长得真好看，很嫩，很秀气，乳房小，却结实，胳膊腿儿也很饱满。她是嫁给我之后才迅速老起来的。当时，她除了年纪轻轻就得了风湿病，别的真没什么说的，她完全可以嫁一个家境殷实些的男人，但她不顾家人的反对，选择了我这个无父无娘的穷光蛋。她说我郑大宝有文化，她说一个能考上大学的人肯定有文化。她就冲着这一点成了我的女人……

不知出于什么心思，金花再让我讲我的工友去路灯下找女人的故事，但我不想讲，讲那些事让我难受。这是有原因的。去年八月的一天夜里，我的两个工友又去找女人，结果在街头的阴影里碰上一个犯了毒瘾的女子，那女子最多不过十八九岁，瓜子脸，大眼睛，漂亮得没法说，穿得也很时髦，可她毒瘾犯了，身上却没钱，我的两个工友跟她交涉后，把她架到一个圈起来还没开发的地界，那里有面墙破了个洞，他们就架着那女子

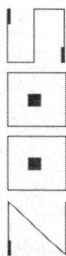

从洞口钻进去。事后，一人扔给了她十块钱。几天后，两个工友得意洋洋地讲起这事，我当时就呕吐了。

金花见我不愿意讲，也不逼我，滑溜溜的身子往上耸了两下，挽住我的脖子说："守在家里的人，也一样……我不是说我，我一辈子也不会干那种事的，我是说西院那文香，她跟羊角村成明在柴山里做那事，被人看见了。"

文香的男人在浙江打工，也是整三年没有回来。

我情不自禁地把金花抱紧了些，提醒她："乡里跟城里不一样，城里门对门住多年互相也叫不出名字，乡里十里八村都是熟人，你不要乱说人家，免得传出去。"

"我只对你说。"

我的指头在她背上弹了几下，问她："你想我吗？"

"不会天天想，"她说，"有时候一月两月都不想，但一想起来就像蚂蚁叮，恨不得把自己抓烂。"

"那你咋办呢？"

"跟你一样，自己解决，但我不是你那种解决法，我跟旧社会那些寡妇学，把一碗绿豆倒在地上，一颗一颗地捡，捡完了还不行，又倒在地上，再捡。"

"真可怜。"我说。

她死死地掐我，掐得我痛。

两人静默下来后，我才听到屋脊上的沙沙声。那不是落雨，是落雪。

雨声张扬，雪声却带着沉思。

金花掖了掖被角，突然以很不齿的口气说："那西院怕是风水不好，尽出文香那种女人。"

"除了文香，还有别人那么干？"

"别人……春妹到底是咋生了儿的？"

这时候，她实在不该提春妹，更不该以这样的口气提到春妹。整个下午她都没说过春妹一句坏话，但她从骨子里明显瞧不起那个自己还是孩子却生了个孩子的女人。

我冷冷地说："金花，记住，就算春妹做下了不合情理的事情，她也是为那个家受累，值不值是一回事，但她的确是在为那个家受累。她爸让她去广东，她不能不去。去了，她没有别的办法挣到更多的钱……今后，你不准嚼她的舌头。"

金花没想到我会突然变了脸，怔了一下，委屈得差点流下眼泪。

雪声更紧，我穿好衣裤，出门去摇竹林里的雪。不摇一摇，这么下一整夜，积在枝叶上的雪垛会把竹子压断的。

我刚走进那片竹林，就听到西院里传来一抽一抽的哭泣。

第二天一早，凡是碰面的人，都在谈论昨晚的哭声，看来很多人都被那哭泣声缠醒了；那哭泣声本来很小，却像不动声色地游到身边来的蛇，一旦捕捉到，就惊天动地。

大家都听出来了，那是春妹在哭。

金花做早饭的时候，我想去东院张大娘家看看，她的孙女不久前淹死了，在家的村里人都去安慰过她，而我回来一天，还没去走动过。

出门之后，我却没去张大娘家。我临时改变了主意。老奎叔不来找我，我应该去找他。我决心把春妹的实情告诉他。隐瞒一时可以，长时间隐瞒下去是不行的。

因为有那个孩子。

西院的院坝里依然不见一个人影，小孩们还没起床，大人都躲在家里。看来大家都在回避，生怕碰上春妹家的人不好说话。我正穿过积雪很深的石坝往春妹家走，猛然看见文香斜着腰身站在她自家门口，用眼睛给我打招呼。这层院落北面是空的，没有房屋，其余三面都板壁连板壁地住着人家。文香和春妹家在同一个方向，只是中间还隔着一户。

文香是个身材高挑的女人，长年累月的肩挑背磨，一点也没损坏她的体形，她斜着腰身的站姿，慵困多情，散发出一种不可思议的美。

我朝她走过去。她没请我进屋，只是睖着眼说："听说大宝是昨天回来的？"我说是。她用手理了一下披散的头发，颇为伤感地说："我们屋里那个还是没回来。"

"可能活多吧，"我说，"有些地方春节的活比平时还多，那家伙说不定现在已经爬上脚手架了，为了把你们家盘成金山银山，他像牛马一

样，春节也不过了。"

我这话里含沙射影的意思，似乎太明显了，文香咧了咧嘴，怯怯地低声说："到底是兄弟，你才这么关心他，才知道他的苦。"

可能是烟熏的缘故，她黑白分明的眸子里布满红筋，现在更红了，泪光烁烁的。我想，这个女人实在不是不爱她的男人，她实在是守不住了，她还不到二十五岁，身体那么好，又有那么一股子潜藏着的浪劲。否则，她决不会跟羊角村的成明干那事的，成明有二十七八岁年纪，是个杀猪匠，长得五大三粗，又不爱干净，浑身充斥着一股猪屎味和猪皮味。成明的优势仅仅是年轻。而今，守在老君山的年轻男人已经很难找了。

文香叫我过来，是希望我为她提供一些她男人的信息，可她男人在浙江，我在广东，我无法为她提供任何信息。说了两句无关痛痒的宽心话，我离开了。

春妹家的门开着。她家的格局是进门后有一条四五米长的巷子，走过巷子才是伙房。

此时，伙房里只有春义一个人。

我刚迈进门槛，春义就在灶台那边发现了我。

"大宝哥……爸，大宝哥来了。"

过了几分钟，老奎叔从床上起来了，一边从卧室出来，一边发出憋不过气来的咳嗽声。做了几十年石匠，他的嗓子眼和肺里不知吸进了多少石屑。他披着一件绽出黑棉絮的棉袄走到我面前，还在咳，脖子上绷出黑筋。

好不容易停下来了，他朝火儿石上吐了一口痰，才说："大宝早啊。"然后叫春义给我递烟。

春义把烟递给我，就进了里屋，大概复习功课去了；每天安排给他的家务活最多就是早上把火生起来，其余时间都是复习功课。

即将面临的谈话给我心里造成极大的负担，可是拐弯抹角会更糟糕，于是我单刀直入地问："春妹呢？"

老奎叔看了我一眼，很快把目光移开，说春妹跟她妈进菜园子倒夜壶去了。

我把烟点上，狠狠地吸了两口，说："老奎叔，我在那边没照顾好春妹，很对不起。"

他又咳起来了，但不是真咳，之后强做平静地说："她的事情我都知道了，直到昨天晚上，她才老老实实地告诉我们的。"

我拿不准春妹到底说出了多少真相，不敢贸然启齿，只是再次道歉。

"那不怪你，"老奎叔说，"咋能怪你呢，只怪我们自己的人不争气。"

他的眼睛红了，从灶孔前拖出半人长的大烟杆来裹旱烟。他的手指很粗，很黑，上面创口累累。裹好了烟，他把烟嘴含进口里，便仰着脖子，将烟斗掏进火堂里去点。

刚点燃，他突然把烟嘴吐出来，暴起一声："羞人啦！"

他的声音本是那么沙哑，这时候却锋利如刀。

"大宝，羞人啦！"他说，"就算穷得舔脚板，也不该去给人家做小老婆！"

他吸了一口烟，又以那种怪怪的腔调说："做小老婆还做不成呢，还被人家赶出来了呢！"

说到这里，他近乎无助地看我一眼，突然咳咳咳地痛哭失声。

春义一脸泪痕地从里屋跑出来，为他爸捶背。

老奎叔双手用力一挥："滚开！你这个狗日的！"

春义一个趔趄摔倒在地。

老奎叔怒火中烧，站起身要用大烟杆打春义。烟斗是铁做的，打在身上骨头也能敲断。

我急忙把他抱住。

老奎叔双脚在地上跺，指着春义骂："你个狗日的，你个杂种！要不是为了你，你二妹会落到今天这一步？"

春义扑在地上哭。他不是被摔哭的，也不是吓哭的，他实在是想哭。

正这时，春妹和她母亲回来了，一人手里提着一把夜壶，夜壶已经倒空，但陈尿的气味还是从那干鱼似的壶嘴里浓烈地飘出来。

母女俩的眼睛都肿成一条线。

春妹没背孩子，看来孩子还在睡觉。解下了背裙，穿得又很少，她显得更单薄了，仿佛随便一阵风就能把她吹得无影无踪。

看见屋子里发生的事情，苟大娘两眼抢着丈夫，胸脯一鼓一鼓的，大

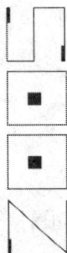

声对我说："大宝你不要抱住他，让他打人，他是条疯狗，见人就想咬！你不要管他，让他把我们都打死算了！我们脏他眼睛，我们死了他就干净了！"

老奎叔在我的臂弯里瘫软下来，且低沉地呻吟着，退回到凳子上坐下。

与此同时，春义也从地上起来，跑进了里屋。

我实在找不到什么话好说，就起身告辞。

老奎叔一把拉住我："大宝，说啥你也要吃了饭才走。"

我说不了，金花已经煮上了。

"金花煮是金花的事，我煮是我的事，"他几乎乞求地说，"你不能这样看不起你老奎叔。"

话已经很重了，可在这样的时候，我哪有心情留在他家等饭吃？我只好撒了个谎，说我家里来客人了。

"是这样啊，"老奎叔嗫嚅着说，"那你走吧……"

然后，他低声道："大宝，我求你个事。"

"老奎叔你说。"

老奎叔用手抹了一把皱纹密布的脸："我们家的丑事，你不要告诉别人，老奎叔求你了。"

我没回话，走了。

刚走到当门的黄桷树下，春妹就追了出来。走到我近前，她才紧张兮兮地问："大宝哥，你没给爸说我在美容店那些事吧。"

"没有。"

"那就好，"她长长地松了口气，"要是爸妈知道那些事，他们一定会搭根绳子吊颈的。"

我沉吟着说："春妹，我一直想给你出个主意……"

春妹等待着。

"你为什么不去告他？事情是他做出来的，他应该负责，至少应该给你经济赔偿。"

春妹听后，黯然神伤。"不行的，"她说，"我在广东就知道有个人跟我的情况一样，后来她去告，结果没把人家告倒，自己还赔了诉讼费，听说还被打了，打得那个狠，都缺脚跛手了；那是人家的地盘，哪有你说话的份。"

她的话让我哑口无言。我自己的经历使我明白一个古老的道理，那就是人在屋檐下，不得不低头。许多时候，仅凭一腔义愤是不够的，远远不够。

今早没有雾，因此比往天冷得多。大雪在天亮前就停了，四野是一片寂静的银白。那种白本身就是冷气，是凝固的冷气。

我看春妹穿那么少，说："春妹你回去吧，谨防感冒了。"

春妹却没动步，盯着脚下晃眼的白雪，呓语似的说："大宝哥，我真不该说这种话，我本来就不要脸了，说出来就更不要脸……我爱他，你知道吗，我爱他……就算我能打赢这场官司，我也不会去告他的……我还在美容店的时候，他就对我很好，他三次来都对我很好，没有像别人那样只把我当成工具，我跟了他以后，有段时间他对我真是好极了……我爱他……再说他也不容易啊，前段时间他的生意做得很不顺，有两家公司都垮了……谁都以为他是成功的，可是成功的人背后，还不是一样有世态炎凉……"

一串晶莹的泪珠无声地洒在雪地上。

雪地被烫出两个骷髅似的窟窿。

我转过身，大踏步地朝前走去。

一路上我都听到自己血液的呼啸声。

春妹说出了"世态炎凉"这个词。这个词她不是用在自己身上，而是来感受别人的处境。

这个人一直欺骗她，几个月前才狠心抛弃了她……

走到自家后门口，我听到刚起床的银花在问爸爸哪去了。

金花没回答女儿。昨夜里我说了她几句，很是伤了她的心。

这时候，我不想进屋，我害怕自己控制不住情绪，三两句话不对路，就可能跟金花争执起来。事实上，金花对别人的隐私感兴趣，喜欢在背地里往别人的伤口上撒盐，只是沿袭了乡村自古有之的传统。这是贫穷的乡村人消除寂寞最好的办法。她并没犯多大的错，我没理由把气发在她的头上。

趁这时间，干脆去东院张大娘家看看吧。

从后门左侧下去，有一个水凼，就是竹林里那条小沟汇聚成的。水凼不大，夏季却很热闹，有前来喝水的牛，有洗衣服的女人，还有在里面游来游去的孩子。眼下，水凼里结着冰，冰面灰暗，透着一种很有硬度和质感的黑，证明冰层很厚。水凼旁边是一条小路，这条路直通东院。路边巴掌大的田地里有刚刚生起来的油菜苗，天越冷，油菜苗越是鲜嫩，青亮得逼眼。不仅田地里，路上也有菜秧，东一簇西一朵的。那是农人不小心把菜种撒在路上长出的。几只麻雀在路中间觅食，它们沉默着，蹦跳着，灰灰的羽毛和灵巧的身子在雪地里格外醒目。

穿过几间猪牛圈，东院的晒坝就呈现在眼前。几层院落比较起来，东院最大，人户最多，晒坝也最宽敞，可是院坝里同样没有一个人，而且每家每户都关门插锁。张大娘的房屋旁边，立着一根草树，树上的枯稻草已被扯下大半，家门前就散布着那些稻草，被雨雪浸湿，又被鸡爪刨来刨去，看上去显得特别乱，特别脏。

这景象我在西院的文香家也看到过。文香是一个很爱干净的女人，但家里没有男人，她只好把稻草当柴烧，抱草进屋时，免不了掉落一些在地上，她也无心打扫。以前，山里人都是把稻草存下来喂牛的，枯草里有积存的土地味、太阳味，有没散失干净的养料，牛嚼着这些味道和养料，依靠回忆度过整个冬天，现在，人烧掉了一部分，留给牛的就不多了；养料本来就少，再加上吃不饱，当春草萌发牛们跨出圈栏的时候，全都瘦成了皮包骨头，即使在平地行走，也四条腿打颤。

我突然不想去张大娘家了。我去干什么呢，去表达我的同情？同情是水，不是骨头，同情永远也无法帮助别人支撑起生活。我完全能够想象得出去她家后的情景：那是一间严重倾斜的土坯屋，里面黑洞洞的。我进屋后，张大娘会在柴屹崂里拖出一条凳子让我坐，然后给我讲她孙女是怎样掉进粪坑的——刚把孙女的名字说出来，她就一把鼻涕一把泪，哽咽着说不下去。这之后，她就后悔，她孙女是去别人家夹火种时出事的，她真不该让孙女去夹火种，那天下过雨雪，路那么滑，再说路上要经过两个粪坑，不要说六七岁的小孩，大人稍不留心也会掉进去。她一定会说："我这老不死的呀，咋就那么昏呢，为啥让她去夹火呢……"又是一阵痛哭。这简单的叙述，至少花上个把时辰。然后我就该走了，可是她不让我走，非要给我做汤圆……

情形就会是这样，也只能是这样，我去什么也不能帮她，只会再一次挑开她的伤口。

那么我还去干什么呢?

尽管很不情愿,但我必须承认:只不过短短的一天多时间,故乡就在我心目中失色了。因为见识了外面的世界,故乡的芜杂和贫困就像大江大河中峭立于水面的石头,又突兀又扎眼,还潜藏着某种危机。故乡的人,在我的印象中是那样纯朴,可现在看来,他们无不处于防御和进攻的双重态势,而且防御和进攻没有前和后的区分,它们交叠在一起,无法分辨。无论处于哪种态势,伤害的都是别人,同时也是自己。对那些不幸的人,他们在骨髓里是同情的,因为他们从中看到了自己的命运。遗憾的是,出于保护自己的目的,他们总是习惯于对不幸的人施放冷箭,使不幸者遭受更大的不幸。他们误以为这样做就能够突显自己的优越,从而远离不幸……

这可怕的人性泥沼,当然不仅仅属于乡里人,但由于乡村的贫困和卑微造成的褊狭与自私,加上祖祖辈辈抱成一团开疆拓土因而彼此知根知底的特殊背景,他们要对一个不幸的人施加压力,就自然而然地形成了一种不可动摇的集体力量。

像张大娘这样的人,她想最终获得拯救,只能依靠时间。

可是春妹就不行了。对她而言,时间是魔鬼。她怀里的那个孩子在一天天长大,不需要多久,他就会叫爸爸妈妈了,然而他没有爸爸可叫!我的女儿银花会叫爸爸而看不到爸爸的时候,她母亲会告诉她:"你爸爸在广东打工,你爸爸爱你,等你爸爸挣了钱,就回来看你。"然而春妹将如何向她的儿子交代?她能够对她儿子说:"你爸爸有很多钱,可是我怀上你的时候,他的生意走下坡路了,他嫌我们是拖累,不想养我们,就把你和妈妈赶走了,你没有爸爸了!"——春妹能这样说吗?

在鞍子寺村,人们虽然怀疑她儿子不是走正门生出来的,但最真实最具体的情形并不清楚,许多人还在观望她是不是真的嫁了个有钱的男人,即便那男人并不有钱,也想看看他长的什么模样,是个什么身份——结果闹到头,那孩子不过是个野种!

真到了那一天，等待春妹的会是什么后果，她太清楚了。

还有她的家人。唯一从心底里爱她的，就是她的家人，可是，她在家里多待一天，带给家人的耻辱也就往深处扎一寸。

她不愿意这样。

何况她哥读书还需要钱呢！那家里不靠春妹，就没有人能供春义继续读书。

鉴于这种种原因，春妹默默地走了。

她本来是想回到故乡疗伤的……

我没看到她走。那天我带着妻女去三十里外的岳父母家了。

据说春妹走得很平静，那天她去乡场后回来，把哇哇啼哭的孩子（那孩子只要没睡觉，好像永远都在啼哭）背在背上，就跟父母和哥哥道别（听说她姐姐春梅正月初三回来过，看见妹妹抱着一个不明不白瘦小得像干柴棒的孩子喂奶，饭也没吃就走了）。她对哥哥说："哥哥你安心读书，钱的事你不用担心，我这次不去广东，我去福建，我今天打听到我的一个初中同学在福建一家制衣厂打工，她爸爸给了我地址，我去找她，她一定会帮忙让我进厂的。"

春妹走了，村里又议论了她两天，再次归于沉寂。

我想很少有人在乎她到了另一个陌生的地方，带着孩子将怎样生活；更少人在乎的是，她之所以不去广东，究竟是害怕自己再次受伤，还是别有隐情……

正月初八，对老君山来说是一个特殊的日子。

这一天是牛的生日。

不知为什么，老君山人固执地认为，世间的第一头牛，是农历正月初八这天降生的，因此他们把正月初八定为天底下所有牛的生日。

清早，老君山的男女老少，只要拿得动镰刀的，下得了床的，都走出院落，走到村子底下或者爬到村子上面的山林，为牛割草。四野一片枯黄，要找到一把青草很不容易，通常是那些叶片如利刃的马儿蕊草，或者生长在崖垛之巅的紫芫草，靠近草梢的部分才呈现出青绿色。但要割下这些草非常困难，稍不留心，马儿蕊就会划破手指，不是一般的破皮，而是一拉到底，现出雪白的骨头；紫芫草虽然摸上去如绸缎般柔软，但谁也不敢轻易爬到数丈高的崖垛动它们一下，何况冬天的崖垛上随时都可能藏着暗冰。

尽管艰难，老君山人却无论如何也要让牛在这天尝到青草的气味，哪怕只有一点点儿。把草割回来后，一家人便围在牛棚旁边，由家庭成员中年岁最大的人将草放进牛槽，招呼卧着反刍的牲口起来享用；以前，放草之前，家里的长者还要带头给牛下跪，表达对这种数千年来为人类做出巨大牺牲的生灵的感激和敬意，现在没有这规矩了，但虔敬的心思并没减退。

说来奇怪，正月初八这天，老君山的牛仿佛也知道这个日子非同寻常，一律显得格外安静，既不撞圈栏，也不鸣叫，当人们把草放进木槽时，它们表现得是那样羞涩，用湿漉漉的、清亮如水的眼睛对人们说话，那意思好像是："谢谢你们，我做的那点事，只不过是我的本分，没啥了不起的。"

这一个正月初八，天还没亮明白，鞍子寺村后面的山岭上就起了歌声："清早起来嘛去割草哦，烟子蓬蓬呢割不到哦；烟子烟子你快快散呢，咕噜噜噜扯——我家的牛儿啰过生朝（生日）哦……"

这是祖先传下来的歌谣，"烟子"指的是雾，但今天没有雾，今天是化雪的日子，屋檐底下响起时轻时重的声响，那是雪水融化的声音，有时候，一团雪块没来得及化掉，就顺着瓦沟摔下来，在地上溅起耀眼的光芒，我家后门外的竹林里，发出淙淙的声响；这响声无处不在，站在石板铺成的院坝里，也能听到它的歌唱。

天地之间存在着一个神秘的琴师，它在每个角落弹拨出季候的主旋律。

要是以往，最早起来的人唱了第一句歌词，满山满坡都有应和，但今天不是这样，应和的有，却极其稀微。

我和金花隐隐约约地听到西院文香在跟人说话，那人问文香为什么不唱歌，因为她是鞍子寺村歌声最美的，文香说："唱啥呀唱，我家牛也没有，懒得唱！"

她的话说到了我和金花的痛处。

金花的脸色忧忧戚戚的，对我说："管他有没有牛，你也吼两句吧，

那是个吉庆。"

我没有听她的话，吼那么两声，实在看不出吉庆在哪里；而且，一个没有牛的人唱歌，我这面子上挂不住。

金花没做声。当我打开后门抱柴回屋，她不见了。一个多钟头后，我把饭做好，才见她割了半背篼青葱的紫芜草回来。那么滑的路，她不仅裤腿和前襟上洒满泥点子，连头发也被泥点子染黄了。她将草一把一把地打散，一把一把地丢进牛槽。

她做着这些事，脸上没有悲伤，只有对未来生活的祈福。

然而，我却看不下去了，我把那些草全都抓了出来，扔进了旁边的粪坑！

金花愣愣地看着我，直到我用长把粪瓢将草全都捅进粪渣里，她才抑制不住，流下泪来。

"马上就开春了。"她说。

她的意思我懂，春水一发，就要牛犁田，没有牛的人家，就只有向别人借牛，而春水田是抢出来的，只有那么短短的两三天，融化的雪水才能把田涨满，过了那几天好日子，田虽然也能够翻耕，却检验不出是否扎漏，如果田不扎漏，到了五黄六月稻谷抽穗的时候缺水，严重的减产就势所必然。等别人忙过，你再借牛来使，很可能就错过了最佳时机，而且，牛那么宝贝，关系再好的人家也不愿意随便借人；老君山人把犁春水田叫"打老荒"，听听这说法，就知对人对牛，那都是极其艰苦的活，一趟老荒打下来，再强壮的牛也要瘦它几十斤，这无法不让主人心痛。

我家已经六年没牛了，以前有一头老白牛，结婚的时候卖掉办了酒席，从那以后就再没喂牛，这就是说，我离开的这几年，金花每年都要向别人借牛，去人家门槛前下话的尴尬，她已经受够了。

除了尴尬，还要累死累活地抢那最后一趟春水。那些挣了钱的人家，即使暂时没买上牛，也可以把牛借来后拿钱请人犁田。文香就是这样做的。犁铧沉重，如果不熟悉牛的习性，随时都可能被它拖得扑倒在水田里，甚至扑到铧刃上，割得身上鲜血直流。以前干这活，都是年轻男人的事，自从年轻男人走出村子，就轮到缺力气但有经验的老头子了。请老头子犁一亩田，给十块钱。很少有女人干这活，可金花是自己干。她舍不得钱。她的娘家人也不能帮她，她有个弟弟，打工去了，同样是几年不回，岳父的身体也吃不消了，更重要的是，岳父家也买不起牛，也要等着别人空下来了，才披星戴月地去田里忙乎（今年过春节，也是他儿子寄回两百块钱，才割了些肉，打了些酒，勉强把年关度过了，他哪有钱买牛）。金花只能靠她自己，每次犁完田，她的腰和腿就像有人在用扁担砍一样……

虽然如此，你这么割回一背篼牛草，别人家的牛就会跑到你圈里来吗？

我心里窝囊透了。

两人进了屋，金花见女儿不在家，泪水就流得越发的汹涌。

我让她坐在条凳上，自己也挨着她坐下来，我说："对不起，刚才是我一时发昏。"

她不回应，只管流泪。

我犹豫了片刻说："金花，我寄回的三千一百块钱，都派了啥用场？"

前两天我就想跟她算算这笔账，我不是不相信她，仅仅是想了解一下钱都花到哪里去了。

她擤了一把鼻涕，又用粗糙的手掌抹了泪水，才很平静地对我说："每年买肥料就要四百多块，我们还算买得少的，有些家庭一买就是六百多块，现在那土，吃肥料吃惯了，肥给少了就不出好庄稼；再说我们没喂牛，又没啥粪肥帮补。还有就是交义务劳工费，这笔费用是你走后才交的，每年给每个成年劳力算十个义务工，也不让你真去哪里做义务活，只是让你交钱，每人每天二十块，这样算下来，我们家一年要交四百。第三就是银花的书学费，她四岁进幼儿班的，读了两年了，每学期的学杂费一百八，一年就要三百六。其他的就是一些零星的花销，我记不起来了。"

我默算了一下，光是金花说出的这三笔大数目，几年下来至少也要五千，而我寄回的只有三千一百块。我感到很羞愧，我实在不该向她提这么愚蠢的问题。就算我不知道有义务劳工费，也应该知道三千一百块钱远远不够五年的开支。

"还有两千来块钱的缺口，你是从哪里找来填补的？"我抓住金花的

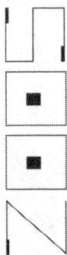

手，这样问她。

"找我弟弟借了一千五，"她说，"另外就是卖谷子。"

她低下头，又说："你看我们仓里的谷子很少，不是你女人不能干，是肥料不够，庄稼产量本来就不高，又卖了那么多。我本来还想把你爸妈的坟修一修的，可实在抽不出钱。你看村里有些人家，从县城请来专门的匠人，用石条把祖坟修得那么漂亮，还錾了碑。只有你爸妈的坟还是两个土包子。你是读书人，虽然没念成大学，可你是这村里最大的读书人，你真该给你爸妈写上几句话，錾在碑上，立在坟前。"

我不希望她提这些事，一提起来我心里就毛躁。虽然我并不像村里某些人那样，以花大钱修葺祖坟的方式来显示自己的孝心，或者以此向外人摆阔，但父母的坟像狗啃似的，毕竟也不是体面的事情。

金花又说："你昨天给我的两百多块钱，按道理该去买头小猪的，一头猪在圈里，再好的饮食它吃起来也懒心无肠，猪要成对才抢食，抢食才肯长。现在看来又买不成了，过了正月十五，银花就开学，他们老师过两天就会提前来收书学费，到底涨没涨价，还不知道呢。"

"你不要说了，"我说，"金花你不要说了。"

金花站起身，默默无言地去端碗舀饭。

吃罢早饭，我跟金花带着女儿抓紧时间去油菜田里扯杂草。雪没来得及完全融化，田地还较为干爽，要是再捱几个钟头，雪完全化开了，就没法进田。

到处都是亮闪闪的，太阳早早地升上了天空，村里大大小小的狗在阳光下追逐，春妹家那条大灰狗，是当然的头领，它往哪里跑，别的狗就会朝哪里聚积。后山上的松垛和青冈林里，融雪声此起彼伏，没过多久，白茫茫的林莽再一次变得清朗起来。

这样的景象，却无法激起我对春天的向往。金花的一席话，让我无地自容，也让我对即将到来的春天怀着沉甸甸的忧虑。

银花在塄坎底下掏那些深藏于土地中的虫子，金花撅着屁股，在一心一意地劳作，我的心里却像猫抓一样难受。我想该怎么办呢，如果我留在家里，又凭什么挣钱呢？这片土地能够提供的最大资源，也就是让我们不再挨饿，要谈到别的，比如修一修房屋，供孩子读书，那简直是不可能的。何况还有欠账呢。金花在娘家时虽然也穷，可从没欠过账，金花是嫁给我之后才尝到欠账的滋味的。她冲着我"有文化"才冲破层层阻力成了我的女人，而我脑袋里的所谓文化，到底给她带来了什么样的光荣？我又为她的现实与未来提供了什么样的保证？

我左顾右盼，前思后想，觉得唯一的出路，就是再次离开这片亲切而又贫瘠的土地。

漂泊异乡的孤独感立即潮水一般淹没了我……

银花的老师来收书学费的时候，我和金花正在吵架。

我们是为针尖那么大一点事吵起来的。金花扫地的时候，我把一只背篼反扣过来，坐在灶房边上，满脑子都是"怎么办"，摆在我面前的分明只有一条路，而这条路我实在不想走，可不走行吗？

正在我焦躁万分的时候，金花扫到我面前来了，金花说："把脚抬一下。"

我把脚抬起来了。

金花扫了我的脚底，又说："有凳子不坐，坐在背篼上，坐坏了咋办？"

我的气猛然间就蹿起来了，一把将背篼从后门扔了出去。背篼翻几个跟头，掉到了岩畔底下。

金花弯腰愣了片刻，出门去捡了回来。

她进屋的时候，我本是有些后悔的，谁知她在流眼泪。她这时候真不该流眼泪。她的眼泪让我感到生活的无望。

我说："他娘的不就是一只背篼吗，有啥了不起的！"

跟金花结婚以来，两人并不是没有过争吵，但我们的争吵是有理有节的，我从没在她面前骂过粗话，我们村的有些男人跟老婆吵架，骂的话连狗也嫌脏，连牛也踩不烂，不仅如此，还动不动就打女人，像文香那么漂亮的女人，也常常被丈夫毒打，有次她丈夫一把将她推倒在石坝上，又狠狠地踢她的屁股和腰身，踢得文香在地上翻来倒去，之后翻不动了，就狗

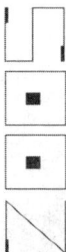

一样蜷着身子，向丈夫求饶。这样的事情，鞍子寺村经常发生，可是我不仅没打过金花，重话也没说过。对此，金花铭记于心，还向人夸耀，说这就是她选择我的好处，说有文化的人就是不同。

然而现在，我却对她骂粗话了。

金花像不认识我一样，两眼直勾勾地盯着我。

我说："盯着我干啥？你是不是嫌我脏眼睛？"

这话是很伤人的，这话的意思是说："你觉得我在家里是多余人，你巴不得我赶快滚蛋！"

金花的嘴唇哆嗦着。她的嘴唇薄，抖起来像两张纸。她这神情我以前从没看到过。

我知道她受了伤，但我就是想伤她，我还嫌伤得不够！

于是我说："我明白你是咋想的，你不是羡慕文香吗，你不是想有文香那样的好事吗！"

金花的嘴唇不抖了，她变得冷静了，她说："大宝，你啥时候变得这么无聊的？"

"我无聊吗？……我是无聊吗？你以为你平时不开腔不出气，我就看不出你的心思？"

她摇着头，缓慢而凄哀地摇着头。

"如果这就是我找的人……"她没把话说完，再一次摇头。

我说："你本来就找错了，凭你天仙一样的容貌，最坏也该找个镇长的，却鬼迷心窍找了我这个穷光蛋！"

金花的胸脯大起大伏，随后是一声炸雷般的吼叫："郑大宝，你要这么说，我就真是找错了！我找不了镇长，但是找个比你有出息的人，对我冉金花还算不了啥大事！就是现在，我冉金花也还有人要！别以为离了你郑大宝，我就只有吊颈的份了，只有跳岩的份了！"

到此，我已经没有力量找出更有杀伤力的话来反击她。我早就为自己设置了一个陷阱。我是自食其果。但是，我烦透了，我实在需要发泄！

我把灶上的铁锅高高举起。

正要往地上砸的时候，门口响起了又谨慎又快乐的声音："金花嫂在家吗？"

在那一刻，金花的表情发生着急剧的变化，当她把脸转一个半圆朝向门口的时候，已把绝望丢在了后边。

她说："是贺老师啊，进屋坐。"

我把手里的铁锅慢慢放回到灶眼上。

听金花叫贺老师，我就知道他是教银花的了。

这是一个不足二十岁的小伙子，长得圆头圆脑，是西北贺家坳村人，我并不认识他，听金花说，他只读过半季初中，之所以能来鞍子寺小学教书，还当校长，每月领三百多块钱工资，全靠他舅舅；他舅舅是镇中心校的校长，有安排村小教师的权力。

小伙子说话响快，看上去也很聪明。进屋后，他望着我说："这是大宝哥吧？"金花说是，他就马上给我递烟。我说："贺老师，咋能抽你的烟呢。"他把烟硬塞到我手里，"叫啥贺老师哟，"他说，"大宝哥你才是老师，你当年要是家庭条件好点，不要说鞍子寺小学，就是县中学你还不一定看得上眼呢。"

如果前些年有人提这事，我会很伤感，现在我不会伤感了。那都是多少年前的事啊。正拥有的生活，才是自己应该得到的生活，这个道理我虽然不愿意接受，但我早就懂了。正因为懂了这个道理，我才心烦，才跟金花吵架。

我说："贺老师坐吧。"他坐下后，金花问他："这学期多少钱？"

"还是一百八，今年好多学校都涨了，对面山上有所学校，都涨到二百七了，我们鞍子寺小学不涨！"

我问："学校收费，镇上没定个统一标准？"

贺老师说："这是根据各个学校的具体情况定价，然后上报镇上批准就是了，学生越少收费越高，因为我们的工资不是国家发，是从学生的书学费里面抽成，学生少了，价又收不上来，我们就不如回家种地了。"

"学生少是学龄儿童本来就少，还是失学的太多？"

"当然是失学的多啊，"贺老师看着我说，"很多家庭读不起书啊，像大宝哥你们那时候，比现在穷到哪里去了吧，可再穷的人家也能上小学

和中学，大宝哥你要是早生几年，说不定就能读上大学了，现在表面上大家都挣了钱，可是送孩子读完小学都困难，也是怪事。"

接着他说："目前的情况是，越穷的地方收费越高，收费越高就越没人读书，再这么搞几年，很多村小都要办垮。"

我问他："你舅舅知不知道这些事？"

"知道哇，我给他反映过，还有很多村小教师都给他反映过，我看他也拿不出个主意。"

其间，金花进里屋把钱拿出来递给贺老师，他收下了，在一张皱皱巴巴的名单上划了个勾，就很认真很严肃地对我说："大宝哥，银花是非常聪明的孩子，你要好好培养她哟。按她的智力，只要顺顺当当地发展下去，将来考个大学肯定没问题，我没多少文化，但为了不误人子弟，也不给我舅舅丢脸，我在努力自学，别的不行，要说看一个人的发展，错也错不到哪里去。大宝哥你是没上过大学的大学生，银花又是你女儿，你比我更清楚她的情况，等她将来考上了大学，你要拿得出钱来，千万不能让她走你的老路哦。这做大人的，辛苦点就辛苦点，有啥办法呢。"

开始听金花说贺老师是凭他舅舅的关系才来学校教书的，我心里还对他有成见，事实证明我错了。听了他的话，我像小学生一样不停地点头，我说："谢谢你贺老师，你的话我记住了。"

他起身告辞，到别的人家收书学费去了。

金花不声不响地，又拿起扫把扫地。地还没扫完呢。

我在伙房站了片刻，就进了卧室，衣服也不脱，就躺到床上去了。

一群接一群陌生的人从我面前走过，带着腥味的冷风把他们的说话声吹得时浓时淡。在很远的地方，出现了一个似曾相识的身影，我想那是谁呢，正准备扬手招呼，那人就不见了。他刚刚消失，我就想起来了，那不是贺兵吗！可是不对呀，贺兵不是已经死掉了吗？难道那个从脚手架上摔下来的不是他？难道那个来领走一个骨灰盒的老头子，也不是他父亲？正在疑惑，我又发现一个熟悉的人，这是个满脸憔悴的女人，我一下子就认出来了，她是邹明玉，我大声呼喊，先叫邹姐，她不理我，我又叫邹明玉，她还是不理我。很快，她就与贺兵一样，被如潮的人海吞没。

黄昏眨眼间就与大地上的暮色相拥，我想再也不可能遇见熟人了。我感到孤单，提着包裹朝前走去。不知走了多少条大街，走得夜沉了，腿酸了，街上的人影车辆都已稀稀落落的了，我就在一个挡风的角落蹲下来。那里早就蹲着一个人，黑乎乎的，看不见那人的脸，但我听到了啼哭声。是一个孩子的啼哭，吱吱吱的，像老鼠叫。这哭声我是那么熟悉，禁不住朝蹲着的人多望了两眼。天啦，这不是春妹吗？春妹也认出了我，她说："大宝哥，你也来了？"我说："是呀，你不是去了福建吗，咋在广东看到你？"春妹低声说："我想见他一面。"我问她："见到了吗？"春妹说："见到了，他从公司出来上车的时候，我看到他了。"我急呼呼地问她："你没去找他？"春妹忧伤地摇着头。我朝她吼起来："你是傻瓜，是天底下最大的傻瓜！"这时候，春妹突然不见了，我的脑子里出现了一个巨大的黑洞。

"睡觉为啥衣服也不脱？被子也不盖？"金花把我摇醒，心疼地嗔怪我。

我翻身起来，心里涌起大祸临头之前的空虚感。

事实上没什么大事，门外阳光照耀着，屋脊上的亮瓦投下浮动的光影。

只是梦中的清寒和孤单挥之不去。

金花像是忘记了我们吵架的事。我也忘记了。那件事就像梦中的景象一样虚幻。

我说："银花呢？"

"到东院玩去了，"金花说，"想睡你就再睡一会儿吧。"

我说不睡了，大白天的，哪里是睡觉的时候。

"反正田地里又没啥事，柴也是砍好的。"金花说。

正是这"没事"让我感到空虚。没事就意味着挣不到钱。如果喂了牛就好了，农闲时节，恰恰是猪牛让农人闲不下来。农人是不能闲的，一闲就空虚，就为将来担惊受怕。

我说："手头还剩了多少钱？"

金花不回答我，只是说："想睡就睡一会儿吧，不管有没有钱用，反

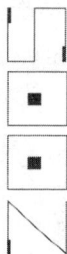

正天塌不下来！"

她说得那么坚定，让我多多少少恢复了一些元气。

我试探地说："要不你也来睡？"

我以为她会反对的。哪怕风湿病犯得最厉害的时候，她也没在白天上过床。

谁知她不声不响地就脱了外套。

屋外传来小猪的咕哝声，母鸡被公鸡侵犯时不满的抗议声，还有孩子们的欢笑声。当这些声音过去，就只剩下似有若无的天籁了。我静静地搂着金花，望着头顶上方的亮瓦。

要是生活没有那么紧，要是心里没有那么多负担，这日子该有多好！……

我再一次问金花："还剩下多少钱？"

她动了动身子，面向我："六十多块。"

我喃喃自语："六十多……还不够。要出门，我首先还是选择广东，那边的机会到底多一些，再说，我还梦想以前的那个建筑老板会收留我。我相信只要给出合理的解释，他会收留我的。当然，被他扣押的那两个月工钱，就不要去想了。"

这时候我才发现，其实我内心早就在计划再次出门的事了。

从没出过门的时候，总以为外面的钱容易挣，真的走出去，又想家，觉得家乡才是世界上最美的地方，最让人踏实的地方，觉得金窝银窝都比不上自己的狗窝，可是一回到家里，马上又感到不是这么回事了。你在城市找不到尊严和自由，家乡就能够给予你吗？连耕牛也买不上，连付孩子读小学的费用也感到吃力，还有什么尊严和自由可言？

金花在颤栗，我明显感觉到了，她说："你又要走了？你不是对银花说你不再出门了吗？"

我继续望着亮瓦："我当然不想出门，可是……不出门怎么过日子呢？"

金花抱住我的脖子，不说一句话。

沉默了许久，我说："别看那个贺老师年纪轻轻的，他真是教育了我。"

金花往我的怀里拱了一下："你不生我的气了？"

"我本来就没生你的气，是我首先不对。"

她像少女一样撒着娇："本来就是你不对嘛，你为啥说那么绝情的话呢？"

"我是说绝情的话，你是做绝情的事，你不是要找个比我有出息的人吗？"

"那是气话！"她着急地分辩，"你把我说得那么不要脸，把我气糊涂了，其实你知道的，我哪里是那样的人啦，不要说你走五年，就是十五年，我的那碗绿豆也不会丢的！"

我把她抱紧了些，说："我心里难受。"

她说："我知道你心里难受，从你回来的第二天我就知道你心里难受，但是你该明白，我的心里一点也不比你好过，我自己的男人在外面受了五年累，回来后家里还是老样子，看不到一点儿希望，我这心里不难受吗？"

我问她："你想不想让我再出门？"

她猛地伏到我的身上来，"当然不想，"她急促地说，"这还用问吗，当然不想！"

她双肘支在我的胸膛上，两只手抓着自己的头发，又说："做女人的，哪个想丈夫三年五载地出远门呢，那都是没办法的事啊……"

我把她放下来，静静地搂抱着她。

这时候，我们都不愿意谈及我出门的话题，但出门已成定局，这也是我俩心里都清楚的。

过了好一阵，金花说："今天我们要感谢贺老师，要不是他，我们的架就吵大了。"

"是呀，不过架吵得再大，你也是我老婆，我也是你男人。"

她轻柔地捻着我的耳垂说："我就喜欢听你这样说话。"接着她嘻嘻笑着说，"要是我当时手里拿着镜子就好了。"

"为啥？"

"你不知道你把铁锅往灶眼上放的时候，那动作多么可笑，不，不是可笑，是可怜，生怕让外人看出我们在吵架，又生怕把铁锅碰坏了，那样子真是可怜，可怜得让我的心都痛了。"

我也笑起来："你不知道你把脸转向门口给贺老师打招呼的时候，那表情经过了多么复杂的变化，像这样，这样……"

我还没把动作做完，她就一手抱住我的头，一手在我身上不停地捶打。

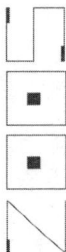

我抓住她的手，认真地说："金花，相信我，没啥大不了的，什么难处都是可以熬过去的。"

她说："你也要相信我。"

我把出门的日子定在正月十二。

不能再晚了，只要过了正月十五，也就是老君山人所说的"大年"，去外面就很难找到事情做。

十一这天下午，金花带着女儿回她娘家去了。我的路费还差几十，她去找她爹妈借。她弟弟寄回的两百块钱，据说还剩了一点。

母女俩刚出门，我就去了松林弯。我想去看看那些用雪做出的"爸爸妈妈"。

那些"爸爸妈妈"早就化掉了，地上是化雪时留下的黯淡印迹，曾经覆盖他们头顶的茅草，被雪浸泡，再被太阳晒干，就像人走向衰老，失去水分。

我发现，就在前一两天，肯定有人到这里来过，而且站了很长时间。我想可能是耗子吧，因为他那个被太阳晒掉的爸爸，水印两侧放着两根木棒，就像两只手臂，而且左边的要比右边的粗壮。

明年的这时节，我的女儿银花，也会跟她的小朋友们一起来做她的爸爸了。因为我决不可能出门一年就回来的，这面山上，几乎没有一个人每年都回来过春节。火车票那么贵，春节期间还要涨价，谁也舍不得把血汗钱往铁轨上扔。

问题是，银花还不知道她爸爸明天就走。我和金花都说了，先不告诉她，明天让她跟她母亲一起把我送到石盆上就是了。

金花母女天黑尽才回来，那时候我已把行囊准备好了。吃罢晚饭，我就把女儿抱在怀里。那时候，我最害怕的是别人来串门，或者银花的小朋友来把她叫走。外面的月光很明亮，往天，只要有月光，银花的那些小朋友都在晚饭后把她叫到院坝里，玩得精疲力尽才回屋睡觉。

好像全村人都知道我马上就要离妻别女似的，既没有大人来串门，也没有小孩来喊银花。这样，我就有机会一直抱着女儿，直到她在我怀里香香甜甜地睡去。

我和金花都没睡觉，我们躺在床上，做了我们自己的事情，就把女儿抱过来放在中间，两人说了一整夜的话。

那一时刻终于来了，我把鼓鼓囊囊的帆布包提出来，带着夸张的兴奋对女儿说："银花，你跟妈妈去为爸爸送行吧。"

女儿识别不出帆布包的意义，她不知道这东西是农民工离乡背井的特殊标记，也不知道"送行"是什么意思，只是听说爸爸妈妈要带她一块儿出门，就高兴起来。

走到西院外的那棵黄桷树下时，春妹家那条卧在虚楼上的狗发现了我，汪汪汪叫了两声。它不是威胁我，更不是想咬我，而是以它的语言向我打招呼。

可这一下就坏事了。听到狗叫，老奎叔和苟大娘站到虚楼上来了，他们说："大宝又要出门啦？"

我紧张地看着女儿。她跟她母亲走在前面，正叽叽喳喳地说话，并没听清他们的问话。

金花也转过头看我，我给她递眼色，让她牵着女儿快走。她们加快了脚步。几米之外，就是一堵春妹家作堡坎用的石墙，只要被石墙挡住，她们就不大能听清上面传来的说话声了。

我站下来，等母女走远了一些，才压抑着声音说："是呀，留在家里咋办呢，老奎叔你们吃饭没有？"

"还没有呢，"老奎叔说，"你这次是到哪里呀？"

我怕勾起他们的伤心事，没说去广东，而是说："我还没想清楚呢，到了火车站再说吧。"

苟大娘说："大宝，你就去福建嘛，听说那边也好找事，春妹说她要去上班的那个厂叫红光制衣厂，你去帮我看看嘛。"

我含糊地应了一声，问春妹有没有消息。

"才去那么几天，有啥消息呢。"苟大娘忧戚地说。

这时候，老奎叔在抹泪水，我看得明明白白！他的泪水让我想起自己做的那个梦。春妹是不是真的去了福建？她会不会真的去广东看那个人？她回了一趟老家，再次背井离乡之后，她会以什么样的眼光和心情看待外面的世界？会以什么样的姿态去面对未来的人生？……

院坝边又出现了一个人。是文香。她依然斜着腰身，依然慵困多情，

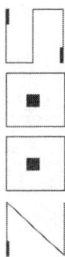

但她眼里却有着别样的期待。我知道她是想问我去不去浙江。但她并没问出声，只是低下头，小声说："今年只回来一个春妹，一个大宝，结果不到十天，春妹走了，大宝也走了……"

我不想再多说一句话。我觉得我的决心在流失。

于是我随便挥了挥手，快步追妻子和女儿去了。

到了石盆，我放下肩上的包裹，先拥抱了一下妻子，再把女儿抱了起来。

把女儿抱上身，我才发现妻子泪流满面。

女儿看见妈妈哭，格外诧异，她说："妈妈……"

我摸着女儿的小脸，我说："银花，爸爸又要出门打工了。"

我无法描述女儿听到这句话时的表情。她眼睛里的光芒直往后退，退成惊恐。但她没哭，她只是颤抖着说："你骗我。"

"爸爸没骗你。"

"你告诉过我，你不再出门了，我们还拉了钩的。"

我说："是，但是……"

"不……"她说，两只小手紧紧地箍住我的脖子。

金花来抱她，金花说："宝贝，让爸爸走，爸爸再耽搁，就赶不上车了。"

女儿往我怀里一纵，把我箍得更死，箍得我喘不过气来。"我要爸爸，"她大叫着说，"我不要爸爸走，我不要爸爸走……"

此前，我对自己说过，千万不能流泪，然而，眼泪却不由我控制，哗哗地淌。

金花来掰女儿的手，女儿哭叫着，哭得那么绝望！而且她的劲那么大，刚掰开她的一根小拇指，那根拇指又像钢钳一样合上了。

这样的场面再不能维持下去了。这对她太残忍，太不公平。我把女儿的身子送到金花怀里，再抓住她的两只手，使劲一扯就扯开了。

女儿的两只手臂翅膀一样张开，嘴大张着，却没有声音。冷风呜呜呜响，灌进她的嘴里。

我就看着女儿的这个姿态，提着包裹，钻进了青冈林。

走了很长一段路，我才听到了女儿的哭声。

哭吧孩子。哭是你的权利。等你长大了，你就会理解，在历史上的某一个时期，城市和乡村是如此对峙又如此交融，我，你母亲，还有你，包括像你春妹小姑这样的所有乡里人，都无可挽回地被抛进了这对峙和交融的浪潮里。

为此，我们都只能承受。

必须承受。

原载《长城》2005年第3期

点评

20世纪当代中国发展的重要内容之一是推动城市化进程，在经济转型的基础上实现城乡融合和城市化发展，但任何的社会转型时期都必然经历艰难曲折以及心灵的阵痛。《我们的路》所关注和书写的正是这一重要社会命题。

小说通过农民工视角，深入地表现了社会转型之中所存在的巨大困难，以及这一转型落位到个体之上所引发的巨大撕裂和精神阵痛。小说由农民工郑大宝的视角展开叙述，展现了农民工在跨越城与乡两重空间时的艰难境遇。这种艰难一方面表现为情感层面与家庭及亲人的关系撕裂，五年几乎与家庭隔绝的打工生活让他与女儿的情感联系细若游丝，而这种悲剧却又具备着普遍性特征，弥漫在老君山的每个家庭每个角落里。家庭关系的剥离脱落不仅深刻影响着打工者，也影响着留守山村的妻子和孩子，甚至造成乡村传统伦理道德体系的崩塌。另一重困难表现为打工生活中的身份危机和保障缺失。城市化进程中的资本法则让打工者处于天然的弱势，像一个棋子般被完全置于生产的链条之中，失去了作为人的诸种权力和特征。郑大宝回乡之路的一再延宕，正是被这种法则所捆缚的结果。为了被扣押的两个月工资，他不得不一再滞留异乡。这种弱势地位也进一步加剧了打工者的精神危机。

小说同时有另外一重反思视角，即对于春妹的塑造和书写。如果说通过郑大宝所要呈现的是农民工的悲惨处境和苦难生活，表达着农民工为社会转型与历史发展所做出的巨大牺牲和贡献。春妹的故事则从性别的视角表达了打工者的另外一重弱势和困境。春妹并未经历郑大宝一样的艰辛打工生活，但肉体的被占有是更大的痛苦。那个背负

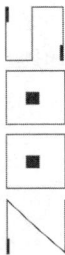

在她弱小身体背后的孩子，必然要同她一起承担超越正常生活的苦难考验。

小说具有强烈的反思性。对以城市发展为中心的现代化进程进行了反思，同时也反思了乡村中传统伦理所存在的问题。对于打工者而言，打工生活固然是艰难的，但在城与乡之间的双重失位是更大的悲剧。郑大宝满怀对家和亲情的渴望回乡，却不得不又一次离乡开启打工生活；回家疗伤的春妹，在家乡却受到了更多的流言和非议，也被迫重新走上外出打工之路。这样的双重反思，体现了作者对现实反思的深入性。

（崔庆蕾）

在水仙花心起舞

须一瓜

一

阿丹是个轻度弱智。他哥哥说，政府民政机构的检测报告单上，阿丹的智商指数是八十九分，就是说，差一分才跨进正常人的智力指标。哥哥有时怀疑，可能搞错了，也许错得还不止一分。你可以到过去的中山大道——现在的慧光大街——打听一下，一提起兄弟名剪城，不，不一定要提起名剪城，只要提起一个叫阿丹的，全城几乎每个女人都知道那是个一流的美发师，一个真正知道女人的美的男人。

其实阿丹已经四十多岁，但是，因为弱智，他的面貌一直都像三十岁左右。阿丹有着惊人的美貌，如果他低垂着眼帘专注地侍弄头发，或者戴着墨镜，简直找不出天下还有哪个男人比他更有魅力。那些眼里只有好莱坞男星的时尚女人，在阿丹面前，也难免手足无措，他的帅气散发出金属般的、逼人的光芒。只有你和他的眼眸对望的时候（阿丹几乎不看人），你可能会因为它们过分的单纯空洞，感到无所适从而隐约失望。

但这并不妨碍阿丹，并不妨碍兄弟名剪城一流的专业名望。慕名到那里没有预约的人，就像栖在两大排沙发上的大鸟，脖子披着围披、湿着头发，一双双眼睛老跟着阿丹。阿丹是从来不理会店里有多少客人的，他有可能在楼上睡觉，有可能在剪发厅那只他专用的人造革旧沙发上，玩那把从小放在口袋里的牙剪。那把镀镍脱落的小号牙剪，永不疲倦地在他手上飞速翻转，每个指头在两个柄孔和剪口辗转穿插。他也可能把那把牙剪藏在贴身口袋里，而专心致志地看着美发厅一角电视里的糟糕的电视剧，有

时笑得人仰马翻；有时悲伤，抽噎的动静，电吹风都压不掉。或者他只是安静地在沙发上咬自己的手指，他只咬右手虎口前段的食指侧面，那里的肉已经发紫隆起，因为从小到大，他都喜欢咬那块肉，入睡的时候，他必须噙着那块食指才能入睡。

十四岁之前，在阿丹没有得到那把小牙剪之前，一直有"傻瓜丹"的外号。据说是三岁的时候，从窗台上掉下落下的残疾。阿丹也读书，不爱说话，经常把同学名字叫错，成绩糟糕，但老师说他乖，就没有让他留级，反正那时候也无所谓读书。

比阿丹大七岁的哥哥是通过一次次用针刺破手指、把微量的血挤到尿样里获得肾病病历证明而逃避农村插队生活的。他躲在城里，就学了理发手艺。两年后，广交朋友的哥哥的美发店小有名气，但十四岁的阿丹偶然到哥哥店里时，他哥哥的专业命运才开始了彻底的改变。一开始，阿丹只是站在一边，咬着自己的手指看。洗、吹、剪、烫、焗，什么都看，看得很着迷，碍手碍脚的，碰来碰去的，正在操作的哥哥无数次地把他推开，但他一下子就忘了，又咬着手指靠近前来。他最喜欢看使用牙剪，也许那种明明剪了头发还有那么长的感觉，让他感到惊奇有趣。哥哥就塞了一把小牙剪给他，让他走开。

从第一次走进哥哥店里，阿丹再也不愿意离开了。他感到没有什么地方比那里更好玩了。在理发店，阿丹还是什么都看得眼珠子要掉下去，手里还把玩着那把牙剪。他也玩别的剪刀，或者蹲在地上剪掉在地上的头发。阿丹并不认识多少字，但是，他能把发型杂志一看一整天。还有小工说他一个上午只看一个女人头。一年后春节前的一天，因为太忙，哥哥对依然不识相的傻瓜丹气急败坏，狠狠把他挨近前来的头打了一下。阿丹摸了摸头，说，我做。

哥哥只想快点把这个二百五弟弟支开，扫了一眼等候的顾客，挑了一个看上去好说话的生客，说，把她头发吹吹干。阿丹就过去了。忙得不可开交又谈笑风生的哥哥根本就把阿丹忘记了。一个多小时后，那个生客笑吟吟地过来交钱，做哥哥的大吃一惊。那女人完全换了一个人，一个刀法极其精致的头发，剪制了一个非常少见的样式，尤其是额前层次清晰的斜发，处理得非常大胆别致，就像报纸上登过的那个罗马尼亚女明星。确实太适合那女人的脸型气质了。女人一边等找钱，一边看着镜子中的自己，那种满足的、自己给自己的笑，哥哥太熟悉了，这是女人对发型的最高褒评。留给你这样一个笑脸的女人，一定就是你的回头客了。

一个准确的发型，能发掘一个女人百分之九十的美丽。哥哥突然悟出了书上这句话的经典含义。哥哥打量着又在咬手指的阿丹。一个十五岁的孩子，也许是凭着他高大的身材，也许凭着他的偶然发挥，赢得了意外的结果。但是，看来不只是哥哥惊奇，哥哥手上正在做的女人，从围裙下伸出食指说，我做她那个发型合不合适呀？那些本来等候的客人，包括熟客，有两个竟然起身悄悄过来对阿丹哥哥说，我时间比较紧，要不我的也让你弟弟试试？

二

请阿丹做头发的女人都知道，阿丹不会马上开剪，他经常是咬着自己的手指，上上下下地看，有时绕着做头发的人走，他斜着眼睛环看理发椅子上的女人。阿丹慢吞吞地走，女人们通常会忍俊不禁，阿丹哥哥会用手势嘘止她们，然后，阿丹像陪女人照镜子一样，站在女人后面，一直盯着镜子。然后，他会笑一笑，知道他习惯的人都会跟着笑笑，不知道而没做出反应的，阿丹会再笑　笑。其他人就会提醒说，笑笑啊，他要看你合适的发型呢。

一年后，也就是十六岁的阿丹，已经在美发界声誉鹊起。二十二岁的时候，他获得了华东区第一届金剪刀奖，成为最年轻的获奖者。这之后几十年，只要是公平公正无须交纳赞助费的美发大赛，阿丹总是赴赛必夺魁。八十年代后期起，这个海滨城市开始有模特大赛、精英大赛、选美大赛等区间赛什么的，那时，兄弟名剪城几乎被那些省内外慕名而来的佳丽们挤爆。

可是，二十七年前，也就是阿丹十六岁的时候，发生了一件事。这一件事，阿丹没有和任何人说起，但他心里永远揣着它。阿丹哥哥直到阿丹死去，都没明白怎么回事。做哥哥的只是在弟弟死亡之夜，梦到了阿丹在他怀里说，不种了……不种了……哥哥在梦中问，什么不种了？弟弟说，不种了……水仙……

梦是残缺不全的，一会儿是漫天盛开的水仙花，一会儿是阿丹的小牙剪在春天的天空、在漫天的绿枝上如魔如幻地翻转。一会儿是阿丹哧哧的

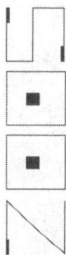

笑声，一会儿又变成呜咽的小提琴声。然后做哥哥的被整个屋里到处弥漫的水仙花香呛醒了，睁开眼睛，什么香味都没有了，四周黑暗而静谧。此时隔壁，阿丹的魂魄正随香远逝。哥哥什么也不明白，在这梦醒时分，他只是迷迷糊糊地想到，每年春节前种下五个精挑细选的水仙球，是弟弟从十七岁起就开始的习惯。有一年有一球花蕾本来很多，不知为什么患病，花蕾未放前全部蔫枯了。阿丹竟然有一周拒绝工作。后来母亲发现他把那个早夭病死的水仙，连根带叶地藏在枕头底下。母亲生气地把那东西扔了，阿丹竟然蹲在空了的垃圾桶面前，孩子一样哭泣了很久。大家知道傻瓜丹的智力底细，并没有人见怪，也没有人安慰他。

三

距离当地六十公里有个大江南钢铁城。当地人叫它"江钢"。那里完全是个独立王国，六七万人的大工厂里，工人上班、买菜、看电影、孩子上学——从幼儿园到高中，反正，那里什么都齐全。它就是一个功能完整的城市，在那个富饶的城中城里，人们经常穿着统一的豆灰色卡其布工作服，有着比城外人更高的福利，比如不停地分冻猪脚、猪排、猪肚、白糖、绿豆、水果，还有电影票、冰淇淋票、溜冰票。

阿丹的哥哥由于插队结识了几个干部子弟，他们很快因为父母的平反而陆续上调，离开农村，而阿丹哥哥也通过小聪明，不断地伪造肾出血证明，也回到了城市。阿丹哥哥喜欢那些干部子弟，尽管不在一个城市，他总会坐短途火车去找他们玩。在八十年代初，阿丹哥哥就算是凭手艺先富起来的人，人家一个月挣三四十元的时候，他有时半个月就挣一千多。但是，他把钱都慷慨地花在那些干部子弟身上。他一出现在那个城市，就意味着免费的狂欢，所以，干部子弟也真心和他成了好朋友。因为这样的原因，他们带他走进了那个钢铁城，走进了那些美丽动人的女演员中间。

一个六七万人的大工厂，能进宣传队的都是顶尖的人物。如果不是容貌姿色过人，那必定有超群的技艺，最最不济的也要有后台。那批几乎是半脱产的演员们，无论在"江钢"城内城外，都是绝对的明星人物，尤其是女演员，分明就是城内外女人们服饰发型的时尚风向标。只要是她们上身的，很快就会在"江钢"城内的女工中流行起来，城外的女人会学习，很快在城外的女人中也就都流行开了。

阿丹哥哥基本是个风流倜傥的人，手艺精，为人机灵慷慨。"江钢"的女演员们很快就都把他钦定为自己的发型师。女演员们本来和那些干部子弟就是权势与美貌相得益彰互相欣赏的关系，阿丹哥哥很自然就成了其中一员。他有时会买两张火车票带上阿丹，后来那边的女人发现阿丹的手艺并不差，就会主动要求带上阿丹。阿丹哥哥也乐意有个帮手，有时他在那里和众朋友通宵歌舞狂欢，阿丹就在毫无怨言地勤奋工作。对于兄弟俩来说，娱乐和赚钱都没耽误。

阿丹是讨人喜欢的。那些生性浪漫轻狂的女演员们，一高兴就摸拍少年阿丹俊美的脸，发型满意了扑上来就死抱。阿丹的脸经常被她们弄得都是口红。阿丹是羞怯的，涨红着脸，假装没感觉地不断玩手上的小牙剪。有的女演员见状，就刻意过来用肩头撞他，一脸坏笑地猛烈撞他，阿丹被撞倒了，但坐在地上他也不停地翻转手上的牙剪，目不斜视若无其事。人们就哄堂大笑。这个时候，总是阿丹哥哥哭笑不得地把阿丹从地上拉起来。

说不上是什么复杂情感，未必是吃弟弟的醋，阿丹哥哥有时候就是觉得那些泼辣放浪的女演员会把阿丹给吃了。那时候，兄弟名剪城在当地已经是声誉日隆，兄弟俩双双离开去邻城工作嬉戏，已经不被本城女人们答应。慢慢地，阿丹哥哥把阿丹留在家里的时候多了，由母亲负责看店收费，加上雇用的师傅配合阿丹，倒也撑得住几日；再后来，那些干部子弟下海的、出国的、发财的，那个固定团伙渐渐地散了，女演员们也在日益繁忙的个人生活中，黯淡了姿色，黯淡了扎堆的激情。不过，阿丹哥哥时不时还会过去，有时是某子弟结婚了，某女子小孩满月了，某子弟回国了，某子弟出狱了。反正一年年友情还丝连着。阿丹是早就不再去了。

四

从十七岁的那个春节前，阿丹开始养五个水仙球。开始家人以为他是一时玩兴，就按他的要求，买了五个荷叶造型的薄瓷白盆。阿丹哥哥还送了他一把雨花石。阿丹每天给五个水仙球浇水，晒太阳。那年冬天阴雨绵绵，天气阴冷。人家说，你要是不浇热水，春节开不了花呢。阿丹就小心

翼翼地每天浇热水，水温都必须用温度计试过，正好三十三度然后才浇；一听说出太阳，扔下做一半的顾客的头，狂奔回家，把花盆一一抱到阳台太阳底下晒。

春节的时候，五盆水仙花都开始开了。家人以为可以每个房间分享一盆，客厅可以安排两盆。不料，阿丹回来勃然大怒，把水仙花一盆盆都抢进自己卧房，还把门反锁了。后来家人就看到，阿丹的桌上有两盆，茶几上有一盆，还有两盆竟然放在枕头边。母亲趁他上班，赶紧把枕头上一左一右的花盆移到桌上，但是，阿丹一回家，就怒不可遏地放回原处，而且因为愤怒手重，把花盆里的水都晃荡出来，结果，枕巾床单湿了一大片。母亲只好在阿丹不在的时候，把花盆里的水偷偷倒掉一些，以减少危险程度。而且倒水的时候千万要注意，每一盆花每一天所处的位置不同，一旦放错，阿丹一眼就看出。天知道他是怎么区别那些几乎一模一样的水仙花。有年春节前，因为家人不慎错误放置了水仙花盆，他打开煤气灶，几乎要放火烧掉自己的手。

事实上，家人的担心是多余的，二十多年来，和他同床共眠的水仙花，从来没有洒出来水过。枕巾和床单总是洁白干净的，枕边，水仙花总是郁郁葱葱，美丽的黄花清香阵阵。一年一季的水仙花花开花谢，阿丹都是安安静静地躺在它们中间，而且微笑，就是说，在每一个水仙花睁开眼睛的冬季，他总是在花丛中纯洁地睡去，恬静地醒来，每一个冬天，阿丹的头发和眼睛都充满着水仙的芬芳。

虽说弱智，但阿丹有钱有貌，举止又从不讨人嫌弃，所以，看上阿丹的人家还不太少。家人怕阿丹被欺负，还挑了又挑，力图找个智力正常的厚道人，好把阿丹一辈子托付给她。亲戚所在外省的一个女孩，符合这个条件，眉眼也周正。人家只是家境太穷，才这样选择。没想到，一到冬季，阿丹的枕头边雷打不动的水仙花，还是吓跑了那个富有牺牲精神的厚道女孩。

阿丹哥哥说，我们改种别的吧。三角梅好不好？

阿丹咬着食指。哥哥说，可以让它爬到房顶上。不然种玫瑰？种太阳花也可以，天天开花。

好不好？你选一个，大哥就去买，保证你喜欢。

阿丹咬着食指走开了。哥哥追过去，茉莉？也是白的花，香啊，香得不得了！

阿丹说，种水仙。

哥哥说，为什么？

水仙。就是水仙。

五

八十年代初期，女人们都喜欢烫头发，大大小小的女人，总是被烫成一块块方便面。脸蛋标致的女人，经得起方便面的折腾，倒也还是标致，普通的女人，时尚是赶上了，看上去却个个老气横秋，人人顶着一个僵硬的方便面。阿丹从操起剪刀起，就不轻易让手里女人的头发处于不自然状态，阿丹拒绝方便面。不管是冷烫还是热烫，不管是优质还是劣质的烫发水。他总是喜欢用剪刀，发卷设计得非常节制。事实上，全世界的美发最见功力的境界，也就是用剪刀。而剪功是最基础的，也是最难掌握好的。一把炉火纯青的剪刀，奠定了一流美发师傅的重要根基。这些，阿丹根本不用读那些美发专业书籍，他不用，从一开始他就直赴要害，真正理解头发的生命本质，并在实践中以他的天赋直觉和不可思议的领悟力点石成金，让一个个平凡的女人扬长避短，让女人们像昙花一样，令人难以置信地开放。剪刀在他手上，就像被施了魔法，而女人在他手里，统统成了工艺品。

阿丹快满十七周岁的一天，是那年的国庆节前夕。哥哥带着阿丹坐短途火车到了"江钢"。阿丹哥哥已经不记得了，这样的活动在当时实在很经常，一是友情越来越习惯，二是那里央求他们做头发的女孩越来越多，密集的时候，不到一个月就要去一趟。阿丹哥哥有时是单独去的。预约的人太多，他就会带上阿丹，或者那边有人指定要阿丹做。反正一边玩一边顺便赚钱。

这一次，阿丹已经不记得哥哥是为什么带他上去。那一天的上午，他背了个装美发工具的帆布简易包，里面有剪刀、头梳、薄围裙、锡纸、冷烫精、定型水、蜂花护发素什么的。到的那个中午，阿丹为一个女孩修剪了一个被当地师傅烫坏的头，花了很长时间。大概女孩的头发被前师傅糟蹋得太厉害，阿丹有点不高兴，摔了一次女孩自己家的金属小电吹风。哥哥在旁边一直哄他。天刚黑的时候，哥哥就带他和一大堆朋友到闽江饭店吃饭，人很多，动不动就一起疯笑，有个涂着很多发蜡的人，站到了椅子

上，有人还拍桌子笑。阿丹觉得耳朵痛。吃好饭，一个扎着一条斜辫子的女子在门口等他，那身红白条相间的收腰毛衣，在夜灯中非常醒目。阿丹知道这个女子，但是，和其他工厂宣传队女演员一样，阿丹叫不出她的名字。他想叫也老记不住。哥哥把工具背包交给阿丹，对那个女人说，茄子，你最好是信任他，不要指手画脚，他不喜欢。没有人比他更知道什么发型最适合你了。

穿红白毛衣的茄子，把阿丹领上一辆已经等在门口的旧吉普车上。开车的小伙子开车的时候，屁股一直扭动，头发油油的，奔在耳朵边，从后面看那头像一颗咸橄榄。茄子摸了摸阿丹的脸颊，你喜欢坐吉普车吗？开车的家伙故意扭动了几下身子，夸张了地面的崎岖。茄子伸手打了他的肩头。阿丹说，一个橄榄开汽车。

开车的家伙放声大笑，猛踩油门，把驾车弄得像驭马疾驰。茄子紧跟着也哈哈大笑了，她在跌跌撞撞的奔驰中喊：一个——橄榄——开——汽——车——

阿丹没有笑，他已经转移了注意力，他看着车外"江钢"城内城外远远近近的灯火和高高低低的锅炉烟囱，眼里眨巴着困惑。他当然不知道，这一颗橄榄驾驶的吉普车，正把他带往一个他一辈子难以忘怀的梦境。

六

"江钢"宣传队的女演员，有十几个，可能更多，其中有三五个和市里那一伙干部子弟经常玩在一起。阿丹从来都无法记住她们的名字，正如他读书时，无法记住同学们的名字一样。但是，二十年来，阿丹哥哥只要一说"茄子她们"，阿丹的脑海里就会浮现几个美丽迷人的女人，她们穿越了时间，她们在笑，在舞蹈，她们的声音永远像星空一样辽远而闪亮。

吉普车停在一个像是干涸的堤坝上。前面是个无人的水泥灯光球场，旁边是个独立的院落，院落里面有很多柳树，外面有铁栅栏。吉普车没有开进铁栅栏大门里，车灯照着铁门上的一个长木牌子：技术资料处。橄榄掉头把车开走了。茄子把阿丹带进了那个青砖小楼的二楼。院子和小楼都很昏暗，只有二楼的楼梯口有盏小盘子式的吸顶灯，昏黄得很，灯罩里面都是污渍一样的小虫。她开门的时候说，黑不黑？明年我就搬家了，我们分到了一个小三居。不容易呀，分房子都是打破头的事。你不知道。因为他是技术专家。不过，专家出差了，你见不到啦。

开了灯，天花板上有四条雪亮的日光灯，看得出，这是个办公室改的宿舍。一大间，长长的，起码有十米长，宽有五六米，最里面是一张大床，然后大衣柜、办公桌、梳妆台。两个三人位的红木沙发环在墙边，中间很空荡，水泥地上铺着仿木纹的塑料地毡，猛看以为是木地板。门口乱七八糟地扔着很多塑料拖鞋。

茄子在梳妆台前坐下。看着阿丹把工具一样一样掏出，然后噙着食指在看她。那是一种小动物一样专注而清澈的目光。茄子眯起一只眼睛，逗他。阿丹视若无睹。大约看了六七分钟，阿丹抖开围裙给茄子围上。茄子注意到剪刀大大小小有三四把，阿丹一出手就是用最大口的牙剪，喀喀喀，手张刀合，两寸多长的头发在牙剪口簌簌滑下，整个头发长度没变，但剪下的头发迅速铺了一地。刚才平整划一的齐肩长发，立刻有了微妙的参差。阿丹换了把非常小的剪刀，时快时慢，但动作干净利索，完全是胸有成竹。

阿丹在最外沿的头发尾梢，用了超大的发圈。茄子忍不住叫起来：那不是固定发型用的吗？阿丹皱起眉头，照样在上面涂抹冷烫精，加封锡纸。茄子以为要很长时间，但是，时间不过十分钟，不知道阿丹是凭什么感觉时间的，他忽然就像冲刺一样，双手齐上，很粗暴地把每一个发圈猛烈摘下，啪、啪、啪、啪，满地都是卷发器，好像延迟一秒钟都很致命似的。

洗净。吹。开始吹头发的时候，院子下面传来杂乱的歌声，还有嘻嘻哈哈的打闹声。茄子说，来了！她们！阿丹置若罔闻。打闹声和疯疯癫癫的歌声已经从楼梯那边灌了过来，拉拉杂杂的脚步声临近了，这些声音在门口奇怪地停了一下，只听门砰的一响，随着门被推开，四个妖娆女人像被倒出垃圾通道的垃圾，哗啦一声，通通堆在门口。歌声又在垃圾里响了起来，有一个人爬了起来，是唱歌的那个，她翘着下巴，向上举着双手，像迎接太阳一样对着天花板灯条吟唱；又有两个互相牵手，站起来，稳定了一下，然后像四只小天鹅用漂亮的舞步，一起跳了过来。最后一个趴在地上伴奏哼唱——丹、丹、丹、丹、丹低得低得丹，丹——低——得——丹！丹、丹、丹、丹低得低得丹！丹、丹、丹、丹——

她们变成四只小天鹅了，手拉手，交错腾挪着八条长腿，就在阿丹身

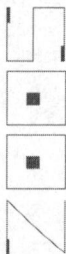

后转圈。

阿丹傻了傻，笑了，停了手。他从来没看到过人的动作可以这么好看。尽管她们一个个散发着酒气醉意蹒跚，但毕竟是专业人员，可以穿着随便的家常服，把舞跳得如此有韵致。也许正是借着醉意，她们跳得格外投入。做头发的茄子也是个好热闹的家伙，她们一跳她就咯咯咯开始疯笑，忽然，她意识到阿丹停工，马上推他：哎，快做啊！

一个穿蜡染中式夹衣的纤细女人不扮小天鹅了，她要喝水，她说渴，其他几个都不跳了，纷纷说要喝水。说渴的女人叫飞雪，但是，另一个长发及腰的女人拼命摇手，叫喊要酒！还要酒！大家叫她洋小气。茄子只好起身，她把开水壶和茶具拿过来的时候，看到一个叫蜜蜜的女人，做梦似的闭着眼睛亲吻阿丹的脸颊。手拿电吹风的阿丹拧着脖子，眼睛使劲地歪过去看灯，显然是不知所措。茄子嘿嘿笑着又去酒柜拿出一瓶葡萄酒、两包花生和鱼干片。

阿丹目不转睛地看着这几个醉美人。他永远也无法分辨谁是飞雪，谁是洋小气，谁是茄子，谁是蜜蜜和蜻蜓，但是，一种从未有过的感觉，在心里毛毛虫一样，温暖地爬动。阿丹偷偷地笑了。坐回椅子的茄子用胳膊肘动他，示意赶紧快吹。脸颊发红的洋小气把酒杯端了过来，她要阿丹喝，阿丹猛烈摇头；茄子就把嘴张开，洋小气就把全部的酒，从茄子的嘴里倒了下去。一会儿，蜻蜓又把一大杯满溢出来的酒端了过来，她小心翼翼却因为步子不稳而一路洒出。阿丹好像怕酒洒光，紧张地低头喝了一大口，又喝了一大口。茄子接过杯子，喝了一口，又喂阿丹，示意她们一人一口喝光。阿丹每喝一口，如醉如仙的女人们，就发出夸张的惊叫。这一杯才尽，又有人颠颠倒倒地端上一杯。阿丹似乎有点心神不定，但，即使这样分神，他还是为茄子做出了个非常古典的美丽发型，中分，额前的头发在耳朵后上方，各夹起一束，两小束头发的发梢在妩媚地曲卷着，层次感极强的披肩发，尾梢带着弹性十足的微弯，似卷非卷，动感十足，每一阵风过，每一个步幅的跳荡，它们都在轻盈地颤动，甚至飞翔。

这个发型强化了茄子非常光洁饱满的额头，使她的脸获得了超凡脱俗的光。不知道是酒的作用，还是美丽新发型的陶醉，在梳妆台镜子前她夸张地左右摇动身子。忽然，她起身到红木沙发那里，再过来，一只提琴已经在颈窝。不知是哪个醉婆，把四条雪亮的日光灯条通通灭了。浓密的黑暗很快被三个大窗洒进的清白色月光所驱赶。窗上的钢条格子，横横纵纵清晰地倒映在地板上。一个轻盈美妙的身影过去，如纱的月光就被清影穿破。

茄子不知道什么时候赤足站在迎风的窗口，干净的长发被月光吹拂，灌进窗口的夜风，带着星光和琴声一起在屋里飞旋。蜜蜜和蜻蜓在如诉如歌的琴声中开始曼舞，飞雪也加入了，洋小气是最后加入的，她开始有点步子飘摇，很快就稳定了。阿丹开始还能分辨这个衣服和那个衣服身影的不同，但是，很快就无法分辨了，先是一个美丽的身影没有了上衣，后来晃过两个凝脂一样的妖娆身影，再下来有人把衣服砸到阿丹脸上，等他拨开衣服，眼里已经全是月光下的赤裸仙女。玉雕一样的身子，纯洁妙曼在月光里翩然起舞。阿丹从来不知道，人不穿衣服的样子，原来是这么好看；从来不知道，人的手脚比画起来是可以这么让他舒服。一个个身影轻盈灵动，举手投足美丽得让人不敢呼吸。她们雪白的颈子、肩胛、乳房，她们紧致的小腹、后背，她们纤秀的腰肢、大腿，甚至膝盖和脚趾尖，通通在说话。它们在琴声里诉说，有时候在凝神，有时在倾听，有时候它们婀娜舒展，在夜色中竞相开放。它们在和月亮说话。月亮听得懂，阿丹也听得懂。阿丹眼睛都僵直了。

一个精灵一样的身影，飘到他身边，两条纤美的胳膊像风中的水仙花瓣一样，满含春风轻轻地左轻轻地右，它轻轻地拂动着，阿丹的上衣扣子被解开了；又一个凌波而来的丝绸般的清影把他牵进了舞蹈者的中间，引导他起舞，让阿丹像他口袋里的小牙剪一样，旋转飞扬；又一朵花瓣一样的曼妙精灵接近了他，阿丹的上衣被彻底脱落了。他感到好像是月亮上吹来的芬芳。阿丹有点慌张，但他很快被这些春天的花瓣淹没。芬芳中，它们娇媚、纯真；它们野蛮、激烈；它们温柔、和顺；它们热情、固执。

如水的琴声渗透在皎洁的月光里，琴声一样的月光，弥漫在月亮和尘世之间的万丈清辉中，然后向天堂飞翔。洁白的凌波仙子在清波中婉转千姿，如梦如幻，芬芳四溢。阿丹脸上和手上、身上，起伏的是和女人头发完全不一样的细腻滋润，波涛汹涌着令他战栗的阵阵温柔。

十七岁未过的少年阿丹，青春的火山骤然苏醒，终于爆发出对这些陌生而美丽生命的最高礼赞。

七

七年后，二十四岁的阿丹在家人的安排下完婚。人们选择了一个水仙花休眠的季节。新娘是个农村的郊区女孩，容貌十分清秀，智力也正常，但是，初中的时候，这个女孩发生了一起车祸，现在，她只有一条真腿，还有一条腿，从大腿根部起，只是一根机械腿骨架，不过穿上裤子鞋子，几乎看不出来，只是走路的时候，膝盖有点僵硬。

没有人告诉阿丹美丽的新娘只有一条腿，家人也许以为这不是阿丹会关注的。只要避开水仙花开季节，就可以美满行婚；或者家人跟阿丹说了，阿丹记不住，因为未见那条腿之前，阿丹永远也无法明白什么叫意外，什么是义腿。

令人错愕的是，阿丹在新婚之夜号啕大哭。新娘不知所措。家人赶来，新娘也开始流泪。家人十分惭愧，觉得弱智阿丹不解风情，很对不起人家正常女孩。很久很久以后，新娘的家人才告诉阿丹家人，你们家的傻瓜丹，要新娘子脱光衣服跳舞，新娘告诉他腿坏了，不能跳；他强扯硬脱，结果扯出新娘的那条钢筋义腿，当场他就受到惊吓了。新娘子绝对没有欺负他，反而还安慰了他，可是他自己看着看着，看着看着就大哭起来。

这样，没有坚持到水仙花发芽的季节，新娘就回娘家了。因为阿丹不许她脱下长裤，只要无意中看到新娘裤脚提高露出鞋子上面的不锈钢小腿骨，他就恐惧，甚至惊叫。他不许她和他一张床睡觉，后来根本不许她来他的房间。更严重的是，在美发厅，有两次他竟然去翻看美丽女人的裙子，还有一次是要求一个漂亮女孩把牛仔裤腿挽起来，这还好，但翻女人裙子实在很要命，阿丹哥哥不得不当着所有顾客面解释说，阿丹受到过假腿重大刺激，他害怕有这样的顾客进店。庆幸的是，阿丹已经在美发界建立起非常大的名声，大家还是愿意持理解心态，甚至开玩笑说，幸好自己不是阿丹不欢迎的残疾人。

阿丹哥哥花了很长时间教育弟弟不能随便翻看女人的裙子，阿丹被教育得咬紧牙关，有时竟然泪眼汪汪。哥哥只好和家人商量，同意那个秀丽的残疾新娘回娘家长住，每月给足生活费。算是白娶了个媳妇。

八

兄弟名剪城的十几个洗头女孩和学徒都知道，二老板阿丹是不能随便招呼干活的。如果他不愿意工作，他会一整天坐在他自己那个专用皮革旧沙发上，咬着手指看电视。他喜欢看音乐节目，最喜欢小提琴的声音。有一次，一个新来的师傅，不知道二老板习惯，把正在拉小提琴的音乐频道给转了，所有的小工一愣，都扭头看阿丹。阿丹正在一个要拉直头发的顾客头上忙碌。当时他似乎僵了僵，并不抬头，像是被突起的广告声镇住，也可能在困惑，然后，又继续梳起一束头发。大家以为没事了，正要松弛，其中一个师傅还准备过去告诉那个新师傅二老板的习惯，这当儿，阿丹手里拉直头发用的电夹板，忽地飞了出去，因为受制于插头的制约，电夹板飞行不畅坠砸在一个正在焗油的女宾后背，再翻砸到那个要过去提醒新师傅的老师傅脚面。

阿丹对女人头发具有天生的诠释能力，很多女人会有意识地巴结阿丹，尤其是一些美貌嘴甜的女人；一些女孩子，干脆丹哥长丹哥短地叫，有时只是路过店里，都会在门口嘹亮地"嗨"一声，或者进来拍拍阿丹的背。阿丹咬着手指，看着那些如花的女人，眼睛里都是笑。人家"拜拜"走了，他还会到门口目送到很远。有时阿丹会连续工作一整天，还有几次，陪朋友来做头发的女人，自己并不做头发，阿丹却请求甚至强制陪客做头发，不做就不让出门。应该承认，这些女人，在阿丹的手里从不吃亏，阿丹比她们自己更认识她们自己，她们像一块普通的未琢的玉石进来，阿丹定然让她们翩若惊鸿地出去。

阿丹有时在街上跟随女人。而且他的跟，从来不鬼鬼祟祟躲躲闪闪，就是全心全意地跟。有一次竟然一直跟到咖啡厅，还就那么直截了当地坐在那被跟的女人对面。女人看到他外形俊美，眼睛里又纯真无邪，全无人间烟火气，大部分对他就比较放松，甚是有些微好感。不少女人会说，你为什么跟我？

阿丹有时说，好看呢。有时什么也不说，掏出他随身带的小牙剪在自己手上飞快地把玩。有时他抬手就触摸调理对方的头发。这个发生过

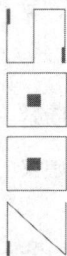

严重误会。所以阿丹哥哥要求弟弟把兄弟名剪城的名片盒带在身上，并反复告诉阿丹三大纪律：第一，不要跟追女人；第二，人家问一定要说明自己的身份；第三，千万千万不能擅自动女人的头发！

事后，做哥哥的对弟弟行为的解释是，说好看呢是衷心赞美女人的那个发型；玩牙剪是告诉对方他的身份；摸女人头发是对女人错误的发型痛惜和不堪忍受。兄弟手足相连，阿丹哥哥以为自己完全理解弟弟阿丹，但实际上，他只认识到阿丹内在冰山露出水面的一角。其实，露出水面的那些，并非难以抵达隐秘的水下世界，只是，阿丹哥哥还是忽视了一颗弱智心灵的执拗和丰富。

九

那棵水仙花的突然死亡，是在阿丹结婚的前两年发生的。事情发生后，阿丹一周拒绝到店里工作，怎么哄他都不行。每天，他只守在其他四个未死亡的水仙花盆的旁边，严禁家人接近。有个要结婚的姑娘，急着让阿丹做新婚美丽发型，听说水仙的事，特意送了三个非常饱满的漳州水仙花球来，还是通通雕刻好了的，切口上还敷着棉花。但是，阿丹看了看，通通拒绝了。姑娘还以为阿丹不识货，一直启发说，收下嘛，这是极品水仙呢，你看看，花蕾有多少啊！

阿丹哥哥估计他不认识被雕刻后的曲卷水仙花，就劝说，阿丹，你知道吗，现在雕刻过的才是最时髦的，就像女人烫头发。哥哥一说完就知道错了，因为，不是特别的脸部线条，阿丹从来就不轻易让女人头发乱卷，何况水仙花被割的一侧，结着痛苦而不自然的枯黄色疤痕。这似乎让一颗弱智的心灵难以承受。

姑娘又送来了没有雕刻过的水仙，阿丹拿在手上看了看，转来转去反反复复看了又看，还是拒绝了。天知道他在看什么。但阿丹总算肯跟那个姑娘回到店里，慢慢地开始恢复了工作。那个时候，阿丹二十二岁。

半个月后，"江钢"那边传来噩耗，茄子和她丈夫回湖北过年时，飞机失事，双双丧生。阿丹哥哥没有想到要告诉弟弟，也没有带阿丹去。反正此行也没有心情去做头发业务。他和那些朋友到茄子父母家，帮忙处理后事。回来也一直没有想到要告诉阿丹，不是怕阿丹难过，他根本也没有想到这事需要跟阿丹说说。两个月后的春天，那伙干部子弟坐火车下来，约好去看新发现的樱花谷。一大拨人在店门口的交谈中，阿丹才第一次听到茄子——那个在月亮底下拉小提琴的茄子，已经在两个月前死掉了。

没有人注意到阿丹有什么反应。阿丹无声地看着哥哥上车和他们一起去樱花谷。车子已经发动，一个阿丹叫不出名字的美丽女人——也许是蜜蜜，也许是洋小气，也许是飞雪，或者蜻蜓，反正不是茄子——下车，过来塞给阿丹一顶灰紫色相间的格子鸭舌帽，就上车了。车子绝尘而去，阿丹在店门口看着车子跑了很远，拐弯，直到看不见，他的眼睛就泪汪汪起来。店里的洗头工、师傅和做头发的女人，谁也不敢说话。大家默默地看着阿丹的泪水在眼睛里亮晶晶地转。

其实，阿丹哥哥对五年前每一次的外访活动，没什么明确记忆，对于十七岁的阿丹终生难忘之行的本身，或者之前之后，他几乎没有记忆，那次之后有没有带阿丹再去过，也许有，也许再也没去过，这些都已经模糊淡忘，不过，能肯定的是，慢慢去得越来越少了，当时他自己也忙着盘整个新的大店面，跑变更手续，跑装修材料，购置新的设施、美发洗发器具什么的，非常忙；另一方面，朋友们也可能因为开始全民经商，各自奔忙的时候多了起来，相聚自然就少了。

然而，酒醉者是有记忆的。那一个月光皎洁、仙乐飘飘的委婉月夜，所凝聚的迷离美丽的梦幻时刻，镌刻在每一个醉意朦胧的女人的心里。那个单纯如乘着月光来的美少年，和四五个妙曼妖娆的身姿，联奏了一曲激越浪漫的生命交响，诞生了一个无法言传的美丽神话。那一年，茄子她们在二十七八岁间，台上台下，都还是扶风摆柳的丰盛青春。

不约而同地，那个月夜之后，她们没有人再请求阿丹哥哥带阿丹来为她们做头发，一个也没有，一次也没有，谁都没有提过。这些，阿丹哥哥都忽略了，应该说，比较正常地忽视了。这些天性孟浪奔放的美丽女人，没有人知道她们究竟顾忌什么，她们彼此也只是有时在似曾相识的月光下面，相视凝眸，互相都读出了对方眼里的无语记忆，但是，她们又都小心翼翼地绕开那个回忆的醉梦纱窗，好像这样才能呵护那一刻至纯至真和生命的无邪，只有这样，才维护了少年那颗毫无人间烟火气的月光心灵。

没有人和阿丹解释这一切，也没有人陪他回忆这一切，更没有人知道傻瓜丹刻骨铭心地记忆着这一切，并在每一个如水的月夜，或者在水仙花瓣的触摸下，独自重返那个记忆深处，重温着那超凡脱俗的皎白月光。也许那颗弱智的心灵以为，在那样的月光下，在那样的小提琴声里，一定随时舞动着凌波仙子的芬芳和美丽。

十

那是什么？阿丹说。

琴啊。阿丹哥哥扭头看电视说，他在拉琴。

什么琴？

哥哥说，小提琴。

对，掉下去了。

什么掉下去了？哥哥说。

茄子。掉下去就不能拉了。

哥哥想了想，一时没明白过来。

我看见她们了。飞啊，飞，她就从月亮那里掉下去了。她死了。

阿丹哥哥这就明白阿丹在说"茄子她们"的茄子。

这是什么琴？

小提琴。

对。小提琴也碎了。

自阿丹哥哥他们一伙从樱花谷回来，这是阿丹第一次主动地和他谈茄子。那时茄子刚死了几个月。哥哥不太清楚死去的茄子爱拉小提琴，也从没有看过茄子她们的文艺演出，只有一次，那是"江钢"工会举办的新时代女工时装表演会，他为她们每一个人专门打理了头发，顺便看了看时装演出，心思多在发型上。看到她们的美丽，心里有缔造者的满足感。其实，快满十七岁的阿丹自那次回家，已经多次问过店员一个问题：那是什么——只要在电视上出现小提琴，阿丹必定要问。后来他不需要看，只要一听弦起，就知道小提琴声。但是，他一直不能记住它奇怪的名字。那是什么琴？小提琴。——那叫什么？小提琴。——那是什么琴？小提琴。

我知道她会掉下来的，因为那个水仙死掉了。

你说茄子吗，阿丹？

嗯。

阿丹哥哥感到意外。这一次之后，他才知道弟弟远不是大家以为的那么弱智空心，他是有记忆的，虽然，他还不能知道阿丹的记忆有多么辽远深厚，但是，他渐渐发现，只要他和阿丹谈"茄子她们"，阿丹的眼睛就会闪闪有光泽。后来还发现，阿丹消极怠工的时候，只要讲述"茄子她们"的事，阿丹就会重新开始恢复工作。多少年来，店员不时会看见这样的情景：阿丹在一名顾客的身边忙碌，哥哥坐在旁边的美发椅上，娓娓叙说"茄子她们"的什么轶事，弟弟在专心致志地工作，时不时插问一句两句。哥哥如果有事中断叙述，弟弟可能也会中断手上的活，哥哥只好再回头，把说一半的事情慢慢说完。

十一

当叙说"茄子她们"的故事开始并成为习惯，茄子早已魂归云外，但是，阿丹还是需要这个符号。也许是因为他无法识别她们中的每一个人的具体名字，也许他就是喜欢把她们看成一个共同体，也可能只有这样，她们才肯从在他十七岁的记忆里，随时翻跶而出，美丽万分地回到他身边。所以，阿丹哥哥时不时还是要用"茄子她们"这个词。

茄子她们啊，最近有麻烦了。发愁。那个洋小气的儿子恐怕要去上海治疗了，六七岁的人，干瘦得像个小老头，嘴唇都是黑的，牙又蛀掉了，真可怜。我们要给她一点钱，帮助他手术。心脏这个器官啊，对我们人来说，最重要了，它的位置在这里，对，右边一点。枪毙人杀人都是打这里，所以它非常重要。她儿子满月的时候，我带你去过她家嘛，吃满月酒那次？嗯，你可能没去。那小孩真是漂亮啊，叫君君。漂亮得不行，跟洋小气就像是一个模子倒出来的。医生护士都抢着抱他，又乖，不哭。到幼儿园，更是人见人爱。走在大街上，女人们都爱过去摸君君的脸，又聪明，什么东西一学就会。后来看看不对啊，小嘴怎么整天跟涂了紫色口红似的呢？再一查，不行嘛，心脏有问题！先天性心脏病。他那么小，又不能做手术，要等他长大。洋小气惨了，白天不敢哭，怕小孩看见，晚上睡觉的时候偷偷哭，茄子她们说她天天哭啊。现在那个眼睛啊，几乎我每次看到都是肿的。原来她的眼睛多么漂亮啊，月亮湖一样不是？

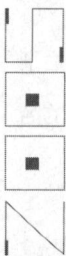

阿丹点头，或者不点头。阿丹手上的活不停，哥哥知道他在听。哥哥还要自问自答，以后怎么办呢？只能做手术。上海那里才会做得好，但是，就是上海专家做，风险也是很高啊，可是，不做更是死。要多少钱呢？起码几万。茄子她们钢铁厂的效益现在已经开始不那么好了，你知道吗，东西也发得少了，所以，茄子她们希望我们能多帮助洋小气一点，对不对，阿丹？我们要多尽心力。多工作。

阿丹哥哥觉得不能老说一个人。他有意识地报告她们每个人的不同情况。

茄子她们去杭州旅游啦。上有天堂，下有苏杭，你知道吗，那可是个好地方，出丝绸，喏，就是女人身上穿的那种，风一过去，飘飘的，穿在身上，滑滑的。就像摸得到的风一样。还有龙井茶啊——是绿茶，和我们这的铁观音不一样。飞雪买了一把很漂亮的纸雨伞。飞雪现在有钱了，你知道吗，她老公开了一个大酒家，我们上去就在那里吃饭唱歌，那里的小妹都是闽东找来的小姑娘，个个都是水灵灵的。

都穿像风一样的丝绸吗？

不穿，穿酒店统一的红旗袍、黑布鞋。

不是。茄子她们都穿风一样的丝绸吗？

飞雪穿。冰蓝色的；蜜蜜和蜻蜓那天一起吃饭的时候没有穿，后来肯定有穿吧，我回来了，没有看见。女人都是喜欢丝绸的。

像风一样。

对呀，摸得到的风。很美。

不穿也是的。一半不穿也是的。

阿丹哥哥想了一下，笑起来。对，阿丹，是这样。女人穿不穿，都是美丽的。

不穿，一半不穿，只穿围巾，就能飞到月亮上去。

对对！仙女一样。

十二

这个女人的鼻子多像蜻蜓啊，阿丹，别玩剪刀了，她在等你给她做个像蜻蜓那样的头，阿丹？茄子她们的蜻蜓，你记得吗？来吧，我们过去看看。童花头，大眼睛，尖下巴，漂亮的鼻子有点翘。你看她鼻子多像蜻蜓啊，她已经等你半个多小时了，来，人家还要上班呢。她的侧面太像茄子她们了。

阿丹终于把手上翻转不息的小牙剪收起来，慢吞吞地走到那个女孩身边。他看着女孩。女孩是有一个俏皮的鼻子，高高的鼻梁下，颧骨线条细腻。蜻蜓是什么样的？阿丹思索了一下，在阿丹记忆的纱窗后面，究竟哪一个迷人的身姿，有着这样俏丽的鼻梁？其实他是模糊的，纱窗后面，只有月明风清，好多绰约的纤姿交错在琴声中，影子一样地飘舞。

女孩和阿丹哥哥对望而笑。阿丹噙着食指，开始空洞而专注地看着女孩。

阿丹哥哥在阿丹身边坐了下来。

有一次啊，阿丹哥哥说，蜻蜓到市区的马尾大市场买黑木耳干什么的，走着走着，碰到一个妇女。那妇女问蜻蜓，听说这有个老中医，外号叫神医，有这个人吗？蜻蜓说，我不知道啊。后面就有个男人过来说，找神医？他是我外公呀！你们有什么事？

那个妇女说，啊，我儿子病得快死了，肝病，别人说，只有求老中医神医才可能有救啊。

男人说，对不起，我外公最近身体不好，已经不再给人看病了。

那妇女一听就哭开了，我求求你哪，我的儿子在大医院，已经花了五六万哪，家里的牛都卖了，听说你外公是神医，心肠又好，求求你让我们见他一眼。我身上带的是卖血的钱哪。求求你啦，小兄弟！只看他一眼，他要不肯我马上走。那妇女当街跪了下来。蜻蜓就说，小兄弟，你就好心救人一命吧！人家实在也可怜呢。

那男的不忍心，就说，好吧，我带你去试试，但你们千万不能强求。那妇女擦干眼泪，对蜻蜓说，好心人，你陪我去看看吧。都说这个神医救了好多已经买了寿衣的人。蜻蜓好奇就去了。这一路走去，妇女问了蜻蜓丈夫儿子父母等的家庭情况，一路叹息自己命苦。

到了那地方，那个男人不让蜻蜓她们进屋，而是先进屋去请示外公。后来回话说，外婆不同意，对不起了。那妇女又跪了下来，哭哭啼啼不肯回去。蜻蜓就帮她说。终于那外婆同意让她外孙把情况说说。结果，里面的老神医一下就说出那个病小孩的所有情况，和妇女手上的病历一样。真是神哪！那妇女对蜻蜓说，你这么好心，不如也问问孩子丈夫平安吧。蜻

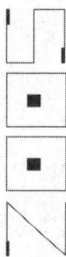

蜓就求问了。没想到，那传话的男子非常惊惶地出来，说，我外公说，你孩子胃里有东西，丈夫脑血管里也有不好的阴影，肯定经常头痛。今年冬天怕是难过关。

蜻蜓吓着了，但不太信，那男子说，唉，你们走吧。我外公说，人各有命啊，只是你可以提醒你丈夫不要一天到晚吃牛肉，这样他的头痛会少一点，最好多吃点洋葱，唉，多一天算一天吧！你那孩子呢，别再一天到晚喝可乐了。我外公说，你也别骂孩子，不是他爱喝那东西，是他胃里的坏东西闹的。这东西不除，恐怕凶多吉少！好，你们请回吧！

蜻蜓吓呆啦！真是名不虚传的活神仙哪。怎么连她丈夫患头痛病、孩子胃口差爱喝可乐都知道得一清二楚！蜻蜓扑通一声跪了下来。她哀求老神医快快帮忙，那妇女也帮忙央求。男子说，我外公说，很难，一家两个，来得太急太凶，他的药力恐怕追不上，还坏了他的名声。你们还是到大医院去吧！

这期间，阿丹在全神贯注地剪，他一层层精致地剪，夹子一层层往下撤，看上去他好像没有在听故事，但是，阿丹哥哥知道，他在听。那个要剪蜻蜓曾经的童花头的女孩听上瘾了，连连发出惊疑：后来呢，后来怎么样？她老是忍不住地扭头，阿丹生气地打了一下她的脑袋。

后来很简单，阿丹哥哥笑着，蜻蜓打的回家，把家里所有的金银首饰等贵重物品，价值八千多元的东西，全部收了赶去交给那男子。那男人说，他外公抱病替她焚香念咒，把那些贵重物品用红布包好，在香火上过来过去。最后，男人说，若要两人平安，必须把东西放在外公那里过香火一夜。回家后千万不能告诉任何人，否则破了劲道，不仅祸不能除，还会祸害帮助她的人。

女孩听出名堂来了：骗子！

阿丹哥哥说，真聪明喔！是，就是个大骗子。第二天，蜻蜓按时间去取回宝贝，人家早就跑得没影啦。

我更早就知道了。阿丹说。

你知道什么？女孩问阿丹。哥哥替弟弟说，他知道蜻蜓要上当吃亏了。

对。阿丹说。

十三

日子就这样一天天、一季季、一年年地过去了。阿丹哥哥肚子大了，头发微微稀疏，他的儿子也小学毕业升初中了，兄弟名剪城的美发厅的规模已经是当年的十倍，四个纵路延伸的三十来面椭圆形的高档大镜子，把名剪城四壁日夜映射得皇宫一样辉煌，天花板上也全部是菱形相拼的镜子。一面面墙上，不是大幅欧美模特靓照，就是兄弟名剪城自己做出的精粹发式或者获奖现场照片，一幅幅也是放得很大，每一幅上都有小射灯，下面还有当事人的亲笔签名。

高档大气的装潢装修和始终领先时尚的一流美发水准，使兄弟名剪城保持着美女集散地的称号，美发师已经越雇越多，但是，阿丹依然是最有号召力的天字号招牌，不过，几乎全城爱美的女人都知道，要碰上那个帅得不可思议、身怀不可思议绝技的名剪阿丹做头发，完全看运气。有的女人刚踏进门，阿丹就拨开众女人拉她到理发椅子上；有的女人连续来了一周，才苦等到了阿丹亲自动手。当然，这些情况有的是连续不凑巧阿丹正在忙碌，也有的是碰到阿丹正好在怠工期。这样阿丹哥哥就要使出浑身解数，让阿丹工作起来。店里的资深师傅们猜测，那些不用排队的女人，是因为长得像阿丹哥哥的美女朋友，阿丹哥哥自己观察，好像这些幸运女人，还真是像了当年的茄子她们。

阿丹从不开口，但阿丹哥哥知道，阿丹的耳朵随时在寻找和倾听"茄子她们"的轶事，而问题是，这么多年来，哪有说不尽的"茄子她们"呢？何况，他和那些城里的朋友的往来越来越少，即使偶尔去了，朋友们也未必事事想起曾经风华正茂的女朋友们。再说，人老了，故事只可能越来越少。只有阿丹还是青春帅气，一把衰老脱漆的小牙剪，经历了几十年岁月，依然在他手上翻转不停。他的眼睛迷离而单纯。也许他始终不能理解，牙剪剪过了，头发为什么总是不见短？

不知道什么时候起，阿丹哥哥开始兑一点点虚假的东西安排到"茄子她们"头上，毕竟这十几二十年，时间跨度实在太长了。渐渐地，阿丹哥哥关于"茄子她们"的故事中，真的、假的，虚虚实实起来。

洋小气家的君君是在第二次手术的时候，死在上海的手术台上，那年，君君十四岁。洋小气差点自杀。但是，阿丹哥哥没有这么说，只是说，洋小气非常难过，大家劝她再养一个。阿丹说，茄子她们哭了吗？

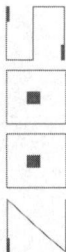

哭了。茄子她们都哭了。

一直哭吗？

是啊，一直哭。

眼睛会肿的。

是啊，她眼睛肿了。茄子她们劝她。我也劝她。洋小气哭着说，上海的医生说了，先天性心脏病的孩子，就是奇怪，个个都特别聪明漂亮，天使一样，所以走了特别揪人哪。

眼睛肿了，不好。阿丹说。

对啊，难看。

十四

还记得我告诉你飞雪的老公开了大酒店的事吗？有一天，她突然发现，她老公的内裤上，有一根一尺长的樱桃红色的长头发。飞雪自己是黑的，也没那么长。

09号。阿丹说。哥哥愣了一下，说，对，09号，樱桃红09号。那个后颈翻卷的，你去帮一下好吗，他们总是掌握不好那个剪刀的角度，你只要做几个给小丁看就行了。阿丹，我们过去试试？

09号。

对，那么奇怪颜色的长头发。太奇怪了。我们过去做几个就好，人家是冲你做来的，我跟她说了，你累了，但最后你会出手卷的。对吗？阿丹？

阿丹若有所思，慢慢地从那个老沙发上站了起来。哥哥把他从小休息室引到了灯光辉煌的美发大厅，引到那个慕名而来的一个女老板模样的人旁边。洗头工正在按摩她的浑厚的后背。女老板一看到阿丹，就指着墙上一个翻翘如底朝天倒置的香菇发型。

09号。

对啊，说到那根09号樱桃红色长头发了。茄子她们说，肯定是其他女人的头发啦。但是，她们不好说什么。过了几天，飞雪又发现了一根！这次是在老公的衬衫上！一样的颜色，一样的长度，茄子她们断定说是同一个人。怎么办呢？飞雪的头发已经不多了，就像……就像……喏，那个人，头发掉了，有点看到头皮了……

阿丹工作的手停了下来。他调整目光去看哥哥指示的、第二排镜子那边那个头发稀疏能看到头皮的女顾客。那女人至少有四十五岁了。看着，阿丹似乎茫然无措，又无助地看着门口的车流。阿丹哥哥忽然觉醒了，阿丹对年轻美丽女性的偏爱，也不是一天两天的事，从来都是这样，其他师傅可能把大款富婆摆在第一服务位置，阿丹不，衣服再考究，再有钱再有势，对于阿丹，通通没用。那些云卷云舒进进出出的美貌的女人，阿丹倒也不特别献殷勤，也许是他不会表达，但是，谁都能感到，阿丹格外地安静和耐心。

为了不影响阿丹的工作情绪，哥哥赶紧去找了瑞丽杂志，里面都是日本美容美发彩页。他找到了一个比较像年轻飞雪的精美女人，过去给阿丹看。喏，飞雪的头发是这样长，那根09号樱桃色的头发，像这个人的头发，到肩膀下来一寸。当然不是一个人嘛，那怎么办呢，阿丹哥哥自问自答，茄子她们说啊，离婚！——就是跟她老公分家，她老公先是不肯，后来同意了，说他因为投资开关厂，亏了本，酒店都抵押出去了。飞雪说，我怎么不知道啊，她老公说，现在如实告诉你，反正现在离婚就是没钱，要，只有债务可分。所以呀，阿丹，飞雪的日子就很不好过呢……

她的头发呢？阿丹说。

不是樱桃色的，阿丹哥哥说，她和以前一样，黑色的。

变少了吗？

不，没变。阿丹哥哥说，茄子她们和以前一样，又多又黑，非常……漂亮。

十五

阿丹哥哥不知道从哪一年起，已经成了水仙花专家。每一年，阿丹关注的重点，就是阿丹哥哥学习和研究的中心。早些年，阿丹只在意有没有人会偷偷触动移动他的水仙；后来是渴望得到更漂亮的养花盆子，有没有更美丽的雨花石陪伴他的水仙花；再后来，他比较关注水仙花的叶子和花茎的比例，关注花期如何延长和品种的差异，关注拍摄水仙花最好的光线和角度，怎么塑封和保存每一年的水仙花照片；近年来，阿丹的疑问是——

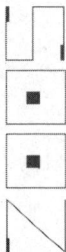

为什么没有一年四季都开花的水仙?

每一年春节前四五十天,家人就会把阿丹的水仙花盆洗净,但阿丹必定要重洗。他用棉花棒,每一个缝隙、每一个雕刻纹路地清洁过去,包括雨花石的清洁也不能含糊。阿丹哥哥儿子的女朋友看到阿丹像钟表匠一样精细地忙碌,就会发笑。女孩说,听说水仙花是天上掉下来的,对吗?

阿丹通常是不说话的,阿丹的侄儿,也就是女孩的男友就会替叔叔说,水仙传说是个司泉女神和一个漳州男子所生的,天上的女神仙和人间男子共同战胜了天上的邪恶,造福了失水的人民。胜利的时候,水仙花的种子在甘美的泉水上漂来,它们开出了人间从未有过的神奇的花,人们出于对女神仙的崇敬,就把那个神奇美丽的花叫水仙花。

阿丹说,变成白龙啦。

侄儿想了想,说,对,那个勇敢的男子变成了白龙,才帮助女神仙战胜了妖怪。

单瓣的水仙,有六个白玉一样的花瓣,像个白盘子,盘子中心有个金黄色的小碗,小碗中心就是花蕊了。闽南人叫这种水仙为金盏。复瓣的水仙,也是白色,只是白色的花瓣,十几瓣卷在一起。阿丹只种了一年的复瓣水仙,从此就都是种单瓣的了。没有人知道为什么。阿丹还有一个习惯,从来反对雕花,但是,他非常感兴趣怎么使叶子长矮,突出花茎。阿丹哥哥经过拜师学习,终于掌握了这门技术。第二年后,阿丹自己就完全掌握了控制叶子的所有物理方法和化学方法。他能准确地使用抑芽丹,盐控也掌握得很准,温度、阳光、温度,更不在话下。他的水仙绿叶子,又矮又壮,几乎不超过十厘米高,只有别人水仙花叶的一半高。而那些凌波玉立的亭亭水仙,白中透绿,每一朵都被调理得灵气逼人,好像每一阵阳光、每一阵月光过去,她们都在起舞。美丽的韵律,在每一片花瓣间微妙地传递,她们在传递一个无法言说的神话。

前年开始,也就是四十岁的阿丹向他哥哥提出一个问题,也可以说是个要求。他说,为什么我不能天天有?四十岁的阿丹,可能终于忍受不了花谢的惆怅。阿丹哥哥给他做了解释,说明了水仙花对气候的苛求。做了多次的解释,但每一次解释完,阿丹就说,为什么不能天天有呢?哥哥说,真的不能。

能。

哥哥说，不能。

阿丹就看他日益枯黄的水仙。

水仙要清盆了。每一年都有这个时候，受阿丹眼神的影响，阿丹哥哥也觉得这是一个感伤的时刻。

十六

阿丹生命终结的符号，来得迅猛而利索。周三，阿丹家人给阿丹过了个不轻不重的四十二岁生日。周五早上，阿丹刷牙后牙龈流血不止，鲜血顺着牙缝红得刺目地流，阿丹紧紧闭上嘴，过了一会儿再张开，满满一口腔鲜血殷红，旁人看了惊恐。阿丹有些不高兴，把牙刷塞进去，狠狠地狂刷一气，刷得嘴角下巴鲜血长流，下半张脸甚至脖子，都红了，整个人活像嗜血的怪兽。

血怎么也止不住，含茶水啊，含冰块呀，躺下啊，通通不行，血就是不断地从牙缝里涌出来，白牙红血的，越来越多人感到害怕了，他们感到阿丹的脸色苍白。阿丹哥哥说，去医院看看吧。但阿丹拒绝。他不喜欢去医院。家人就弄了很多清凉补血的东西给他补，以为是上了虚火。

接下来，阿丹刷牙依然时不时大出血，实际上还有便血，因为不喜欢医院，阿丹不再让人看到。两周后，阿丹发出剧烈的呕吐声并再次被家人发现满嘴是血。母亲哭起来。阿丹哥哥从朋友的聚会上赶来，一摸发现了阿丹在发高烧。不由分说，阿丹哥哥强制把阿丹送进医院，挂急诊。

急性白血病很快被确定。住院。化疗。阿丹非常苍白虚弱，不时处于高烧中。一个多月后，阿丹出院，病情似有好转，医生交代不要去公共场合，最好不要让人探视病人，严防病毒感染。但是，阿丹哥哥只是挡住了单位的大小几十号员工，没有阻止"茄子她们"。实际上，"茄子她们"是阿丹提出的，也许，他已经接到了命运的暗示。

茄子她们。阿丹说。

哥哥说，嗯。

阿丹看着哥哥。哥哥说，她们挺好。哥哥又说，很久没她们的消息了。你不在，店里很忙，我走不开。

阿丹说，打电话。

阿丹哥哥说，大家都忙呢。不打了。

阿丹就不说话了。

几天后的一个深夜，阿丹来到哥哥房间。阿丹脸色苍白地要哥哥到他房间来。阿丹的电视里，是一个音乐节目，一个外国女孩在浪急风高的悬崖边拉小提琴。小提琴声凄厉清凉，夜已经深了，阿丹哥哥赶紧把喇叭调低，把阿丹哄上床。

次日，阿丹哥哥给"江钢"城那边的朋友打了电话，要到了蜜蜜的宅电。电话拨通的时候，他并没有想让她们来看阿丹的意思，实际上，二十六年来，他是第一次给她们打电话，虽说是圈内朋友，但以前都是别人招呼联系，圈外人看他们是好友，圈内人知道他们的关系相对客气。他只是想在电话里，把阿丹多年对她们的惦记聊聊，潜意识里也觉得是帮助阿丹做点什么，收集点"茄子她们"的新信息给阿丹。

令他意外的是，三天后，"茄子她们"——除了二十年前死去的茄子，她们都来了。带了一个大黄色塑料袋的苹果奶粉蜜饯什么的。她们真的老了。

阿丹哥哥犹豫着不想带这四个五旬老太太回家，不是她们看上去衰老肥胖而显得不那么整洁干净，而是因为医生的确说了，对于这种病人，接受外人探视是危险的，随便一个感染就非常麻烦。他委婉地说明了医生的意思。

但是，四个疲惫而更显得邋遢松弛的"茄子她们"，异口同声地说，只看看！远远地看看也好！那么乖的孩子，多少年没见了！阿丹哥哥只好同意。

在回家的路上，"茄子她们"走在他身边，走着走着，他不由感慨时间的冷酷。当年，和摩登漂亮的她们走在大街上是多么引人注目的啊，尤其自己为她们做了头发后，那种混杂了创造者和男人的心理，实在是个结实而美好的骄傲享受。近三十年的时间，已经把那几个风姿绰约的天使，彻底变成了头发稀疏、眼袋浮肿、腰身肥胖而衣着普通的老太婆。而且，奇怪的是，眼睛，原来那一双双弧线漂亮的清澈眼睛，都变成了三角形或眼皮耷拉的眼睛，目光尖利或者迟钝，黯淡的眼睛流露出犹疑、谦卑、畏缩、毫不自信的光。每一个脸上都布满色斑；蜜蜜和洋小气涂了粉和胭脂，但是，说不出地别扭。也许是粉底打得太白，浮起，超出了衰老的皮肤所能承受。飞雪涂了老式的口红，只有蜻蜓素面朝天，可是，当衰老全面来临，女人是荤荤素素都担不起了。其实，这十几二十年间，阿丹哥哥三年五载还是偶尔能看到"茄子她们"一下，也知道她们在和自己一起衰老，但是，现在，自己和她们走在大街上，当年美好的虚荣一去不返，还是隐约失落。

还没上楼，就听到楼上的小提琴声。阿丹哥哥说，阿丹放的。看来今天精神不错。他天生喜欢小提琴，经常放，有时很吵人。

"茄子她们"互相看了一眼。

十七

阿丹面对着窗口，戴了顶掩饰化疗的帽子。哥哥已经淡忘，那灰紫格子相间的帽子，是"茄子她们"送他的鸭舌帽。

阿丹哥哥轻轻叫了声，阿丹。阿丹慢慢吞吞地转过身来。"茄子她们"再次感到阿丹苍白而年轻的脸。时间对当年的少年是宽厚的，阿丹苍白而俊美，目光也战胜了冷酷的时间，一如当年那样单纯明净。阿丹哥哥没有让"茄子她们"进屋的意思，所以只在门口说，阿丹，你不是老想知道茄子她们的事吗？你看，她们来看你了。她们知道你生病了。

阿丹的目光在迟缓地移动，在门口四个陌生女人脸上身上移动。不知道是哪一个轻声在叫，阿丹。又一个声音在更轻地呼唤：阿丹！声音没有太衰老，阿丹的目光换了，好像是沿着他依稀熟悉的声音通道，在寻找更多的熟悉。

"茄子她们"无声地看着彼此，又看苍白异常的阿丹。她们的目光各自湿润了。

阿丹垂下了眼睛。

阿丹哥哥说，好，让他休息吧，到我客厅那边喝茶去。

她们叹着气点头转身。忽然听到阿丹后面的呼喊：是——小——提——琴！

阿丹哥哥停下脚步，对"茄子她们"笑了笑，又转过身大声说，对，这是小提琴。她们都听到了。阿丹，是小提琴，很好听。

进来。

阿丹哥哥停了一下，说，不能的。医生说，不可以。

可以。阿丹说，可以。

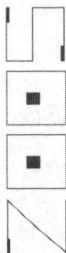

真的不可以。

脱了衣服就可以。

阿丹哥哥有点尴尬，但是，"茄子她们"都听到了，她们回到阿丹门口。

可以。阿丹说，就是可以！

门内门外，两边的人僵着。

阿丹，你还是上床休息吧。"茄子她们"说。一个声音说，又有几个声音附和。

门里门外像两军对峙。阿丹哥哥尴尬地笑了笑，要请"茄子她们"走。

阿丹低垂着眼睛说，跳舞的人，比走路的人好看。阿丹把提琴声突然调到最大，几个女人都站住了。

一个阿丹熟悉的声音，就像穿过了二十年，它轻轻响起，它有些微的、外人难以觉察的颤抖：我们跳个舞好吗？我们跳吧，阿丹，祝你早日健康。

阿丹终于被那个熟悉的声音唤醒，他点了下头。阿丹哥哥在摇头苦笑。

有一个"茄子她们"在音乐中舒展了身姿，另外一个把挎包交给阿丹哥哥，也跳了起来。第三个在旋律中摇晃身子，像是打拍子，第四个没有动。她们在客厅起舞，舞台中心就是阿丹卧室的门。不再是二三十年前的月光，也不再是二三十年前的翩翩裸舞，她们身材虚弱肥胖，衣着沉重，脸上不再闪耀着二十年前青春和希望的光芒，但是，她们的举手投足再次唤起了阿丹遥远而不变的记忆。阿丹用手蒙住自己的脸。阿丹哥哥不知所措地发现，弟弟的泪水从指缝里流了下来。

次日凌晨，阿丹被发现死于床上。医院最后开出的死亡证明是，死于颅内大出血。同夜，阿丹哥哥梦到阿丹反复对他说，不种了，水仙……不种了……不种了……

阿丹哥哥把这个梦境，理解为弟弟对人世的最后诀别。

这是一个准备养殖水仙的季节，春天就要来了。一年一度，多少水仙花的美丽梦想，都装在千家万户准备种下的水仙球茎中，但无论多少深情缠绵，它也只是一季就谢了。

这一年，阿丹家不再种水仙。

点评

　　须一瓜选择阿丹做故事的主角不是偶然的。阿丹的轻度弱智使他具有毫无人间烟火气的目光和心灵，他如孩童般对至纯至真的美充满了敏感。比起智力正常的成年人，他更容易发现和在意真实自然的美丽。所以他仍然可以成为一流的美发师，在从发型挖掘女人的美丽上甚至比自己的哥哥更有直觉和天赋。十六岁那年，他去给女演员茄子做发型，屋子里涌进了四个醉美人，她们伴着月光和茄子的提琴声，围着阿丹跳舞，舞掉了所有人的衣服，裸露的身体洁白无瑕，她们像一群妖娆的仙女陶醉了阿丹。从此阿丹爱上了种水仙，并在生命中不同的时刻打听着茄子她们的消息。可就像水仙只能开一季一样，茄子她们也凋谢了。老了，离婚了，痛失家人，或者在飞机失事中丧生。阿丹临死前，看着"茄子她们"舞动着青春不在的身体，闭上了眼睛。

　　小说中，须一瓜不再像《淡绿色的月亮》中一样追求情节的紧凑，但仍旧没有放弃设疑来使得故事更加好看。开篇部分都在讲述阿丹美发的天赋和对水仙的迷恋这两件毫无关联的事情，之后才将他十六岁时与茄子她们的相遇和盘托出。小说对阿丹一直采取着旁观视角进行叙述，并不挖掘他的内心，而对那个起舞的夜晚进行了极富热情的描绘和渲染，似乎又是从阿丹的眼睛和内心的感受去抒写的。之后又从中抽离，叙述阿丹不为人理解的对水仙的迷恋。这种贴近和疏离，既给小说留下了悬念，又引导着读者寻求答案。而对起舞之夜的抒写，无疑使读者更贴近作者想要呈现的境界。

（李文杰）